JACQUELINE SHEEHAN

Das namenlose Mädchen

atb aufbau taschenbuch

JACQUELINE SHEEHAN ist die Autorin zahlreicher New-York-Times-Bestseller. Außerdem arbeitet sie als Psychologin und leitet Schreibseminare. Sie lebt in der Nähe von Northampton in Massachusetts.

Mehr zur Autorin unter www.jacquelinesheehan.com

Delia Lamont will ihren Job an den Nagel hängen. Nachdem sie jahrelang in einer Einrichtung für Pflegekinder gearbeitet hat, setzen ihr die Schicksale der Kinder immer mehr zu. Zusammen mit ihrer Schwester wird sie in Maine ein kleines Café eröffnen. Doch dann braucht zum letzten Mal ein Kind ihre Hilfe: Am Rand einer Straße wird ein fünfjähriges Mädchen gefunden. Als in einem Haus in der Nähe drei Leichen entdeckt werden, vermutet die Polizei einen Zusammenhang und stößt auf eine alarmierende Spur. Delia steht eine verzweifelte Suche nach der Mutter bevor – und der Versuch, das Mädchen vor dem zu beschützen, was es gesehen hat.

Jacqueline Sheehan

DAS NAMENLOSE MÄDCHEN

Roman

Aus dem Amerikanischen
von Christiane Winkler

atb aufbau taschenbuch

Die Originalausgabe unter dem Titel
The Tiger in the House
erschien 2017 bei Kensington Books, New York.

FSC
www.fsc.org
MIX
Papier aus verantwortungsvollen Quellen
FSC® C083411

ISBN 978-3-7466-3464-7

Aufbau Taschenbuch ist eine Marke
der Aufbau Verlag GmbH & Co. KG

1. Auflage 2019

Published by Arrangement with Jacqueline Sheehan
Umschlaggestaltung www.buerosued.de, München
unter Verwendung eines Bildes von © Arcangel / Karina Vegas
Gesetzt aus der Sabon durch die LVD GmbH, Berlin
Druck und Binden CPI books GmbH, Leck, Germany
Printed in Germany

www.aufbau-verlag.de

Für Ruth Lundin.
Du hättest die Gerichte im J Bird Café geliebt.

1. KAPITEL

Jen und Richard aßen in South Portland in dem Fischrestaurant zu Abend, von dem ihre Tochter ihnen schon so oft vorgeschwärmt hatte. Und man aß genau so gut, wie sie es erwartet hatten. Jen hatte eine Hummerrolle bestellt, vor Rich hingegen türmte sich ein Teller voller Fish and Chips. Das Lokal war eines dieser typischen amerikanischen Restaurants, in dem man etwas bestellte, gleich bezahlte und eine Nummer bekam.

Das Beste daran war der Picknicktisch hinter der Fischbude mit Blick aufs Meer. Jen stellte sich vor, wie sie den Abend wohl genossen hätte, wenn sie fünfundzwanzig Jahre jünger und noch frisch verliebt gewesen wären oder wenn Rich wenigstens noch gewusst hätte, worüber er reden sollte. Sie aßen die meiste Zeit über schweigend. Jen dachte wehmütig an die Zeit zurück, als sie beide noch in ihrer Rolle als Eltern aufgegangen waren und ein Team gebildet und viel miteinander gelacht hatten.

Nach dem Essen setzten sie sich wieder in ihren Chevy Silverado Pick-up und schnallten sich an. Rich wandte sich zu ihr und sagte: »Komm, wir nehmen den Umweg über die große Farm der Johnsons, sie steht zum Verkauf.« Okay, das hörte sich nach einem netten Ausflug an. Sie legte eine CD des frühen Bruce Springsteen ein und fühlte sich gleich ein wenig jünger. Sie ließ ihr Fenster herunter und trommelte mit den Fingern auf den Seitenspiegel. Sie fuhren an Büscheln von Strandgras und rot gefiederten Roststärlingen vorbei, die auf Rohrkolben saßen. Die Häuser hier waren kleiner und sahen aus wie früher, sie wirkten nicht so schrecklich pompös. Jen streifte ihre Sandalen ab und wackelte mit den Zehen.

Es war Ende August, und man merkte schon um acht Uhr abends, dass die Tage wieder kürzer wurden.

»Schau mal«, sagte Rich, nahm seinen Fuß vom Gas und drehte Bruce Springsteen leiser.

Eine Wolke schob sich vor die tief stehende Sonne. Vor ihnen auf der Straße stand ein kleines Kind und lutschte am Daumen. Schon vor ein paar Meilen war die Straße zu einer Schotterpiste geworden, so dass sie nur langsam fahren konnten. Der Kies knirschte wie Styropor unter den dicken Reifen des großen Pick-up.

Das Kind trug weiße Shorts. Nirgends parkte ein Auto an der Straße, weit und breit waren keine Häuser mehr zu sehen, nur die Nase eines Baggers war in die Erde gegraben, um ein neues Fundament auszuheben.

Jen zog ihre Hand zurück und schlüpfte wieder in ihre Sandalen. Ihr großer Wagen musste einem Kind schreckliche Angst einjagen.

Sie fuhren etwas näher heran. Jen war eine zierliche Frau und konnte gut mit Kindern, sie wirkte bestimmt nicht so angsteinflößend wie ein Mann oder ein großes Auto.

Es war ein Mädchen mit braunem Haar, und seine Shorts stellte sich als eine weiße Unterhose heraus. Dazu trug es ein T-Shirt, bedruckt mit einer verblassten Disney-Prinzessin. Jen war sich nicht sicher, um welche Prinzessin es sich handelte.

Sie überlegte, was sie sagen sollte, ohne das Kind zu erschrecken. Das Mädchen musste etwa fünf Jahre alt sein.

»Hallo«, sagte Jen, nachdem sie ausgestiegen war, und blieb ein paar Meter vor dem Kind stehen. Das Mädchen war barfuß. »Ich heiße Jen. Wo sind denn deine Mommy und dein Daddy?«

Sie ging noch zwei Schritte auf das Kind zu und deutete dann hinter sich auf ihr Auto. »Das ist mein Mann Rich.« Sie blieb vor dem Kind stehen und ging in die Hocke, bis sie auf Augenhöhe war.

Das Mädchen hatte geweint. Ihr Gesicht schien mit einer feinen Staubschicht bedeckt zu sein, und die Tränen hatten Streifen auf ihren Wangen hinterlassen.

»Ich möchte dir gerne helfen, deine Familie wiederzufinden«, sagte Jen. Was hatte das Kind da an seinen Armen und am Hals? Ihr stockte der Atem. Das war Blut.

»Schätzchen, bist du verletzt?«

Das Mädchen lutschte weiter fest an seinem Daumen. Jen versuchte zu lächeln.

»Es wird alles wieder gut. Warte hier.«

Als sie die Tür des Wagens zuschlagen hörte, drehte sie sich um. »Ich habe schon angerufen«, sagte Rich und steckte sein Handy in die Vordertasche seiner Jeans zurück.

Er hielt eine Windjacke in der Hand. »Hier, zieh ihr das über.«

2. KAPITEL

»Hunde leben zwar nicht ewig, auch wenn wir das gerne möchten«, sagte Delia, »aber sie leben dafür in einem beschleunigten Paralleluniversum.«

Sie half Ben, dem örtlichen Tierarzt, bei der jährlichen Kastrationsaktion. Er hatte sie angerufen, weil ein ehrenamtlicher Mitarbeiter abgesprungen war. Sie hatten um sechs Uhr morgens begonnen und würden vor sieben, acht Uhr abends nicht fertig sein. Ben nähte mit winzigen Stichen eine Wunde am Bauch einer Terrier-Mischlingshündin zu.

»Du sprichst sonst nie von Paralleluniversen. Das ist wohl die betäubende Wirkung des OP-Saals. Aber ich weiß, was du meinst.« Ben trug seine OP-Brille, die wie eine Lesebrille aussah, nur größer und ähnlich wie die Brillen aus den Achtzigern: groß und rund, mit einem breiten schwarzen Gestell, das sich über die Augenbrauen und die Wangen wölbte.

Delia war keine Tierarzthelferin, kannte Ben aber seit der Junior High. Er war ein guter Freund ihres Vaters. Der letzte, der ihm geblieben war. Das Beste an Ben war, dass er die schlimmsten Geschichten über ihre Familie kannte und sie ihm nichts zu erklären brauchte.

Ben richtete sich stöhnend auf und drückte die Schultern nach hinten. »Die junge Dame hier ist bereit für den Aufwachraum.«

Die noch betäubten Tiere im Arm zu halten war die Aufgabe, die Delia in der Tierklinik am meisten mochte. Sie selbst hatte keine Kinder und wusste nicht, wie es sich anfühlte, ein Baby an die Brust zu drücken, darum hätte sie auch niemals behauptet, dass es dasselbe war, wie einen Hund oder eine Katze im Arm zu halten, dennoch rührte es sie. Sie behütete die Tiere, wenn sie nach dem Eingriff noch wehrlos und nicht in der Lage waren, sich selbst zu schützen. Das glich in gewisser Weise ihrem Job als Sachbearbeiterin einer Einrichtung für die Vermittlung von Pflegekindern.

Sie schob ihre Arme unter den kleinen Hund, hob vorsichtig den wackligen Kopf an und ging ins Hinterzimmer, in dem bereits andere Hunde in ihren Drahtkäfigen in verschiedenen Aufwachphasen lagen. Delia ging in die Hocke und legte die Terrierhündin auf die Handtücher, die die Mitarbeiter auf dem Käfigboden verteilt hatten. Dann legte sie ihre Hand auf den warmen Bauch und fühlte den Herzschlag.

Sie stand wieder auf und kehrte in den OP-Saal zurück. Ben streckte die Arme über den Kopf, drückte seine Hände ins Kreuz und schob das Becken nach vorne.

»Meine Frau findet, dass ich eine furchtbar schlechte Haltung habe und von der Seite wie ein Fragezeichen aussehe. Sie möchte, dass ich Yoga oder Tai-Chi mache. Im Fernsehen habe ich einmal ältere Leute gesehen, die langsame Bewegungen zu etwas machen, das Qi-Gong heißt. Bitte sag mir, dass es noch nicht so weit gekommen ist.«

Ben war Anfang fünfzig, doch Delia wusste, dass sein Alter nichts mit der Abneigung gegen körperliche Ertüchtigung zu tun hatte. Als junger Mann war er sehr sportlich gewesen, hatte danach aber nie den Draht zu einer dem Alter angemessenen Sportart wie Tennis oder Radfahren gefunden, geschweige denn zu esoterisch angehauchten Gebieten wie Tai-Chi. Weil er in der Highschool Footballspieler gewesen war, hatte er sich einer Knie-OP unterziehen müssen. Das war sechs Monate her, doch er hinkte immer noch.

Die nächste Hündin, eine Mischung aus Beagle und Boxer, wurde hereingebracht und schnell in Narkose versetzt. Ben beugte sich über die ausgestreckte Patientin und nahm das Skalpell, doch es fiel ihm scheppernd zu Boden. Er griff nach einem neuen, das auf einem Stahltablett bereitlag. »Bin heute wohl etwas unbeholfen«, sagte er.

Etwas kam Delia seltsam vor. Warum wirkte Ben verändert? Er war ein herausragender Tierarzt. Die Tiere liebten ihn. Sein Team, das fast ausschließlich aus jungen Tierarzthelferinnen bestand, arbeitete gern mit ihm zusammen. Für die Mitarbeiter des Tierheims war er der beste Tierarzt, weil er stets bereit war, verletzten Tieren zu helfen, auch wenn man die Besitzer nicht ausfindig machen konnte und niemand für die Kosten aufkam.

Auch Delia hatte nicht gezögert, als er sie um Hilfe gebeten hatte. Wie könnte sie auch? Er war nach dem Tod ihrer Eltern für sie und ihre Schwester Juniper da gewesen. Sie hätte alles für Ben getan, und so assistierte sie ihm gerne, damit weniger Tiere verwirrt und verängstigt im Tierheim landeten.

Doch irgendwas an ihm war anders. Es war so unauffällig, dass man es nicht bemerkte, wenn man ihn nicht gut kannte. Delia war mit einem überdurchschnittlichen Geruchssinn gestraft und hatte eine saure Ausdünstung wahrgenommen, der seinen vertrauten Geruch überlagerte. Dann die ruckartige Bewegung seiner Hand, mit der er nach dem Skalpell gegriffen hatte, die so gar nicht zu seinem ruhigen, überlegten Wesen passte. Wie er das chirurgische Instrument fallen ließ. Ach was, Delia war vermutlich nur übermüdet und unruhig, weil sie ihrem Chef Ira unter Wahrung der dreimonatigen Frist die Kündigung vorgelegt hatte. Eine viel zu lange Zeit, wie Delia empfand, jedoch nach Iras Meinung nicht lang genug. Nun blieben ihr noch vier Wochen.

Jill, die Sprechstundenhilfe, öffnete die Tür. »Delia, ein Anruf für dich aus der Einrichtung in Portland.«

Woher wusste Ira, dass sie in der Kastrationsklinik arbeitete? Sie hatte ihr Handy ausgeschaltet, aber vermutlich hatte er es bei ihrer Schwester versucht. Das verhieß nichts Gutes.

Delia folgte Jill ins Vorzimmer und nahm den Telefonhörer entgegen.

»Hi Ira«, sagte sie.

»Tut mir leid, dass ich dich in der Klinik störe, aber wir haben soeben eine Anfrage für eine Notunterbringung erhalten«, sagte er. »Wir brauchen dich.«

3. KAPITEL

Auf dem Parkplatz vor der Vermittlungsstelle für Pflegekinder fiel Delia wieder ein, dass sie ihre aktuellen Fälle nicht sorgfältig dokumentiert hatte und zum ersten Mal in ihrer beruflichen Laufbahn nicht so gut organisiert war wie gewohnt. Sie zog deshalb ihren Laptop heraus und tippte vor ihrem Treffen mit Ira wie wild darauf herum.

Sie hatte auch zu ihrem letzten Fall noch keine Notizen gemacht. Sie gab den einzelnen Fällen insgeheim Titel, über die Ira nur missbilligend die Stirn gerunzelt hätte, weil sie möglicherweise der Tragödie eines Kindes nicht gerecht wurden oder das Drama der Eltern verharmloste, die wegen Alkohol, Drogen, psychischer Erkrankungen oder einfach schlechten Charakters aus der Bahn geraten waren.

Sie gab die Titel ihrer Fälle niemals preis, behielt sie aber im Kopf. Manchmal fassten sie ein ganzes Leben zusammen, andere bezogen sich nur auf eine Befragung. »Transformator Joe« hatte sie den Fall eines Jungen genannt, der sich innerhalb von Sekunden von einem süßen Kerl zu einem Tyrannen wandeln konnte.

»Lass mir die Decke« war der Titel für einen Fall, in dem ein Kind furchtbare Zeiten mit Hilfe einer zerschlissenen blauen Decke überstanden hatte, von der inzwischen nur noch ein Stück, nicht größer als ein Taschenbuch, übrig war. »Wir sind Atome, die sich immer wieder neu verbinden« war die Überschrift für den Fall einer Familie mit vier Kindern, die über drei Pflegefamilien verteilt waren, bis Delia sich dafür einsetzte, dass eine Familie alle vier bei sich aufnahm.

Diese Titel halfen ihr dabei, sich die wichtigsten Einzelheiten im Leben eines Menschen zu merken, genau wie bei Fotos in einem Album, die man mit einer Überschrift versah. Nur wenige Menschen besaßen heutzutage noch Fotoalben. Sie speicherten die Fotos auf ihren Smartphones oder in ihrer Cloud. Delia wusste nicht genau, was eine Cloud war, und es war ihr peinlich, danach zu fragen. Wenn man ein Foto oder den Unterbringungsort eines Kindes in die Cloud gab, konnte man es dann jemals wieder daraus löschen? Sie würde einen Praktikanten fragen.

Ihr letzter Praktikant hatte zu ihr gesagt: »Wie alt bist du? Du wirkst viel älter, als du aussiehst.« Der Kommentar bezog sich wohl auf ihre Wissenslücken hinsichtlich der Cloud-Technologie. Sie war zweiunddreißig und hoffte, dass es nicht an ihrem Aussehen lag, auch wenn sie sich manchmal um Jahrzehnte älter fühlte.

Als Delia ihrem Chef Ira verkündet hatte, dass sie kündigen würde, hatte er das nicht gut aufgenommen. »Es ist wegen Juniper, oder? Du kannst dich nicht immer um sie kümmern.«

Doch in Wirklichkeit ging es bei der Kündigung um Delia selbst und darum, dass sie in ein neues Leben ohne Sozialdienst starten wollte.

Ira leitete die Einrichtung für die Vermittlung von Pflegekindern im südlichen Maine.

Und er hatte sich hochgearbeitet. Er war selbst ein Pflegekind gewesen, das man mit acht Jahren mit Verbrennungen aus dem Shriners Hospital in Boston entlassen hatte. Delia hatte ihn nie zu den Misshandlungen befragt, die ihm zugefügt worden waren; die Brandnarben an seinen Armen verrieten genug über das furchtbare Trauma, das er erlebt haben musste. Er war einer der Überlebenden dieses Systems und hatte nur zwei Pflegefamilien durchlaufen müssen, bevor er zu der Familie kam, die ihn adoptierte. Seine leibliche Mutter war an einer Überdosis Drogen gestorben, sein leiblicher Vater saß im Gefängnis und hatte die beste Entscheidung für seinen Sohn getroffen, indem er auf sämtliche Elternrechte verzichtet hatte. Ira war zu jemandem geworden, dem nichts entging, der jedes Zucken bemerkte, denn als Kind hatte er gelernt, wachsam zu sein und auf die Stimmungsschwankungen seiner Eltern zu achten, herauszufinden, ob deren Laune kippte.

»Es wird mir einfach zu viel«, hatte Delia zu ihm gesagt und seinen Kommentar über Juniper ignoriert.

Sie schrieb ihre Notizen fertig und speicherte sie ab, dann klappte sie ihren Laptop zu und betrat das Gebäude. Selbst jetzt, als sie alleine durch den Flur lief, spürte sie die Angst und die Wut der Kinder, die durch das System der Pflegefamilienzuweisung geschleust wurden. Es waren die Gefühle von Kindern, die von jenen Menschen misshandelt wurden, die sie liebten.

Delia befolgte alles, was sie im Laufe der Jahre bei Weiterbildungskursen gelernt hatte. Ihr letzter Workshop hatte das Thema »Klare Grenzen setzen« gehabt. Sie hatte Schlüsselworte gelernt, die man benutzte, damit einen das Leid der jungen Klienten nicht traumatisierte, und Informationen zum Thema Zuschauer-Trauma erhalten.

Sie betrieb Sport, hatte Freunde, nahm sich Auszeiten, wo es ging, machte Urlaub und hörte auf ihren Fahrten von der und zur Arbeit Musik statt Nachrichten. Trotzdem grub sich jedes neue Kind in Delias Innerstes, so wie Rost Autolack zerfraß. Das alles zusammen brachte sie irgendwann an ihre persönliche Schmerzgrenze.

Delia sah Kollegen, die diese Grenze überschritten hatten. Und sie wollte nicht zu dem verbitterten, fatalistischen Griesgram werden, in den sich andere verwandelt hatten.

Ab heute waren es noch dreißig Tage. Genügend Zeit, um ihre Projekte vernünftig abzuschließen, sie zu übergeben und sich aus den schweren Kämpfen zurückzuziehen. Doch nach Iras Anruf war Delia misstrauisch, was sie erwartete. Ihr Kinn fing zu kribbeln an, wie immer, wenn ein Fall besonders schwerwiegend war, wenn es um Kindesverwahrlosung ging. Oder noch schlimmer. Es war einfach da, und sie hatte gelernt, darauf zu hören. Es fühlte sich an, als krabbelten kleine Kreaturen ihren Kiefer entlang.

Sie rieb sich das Kinn und versuchte, dieses ihr vertraute Kribbeln zu verdrängen. Sie blieb lange vor ihrem Schreibtisch stehen, auf dem schon die neue Akte auf sie wartete. Ira hatte sie dort abgelegt und bereits ihren Namen vorne draufgeschrieben: Delia Lamont.

Nachdem sie die Akte gelesen hatte, schloss sie sie wieder. Das Kind war fünf Jahre alt und aus dem Krankenhaus entlassen worden. Man hatte Spuren von Blut an ihm gefunden, das aber nicht sein eigenes war. Der Kinderarzt hatte eine leichte Unterernährung attestiert, Schmutz unter den Fingernägeln und infizierte Mückenstiche entdeckt.

Es bestand Grund zu der Annahme, dass das Mädchen in einem Haus in der Bakersfield Road wohnte, das zu einem Tatort erklärt worden war. Der diensthabende Sozialarbeiter hatte es nicht betreten und nachsehen dürfen, ob dort irgendwas zu finden war, das eine Bedeutung für das Mädchen haben könnte, eine Decke oder ein Kuscheltier vielleicht.

Im Haus waren drei Personen gefunden worden, die man aus nächster Nähe erschossen hatte. Eine Frau und zwei Männer. Die Frau konnte anhand ihres Führerscheins als die sechsundzwanzigjährige Emma Gilbert aus Florida identifiziert werden. Die beiden Männer trugen keine Ausweise bei sich, als hätte man sie ihnen abgenommen oder als hätten sie erst gar keine gehabt. Für das Haus waren eine Kaution und die Miete in Höhe von 4600 Dollar für August und September einen

Monat im Voraus an eine örtliche Agentur überwiesen worden. Auf dem Mietvertrag stand der Name Russ Tiggs. Nach Angaben der Polizei musste es sich um einen falschen Namen handeln, denn es gab niemanden mit dem Namen Russ Tiggs. Und über das Kind lagen auch keine Informationen vor.

Es war nicht das erste Mal, dass ein Kind ohne persönliche Akte zur Vermittlungsstelle für Pflegekinder kam. Manchmal rutschten Kinder jahrelang durch die behördliche Überwachung, wurden nie zum Arzt oder Zahnarzt gebracht und besuchten weder Kinderkrippe noch Kindergarten.

Ein Paar mittleren Alters hatte das Mädchen gefunden und war bei ihm geblieben, bis die Polizei kam. Es hatte darum gebeten, über den Zustand des Kindes informiert zu werden. Der erste Polizist vor Ort hatte das Mädchen nach seinem Namen gefragt, woraufhin es, ohne zu zögern, geantwortet hatte: »Hayley.« Doch als man es nach seinem Nachnamen fragte, zuckte es nur mit den Schultern.

* * *

Delia war froh, dass es Iras und nicht ihre Aufgabe war, die Eltern des Kindes ausfindig zu machen. Obwohl die Medien die Einrichtungen zur Vermittlung von Pflegekindern in der Regel sehr negativ darstellten, durften sie erst dann aktiv werden, wenn Kinder in einem Umfeld lebten, das einem regelrechten Kriegsgebiet gleichkam. Und manchmal waren Kinder auch völlig sich selbst überlassen.

Niemand wollte das Kind sein, das man in eine Pflegefamilie geschickt hatte, denn das hieß, dass irgendwas Schreckliches passiert war, dass sich die Eltern nicht genug gekümmert hatten, oft nicht einmal um sich selbst. Wenn die Kinder in der Schule mitbekamen, dass man in einer Pflegefamilie lebte, war man gebrandmarkt, als wäre völlig klar, dass man keine Liebe verdiente.

Delia blieb vor Iras Tür stehen, atmete ein paarmal tief durch und versuchte, sich zu beruhigen. Doch das funktionierte nicht. Im Büro schob sie Ira die Akte über den Schreibtisch zu und sagte dann: »Gab es wirklich keine Familienangehörigen, bei denen man das Kind hätte unterbringen können?« Sie warf einen Blick auf die Akte, auf deren Deckblatt ein Name stand. Hayley.

»Was geht hier vor, warum hast du ausgerechnet mich angerufen? Das Mädchen braucht vermutlich jemanden, der sie über eine längere Zeit aufnimmt.«

»Weil du die Beste bist. Glaubst du nicht, dass wir diesem Mädchen nicht weniger als das geben sollten?«

Sie konnte Ira nie etwas ausschlagen. An gewisse Umstände in ihrem Job würde Delia sich nie gewöhnen. Da war zum einen dieser Geruch der Angst, den ein Kind verströmte, wenn es verlassen wurde, wenn es unvorstellbar einsam war. Dann war es Delias Aufgabe, das Kind nach Freigabe durch die Polizei und das Krankenhaus in eine Notunterkunft zu bringen. Sie könnte niemandem beschreiben, wie diese Angst roch (sie hatte nicht einmal Juniper davon erzählt), denn sie bemühte sich sehr, den Geruch zu verdrängen.

Zum anderen war es die unerträglich drückende Stimmung, wenn die Eltern eines Kindes gestorben waren. Delia hatte einmal Fotos von der Eruption eines Vulkans gesehen und wie diese das ganze Leben drum herum ausgelöscht und zu Asche verbrannt hatte, so dass die Bäume wie Zahnstocher umfielen. Genau so sahen die Kinder aus. Hätte Delia sich jemals an diesen Teil ihres Jobs gewöhnt, hätte sie gekündigt. Nun, sie *hatte* gekündigt.

Was sie immer wieder erstaunte, war die Art und Weise, wie die Erinnerung von Kindern Dinge in einem freundlicheren Licht erscheinen ließ, eine überraschend freundliche Schutzmaßnahme des Gehirns. So wie auch Delia vergessen hatte.

* * *

Genau das wollte Delia bei dem Mädchen vermeiden, das man auf der Landstraße in South Portland gefunden hatte. Das Kind musste sich erinnern. Es war ungefähr fünf Jahre alt und hatte vermutlich mit angesehen, wie drei Erwachsene bei einem bewaffneten Raubüberfall ermordet wurden. Das Kind war fast eine Meile von dem Haus entfernt gefunden worden, in dem die Morde stattgefunden hatten.

Mit der Akte war Delia zum Southern Portland Police Department und zu Detective Lieutenant Michael Moretti gefahren. Er gehörte erst seit kurzem dem Police Department an, war jünger als die anderen, und aus irgendeinem Grund hatte Delia bisher noch nicht mit ihm zu tun gehabt. Er ging um seinen Schreibtisch herum und setzte sich neben sie auf einen Stuhl. Sie war nicht darauf gefasst gewesen, wie seine Hände, die er verschränkt auf die Oberschenkel legte, ihren Blick magisch anzogen, oder auf seine sanften Augen, wenn er sie ansah. Auf seinem Schreibtisch stand das Foto eines kleinen Mädchens, er hatte also eine Tochter. Alle Männer, denen sie begegnete, schienen verheiratet zu sein.

»Solche Morde geschehen entweder im Affekt oder weil Drogen im Spiel sind. In unserem Fall gehe ich von Letzterem aus. Vor fünfzehn Jahren wäre ich mir da noch nicht so sicher gewesen, vielleicht nicht einmal vor zehn Jahren. Der Drogenhandel, vor allem mit Heroin, breitet sich wie eine Seuche über den Kontinent aus und gelangt in jeden entlegenen Winkel. An einer der Leichen hat man Heroinspuren gefunden.«

Delia gefiel seine Stimme, obwohl sie Schreckensnachrichten verbreitete.

»Gibt es irgendeinen Hinweis, mit Hilfe dessen wir das Kind identifizieren können? Waren die Opfer mit ihr verwandt?«

»Wir überprüfen gerade noch die DNA«, sagte der Detective und legte den Kopf schief, als versuche er, seine Worte sorgfältig zu wählen. »Ich will Ihnen sagen, womit wir es hier zu tun haben. Bei diesem Fall weist für mich alles darauf hin, dass sich größere Verbrechensorganisationen in der Gegend breitgemacht haben, um den Herointransport zu regeln und alles, was dazugehört, etwa verschreibungspflichtige Medikamente. Vielleicht sind die Opfer irgendwem in die Quere gekommen. Auf jeden Fall haben sie jemanden gehörig verärgert.«

Delia konnte nicht umhin, seinen guten Geruch zu bemerken.

»Wir hatten schon immer ein wenig Heroin in der Stadt, das ist nichts Neues. Und Crack«, sagte sie. Sie betrachtete ihn gerne, seinen Hals und seinen Adamsapfel. Sie schlug ihr rechtes Bein über das linke.

»Ich wurde eingestellt, weil ich Erfahrung mit dem Drogenhandel in Rhode Island habe, und um ehrlich zu sein, hat sich etwas verändert. Heroin ist einem Phänomen gefolgt, dessen Ursprung vor ungefähr fünfzehn Jahren zu suchen ist, als Ärzte anfingen, Oxycodon und andere Schmerzmittel zu verschreiben. Die großen Pharmakonzerne haben es versäumt, darauf aufmerksam zu machen, dass Oxy genau wie Heroin wirkt. Nehmen wir mal an, Sie bekommen ein künstliches Hüftgelenk oder hatten einen Autounfall, und ihr Knie ist kaputt. Sie bekommen Schmerzmittel, von denen viele Menschen abhängig werden. Und ich meine richtig abhängig.«

Er hielt inne, atmete aus und rieb sich den Nacken. Dann stellte er einen Fuß dichter an seinen Stuhl, wobei die Gummisohle seines Sportschuhs einen schwarzen Streifen auf dem Linoleumboden hinterließ. Irgendetwas beschäftigte ihn, unabhängig von seinem Job.

»Haben Sie einen persönlichen Bezug zu Heroin?«, fragte Delia.

Er zog ruckartig die Augenbrauen hoch. »Meine Nichte. Letztes Schuljahr, Basketballerin, Stipendium in North Carolina. Im Frühling vor ihrem Abschluss hatte sie einen Autounfall und brach sich den Fußknöchel. Wir dachten alle, sie würde sich wieder erholen, und das tat sie auch, so dass sie im Sommer bei einer Malerfirma anheuern konnte. Doch keiner von uns wusste, dass sie von Oxy abhängig war, das sie sich auf der Straße kaufte.« Er unterbrach sich. »Ich habe das außerhalb des Department noch niemandem erzählt.«

»Klingt, als hätten Sie Ihrer Nichte nahegestanden.«

Er schloss einen Moment die Augen. »Ich stand ihr nahe. Sie war ein tolles, kluges, wunderschönes Mädchen und hatte riesiges Talent für Basketball. In jenem Sommer fing sie auch mit Heroin an. Eine miese Lieferung erreichte Providence, und sie nahm eine Überdosis.«

Delia schnürte es den Hals zu. »Das tut mir sehr leid.«

Er blickte zu Boden, ein Muskel zuckte über seinen Kiefer.

»Was ich damals jedoch nicht wusste, war, dass das überall passiert, in allen fünfzig Staaten, in unzähligen Orten jedes Staates. Die Drogenindustrie verdient damit viel Geld, denn das Heroin hat sich in Vororte und ländliche Gegenden wie Maine, Vermont und Massachusetts verlagert. Überallhin. Es ist explodiert. Bis man wie meine Nichte wird, in seinem zweistöckigen

Haus im weißen Amerika sitzt und sich im Keller den Schuss setzt. Unsere drei toten Opfer haben auch damit zu tun.«

Sein Handy surrte. »Tut mir leid, den Anruf muss ich annehmen. Ich sage Ihnen sofort Bescheid, sobald ich etwas über die Identität des Mädchens herausgefunden habe.«

Delia wäre gerne noch länger in seinem Büro geblieben. Aus Erfahrung wusste sie, dass die Polizei ziemlich frenetisch wurde, wenn es um ein Kind ging. Wenn ein Kind einem Verbrechen zum Opfer fiel, nahm die Polizei das sehr persönlich. Dieser Detective hatte selbst eine Tochter und trauerte über den sinnlosen Tod seiner Nichte.

Sie nahm ihre Tasche und die Akte und winkte ihm kurz zu, als er sich wieder hinter seinen Schreibtisch setzte. Er blickte auf und nickte.

Die Verbrecher waren Morettis Job. Delia war es eher gewöhnt, mit der Polizei in Portland zusammenzuarbeiten, die sich um häusliche Gewalt kümmerte und nicht um Mordfälle. Mit der South Portland Police hatte sie noch nie zu tun gehabt. Ihre Aufgabe dagegen war es, zum Schutze des Kindes Gutachten zu erstellen und für die beste Notunterbringung zu sorgen. Ira sagte, nur seine besten geschulten Pflegefamilien wären in der Lage, eine solche Art von Unterbringung zu ermöglichen.

4. KAPITEL

Delia und ihre Schwester spazierten mehrere Male in der Woche die Eastern Promenade in Portland am Wasser entlang. Sie waren gerade an der Stelle vorbeigekommen, an der die Leute Skulpturen hinterließen, die aus Felsbrocken bestanden, die Wasser abgerundet hatte.

»Das Kind sah auf dem Foto total verstört aus«, sagte Delia.

»Was meinst du mit verstört?«, fragte Juniper.

Delia warf ihren Pappbecher in einen Mülleimer. »Ich meine damit ein fünfjähriges Mädchen auf einem Polizeifoto in weißer Unterhose und lavendelfarbenem T-Shirt mit einer Prinzessin vorne drauf. Ich meine ihre Augen, ich meine die Angst, auch nur einen winzigen Mucks von sich zu geben. Sie wirkte wie erstarrt. Ich habe den Bericht gelesen, das Kind war körperlich unversehrt. Sie musste keine physischen oder sexuellen Übergriffe erleiden, aber man hat sie alleine auf einer Landstraße im Süden Portlands gefunden. Das Mädchen hat nur seinen Vornamen gesagt. Es konnte auch nicht angeben, wo seine Familie war.«

Delia durfte über einen Fall reden, solange sie nur das erwähnte, was auch die Öffentlichkeit wusste. Die Zeitungen hatten über Hayley berichtet, ihren Namen aber nicht preisgegeben. Die Schwestern beendeten ihren Ausflug bei Junipers Auto, das neben einem italienischen Supermarkt parkte.

Als Delia noch auf dem College war, hatte sie direkt nach dem Hurrikan Katrina ehrenamtlich beim Roten Kreuz gearbeitet. Man hatte sie nach Meridian in Mississippi geschickt, wo Tausende Evakuierte aus New Orleans gestrandet waren. Die Menschen waren völlig verstört und wirkten verwirrt und erschöpft. Delia war in provisorischen Unterkünften, Kirchen und Schulen unzähligen von ihnen begegnet. Doch das, was sie am meisten berührt hatte, war eine Katze gewesen. Ein junger Mann und eine Frau hatten das Tier aus dem Sturm in New Orleans gerettet, sie in einen Katzenkorb gesteckt und über Meilen auf dem Kopf durch brusttiefes Wasser watend transportiert, um sie aus der Stadt zu schaffen. Als sie benommen das Zentrum des Roten Kreuzes erreichten und sich nach einem Nachtlager umsahen, saß die Katze in ihrem Plastikkäfig und starrte vor sich hin. Man hätte die Finger vor ihren Barthaaren schnippen können, sie hätte nicht einmal geblinzelt.

Und genau so sah auch dieses Kind aus.

* * *

Nach dem Spaziergang an der Promenade fuhren Delia und Juniper auf den Parkplatz vor dem Whole-Foods-Supermarkt.

»Wir könnten die letzten Pfirsiche aus der Gegend kaufen«, sagte Juniper. »Dann mache ich eine Pfirsichtorte. Oder ich röste sie auf dem Grill.«

Delia hörte den hoffnungsvollen Ton in Junipers Stimme, den Wunsch, ihrer Schwester ein wenig Ablenkung zu verschaffen. Delia beneidete ihre Schwester darum, dass sie mit absoluter Sicherheit davon ausging, dass Essen die endgültige Rettung war. Auch sie entspannte der Gedanke an ihre bevorstehende Karriere als Bäckerin, aber nicht mit der tiefen Überzeugung, die ihre jüngere Schwester empfand. An guten Tagen beneidete sie sie darum. An schlechten fürchtete sie die Monster, die aus den Schatten nach Juniper griffen, so dass Delia dauernd in Alarmbereitschaft war und an die Krankheit in ihrer Familie dachte, die Juniper plötzlich dahinraffen konnte. So wie sie ihren Vater dahingerafft hatte.

5. KAPITEL

Delias Vater Theo war starker Raucher. Camel-Zigaretten, schon für damalige Zeiten eine nostalgische Entscheidung. Der Rauch hing in fast allen seinen Jacken und Pullis, in allen Kleidungsstücken, die man nur schwer waschen konnte oder in die Reinigung geben musste. Wenn es ihm gutging, rauchte er nicht im Haus und musste nur ab und zu sachte von ihrer Mutter Susan erinnert werden. »Liebling, macht es dir etwas aus, die Zigarette mit nach draußen zu nehmen?« Doch wenn es ihm schlechtging, rauchte er eine Zigarette nach der anderen, so dass man ihm Feuer unter dem Hintern hätte machen müssen, um ihn nach draußen zu treiben. Delia war elf, es war Herbst, und sie ging in die fünfte Klasse.

Wenn seine Kleidung miefig roch oder er sich seinen paranoiden Gedanken hingab, traf sie der Geruch wie eine chemische Keule. Am Zigarettengeruch lernte sie einzuschätzen, wie der Tag verlaufen würde. Zu viel Rauch bedeutete Schlechtes.

Eines Tages, es musste wohl an einem Samstag gewesen sein, die Herbstsonne schien warm, war er nicht in seinem Büro, um Restaurantbewertungen zu schreiben, sondern saß mit Delia unter dem großen Ahornbaum, an dem die gesamte Nachbarschaft den bevorstehenden Herbst erkennen konnte. Die Züge um seine Kiefer waren weicher geworden, und der Zigarettenrauch nicht mehr als ein würziger Hauch.

Die meisten Zeitungen wollten ihn nicht mehr beschäftigen, nur noch ein paar veröffentlichten auch weiterhin seine Rezensionen.

»Delia, komm, wir harken die Blätter zusammen und formen eine drachenförmige Sandburg. Wir überraschen deine Mom und deine kleine Schwester, wenn sie aus dem Lebensmittelladen zurückkommen.«

Das Wort Drache hatte sie erschreckt, und sie fürchtete, es könnte das wahre Monster aus seinem Versteck locken. Sie sah ihm in die Augen. Seine Pupillen waren nicht erweitert und dunkel von all den erfolglosen Medikamenten. Er war hier, ganz bei Delia. So fühlte es sich an, wenn man mit seinem Vater Blätter im Garten zusammenharkte.

»Nun komm schon, Kleine, es geht mir gut. Es ist doch nur ein Drache, den wir aus Laub bauen. Denkst du vielleicht, ich bin verrückt?« Er zwinkerte ihr zu, holte zwei Rechen und reichte ihr einen Rechen für ihr Ende des Blätterbergs.

Sie harkten und formten die Blätter, bauten einen Drachen, der mehr einem Reptil und einer Schlange glich als einem echten Drachen. Ihr Vater war in Schweiß gebadet. Er warf seine Jacke über einen Gartenstuhl aus Plastik.

»Wir brauchen Stacheln für seinen Rücken, damit er grimmig aussieht«, sagte Delia, trat einen Schritt zurück und bewunderte die Kreatur.

»Ich glaube, du hast recht«, sagte er und machte sich zu dem Müllhaufen in einer entfernten Ecke des Gartens auf, der sich neben den Büschen befand, die sich über Nacht violett verfärbt hatten. »Würdest du Limonade für uns holen?«, fragte er und sah Delia über seine Schulter an.

Was war dann geschehen? Hatte sie zu lange gebraucht? Hätte sie in den Schränken nach den Crackern suchen sollen, die er so liebte? Hatte sie wirklich zehn Minuten gebraucht? Sie nahm die beiden Gläser und ein Schälchen mit Crackern und ging damit zum Drachen zurück. Wo war ihr Dad?

Delia fand ihn zitternd hinter dem Busch. Er zeigte auf ein Häufchen Stöcke, eine kaputte Leiter und eine ausrangierte Reifenschaukel. »Wer hat das hierhergetan?«, fragte er und sah an Delia vorbei, er sah immer an ihr vorbei. »Wen hast du in den Garten gelassen? Waren es Männer? Haben sie nach mir gefragt? Was haben sie über mich gesagt?«

Delias Herz hämmerte wie wild, und sie zählte die Minuten, bis ihre Mutter wieder zu Hause war.

»Nein, Daddy. Niemand war hier. Ich hätte sie gesehen. Bitte, lass uns zu unserem Drachen zurückkehren«, sagte sie und versuchte, dabei so ruhig wie möglich zu klingen. Sie reichte ihm ein Glas Limonade. Er nahm es und starrte es an, als enthalte es Gift. Dann sah er sie an und kippte die Limonade aus.

»Hat man dir gesagt, dass du mir das zu trinken geben sollst? Sie würden alles versuchen. Sie haben hier irgendwas reingetan, um mich zu überwachen.«

Er lief durch den Garten, an dem Drachen vorbei und ins Haus, wo er einen Aschenbecher mit der Asche seiner Camel-Zigaretten füllte.

Eine Woche später, nachdem neue Medikamente seine Wahnvorstellungen in Schach hielten, kam Delia nach der Schule in die Küche, öffnete den Kühlschrank und hörte die gedämpften Stimmen ihrer Eltern hinten auf der Veranda. Auf Zehenspitzen ging sie zum Fenster. »Ich ertrage es nicht, dass ich euch allen weh tue«, sagte ihr Vater und schluchzte. Delia schlich sich wie eine Spionin näher heran und spähte hinaus. Ihre Mutter hockte neben ihrem Vater und hatte die Arme um ihn geschlungen.

»Sie hat Angst vor mir, meine Tochter hat Angst vor mir. Das sehe ich in ihrem Blick«, sagte er und drückte sein Gesicht an die Schulter seiner Frau.

Delia betete darum, die Schizophrenie ihres Vaters möge verschwinden, und hoffte auf eine Therapie, die seine teuflischen Halluzinationen besiegen würde. Lieber als alles andere auf der Welt wollte sie ihren Vater zurückhaben, ihren lieben Dad, immer. Für ihn hätte sie alles getan.

6. KAPITEL

Nicht nur für ihren Vater war es ein schlimmer Sommer gewesen, sondern für sie alle. In einer Woche sollte Delia ihr zweites Jahr am College beginnen. Juniper besuchte die achte Klasse. Da sie auf eine öffentliche Schule ging, hatte ihr Unterricht bereits begonnen. Delia hatte im Sommer am Empfang des YMCA gearbeitet, Leute eingecheckt und Handtücher ausgegeben. Ihr größter Wunsch war, ab Herbst auf dem Campus zu wohnen, aber der Gedanke, J Bird alleine bei ihrem Vater zu lassen, wenn er seine schlechten Phasen hatte, war ihr schier unerträglich.

Seit diesem Sommer trug Juniper den neuen Spitznamen J Bird. Alles hatte als Hänselei begonnen, als ein älterer Junge sie Bird Legs, Vogelbeinchen, nannte. Doch Delias jüngere Schwester war nicht wie der Rest ihrer Familie, sie ließ sich von Gerede nicht aus der Ruhe bringen, sondern verspottete den Jungen, flatterte mit den Armen und rief: »Ich bin ein Vogel, ein Vogel, J Bird!« Der Spitzname saß, und jeder, der sie kennenlernte, nannte sie so. Doch für Delia war und blieb sie Juniper, auch wenn sie den neuen Spitznamen übernommen hatte. Selbst ihr Vater hatte während dieses unheilvollen Sommers Freude an Junipers resoluter Namensänderung gefunden.

Ihre Mutter hatte ihren Job als politische Berichterstatterin bei der Zeitung aufgegeben und arbeitete jetzt im Vertrieb. Der Verleger höchstpersönlich hatte den Wechsel vorgeschlagen, nachdem Delias Vater zu viele Abgabetermine verpasst hatte und die Nachfrage anderer Zeitungen für seine Kolumnen nachließ. »Dann bin ich abends mit J Bird zu Hause«, sagte sie mit gespielter Begeisterung zu Delia, und es zerriss ihr das Herz. Ihre Mutter liebte hitzige politische Debatten.

Ihr Vater hatte zum x-ten Mal beschlossen, die Medikamente abzusetzen, die zwar die Stimmen in seinem Kopf dämpften, ihn dafür aber alles wie in Watte gepackt wahrnehmen ließen. Doch seine paranoiden Gedanken versetzten sie alle in Angst und Schrecken. Wieder riss er die Kabel aus dem Fernseher und entfernte die Batterien aus dem CD-Player. Er bestand auf einem Postfach, wollte keinen Briefkasten mehr und versuchte, systematisch alle Bedrohungen durch die Außenwelt, über die Regierung bis hin zur UNO und darüber hinaus abzuwehren.

Ihre Mutter intervenierte, versuchte zu vermitteln, beruhigte ihn und stellte sich schützend zwischen den Mann, in dem sie ab und zu noch ihren gutaussehenden Ehemann erkannte, und ihre entsetzten Töchter.

»Delia, geh mit J Bird heute Abend ins Kino oder ins Einkaufszentrum«, sagte sie, als Delia vom YMCA nach Hause kam und ihre Mutter ihr schon in der Einfahrt entgegenlief. Irgendetwas fiel im zweiten Stock des Hauses zu Boden. Ihre kleine Schwester saß auf dem schwarzen Asphalt, den Rücken an die Garagentür gelehnt, ihr neuer Schulranzen stand vor ihren Füßen. Mit gesenktem Kopf stocherte sie in einer Kerbe herum.

»Morgen ist Schule. Hat J Bird keine Hausaufgaben?« Aber beide wussten, dass es nicht darum ging. Vielmehr ging es um den Verfolgungswahn, unter dem ihr Vater zunehmend litt.

»Ich muss seinen Psychiater sprechen«, sagte ihre Mutter und schob sich das schulterlange Haar hinter das Ohr. Sie hatte in diesem Sommer bereits ein Dutzend Mal mit dem Psychiater und den Ärzten der Notaufnahme gesprochen, doch die Schizophrenie ihres Vaters stellte selbst für den erfahrenen Psychiater eine Herausforderung dar. Ihre Mutter musste sich hingegen der Aufgabe stellen, ihren Vater während seiner Wahnvorstellungen davon zu überzeugen, dass es sicher war, Medikamente einzunehmen. Delia glaubte, dass ihre Mutter über kurz oder lang vor Erschöpfung zusammenbrechen würde. Dass sie das alle tun würden.

Doch was war schlimmer? Die Wahnvorstellungen, mit denen ihr Vater sie tyrannisierte und vor Eindringlingen abschottete, die nur er sah, oder die schier unendliche Reue, die er zeigte, wenn er sich dessen bewusst wurde? Die Medikamente sorgten dafür, dass er seine Krankheit erkannte. Sie hielt ihn außerdem vom Schreiben ab.

Der schwarze Asphalt hatte die Hitze des Tages gespeichert, die nun durch Delias Schuhe an ihre Fußsohlen drang und ihre Beine hinaufkrabbelte. Sie war erschöpft vom vielen Stehen hinter dem Tresen. Am liebsten wäre sie einfach ins Haus gegangen, hätte sich aufs Sofa gesetzt oder sich auf ihrem Bett ausgestreckt. Aber nein, in dieser Familie ging das ja nicht, denn ihr Vater hatte mal wieder den Verstand verloren. Warum war ihre Familie nicht so wie andere? Sogar wie solche, in denen sich die Eltern ab und zu stritten oder einer zu viel trank? Immerhin hingen bei denen keine nackten Kabel aus der Wand, sie konnten ihr Badezimmer benutzen, Freunde anrufen und fernsehen. Warum durfte ihr Freund sie nicht besuchen? Einmal hatte sie Tyler nach einem Date eingeladen, doch dann hatte ihr Vater ihn peinlicherweise angeschrien: »Ich habe schon von dir gehört! Halt dich von meiner Tochter fern!«

Delia wollte es nicht aussprechen, aber sie sehnte sich nach mehr Zeit mit ihrer Mutter. Sie wollte mit ihr in eine Eisdiele gehen, shoppen oder lange Spaziergänge am Strand unternehmen, ohne dass sie gleich nach Hause rannte, um sich um ihren Vater zu kümmern. Er war überzeugt, dass die Nachbarn sich gegen die Familie verschworen hatten und einen Tunnel unter der Straße gruben, um in ihr Haus einzudringen.

»Ich weiß, dass er krank ist, aber wann können wir endlich wieder ein normales Leben führen? Müssen wir alle für seine Krankheit büßen? Ich weiß, dass du ihn verlassen willst«, sagte Delia. »Dann tu es doch einfach, Herrgott noch mal.«

Das hatte Delia bisher noch nie laut ausgesprochen und es nur unter Tränen Tyler gegenüber zugegeben. Ihre Mutter blinzelte in die untergehende Sonne und legte ihre Hand über die Augen. »Als wir uns zum ersten Mal begegnet sind, wusste ich, dass ich dem brillantesten, attraktivsten und witzigsten Mann der Welt gegenüberstand. Und ich wusste, dass ich nie wieder so einem Mann begegnen würde.« Sie wandte den Blick ab und kniff die Augen zusammen. Ein zittriger Atemzug durchfuhr sie. »Ich muss mich daran klammern, dass er uns liebt. Wenn ich das aufgebe, ist er verloren. Nimm deine Schwester für ein paar Stunden mit, ja? Bitte!«

Sie reichte Delia die Schlüssel. »Unternehmt etwas Schönes zusammen.«

»Ich habe eine Verabredung mit Tyler! Ich musste schon letzte Woche absagen, weil Dad mich nicht aus dem Haus lassen wollte«, sagte sie.

»Du wirst noch viele Verabredungen mit Tyler haben. Bitte, Delia. Ich würde dich nicht darum bitten, wenn es nicht wichtig wäre.«

Schweigend fügte Delia sich und schob den Schlüssel in ihre Tasche.

»Ich liebe euch Mädchen und weiß, wie schwer das für euch ist«, sagte ihre Mutter, legte den Kopf schief, als bitte sie um Vergebung.

Wut nagte an Delia, und sie reagierte nicht auf die unausgesprochene Bitte ihrer Mutter nach einer Umarmung und nach ein wenig Verständnis für ihr Verhalten. Sie blickte auf und sah ihren Vater hinter einem

Fenster im oberen Stockwerk, seine einst markanten Gesichtszüge aufgedunsen von den Medikamenten, die er zwar seit Wochen nicht mehr nahm, deren Spuren aber immer noch sichtbar waren.

Sie drehte sich um und sagte dann: »Komm, J Bird. Lass uns ins Kino gehen.«

Sie rief bei Tyler an und hinterließ die Nachricht, dass sie ihr Treffen absagen musste.

7. KAPITEL

Delia hatte sich schon immer um Juniper gekümmert und darauf geachtet, ob sich auch bei ihr Anzeichen der Krankheit ihres Vaters zeigten. Sie beobachtete Juniper, als sie auf die Highschool ging und während sie in ihren frühen Zwanzigern war.

Und was war, wenn Juniper Drogen nähme, die eine Kettenreaktion in ihrem Gehirn auslösten? Oder wenn ein Autounfall den Schalter umlegte? Oder wenn es Delia erwischte und sie selbst plötzlich kreischende Stimmen im Kopf hörte? Was wäre, wenn das passierte, wer würde sich dann um Juniper kümmern?

Ihre kleine Schwester war mittlerweile sechsundzwanzig und fast auf der sicheren Seite, und abgesehen davon, dass sie in den vergangenen sieben Jahren mit furchtbaren Jungs zusammen gewesen war, wirkte sie nicht angeschlagen. Und wie sah es bei Delia aus? Abgesehen von ihrem überdurchschnittlich ausgeprägten Geruchssinn und dem Kribbeln am Kinn hatte sie mit ihren zweiunddreißig Jahren bereits das Alter überschritten, in dem das Risiko, auch an Schizophrenie zu erkranken, am höchsten war.

Doch Delia kannte die Zahlen auswendig, und schon als zwanzigjährige Studentin der Psychopathologie hatte sie gewusst: Das Risiko, dass die Kinder eines schizophrenen Elternteils auch an der Krankheit leiden, lag bei dreizehn Prozent. Es bestand also die Möglichkeit, dass Sie und Juniper einmal Aluminiumhelme tragen würden, um sich vor aggressiven Funkwellen abzuschirmen. Ihr Vater war so schwer daran erkrankt, dass er glaubte, radioaktive Luft würde durch die Wasserleitungen gepumpt. Als Delia in die zwölfte Klasse der Highschool ging und seine Wahnvorstellungen leid war, versuchte sie, vernünftig mit ihm zu reden. »Aber Daddy, das sind Wasserleitungen …« Doch er sah sie nur mit seinem verzerrten Gesicht an und sagte: »Ich bin doch nicht bescheuert. Wasser enthält Luft, H2O, also O, kapiert?«

Und was hatte Delia sonst noch in ihren Kursen über psychische Erkrankungen gelernt? Dass die Lebenserwartung bei Menschen wie ihrem Vater zwanzig bis fünfundzwanzig Jahre unter dem Durchschnitt lag. Ihr Vater hatte beim Durchschnitt einen Volltreffer gelandet. Er war mit vierundvierzig Jahren gestorben.

Heute liebte jeder Juniper. Sie brachte die Leute zum Lachen. Die Kunden der Bayside Bakery, in der sie arbeitete, liebten ihre Muffins und gebackenen Himbeerkreationen mit Sahnequark. Delia hätte alles darum gegeben, die Ernsthaftigkeit abzulegen, die durch den Tod ihrer Eltern und dem zu frühen Erwachsenwerden auf ihr lastete. Sie wollte sein wie Juniper, bewunderte sie für ihre unkomplizierte Art, mit Männern zu sprechen oder mit ihrer großen weißen Schürze in der Bäckerei zu tanzen, wenn ihr danach war.

Delia war neunzehn, als die Katastrophe über ihre Familie hereinbrach, und fast Studentin im zweiten Studienjahr. Juniper hingegen war erst dreizehn und in der achten Klasse, sie bekam gerade Brüste. Und deshalb musste Delia die Erwachsene sein. Doch nun wollte sie, dass man sie wahrnahm, so wie man auch J Bird wahrnahm. Sie wollte, dass jemand zu ihr sagte: »Hey Delia, du hast es echt drauf!« Sie wollte endlich die Last abwerfen, unter der sie als Ersatzmutter gelitten hatte.

Es war natürlich nicht so, dass sie sich gewünscht hätte, Juniper wäre anders. Sie vergötterte ihre kleine Schwester und war stolz auf sie. Delia wollte einfach diesen furchtbaren Unmut loswerden, den sie niemandem wünschte. Das hässliche Gefühl, das sie an manchen Tagen ergriff, wenn Zuneigung und Missgunst sich mischten. Das lastete schwer auf ihr. Es gab Tage, an denen sie auf ihre kleine Schwester eifersüchtig war, und das war in jeder Hinsicht falsch. Sie hätte alles darum gegeben, die Engherzigkeit zu vertreiben, die sie manchmal ergriff.

Wer Gedanken verändert, verändert Gefühle. Predigten das nicht Menschen wie Oprah Winfrey? War es nicht an der Zeit, ihren Beschützerinstinkt beiseitezuschieben, der ihr schon genug Geduld abgefordert hatte? Juniper war inzwischen erwachsen. Delia musste nicht länger auf sie aufpassen. Ihre kleine Schwester hatte der Familienkrankheit ein Schnippchen geschlagen.

Zu allem Überfluss schien das Universum Delia in einer Endlosschleife festzuhalten, denn sie hatte einen Beruf gewählt, bei dem sie für Kinder verantwortlich war, die einen sicheren Ort brauchten.

Die Schwestern besaßen keine Gegenstände aus ihrem Elternhaus. Weder einen Lieblingssessel noch Geschirr von Großtante Heddy, keine Familienfotos, keine Kleidung. Sie hatten nur das, was sie in jener Nacht trugen, keinen Schmuck, keine Sporttrophäen, Schulchroniken, Haarbürsten, Zahnbürsten, Schuhe oder Haarklammern. Keine Ausgabe ihres liebsten Bilderbuches *Goodnight Moon*. Kein Essen aus dem Kühlschrank. Keinen Kühlschrank.

Wenn die Schwestern zusammen waren, genügte es, ein wenig an der Oberfläche zu kratzen, um die kleinen Mädchen, die sie einmal waren, wieder hervorzulocken.

* * *

In Delias Tasche klingelte das Handy. Es war Ira. Sie nahm sich ein paar Sekunden Zeit, um sich auf das Gespräch vorzubereiten. Keiner schaffte es so wie Ira, sie zurück in die Gegenwart zu holen, indem er ihr Katastrophen lieferte, die sie von ihrer eigenen ablenkten.

»Die Blutuntersuchungen sind eingetroffen«, sagte er. »Keiner der drei Personen in dem Haus ist mit Hayley verwandt.«

8. KAPITEL

J Bird

Bei Baxter, Junipers schwermütigem Golden Retriever, war eine Tollwutimpfung fällig. Die beiden waren seit drei Jahren unzertrennlich, nachdem Ben sie aus seiner Tierklinik angerufen und ihr gesagt hatte, dass jemand soeben einen streunenden Hund vorbeigebracht und ob sie Interesse habe. Ben war der Held der Familie, er hatte Delia geholfen, als sie am College war, und Juniper versichert, sie verdiene den allerbesten Freund und keinen, der ihr das Herz brach.

Ben war für Juniper das, was einem Elternteil am nächsten kam. Er war für sie da, wenn sie nicht einmal Delia um Hilfe bitten konnte. Er hatte sie von ihrer Abschlussparty an der Highschool abgeholt, als sie so zugedröhnt war, dass sie kaum stehen konnte, und ein fremder Kerl sie auf ein Bett gestoßen hatte. Ben hatte die letzte Fähre von Peaks Island genommen und sie abgeholt. Sobald der Wagen vorgefahren war, war sie zur Tür gerannt und schluchzend davor zusammengebrochen.

»Ist schon gut, J Bird«, hatte er nur gesagt. »Wir vermasseln alle mal was. Ich bin immer für dich da.«

Nun musste sie mit ihm über Baxter sprechen. Eigentlich gehörte der Hund beiden Schwestern, denn auch Delia ging bei miesem Wetter mit Baxter raus, doch wenn es um das Wohl des Hundes ging, traf Juniper die Entscheidungen. Wenigstens bei Baxter war sie diejenige, die die Verantwortung trug.

Bevor sie den Hund bekam, war Juniper eine überzeugte Befürworterin der Kastration gewesen. Baxter lebte sein Leben mit dem Selbstvertrauen eines breitbrüstigen Hundes, der wusste, dass er sein Rudel beschützen konnte, wenn es darauf ankam. Genau genommen wünschte Juniper sich, sie hätte etwas von seinem beträchtlichen Selbstbewusstsein, dann würde Delia vielleicht aufhören, sie permanent zu bemuttern.

Der Gedanke, dass es Baxter eines Tages nicht mehr geben könnte, war ihr unerträglich, also fand sie, dass die Zeit gekommen war, mit Ben darüber zu sprechen, ob Baxter nicht doch Nachkommen zeugen sollte.

Sie kam zwanzig Minuten zu spät. Ein Unfall auf der Brücke hatte ihre Ankunft verzögert. Da sie ihren Termin ans Ende von Bens Sprechzeiten gelegt hatte, war sie erleichtert, als sie seinen Kleinlaster noch auf dem Parkplatz sah. Sie parkte neben dem alten Toyota und stellte den Motor ab. Baxter, der auf dem Beifahrersitz saß, hob seine Augenbrauen, als er erkannte, wo sie waren.

»Ich erkundige mich nur, mehr nicht«, sagte Juniper und öffnete die Tür.

Sie ging zur Beifahrerseite, doch der Hund schien

sich mit dem Aussteigen Zeit zu lassen. An der Tierklinik angekommen, versuchte sie, die Türklinke herunterzudrücken, doch es war abgeschlossen. Sie klopfte laut und spähte hinein, um zu sehen, ob Ben vielleicht noch irgendwo herumhantierte. Durch den Türspalt zu seinem Untersuchungszimmer fiel Licht. Ben steckte den Kopf heraus, sah Juniper und winkte ihr zu. Er lief um den Empfangstresen und öffnete ihr die Tür.

Schweiß perlte auf seiner Stirn, er wirkte etwas verwirrt.

»Anstrengender Tag?«, fragte sie und trat ein.

»Was? Oh, ja, war anstrengend.« Er fuhr sich mit den Fingern durch das Haar und wandte den Blick ab.

»Entschuldige, dass ich so spät komme. Auf der Brücke hat es einen schweren Unfall gegeben«, sagte sie. »Und es tut mir leid, dass du einen anstrengenden Tag hattest.«

Ben sah auf seine Uhr. Sie kannte niemanden in ihrem Alter, der jemals eine Uhr getragen hatte. Bei Delia hingegen sah das vielleicht schon anders aus. Sechs Jahre machten einen großen Unterschied, und Delia hatte sich ihr gegenüber stets wie eine Ersatzmutter verhalten. Ben hingegen könnte vom Alter her tatsächlich ihr Vater sein.

Als Juniper ihren Abschluss an der Highschool gemacht hatte, saßen er und seine Frau neben Delia und applaudierten wie verrückt, als sie auf die Bühne ging. Dennoch empfand sie ihn eher wie einen großen Bruder. Nach der Abschlussfeier kam er zu ihr und sagte:

»Keine Sorge, Winzling, wenn du mich brauchst, ruf mich einfach an.«

Juniper war nur ein paar Männern wie Ben begegnet. Männern, die Tiere liebten und den ganzen Tag eines unter dem Arm trugen, die immer wussten, wie sie einen Hund oder eine Katze beruhigen konnten. Und die allesamt verheiratet waren. Genau wie Ben, der mit seiner Frau auf Peaks Island lebte.

Warum wirkte Ben heute so anders auf sie, irgendwie aufgekratzt, als wäre er statisch aufgeladen? Und warum sah sein Gesicht angespannter aus als sonst?

Mitten im Eingangsbereich blieb Baxter plötzlich vor Bens Behandlungszimmer stehen. Der Hund legte seinen Kopf schief, blinzelte kräftig und schien die Ausdünstungen von verängstigten Katzen und Hunden aufzunehmen, die hier durchgeschleust worden waren. Und noch etwas ließ ihn innehalten. Baxter verzieh Ben regelmäßig spitze Nadeln und Stöße und ging immer wieder auf ihn zu wie auf einen alten Kameraden. Doch jetzt zögerte er.

»Es ist gerade etwas ungünstig«, sagte Ben. »Ich muss die Kinder abholen.«

J Bird stutzte. Seine Kinder gingen auf die Highschool, eines hatte sogar gerade den Abschluss gemacht. Man musste sie noch abholen? Hatte sie ihm nicht gerade von dem Verkehrschaos auf der Brücke erzählt?

»Dann solltest du wohl besser deine Frau anrufen, denn du wirst die nächste Fähre nicht schaffen«, sagte sie. Juniper hatte vielleicht nicht Baxters Nase, doch sie konnte eine Abfuhr eine Meile weit riechen. Dass sie von Ben kam, schmerzte sie.

Doch während sie mit Baxter zum Wagen zurückging, verflog ihr Ärger. Selbst jemand wie Ben konnte mal einen schlechten Tag haben.

9. KAPITEL

J Bird

Seit ihrem sechzehnten Lebensjahr arbeitete Juniper in Cafés und Restaurants. Als Studienanfängerin an der Fairfield University war sie fünfmal in der Woche um vier Uhr morgens aufgestanden, um im Sticky Fingers Café Muffins zu backen.

Als die Osterferien nahten, hatte sie ein Muffin-Rezept mit geriebenem Ingwer und Pfirsichmus entwickelt, das schließlich zum Grund wurde, weshalb man sie feuerte. »Das Rezept gehört mir«, hatte ihr Boss verkündet.

Es war sein erstes Restaurant, und er war der festen Überzeugung, dass seine Mitarbeiter und die Luft, die sie atmeten, sein Eigentum wären.

Doch Juniper besaß mit ihren neunzehn Jahren bereits genug Rückgrat, um ihn anzulächeln und zu antworten: »Nein, tut es nicht. Und ich gehöre Ihnen auch nicht.« Sie wurde auf der Stelle entlassen und nahm das Rezept mit der geheimen Zutat mit, die ihr Boss niemals herausfinden würde. Die geheime Zutat war Juniper selbst mit ihrer uneingeschränkten Liebe für aufregende Kreationen und ihre erfrischende Einstellung, mit der sie sich seit dem Tod ihrer Eltern immer wieder über Wasser gehalten hatte.

Eine Gruppe älterer Motorradfahrer war zu ihrer loyalen Anhängerschaft geworden. Sie hatten in ihrer Social-Media-Gruppe von dem Ingwer-Pfirsich-Muffin geschwärmt, und als sie an einem Samstag wie gewohnt vorbeikamen und mit knarzenden Lederhosen und ihren Helmen in den Händen die Bäckerei betraten und man ihnen verkündete, Juniper sei gefeuert worden, erstarrte alles.

Ihr Kollege Angelo erzählte ihr später, dass es am Sonntag darauf einen besorgniserregenden Sitzstreik von fünfundzwanzig Motorradfahrern gegeben habe. Sie hatten jeden verfügbaren Stuhl belegt und waren schweigend sitzen geblieben, ohne zu bestellen, als wären sie zu einer Beerdigung gekommen. Sie blieben eine halbe Stunde, brachten den Besitzer völlig aus der Fassung, standen dann auf und warfen ein paar Zwanziger in den Trinkgeldbecher.

Juniper passte die Wahl ihrer Vorlesungen dem Kochen an. In Geschichte erfuhr sie alles über das Gebäck der Renaissance und langsam gegartes Fleisch. Sie lernte genug Französisch und Italienisch, so dass sie ein Jahr im Ausland verbringen und Literatur studieren konnte, die irgendwie immer wieder auf das Essen zurückkam, auf eiskalte Butter für perfekte Croissants, einen Hauch von Buttermilch in Kuchenböden, Vanillesauce, auf herzhafte Crêpes mit Schinken und Käse, die von den Straßenverkäufern angeboten wurden.

In Italien lernte sie, wie man frische Ricotta und Mozzarella herstellte, garniert mit Basilikum, Tomaten, geröstetem Knoblauch und frischem Olivenöl.

Delia hatte bereits beim Jugendamt gearbeitet, als sie ihrer kleinen Schwester in Italien einen Besuch abstattete, nachdem sie ihre Urlaubstage gespart hatte, um Weihnachten mit Juniper zu verbringen. Sie folgte ihrer Schwester nur widerwillig in den kleinen Laden, der frische Pasta verkaufte und nicht größer war als ein Frozen Yoghurt Shop in Amerika. Die Frau, der der kleine Laden gehörte, zeigte ihnen, wie man Nudeln machte. Immer wieder drehte sie den Pastateig durch eine Walze, bis er so zart war, dass er in die Maschine passte und in Fäden wieder herauskam, die sie mit beiden Armen auffing. Die Pasta hängte sie zum Trocknen über Holzstäbe, die überall im Laden herumstanden und ihn wie eine kleine Wäscherei aussehen ließen.

Delia hatte schon immer an Junipers sinnliches Kochtalent geglaubt. »J Bird, du bist die Köchin in der Familie, das weiß doch jeder.« Mit Familie meinte sie sie beide.

Doch ihr Vater war es, der Restaurantkritiken geschrieben hatte, wenn er nicht gerade unter Wahnvorstellungen litt, der seinen beiden Töchtern beigebracht hatte, wie man gutes Essen genoss und es von lieblos und ohne jegliche Finesse zubereiteten Gerichten unterschied. Er nahm sie einmal an zwei aufeinanderfolgenden Abenden in ein Restaurant in Portland mit und bestellte dasselbe Gericht, Shrimps. Zu den Mädchen sagte er nichts. Am folgenden Tag, nachdem sie das Gericht zum zweiten Mal bestellt hatten, fragte er seine Töchter: »Welches von beiden hat euch glücklich macht?«

Juniper war damals gerade neun Jahre alt gewesen und hatte nicht erst die Antwort ihrer großen Schwester abgewartet. »Das von gestern hat besser geschmeckt. Mir kam dabei die ganze Zeit ein Lied in den Sinn«, sagte sie.

Er lächelte. »Das Gericht wurde mit genau den gleichen Zutaten zubereitet. Der Unterschied war nur der Koch. Gestern hat Sheila gekocht, sie liebt Essen, respektiert Krustentiere, sie ist Künstlerin. Der Koch heute Abend heißt Philip, er würde Liebe nicht einmal erkennen, wenn man sie ihm an den Kopf knallen würde. Das hat etwas mit Können und Fertigkeit zu tun, aber die Hauptzutat ist und bleibt die Übertragung von Energie.«

Aber wenn es ihm schlecht ging, was gegen Ende zunehmend der Fall war, bekam Essen etwas Bedrohliches für ihn, bis er am Ende die Freude nicht mehr schmecken konnte.

Bis zu dem Tag in dem kleinen Pastaladen, als die zierliche Italienerin die frischen Nudelstränge über ihren Armen hielt, wäre Juniper vielleicht weiter davon ausgegangen, dass von beiden Schwestern sie diejenige war, die etwas von Essen, von Geschmacksnuancen und dem Zusammenspiel herzhafter Gewürze verstand. Und Delia hatte sie fast schon davon überzeugt, dass sie als große Schwester in diesem Leben nur für eines gut war, nämlich auf J Bird aufzupassen und auf die Kinder, die eine Pflegefamilie brauchten.

Doch als in dem kleinen Ort Minori am Mittelmeer eine leichte Brise den Duft von Zitronen in den kleinen Laden trug und ein Hauch des Hartweizengrießmehls Juniper umhüllte, wirkte Delia so entzückt und erstaunt, als hätte diese Erfahrung ein lang verschlossenes Tor in ihrer Erinnerung aufgestoßen.

»Frag sie, ob sie mir beibringt, wie man diese Nudeln macht«, sagte Delia. Sie verbrachte dann den restlichen Tag mit der Frau, rollte, schnitt und hängte noch mehr Nudeln auf. Juniper ließ die beiden in der kleinen Küche zurück. In Essensfragen sprachen sie dieselbe Sprache, auch wenn sie sich sonst nichts zu sagen hatten.

Delia war in ihr Hotel zurückgekehrt und hatte sich auf dem einzelnen Bett neben Juniper ausgestreckt.

»Ich wusste das nicht, ich habe es vorher nie verstanden. Das ist die gute Seite an Dad. Er hat uns beigebracht, Essen so zu betrachten.«

Juniper hätte sagen können: »Habe ich das nicht gleich gesagt?«, aber sie empfand es als so tröstlich, dass Delia endlich in ihre Welt eintrat, dass sie nur lächelte und ihr ein Schüsselchen mit Oliven reichte, die sie am selben Morgen in einem kleinen Lebensmittelladen gekauft hatte.

Die Italienerin, mit der sie die Pasta hergestellt hatten, sagte später zu Juniper: »Deine Schwester hat ein Näschen, sie riecht alles.«

Es hatte fünf Jahre gedauert, bis Juniper Delia davon überzeugt hatte, eine gemeinsame Bäckerei zu eröffnen. Und nun würde es schon in zwei Monaten losgehen.

* * *

Sie hatte den Laden bei einem ihrer täglichen Spaziergänge mit Baxter entdeckt, am Willard Beach South Portland, wo es Hunden vor neun Uhr morgens noch gestattet war, ohne Leine herumzulaufen. Drei Jahre lang war sie an dem einstöckigen Gebäude vorbeigelaufen, ohne es wahrzunehmen.

Dann, vor fünf Monaten, im vergangenen März, war Juniper stehen geblieben, um den Sand aus ihren blauen Nikes zu schütteln, während sie auf einem Bein balancierte. Plötzlich hatte sie über die Straße zu dem Gebäude hinübergesehen, das zum Verkauf stand, hatte die alte Ladenfront betrachtet, auf der über dem verdeckten Eingang noch die verblasste Schrift KURZWAREN prangte. Der Laden war zuletzt allerdings eine Immobilienagentur gewesen.

Das morgendliche Licht der Dämmerung ließ die Fenster erstrahlen, das Licht tanzte über die Fensterscheiben. Die alte Ladenfront befand sich an einer Kreuzung zum Strand, an der jeder, der diesen Strand kannte, vorbeikam.

Juniper hatte Baxter an die Leine genommen und die Straße überquert. Sie drückte die Hände an die Fensterscheiben und spähte hinein. Alles, was man rausreißen konnte, war herausgerissen worden. Wo einst Lampen gehangen hatten, ragten nun Kabel von der Decke. Zwei große Deckenplatten waren aus ihren Aluminiumschienen gerutscht. Und was war das da hinter den Kacheln?

Baxter hatte sie mit einem Stock ans Bein gestupst, den er vom Strand mitgebracht hatte. Sie wandte kurz den Blick von dem alten Laden ab, doch als sie wieder aufschaute, fuhr eine sanfte Brise, die den Sommer ankündigte, durch ihr Haar, und in einem kurzen verhängnisvollen Moment sah sie hinter glänzenden, sauberen Fenstern Menschen mit Croissants und Sandwiches und großen dampfenden Tassen an Bistrotischen sitzen, eine offene Küche, Backbretter, zwei professionelle Backöfen, große Wannen mit kanadischem Mehl. Und Delia. Sie sah Delia so klar, wie sie sie noch nie zuvor gesehen hatte, bis zu den Ellenbogen im Teig und mit einer ungewohnten Glückseligkeit auf dem Gesicht.

Juniper blinzelte, sah auf Baxter mit seinem Stock hinab und dann wieder auf das Gebäude. Juniper hatte etwas gefunden, das lange darauf gewartet hatte, gesehen zu werden. Ein Café. Und sie brauchte Delia, um es wahr werden zu lassen.

Zwei Tage später, an einem Samstagnachmittag, als Juniper ihre Frühschicht in der Bayside Bakery beendet und Delia keinen Bereitschaftsdienst hatte, standen sie zusammen vor der Ladenfront.

»Selbst wenn ich das für eine gute Idee hielte, müsste man es renovieren und neue Sanitäranlagen einbauen«, sagte Delia. »Es muss barrierefrei ausgestattet werden, mit Rollstuhlrampen, Haltegriffen auf den

Toiletten. Genehmigungen, Gebäudeinspektion«, sagte sie, rieb mit den Händen aber bereits den Schmutz von den Scheiben.

Sie war darauf gepolt, die Mutterrolle einzunehmen, und sah zuerst immer alle negativen Aspekte. »Ich habe einen Job, der mir Vergünstigungen bietet, Sicherheit, Stabilität«, sagte sie.

»Das stimmt«, sagte Juniper. »Seelenaufreibende Sicherheit.« Baxter saß auf ihren Füßen, als versuche er, ihren Worten Nachdruck zu verleihen. »Wir haben eine Wahl. Dad hatte keine Wahl, aber wir haben sie. Mom hat auch eine Entscheidung getroffen und aufgegeben, was sie liebte, um sich um Dad zu kümmern. Du kannst auch für immer Teil deines Jobs sein. Wir könnten aber auch unsere Chance beim Schopf ergreifen.«

Baxter stand auf, drückte seinen Kopf an Delias Hand und wedelte mit dem Schwanz.

»Okay, Baxter, wie ich sehe, bist du bereits mit von der Partie«, sagte sie, ging in die Knie und tätschelte den Hund. »Wir versuchen es für zwei Jahre. Wenn wir dann pleite sind, kann ich immer noch einen neuen Job annehmen.«

10. KAPITEL

Nach dem Erweckungserlebnis vor fünf Jahren, als sie J Bird in Italien besucht und frische Pasta hergestellt hatte, fing Delia am Wochenende an, Brot zu backen. Einmal im Monat machte sie Pasta. Sie hatte nicht unbedingt ein Händchen für Torten, Muffins oder Eclairs wie J Bird, sondern ihr kulinarisches Zuhause war das Backen von Brot und die Herstellung frischer Pasta. Sie machte sich mit der Hefe vertraut und experimentierte mit der Beschaffenheit von Krusten. Sie las alles über Hefe, was sie nur finden konnte, und war fasziniert von dem kleinen Kosmos, der ihr völlig neu war. Pasta war unkompliziert im Vergleich zu der Vielfalt von Brotsorten.

Ihre ersten Brotlaibe sahen noch ungleichmäßig aus, waren entweder zu viel oder hatten zu wenig Salz. Doch sie wollte unbedingt lernen, gutes Brot zu backen. Weil sie meistens an Sonntagen Zeit hatte, wurde das Brotbacken für sie zu einem entspannenden Ritual. Schon bald begriff sie, wie Hefekulturen funktionierten, und wenn sie sich absolut still verhielt, alle Fenster schloss und die Musik abstellte, hörte sie die

Hefe sogar blubbern und ausatmen. Einmal band sie sich ihr Haar mit einem Tuch hoch, legte ihr Ohr dicht an die Mischung, schloss die Augen und war ganz erstaunt, als sie die vielen Seufzer hörte, während die Hefe sich ausdehnte. Sie wich jedoch sofort zurück. Schon ihr Vater hatte Stimmen gehört, und diese ständige Angst war das Vermächtnis seiner Schizophrenie.

Sie hätte zufrieden damit sein sollen, Teig zu kneten, Mehl zu mischen und sich zu freuen, wenn sich eine perfekte Haut auf dem Teig bildete. Delia konnte beim Backen ihre Umwelt völlig ausblenden, die schweren Fälle, denen sie in der Arbeit begegnete, und die Erinnerungen an ihre Kindheit, die sie zu ihrer Geisel machten. Sie konzentrierte sich ganz auf das Kneten, Drücken, Backen, Beschnuppern und Verkosten des Brotes, das sie mit ihren eigenen Händen gebacken hatte.

J Bird wurde mit ihrem ausgeprägten Feinschmeckersinn schon bald auf Delias Brot aufmerksam. »Gute Struktur. Beachtliche Kruste, für die man trotzdem keinen Presslufthammer braucht. Gib mir etwas davon mit in die Bayside Bakery, mal sehen, was sie dazu sagen.«

Das war vor einem Jahr gewesen. Doch wenn Juniper erst einmal eine Idee hatte, hielt sie daran wie ein Bluthund fest. Und so brachte auch der Geschmack von Delias Brot sie auf die Idee mit dem Café.

»Du und ich, warum nicht? Warum sollte ich weiter für andere Bäckereien backen und du weiter in der Pflegeunterbringung arbeiten, wenn du das beste Brot bäckst, das ich je gegessen habe? Ich kenne mich mit dem Führen einer Bäckerei aus, mit Bestellungen, wo man die besten Zutaten findet und wie man ausgefallene Sachen kreiert. Deine Aufgabe wäre die Herstellung von Brot und Pasta.«

Die Idee erschien Delia zunächst albern und unverantwortlich. Andere Leute waren vielleicht frei und hätten sich so eine Gelegenheit nicht entgehen lassen, aber nicht Delia. Sie hatte ihre Kindheit in ständiger Wachsamkeit verbracht, immer auf der Hut vor den Stimmungsschwankungen ihres Vaters. Sie hatte ihre kleine Schwester vor seinen schrecklichsten Wahnvorstellungen abgeschirmt, an die sie sich irgendwann gewöhnt hatte. Und nach dem Brand war es ihre Aufgabe gewesen, sich um J Bird zu kümmern. Konnte es sein, dass die Zeit nun reif war, den Dingen einfach ihren Lauf zu lassen?

Das Café leuchtete am Horizont wie ein funkelnder Stern und wurde jeden Tag heller.

11. KAPITEL

Delia packte ihren Aktenkoffer, wusch ihr Frühstücksgeschirr ab und füllte Baxters Napf mit frischem Wasser, bevor sie sich auf den Weg machte. Als sie bei ihrer Arbeit ankam, stieg ihr der Geruch von Iras Frühstück in die Nase, irgendwas mit Eiern, Zwiebeln und Bohnen; vermutlich hatte er kurz vor ihrem Eintreffen einen Burrito in seiner Schreibtischschublade versteckt.

»Hast du Verwandte gefunden, die sich ihrer annehmen könnten?«, fragte Delia.

Das Aufspüren entfernter Verwandter war Iras Spezialität. Er hatte Zugriff auf das komplizierte System der Sozialversicherungsnummern, ehemaliger Anschriften oder Papierschnipseln, die am Tatort gefunden wurden. Ira, der Großmeister der Pflegevermittlung in Southern Maine für verlorene, verwahrloste und verlassene Kinder, würde sicher eine Tante, einen Onkel oder eine Großmutter finden, die sich um Hayley kümmern konnte.

Auf seinem Schreibtisch türmten sich Akten, er spähte mit einem Auge auf den Bildschirm seines alten

Computers. Dann breitete er die Hände vor sich aus und streckte den Rücken durch, vermutlich zum ersten Mal, seit er sich heute Morgen um acht Uhr an den Schreibtisch gesetzt hatte. »Nein, noch nichts«, sagte er dann.

Das Kind war bereits seit drei Tagen in einer Notunterbringung, nachdem Ira keine Verwandten hatte finden können. Furcht kroch Delias Nacken empor. Normalerweise hatte Ira zu dem Zeitpunkt bereits erste Hinweise. Entfremdete Großeltern, Stiefväter, die weiterhelfen konnten, eine Information von einem Sozialdienst in einem anderen Bundesstaat oder aus einem Frauenhaus. Aber er hatte nichts, gar nichts.

Delia blieben noch siebenundzwanzig Arbeitstage. Sie steckte in Gedanken schon fast in ihrem neuen Leben, bereit, in die Welt der Delikatessen einzutauchen: Croissants, Haferbrot und hausgemachte Nudeln mit frischer Zitrone. Der Traum von einem Café mit Juniper war zum Greifen nahe.

Delia kehrte zurück in die Gegenwart. Noch hatte man niemanden für Hayley gefunden, und wenn es überhaupt Angehörige gab, hätte Ira sie inzwischen längst ausfindig gemacht.

»Ich habe nur das hier, es wurde in der Tasche eines der männlichen Opfer gefunden. Es handelt sich um eine Quittung aus einem Geschäft in West Hartford, leider wurde bar bezahlt.«

»Und was ist das für ein Geschäft?« Delia atmete ein wenig auf.

Ira nahm die Kopie der zerknitterten Quittung, hielt

sie vor sich hoch und streckte die Arme aus, um seine Augen darauf zu fokussieren. »Artemis Haushaltswaren. West Hartford, Connecticut.«

»Es gibt tatsächlich einen Haushaltswarenladen, der Artemis heißt?«

»So etwas würde mir nicht einfallen. Vermutlich ist es ein Familienname.«

Ira reichte ihr das Papier über den Schreibtisch. In der oberen rechten Ecke befand sich ein Stempel des South Portland Police Department. Auf der Quittung standen drei Posten: vier Schachteln Frischhaltebeutel, eine Taschenlampe und acht Mono-D-Batterien. Hatte der Käufer vorgehabt, Sandwiches zu machen? Wohl kaum.

»Die Polizei geht bereits von Heroinhandel aus«, sagte Ira, als hätte er ihre Gedanken gelesen. »Der Standort passt in den Drogenpfad. Heroindealer sind große Unterstützer von Plastiktütchen.«

Ganz oben auf der dünnen Akte lag ein Foto von Hayley, das man in der ersten Nacht im Krankenhaus von ihr gemacht hatte. In ihren braunen Augen spiegelte sich ein wenig das Neonlicht der sterilen Umgebung. Ihr Haar, in dem in der Nähe eines Wirbels noch ein Stück Kaugummi klebte, schimmerte matt braun.

»Bisher konnte niemand ihren Nachnamen herausfinden. Als man sie fragte, hat sie nur mit den Achseln gezuckt und schien es ehrlich nicht zu wissen. Das gibt mir zu denken, ob ihre Eltern so sehr mit anderen Dingen beschäftigt waren, zum Beispiel mit Heroindeals, dass sie dem Kind nie seinen vollen Namen beigebracht haben. Jedenfalls hat sie die Frage nicht beantwortet. Genauso wenig konnte sie etwas zu den Leichen sagen.«

Delia machte den Job lange genug und widerstand der Versuchung, irgendwelche vagen Vermutungen anzustellen. Sie brauchte Fakten. Normalerweise wartete auch Ira ab, doch irgendwas schien ihn unterschwellig zu ärgern, und das kannte Delia nicht von ihm. Doch eine Überidentifizierung mit einem Kind konnte jeden von ihnen jederzeit treffen.

»Hat die Polizei das Foto an die Behörden in West Hartford gefaxt? Sind sie mit dem Foto in den Kurzwarenladen gegangen?«

»Gestern. Aber da kann sich niemand an das Mädchen erinnern. Die Frau, die normalerweise in dem Laden an der Kasse steht, glaubte sich an den Mann zu erinnern, der die Frischhaltebeutel gekauft hat. Aber sie kannte ihn nicht.«

»Was passiert, wenn wir keine Verwandten finden?«, fragte Delia.

Sie war kein Neuling in der Sache; genau genommen machte sie den Job schon viel zu lange, hatte ihr persönliches Ablaufdatum erreicht und es sogar verstreichen lassen.

Ira erhob sich von seinem Stuhl. Er war um die fünfzig, und sein Bauch, der einem halben Fußball glich, war in den vergangenen zehn Jahren, seit sie hier arbeitete, gewachsen. Juniper erinnerte sie oft daran, dass zehn Jahre mehr als genug waren.

»Du weißt, was als Nächstes passiert. Wir holen sie

aus der Notunterbringung und finden einen verlängerten Aufenthalt für sie.« Er griff nach seinen Autoschlüsseln, die oben in der rechten Schublade lagen. »Komm, lass uns mal sehen, ob Hayley uns noch irgendwas anderes erzählen kann.«

Inzwischen sah Delia Ira nur noch selten in direktem Umgang mit Kindern. Das war die Belohnung dafür, dass er ein kompetenter, sensibler, anspruchsvoller Sachbearbeiter war und in der Verwaltung rasant Karriere gemacht hatte. Sein Job war es, Fördergelder zu beschaffen und Vorschriften zu umschiffen.

Delia nahm ihre dunkelbraune Aktentasche an sich und folgte ihm durch den Flur.

»Ist sie in Portland?«

»Nein, in South Portland.«

Die Parkgarage befand sich im selben Häuserblock wie die Büros. Leicht salzige Atlantikluft, die nach in Olivenöl frittiertem Fisch duftete, der auf der Commercial Street angeboten wurde, stieg ihr in die Nase.

Sie nahmen Iras Toyota, den er und seine Frau sich gekauft hatten, um die Kinder zum Fußball, zum Musikunterricht und zu Campingausflügen zu kutschieren. Ihre jüngste Tochter ging zwar inzwischen aufs College, den Wagen hatten sie aber behalten und ratterten nun mit dem Vierradantrieb herum. Ira zahlte lieber monatlich die Miete für die Parkgarage, als auf der Straße Jagd nach Parkplätzen zu machen, wie Delia das oft tat.

Sie hatten schon länger nicht mehr als Team zusammengearbeitet, seit Ira zum Leiter befördert worden war und Delia eine Beförderung in die Verwaltung abgelehnt hatte. Doch jetzt war es so weit, wie ein altes Paar saßen sie vertraut nebeneinander im SUV. Sie fuhren aus der Garage an tagträumenden Passanten auf der Commercial Street vorbei und über die Casco Bay Bridge nach South Portland.

Kurz darauf erreichten sie eine renovierte Ranch, der man ein zweites Stockwerk aufgesetzt hatte. Das Erdgeschoss war mit Vinylpaneelen verkleidet, der zweite Stock mit grau-weiß gestrichenen Schindeln, wie auch die halbe Nachbarschaft.

Delia wusste schon lange, dass sich Menschen, die in geschlossenen Wohnkomplexen lebten oder Häuser mit über fünftausend Quadratmetern bewohnten, nur selten als Pflegefamilien bewarben. Häuser von Pflegefamilien waren meist bescheidener. Sie verfügten höchstens über drei Schlafzimmer, zwei Bäder, kleine Zimmer, weißes Corelle-Geschirr, dünne Handtücher und ein großes Herz. Zumindest alle Familien, mit denen Ira zu tun hatte.

Er achtete akribisch genau auf die Ausbildung von Pflegeeltern. Er hatte als Kind selbst das System durchlaufen und wusste genau, dass es nicht viel brauchte, um das ganze System dem Untergang zu weihen. Er begegnete allen Pflegeeltern skeptisch, die ihre Kinder nicht großzügig und liebevoll betreuten. Die Zeitungen berichteten meist nur über die schlimmsten Fälle in der Pflegekindbetreuung, aber nicht von den vielen hundert Kindern, die einen sicheren Hafen fanden.

»Bei welcher Familie hast du sie untergebracht?«,

fragte Delia. Normalerweise hätte sie so etwas als Erstes gefragt. Doch seit ihrer Kündigung ließ ihre Aufmerksamkeit ein wenig nach. Sie sollte sich zusammenreißen, immerhin arbeitete sie noch immer zum Wohle der Kinder. Noch hatte sie ihre Arbeit nicht niedergelegt.

»Erica und Tom. Sie sind erst relativ kurz dabei, aber ich vertraue ihnen. Sie wissen, dass Hayley sich zurückentwickeln, ins Bett machen oder Alpträume haben und nicht mehr sprechen könnte. Sie haben selbst eine Tochter, die jetzt auf die Highschool geht, und einen sehr zutraulichen Kater. Ich mache den Job nicht erst seit gestern«, sagte Ira, legte seinen Kopf schief und machte etwas mit seinen Lippen, was die eine Seite seines gut gepflegten Schnauzbartes hochhüpfen ließ.

»Ich habe noch immer Angst davor, einen Fehler zu machen und das Schicksal eines Kindes zu verschlimmern«, sagte er und nickte langsam. »Ich weiß noch, dass ich mich am Anfang ständig fragte, was wäre, wenn ich einen Fehler machte? Oder wenn ich ein Kind versehentlich zu Pflegeeltern brächte, von denen einer ein Sexualstraftäter wäre, der sein ganzes Erwachsenenleben darauf gewartet hätte, endlich ein Pflegekind in Obhut zu nehmen? Schreckliche Vorstellung, nicht wahr?«

Gedanken dieser Art zeichneten Ira aus. Er wusste genau, was alles schiefgehen konnte, wenn auch nur eine Kleinigkeit nicht passte. Das vergaß er nie, und er wurde niemals selbstgefällig.

* * *

Entlang der Auffahrt standen zwei Dreiräder.

»War die Kunsttherapeutin schon da?«, fragte Delia und öffnete die Beifahrertür. Sie liefen an den Dreirädern und einer Reihe Petunien vorbei, die schon jetzt lang und dürr geworden waren, obwohl die kalten Herbstnächte erst noch bevorstanden.

»Noch nicht. Sie ist im Urlaub«, sagte er und drückte seinen Finger auf die Klingel. Die Tür ging auf, und der Duft von Essen schlug ihnen entgegen.

»Hi Erica. Es riecht nach Abendessen. Auf dich ist einfach immer Verlass.«

12. KAPITEL

Erica fuhr sich mit der Hand durch ihr dunkelblondes Haar. »Ihr riecht zwar, dass ich gekocht habe, aber bisher mag Hayley am liebsten einfache Hot Dogs, ohne Ketchup oder Senf.«

Delia folgte Ira ins Haus. »Darf ich vorstellen, Delia, die zuständige Sachbearbeiterin, von der ich dir erzählt habe. Wir wollten dich und Hayley kurz besuchen.«

Delia schüttelte Erica die Hand. Ihr Händedruck wirkte herzlich und sanft. Erica trug eine dunkelblaue Kniebundhose aus reißfestem Stoff, wie man sie von Wanderern kannte. Sie war barfuß, doch ein weißer Abdruck auf ihren gebräunten Füßen verriet, dass sie sonst die Sandalen trug, die in der Ecke standen.

»Wandern Sie?«, fragte Delia.

Erica lachte fröhlich. »Mein Mann sagt immer, dass ich aussehe, als würde ich Werbung für den Appalachian Wanderclub machen. Wir sind so oft wie möglich unterwegs. Meine Tochter ist nicht so begeistert, aber wir wissen, wie wir sie bestechen können. Ich habe Hayley gerade einen kleinen Spaziergang mit Picknick vorgeschlagen.«

Erica drehte sich um und sah in den hinteren Teil des Hauses. »Sie ist gerade in der Küche und hilft mir beim Mixen«, sagte Erica und wischte sich die Hände an der Hose ab. »Hayley weiß nicht, was ein Picknick ist, und sie hat mir erzählt, dass Emma auf sie warte.«

Emma Gilbert? Das weibliche Opfer? Sie nannte sie also nicht Mommy, sondern Emma? Delia wurde nachdenklich.

Erica ging einen Schritt zurück und zeigte zur Küche. »Kommt. Ich mache uns Kaffee.«

Sie wusste offensichtlich, dass Iras Durst nach Kaffee unstillbar war.

Es war heiß in der Küche. »Ich koche oft im Voraus, wenn ich Zeit dazu habe«, sagte Erica und warf einen Blick in den Ofen. »Hayley? Eben war sie noch hier.«

Das ruhige Gefühl, das Delia hatte, als sie Erica begegnet war, verflüchtigte sich.

Erica eilte zur Tür und hinaus auf die Terrasse. »Hayley?«

Delia und Ira folgten ihr. Im Garten hinter dem Haus stand ein Mädchen vor einem Beet und hielt eine Gurke in der Hand. Ein Kater von der Größe eines Beagles drückte seinen Kopf an das Bein des Mädchens und sah wie ihr Wachhund aus. Das Mädchen blickte auf und versteckte die Gurke hinter dem Rücken.

Delia seufzte. Gott sei Dank gab es Kinder, die zwar neugierig waren, sich aber nicht über Gartenbeete hinauswagten. Sie sah in den Garten. Und zum Glück gab es Gartenzäune.

Erica hüpfte von der Veranda und ging langsam zu

Hayley hinüber. »Magst du Gurken? Ich mag die auch.« Sie setzte sich auf die Holzumzäunung um das Beet. »Zeigst du die auch mal meinen Freunden Ira und Delia?«

Das war ihr Stichwort. Delia ging zum Beet und setzte sich ins Gras. »Hi Hayley. Ich ernte auch gerne Gurken. Darf ich dir helfen?«

Hayleys Haar war frisch gewaschen, es duftete blumig und fiel in braunen Wellen auf ihre Schultern. Ihre Kleidung war neu. Die paar Kleidungsstücke, die sie am Leib getragen hatte, waren ihr von der Spurensicherung im Krankenhaus abgenommen worden. Erica war hoch anzurechnen, dass sie Kleider gefunden hatte, die den ursprünglichen sehr ähnlich waren, so dass Hayley sich darin wohl fühlen konnte. Auf ihrem gelben T-Shirt prangte zwar keine Prinzessin, dafür aber ein freundlich dreinschauender Drache mit Flügeln. Die kurze blaue Hose war ihr etwas zu groß und schlackerte um ihre schmalen Hüften. Ihre dünnen Beinchen waren mit verkrusteten Mückenstichen übersät und wirkten für ein Kind ungewöhnlich schlaff. Hatte sie an dem Ort, wo sie sich aufgehalten hatte, nicht rennen oder herumspringen und hüpfen können?

»Emma mag Gurken«, sagte Hayley.

Keiner von ihnen hatte sich dazu durchringen können, dem Kind zu erklären, dass Emma tot war. Auch wenn Hayley wahrscheinlich die Mörder gesehen hatte und am Tatort gewesen war. Doch sie war noch zu klein, um das alles zu begreifen. Man hatte sie blutverschmiert gefunden, sie musste also Kontakt zu den

Opfern gehabt haben. Doch das war für einen ersten Besuch ein viel zu schwieriges Thema. Ein Therapeut und Erica sollten ihr behutsam die Wahrheit über die tote Frau beibringen.

Hayley holte die Gurke hinter ihrem Rücken hervor. »Emma ist tot«, sagte sie, nickte feierlich und beugte sich hinab, um den Kopf der Katze zu streicheln. »Ich habe das Louie erzählt, jetzt ist er traurig.«

Delia konnte nie vorhersagen, wie kleine Kinder auf den Tod reagierten. Manche konnten nicht begreifen, wenn ein Verwandter oder eine Bezugsperson starb, und verdrängten es einfach. Andere kämpften regelrecht darum, das plötzliche Fehlen eines Menschen zu verstehen, und sprachen mit erschütternder Offenheit darüber. Hayley gehörte offenbar zur zweiten Kategorie.

Erica streckte ihre Hand aus und streichelte die große Katze. »Unsere Katze heißt Louie«, erklärte sie Delia zärtlich.

»Und was kann man machen, wenn Louie traurig ist?«, fragte Delia, die den Faden nicht verlieren, aber dennoch so wenig wie möglich Druck ausüben wollte.

Die Katze, die mindestens stolze zwanzig Pfund wog, nutzte den Moment, um mit ihrer großen Tatze eine Hummel aus der Luft zu fischen und sie zu verspeisen. »Sie mag Katzenfutter. Das aus den Dosen«, sagte Hayley. Dann sah sie Erica an. »Sticht die Biene ihn jetzt im Maul?«

Erica lächelte. »Er liebt Hummeln, er wurde, glaube ich, noch nie von einer gestochen. Ich hole eine Dose

Futter, das können wir ihm zusammen geben, und dann ist er nicht mehr traurig wegen Emma.«

Ira hatte recht gehabt, Erica auszuwählen. Die Frau hatte einen Zugang zu dem Kind gefunden. Sie verschwand in der Küche und kehrte dann mit einer Dose Friskies und einer kleinen roten Schüssel zurück. Sie zog den Deckel der Dose auf, so dass Louie die Ohren spitzte und sie wachsam ansah. »Hayley, gib ihm doch zwei Löffel davon.«

Hatte das Mädchen zuvor schon mal eine Katze gefüttert? Delia hielt nach allen Besonderheiten Ausschau, die ihr weiterhelfen könnten.

»Hast du auch ein Kätzchen?«, fragte sie.

Hayley schüttelte den Kopf. »Emma sagt, dass wir im Auto keine Katze haben können.«

Hatten sie in einem Auto gelebt? Am Tatort war keines gefunden worden.

»Schläfst du in deinem Auto oder in einem Haus? Ich schlafe in einem Haus«, sagte Ira. Delia war so auf den Moment konzentriert, dass sie seine Anwesenheit beinahe vergessen hatte. Hayley kauerte sich neben die Schüssel und gab vorsichtig zwei Löffel Katzenfutter hinein. »Louie schläft bei mir. Ich habe jetzt ein Bett«, sagte sie und zeigte zum Haus.

Erica legte den Kopf zur Seite und sah Ira an. »Er hat keine Flöhe und ist so was wie ein Kuscheltier. Alle Kinder lieben ihn. Ich hoffe, das ist in Ordnung.«

Delia hätte es nie übers Herz gebracht, diesem Kind den einfachen Trost dieses flauschigen Tiers zu untersagen.

»Hast du mit Emma in einem Bett geschlafen?«, fragte Delia.

Hayley betrachtete fasziniert, wie Louie sein Abendessen verschlang. »Er mag sein Fressen.« Sie fuhr mit ihrer Hand seinen Rücken entlang, und er drückte sich gegen ihre Hand und fraß getrost weiter.

Mit kleinen Kindern zu sprechen barg stets die Gefahr, dass man sich am Ende in einer Sackgasse wiederfand. Delia konnte spüren, wenn ein Kind offen und der Weg nicht blockiert war.

»Ist Emma deine Mommy?«, fragte Delia und streckte selbst ihre Hand aus, um Louie zu streicheln. Solange die Katze sich nicht vom Fleck rührte, sprach Hayley vielleicht weiter. Laut der Rettungskräfte hatte sie im Krankenhaus nur ihren Namen gesagt. Doch jetzt wirkte das Mädchen gar nicht so wortkarg.

»Emma liest mir vor. Wir schlafen im Auto, wenn die Tiger kommen.«

Delia atmete langsamer. Sie spürte, dass sie nicht mehr viel erreichen würde.

»Hat der Tiger Emma weh getan?« Sie streichelte Louies Kopf, während er sich mit einer Pfote die Schnauze putzte.

Hayley formte ihre Hände zu Krallen, öffnete weit den Mund und fing zu brüllen an. »So«, sie brüllte erneut, »Tiger sind böse. Louie hat gesagt, dass er die Tiger verjagt, wenn sie kommen.«

Und dann versiegte der Wortschwall. Hayley steckte den Daumen in den Mund, drehte sich weg und wiegte sich sanft von einer Seite auf die andere.

Ira und Delia standen auf, beide wussten, wie lange ein Kind dem Ansturm harter Fragen standhalten konnte, die dunkle Erinnerungen heraufbeschwörten.

»Wir müssen jetzt gehen. Wiedersehen, Hayley. Danke, dass du uns die herrliche Gurke gezeigt hast. Wiedersehen, Louie«, sagte Delia.

Erica begleitete sie bis zur Küche zurück und drehte sich dann noch einmal zu dem Kind um, das summend und sich wiegend dastand und am Daumen lutschte. »Ich bleibe mit ihr draußen und lese ihr eine Geschichte vor. Jetzt verstehe ich, warum sie sich draußen wohler fühlt.«

»Wir finden alleine raus«, sagte Ira. »Ich rufe dich später an.«

Sie setzten sich ins Auto, und Ira fuhr rückwärts die Einfahrt hinaus. »Warum hat Emma Gilbert das Kind überallhin mitgeschleppt? Und wer waren die Tiger, von denen das Mädchen spricht?«

Delia drückte einen Knopf und ließ ihr Seitenfenster herunter. »Diese Katze ist fast so groß wie ein Hund. Es wundert mich, dass Louie nicht auch noch bellt.« Delia sah immer noch das kleine Mädchen vor sich, das mit der Katze spielte.

Ira bog rechts ab und fuhr langsam aus dem Viertel hinaus, an einem brummenden Rasenmäher und dem Blinklicht eines Postautos vorbei.

»Das macht Raubkatzen so gefährlich. Man hört sie nicht kommen.«

13. KAPITEL

Hayley

Gibt es in der Vorschule Tiger?«, fragte Hayley. Vor ihr auf der dunkelblauen Kücheninsel stand ein Schälchen mit Cheerios. Dieses Müsli war anders als das, das Emma ihr machte, mit kleinen Schokoladenstücken und getrockneten Marshmallows drin.

Erica war die Frau, die sich jetzt um sie kümmerte. Emma war fort. Hayley hatte Erica erzählt, sie wisse, was der Tod sei. Sie war schließlich kein Baby mehr. Emma war tot, auch wenn Hayley sich manchmal fragte, ob sie sie vielleicht doch noch überraschen und mit dem Auto und dem *Star Wars*-Schlafsack vorfahren und zu ihr sagen würde: »Zeit zu gehen, Fräulein, hüpf rein.«

Jetzt saß sie auf diesem hohen Stuhl, vor sich eine Schüssel kleiner, Donut-ähnlicher Cornflakes, die gar nichts Besonderes waren. Sie waren klein, hart, trocken und schmeckten langweilig. Erica wollte, dass sie die ganze Schüssel aufaß. Aber das konnte Hayley nicht.

Erica füllte einen Mixer mit Joghurt, Grünzeug, Bananen und irgendeinem Pulver. Dann drückte sie auf einen Knopf, worauf schrecklicher Lärm losbrach. Danach war es wieder ruhig. Erica kippte das klebrige Zeug in ein Glas und trank es in kleinen Schlucken aus. Vermutlich schmeckte es ihr selbst nicht. Wie konnte es das auch? »Warum glaubst du, dass in der Vorschule Tiger sind?«

Hayley schnürte es den Magen zusammen. Was, wenn Erica wollte, dass auch sie das grüne Klebezeug trank?

Erica stellte ihr Glas auf den Tresen. »Keine Sorge, niemand außer mir trinkt das gerne zum Frühstück. Tom und Sarah sagen Entengrütze dazu.«

Sarah war Ericas Tochter und schon ein großes Mädchen. Sie ging auf die Highschool und hatte Hayley am Tag zuvor die Haare geflochten.

»Oh«, sagte sie und entspannte ihre Hände, die sie um den Bauch gekrampft hatte. »Emma hat gesagt, dass ich niemals in ein Haus mit Tigern gehen darf.«

Erica stellte das leere Glas in die Spüle. »Ich glaube, dass Emma sich gut um dich gekümmert hat. Hast du mal Tiger gesehen?«

Hayley hatte in Büchern Bilder von Tigern gesehen. »Ja. Sie wohnen im Dschungel und können einen fressen. Sie haben scharfe Krallen und Zähne.«

Erica kramte in ihrer roten Tasche und zog ein Handy heraus, schaute drauf und legte es dann auf den Tresen.

»In der Vorschule gibt es keine Tiger, nur Kinder wie dich und zwei Lehrerinnen. Wir beide können uns dort heute mal umschauen. Ich kann dir zeigen, wo du deinen Rucksack hinstellen kannst und wo dein Sitzplatz ist. Dann kommen wir wieder hierher, und du kannst mit Louie spielen, während ich arbeite. Wo ist Louie? Komm, Kätzchen, komm!«

Erica machte immer eine lustige Stimme, wenn sie nach Louie rief, sie wurde dann ganz hoch, als würde sie singen. Hayley hörte Louie miauen, als er in die Küche gerannt kam, als wollte er sagen: »Ich komme schon, ich komme, komme, komme, bin da!«

Erica ging in die Hocke und streichelte ihn. Sie fing bei seinem Kopf an und hörte am Schwanzende auf. Hayley hatte zum ersten Mal eine Katze als Freund. Erica hatte ihr gezeigt, wie sie ihn streicheln konnte.

Sie sah zu Hayley auf. Erica roch genau wie das Haarshampoo, mit dem sie am Abend zuvor Hayleys Haare gewaschen hatte.

Louie machte alle glücklich. Sie war sich sicher, dass er der beste Kater der Welt war. Erica hatte ihr erzählt, dass Maine-Coon-Katzen groß seien und besonders große Pfoten hätten, die wie Plüschpantoffeln aussähen. Als Hayley zum ersten Mal in dieses Haus kam, hatte sie sich vor Louie gefürchtet. Aber jetzt wollte sie am liebsten die ganze Zeit mit ihm zusammen sein.

»Komm runter. Du kannst dein Frühstück stehen lassen. Louie möchte uns seine Katzengeschichte erzählen, bevor wir in die Vorschule fahren.«

Hayley rutschte vom Stuhl und hielt sich am Rand der Kücheninsel fest, bis sie mit den Füßen auf dem Boden stand. Sie setzte sich neben Erica und den Kater. Er rieb seinen Kopf an ihrer Brust, bis sie umkippte und gegen Erica stieß. Er streckte seine Pfoten nach ihr aus, hielt die Krallen aber zurück.

»Hey, er versucht, dir zu sagen, dass du ihn streicheln sollst. Komm, setz dich auf meinen Schoß, dann kann Louie auf deinen Schoß springen, und wird bilden dann ein Hayley-Sandwich«, sagte Erica und tat so, als würde sie von Hayleys Kopf abbeißen. »Mjam, du schmeckst nach Pfirsich!«

Louie war schwer, so schwer, dass Hayley glaubte, ihn nicht hochheben zu können. Doch sein Körper war warm, und sein Schnurren vibrierte an ihrem Rücken.

»Kann Louie mit uns in die Vorschule kommen?«

Sie streichelte seinen Kopf, wie Erica es ihr gezeigt hatte. Louie drückte sich gegen ihre Hand und wollte mehr.

»Katzen dürfen nicht in die Vorschule gehen«, sagte sie. »Aber er wird auf dich warten und hier sein, wenn wir wieder nach Hause kommen.«

Wenn die Tiger zu Ericas Haus kämen, würde Louie ihr helfen. Sie würden weglaufen, so schnell sie konnten.

14. KAPITEL

Wie sollte Delia sich auf Online-Dating konzentrieren, wenn ihre Gedanken ständig um Hayley kreisten und es das Wichtigste war, eine Betreuung für sie zu finden, bevor Delia in sechsundzwanzig Tagen ihren Job an den Nagel hängen würde? Sie hatte sich vor einer Woche verabredet, bevor Ira ihr den neuen Fall übertragen hatte. Juniper war sehr deutlich geworden: »Geh hin! Bei allem, was heilig und lecker ist, geh hin!«

Es war Delias dritte Verabredung zum Kaffee in drei Monaten über die Dating-Plattform. Trotz aller Tragödien, die sich bei der Arbeit abspielten, und der Eröffnung des J Bird Café, die kurz bevorstand, musste sie noch Zeit für ihr Liebesleben finden. Ihre Schwester hatte recht. Sogar Ira hatte darauf bestanden, genau wie Ben auch. Sie war zweiunddreißig, und mittlerweile überkam sie ab und zu ein wenig Torschlusspanik, wenn sie daran dachte, sie könnte ewig Single bleiben.

J Bird würde niemals alleine bleiben, sie wurde von Männern förmlich umschwärmt. Sobald sie einen Raum betrat, drehten sich alle Männer um. Sie wurden ganz offensichtlich von ihrem zarten Gesicht, ihrer offenen Art zu stehen oder ihren eleganten Handbewegungen angezogen.

Ihre Schwester lieferte ihr oft mehr Details aus ihrem Liebesleben, als Delia lieb war. Doch leider hatte J Bird ihre Männer bisher immer schlecht gewählt. Ihr aktueller Freund Collier war jedoch anders gewesen. Er hatte nach der Arbeit die Abendkurse der Juristischen Fakultät besucht und tagsüber bei Whole Foods gearbeitet, um seine Rechnungen zu bezahlen. Doch im Sommer hatte er sich von ihr getrennt.

Delia schüttelte den Kopf. Da saß sie nun und wartete auf ihre Verabredung zum Kaffee und machte sich pausenlos Sorgen um ihre Schwester. Dass sie sich auf einer Datingseite angemeldet hatte, war schon einmal der erste Schritt in die richtige Richtung gewesen. Sie wollte nicht zu einer Figur aus einem britischen Roman des neunzehnten Jahrhunderts werden, die alterte und dabei ihre jüngere Schwester mit ihrer Fürsorge erstickte.

Das Café Daily Grind lag auf einem Hügel in Portland, abseits der trendigsten Viertel der Stadt, am Rande des Hafens und der Commercial Street. Der Kaffee dort war stark und köstlich, das Stimmengewirr angenehm, eine Espressomaschine zischte wie eine Dampflok, Löffel klapperten an Kännchen mit geschäumter Milch, Teller mit Teegebäck glitten über den mit Kupfer eingefassten Steintresen. Der perfekte Ort für ein Date.

Oder auch nicht. Wer hatte sich das nur ausgedacht, dass man einen Menschen während einer Stunde nervösem Hocken an einem kleinen Tisch kennenlernen sollte?

Doch sämtliche Dating-Seiten empfahlen Dates dieser Art. Man traf sich an einem öffentlichen Ort, schließlich könnte einer der beiden Partner gefährlich sein.

Er kam fünf Minuten zu spät. Wäre er zehn Minuten zu spät gekommen, wäre Delia aufgestanden und hätte das Lokal lässig wieder verlassen, als wäre sie nur zum Kaffeetrinken vorbeigekommen. Die Angst, zurückgewiesen zu werden, hatte sich sowieso schon in ihr breitgemacht. Delia kämpfte gegen ihr vorschnelles Gefühl an, dass sie sowieso keine zweite Verabredung wollte.

»Delia? Ich saß auf der Veranda, aber dann dachte ich, dass ich vielleicht hier drin nach dir Ausschau halten sollte.«

»Jeremy? Freut mich, dich kennenzulernen«, sagte Delia und streckte ihm ihre Hand entgegen. Sie wusste, dass sie in den ersten neunzig Sekunden, vielleicht sogar weniger, unbewusst entschieden, ob sie einander sympathisch fanden. Er wirkte blass. War offensichtlich den ganzen Sommer nicht an die Sonne gekommen. Seine Hände hingegen fühlten sich feucht an, das ließ ihn menschlich wirken. Auch er war offenbar nervös. Online-Dating konnte hart sein.

»Soll ich mich an deinen Tisch setzen?«, fragte er und vollzog mit seinem Oberkörper eine lockere, fast groteske Drehung zurück zur Veranda. »Ich habe schon Kaffee bestellt, den kann ich herbringen.«

»Klar«, sagte sie. Er wollte also zu ihr kommen, das war schon einmal ein Pluspunkt. Sie versuchte, sich zu beruhigen.

Jeremy drehte sich um und holte seinen Kaffee, an dem er schon seit wer weiß wie lange gesessen hatte. Sie lehnte sich auf ihrem Stuhl zurück und zuckte zusammen, als ihr Rücken auf das harte Metall des Stuhls stieß. Sie drehte sich, sah aus dem großen Fenster in der Nähe des Eingangs und erstarrte.

Tyler. War das Einbildung? Nein, das war tatsächlich Tyler. Er hatte sich in den vergangenen dreizehn Jahren nicht sonderlich verändert. Seine Brust war breiter geworden, und er wirkte größer, wenn das überhaupt möglich war. Wuchsen Jungs auch nach ihrem neunzehnten Lebensjahr noch? In dem Alter hatte sie ihn zum letzten Mal gesehen. Vielleicht ging er ja einfach vorbei, und sie konnte so tun, als sähe sie ihn nicht.

Doch Tyler drückte die Tür aus Glas und Metall auf – und sah sie direkt an. Als säße sonst niemand im Lokal. Das Geräusch der Espressomaschine verstummte. Er legte erstaunt den Kopf zu einer Seite, als habe er soeben einen Geist gesehen.

»Delia, es ist eine Ewigkeit her.«

Sie saß wie erstarrt da, was sollte sie darauf antworten? Sollte sie eine Bemerkung über die Fältchen um seine Augen machen oder über die Tatsache, dass er, wenn auch nur für ein paar Sekunden, den Blick abwandte, als wäre auch er in die Vergangenheit zurückgerissen worden? Ja, es war viel Zeit vergangen, mehrere Lebenszeiten, zwei tote Eltern, zwei Töchter, welche die Katastrophe überlebt hatten. Sie war zu fassungslos, um etwas zu sagen.

Drei Erinnerungen an ihn stiegen in ihr auf, eine Art Bilder-Triptychon. Das erste Bild zeigte das Fußende ihres Krankenhausbettes nach dem Feuer, als Delia wegen einer Rauchvergiftung behandelt werden musste. »Es tut mir leid, es tut mir so leid«, hatte er mit geröteten Augen gesagt. Wie man ihr später erzählte, war er es, der Delia aus dem brennenden Haus geholt hatte, nachdem sie versucht hatte, ihren Vater und ihre Mutter zu retten.

Tyler kam aus ihrem anderen Leben, als man sie aus der Feuerhölle retten und auf feuchtes, grünes Gras in Sicherheit bringen musste, als die Luft noch voller Rauch hing und Sirenen heulten.

Das zweite Bild war die Beerdigung. Zwei Beerdigungen. Ganz Portland nahm daran teil, strömte durch das Belmont Funeral Home und hielt bei Delia und J Bird.

Und das dritte Bild –

Jeremy war zurück, stieß gegen den Tisch und verschüttete seinen Kaffee. Tyler sah ihn an und versuchte offenbar, blitzschnell die Lage einzuschätzen. Er zog eine Visitenkarte aus seiner Brieftasche, kritzelte etwas darauf und sagte dann: »Bitte ruf mich an. Ich bin wieder zurück.« Er legte die Karte umgedreht auf den Tisch und verließ das Lokal.

Jeremy wischte den verschütteten Kaffee mit zusammengeknüllten Servietten auf und ließ sie am Rande des Tischchens liegen. »Wer war das? Du wirkst erstaunt.« Er setzte sich.

Tyler war hier. Sie würden sich wiedersehen. Während sie Jeremy an dem kleinen Tischchen gegenübersaß, konnte sie an nichts anderes denken. »Ich kannte ihn mal vor langer Zeit. Er war mein Freund.«

Jeremy sah in diesem Moment der nackten Wahrheit noch blasser aus. »Wir werden nicht miteinander ausgehen, oder?«

Es war eine derartige Erleichterung, mit jemandem zu reden, der die Wahrheit aussprach, der nicht versuchte, sie abzumildern, etwas vorzutäuschen oder zu ändern, dass Delia einen Augenblick zögerte. »Du hast recht. Ich hatte nicht erwartet, dass ich ihn jemals wiedersehen würde.« Nun war sie also auch eine Frau, die ihre Meinung in letzter Sekunde änderte, nachdem sie ihren alten Liebhaber wiedergesehen hatte. Wenn sie Jeremy sagte, es tue ihr leid, würde sie es nur noch schlimmer machen.

Ihre Tasche hing über der Rückenlehne ihres Stuhls, sie griff danach und stand auf. »Jeremy, du bist gerade noch einmal davongekommen.« O mein Gott, sie machte es sogar noch schlimmer. Jetzt konnte er diese dämliche Zeile seiner Geschichte hinzufügen, und seine Freunde würden ihre Köpfe schütteln.

Sie winkte hastig zum Abschied, eilte zur Tür und lief in die entgegengesetzte Richtung, in die Tyler verschwunden war.

Das dritte Bild von Tyler ließ alles in ihr verkrampfen. Es war das Bild, wie Tyler sie verließ, als sie ihn am meisten brauchte.

15. KAPITEL

Delia plagte ein schlechtes Gewissen, und sie wünschte sich fast, sie wäre diejenige gewesen, die man auf dem unbequemen Metallstuhl sitzen gelassen hatte. Die Temperatur am Nachmittag war wärmer als gewöhnlich, als hätte man den Herbst aufgehalten. Sie schloss ihre Wagentür auf, und ein Hitzeschwall schlug ihr entgegen. Sie öffnete alle Fenster und legte ihre Stirn an das Lenkrad.

Tylers Visitenkarte rutschte in ihrer Tasche herum wie ein quirliger Fisch. Tyler war inzwischen dreizehn Jahre älter, seine dichten Augenbrauen beschatteten seine Augen, seine Hände hatten sich fast unnatürlich weich angefühlt. Irgendwie war es verstörend, ihn plötzlich so ernst zu sehen. Aber war sie immer noch dieselbe wie mit neunzehn? Nein, natürlich nicht. Aber sie spürte immer noch ein warmes Pulsieren um ihren Bauchnabel, das sich in ihrem ganzen Körper ausbreitete. Er war damals der aufregende Junge gewesen, der neu in die Abschlussklasse gekommen war.

Auf der Visitenkarte stand Tyler Greene, M.D. War er Arzt? Er hatte die Nummer einer Klinik im kalifornischen San José ausgestrichen und eine Handynummer hingekritzelt. Warum war er zurückgekehrt? Delia hatte damals gedacht, sie und Tyler verbinde etwas, woran sie sich festhalten würde, als wäre er der Mensch, auf den sie sich immer verlassen könne.

In jenem schrecklichen Sommer war er mit seiner Familie dreitausend Meilen auf die andere Seite des Kontinents an die West Coast zu seiner Großfamilie gezogen. Das Feuer, bei dem ihre Eltern umgekommen waren, hatte fast alle anderen Erinnerungen dieser Zeit ausgelöscht. Als sie nach den Beerdigungen und den Ermittlungen der Feuerwehr, die von Brandstiftung ausging, endlich wieder zu sich kam, wurde ihr erst richtig klar, dass Tyler und seine Familie einen Umzugswagen beluden. Sie war zu der verkohlten Ruine ihres Hauses zurückgefahren, um alles einzusammeln, was es noch zu finden gab, ein geschmolzenes Zehn-Cent-Stück aus dem Münzenglas ihrer Mutter, einen Teller, ein Stück Holz der Holztreppe. Der Umzugslaster vor dem Haus der Greenes bog sich unter der Last ihrer Möbel. Tyler lief mit seiner sechsjährigen Schwester auf den Schultern herum, seine Hände waren noch rosa von den Verletzungen, die er sich bei dem Brand zugezogen hatte, bei dem auch sein blondes Haar versengt worden war. Delia stieg aus ihrem Wagen und lief verwirrt zum Umzugslaster.

»Was ist passiert? Warum zieht ihr um? Warum hast du mir nichts davon erzählt?«

Sie waren vor dem Ausbruch des Feuers noch nicht

lange zusammen gewesen, hatten sich erst in dem Jahr nach ihren Abschlussprüfungen an der Highschool gefunden. Dann hatte das vernichtende Feuer schlagartig alles zerstört. Delia stand zwei Monate unter Schock. Sie musste sich um Juniper kümmern und entscheiden, wie und wo sie als Waisen leben sollten, das hatte sie komplett verneinnahmt. Sie versuchte, einfach zu überleben. Ben hatte ihnen geholfen, hatte sich um die schrecklichen Einzelheiten gekümmert, die ein Todesfall mit sich bringt, hatte die Begräbnisse organisiert und stand ihnen noch heute zur Seite.

»Becky, geh rein«, sagte Tyler und setzte seine Schwester ab. Dann wischte er sich seine Hände an der Jeans ab. »Ich wollte dich anrufen. Oder dir schreiben. Mein Dad hat einen Job bei Boeing bekommen. Er arbeitet jetzt für das Cockpit-Design-Team.«

Die Fäden, die Delia zusammenhielten, lösten sich vor lauter Erschöpfung auf. Sie kam sich dumm vor. Er hätte bleiben können, selbst wenn sie noch nicht lange zusammen waren. Er ging aufs College, hätte seiner Familie also nicht folgen müssen. Aber wenn man wie Tyler eine Familie hatte, die am Freitagabend selbstgemachte Pizza in den Ofen schob und Händchen hielt, wenn sie durch das Viertel liefen, wäre sie ihnen auch wie ein treuer Hund gefolgt.

Obwohl Ben und seine Frau wollten, dass Juniper und Delia zu ihnen nach Peaks Island zogen, bestand Delia darauf, in Portland zu bleiben. Bens Mutter war bereit, ihr Haus in der Montreal Street zu verkaufen und nach North Carolina zu ziehen. Mit Bens Unterschrift auf der Hypothek konnten Delia und Juniper dort einziehen.

Als Tyler heute in dem Café vor ihr aufgetaucht war, hatte sie den Neunzehnjährigen von früher vor sich gesehen, und sie konnte an nichts anderes mehr denken. Dabei wäre alles, womit sie zurzeit beschäftigt war, wichtiger gewesen, wie etwa das kleine Kind ohne Eltern oder die Eröffnung des neuen Cafés. Delia hatte noch nicht den Nerv, nach Hause zu fahren. Also lenkte sie den Wagen in Richtung South Portland zum Café.

* * *

Delia hielt vor ihrem Café an und begutachtete, wie weit die Umgestaltungsarbeiten vorangeschritten waren. Sie wollte sich mit Greg treffen, dem neuen Tischler, den Juniper angeheuert hatte. Sie lief an der Fassade des Cafés entlang zum hinteren Teil des Gebäudes und sah einen Mann auf dem Dachgiebel sitzen. Er kam Delia bekannt vor. Er war schon älter, mehrere Jahrzehnte älter als sie, die Sonne fiel auf sein lichtes Haar. Er blickte auf und winkte ihr zu.

»Ich bin Greg«, sagte er. »J Bird hat schon gesagt, dass Sie vorbeikommen wollten.« Er befestigte einen Porzellanelefanten auf dem Giebel ihres neuen Cafés. Juniper hatte gemeint, ein Elefant mit erhobenem Rüssel bringe Glück.

Delia winkte zurück.

»Ich bin schon im Ruhestand, aber das sieht man mir nicht an«, sagte er, während er rittlings auf dem

Dach saß. Er zeigte auf den Elefanten. »Ihre Schwester glaubt, der bringe Glück.« Dann schwang er ein Bein herüber, als wollte er von einem Pferd springen, und rutschte mit den Beinen voran zum Rand des Daches.

»Würden Sie mal die Leiter festhalten?«

Delia drückte ihren Fuß unten gegen die Ausziehleiter und lehnte sich dagegen.

»Was haben Sie vor Ihrem Ruhestand denn gemacht?«, fragte sie, als er wieder auf dem Boden stand. Junipers Bäckerkollege hatte ihn empfohlen. Im Moment brauchten sie nur einen Handwerker, der ihnen bei den Renovierungsarbeiten half, noch keinen richtigen Bauunternehmer, sondern einfach jemanden, der eine Tür in einen Schuppen einpassen oder etwas aus Porzellan auf Holz kleben konnte, so dass es im Winter auch noch dem rauen Wetter in Maine trotzte. Doch irgendwie war Greg dann vom Handwerker zum Bauleiter avanciert, nachdem J Bird einem Nervenzusammenbruch nahegekommen war, weil die Klempner sie nicht zurückriefen. Nun war Greg der Vermittler und direkt den Schwestern unterstellt.

»Ich war vorher bei IBM«, sagte er.

»Und als was genau? Außerdem können Sie gar nicht im Ruhestand sein, wir haben Sie ja angestellt.«

»Ich habe damals die Repräsentanz in Asien eröffnet.«

Sie hätte es ahnen sollen. Delia hatte es mittlerweile aufgegeben, sich darüber zu wundern, welche Menschen aus den unterschiedlichsten Gründen nach Maine kamen. Eine promovierte Anthropologin aus Boston betreute Obdachlose. Ein anderer unscheinbarer Einwohner war Physiker bei Brown gewesen. Man konnte nie wissen. Und gerade hatte sie also erfahren, dass ihr Handwerker IBM nach China gebracht hatte.

»Wo ist denn Ihr Freund?«, fragte Greg und steckte die Flasche Sekundenkleber in seine Jackentasche.

Welcher Freund? Vermutlich hatte Greg sie bei ihrem Date gesehen. Sie hatte sich insgesamt mit drei Männern getroffen, und jeder von ihnen hatte außergewöhnlich schlecht zu ihr gepasst. Oder vielleicht lag es auch an Delia. Vielleicht passte sie zu niemandem.

»Wo haben Sie mich denn mit einer Verabredung gesehen?«

»Ich gehe häufig ins Daily Grind. Auf meinen täglichen Espresso kann ich nicht verzichten.«

Deshalb kam er ihr also bekannt vor. Er vergrub dort meistens seinen Kopf im *Wall Street Journal* oder schaute auf sein Smartphone.

»Ich nehme mir gerade eine Auszeit, was Verabredungen angeht«, sagte sie, war sich aber natürlich völlig darüber im Klaren, wie abgedroschen diese Aussage klang.

Gregs Haar war braun gewesen und inzwischen grau meliert und so dünn, dass seine rosafarbene Kopfhaut hindurchschimmerte.

»Das habe ich mit fünfundfünfzig denen bei IBM auch gesagt. Dass ich eine Auszeit bräuchte. Aber dann bin ich nie wieder zurückgekehrt. Das ist jetzt zehn Jahre her. Wir wussten alle, dass sie vor der Pleite standen.« Er zog ein Maßband aus seinem Werkzeugkasten. »Also nehmen Sie sich keine zu lange Auszeit, sonst kleben Sie am Ende auch noch Elefanten auf Schuppendächer.«

Er trug einen goldenen Ehering an seiner linken Hand, war also verheiratet. »Wie haben Sie Ihre Frau kennengelernt?«, fragte Delia. »Damals gab es noch kein Online-Dating.«

»Auf ganz altmodische Art und Weise am College in Chicago. Unsere erste Verabredung fand bei einem Konzert von Pink Floyd statt, keiner von uns beiden konnte verstehen, was der andere sagte. Sie schwärmte für Marvin Gaye und Carly Simon und so, und ich hatte vorher noch nie Musik ohne lauten Bass gehört, der einem das Gehirn wegbläst, aber irgendwie gefiel mir ihre Musik. Seltsam, wie Menschen einander begegnen, nicht wahr?«

Seltsam? Gab es überhaupt noch etwas anderes als seltsame Zufälle, die Menschen einander begegnen ließen? Ihre Eltern waren sich bei der Schülerzeitung am College begegnet. Ira und seine Frau hatten sich über Freunde kennengelernt und waren sofort verliebt gewesen, nachdem sie zehn Minuten im selben Raum verbracht hatten. Ben und Michelle waren seit fünfundzwanzig Jahren verheiratet. Nun, Ben hatte erzählt, sie hätten sich in einer Bar getroffen, aber das war auch kein Kunststück, Ben hatte während seines gesamten Studiums als Barkeeper gearbeitet.

Delia fuhr mit einem Finger in ihre Tasche und berührte Tylers Visitenkarte.

»Hat mich gefreut, Sie kennenzulernen, Greg. Ich muss zurück an die Arbeit. Juniper hat Ihnen ja eine Liste gegeben. Sie kennt sich mit den Anforderungen für ein Café besser aus als ich.«

»Juniper? Sie meinen J Bird. Sie sagte, ich solle sie so nennen.«

Ihre Schwester hatte Greg bereits in den Schoß der Familie aufgenommen.

Er winkte ihr ungezwungen zu, legte die Finger seitlich wie zum Militärgruß an den Kopf und zeigte auf sie. »Sollten Sie mal jemanden zum Verkosten Ihres Gebäcks brauchen, immer gerne«, sagte er.

Delia lief um das Gebäude herum zurück zur Fassade und spürte, wie eine sanfte Atlantikbrise zwischen den Häusern hindurch zu ihr wehte und über ihr Gesicht strich.

Wie hatte Tyler sie bloß gefunden?

16. KAPITEL

Wenn Delia sich mit Tyler zu einem Wiedersehen traf, wünschte sie sich jemanden als Beistand. Tyler hatte sie zurückgewiesen, also wollte sie kein Treffen zu zweit, mit vielsagenden Blicken, einer etwas zu langen Umarmung oder Fingerspitzen, die wie beiläufig über eine Speisekarte streiften. Seine Visitenkarte fühlte sich wie ein Magnet an, der ihr Kraft entzog. Kannte sie sonst noch jemanden um die dreißig, der Visitenkarten verteilte? Vielleicht war er aber auch einfach nur sehr professionell. Vielleicht war er gar nicht mehr der Tyler von früher. Sie hatte ihm keine Nummer gegeben, unter der er sie erreichen konnte, geschweige denn eine Adresse. Doch als sie nach Hause kam, nachdem sie das Badezimmer im Café gestrichen hatte, hatte er sich bereits gemeldet.

»Delia, du errätst nie, wer angerufen und dir eine Nachricht hinterlassen hat. Tyler! Wart ihr nicht mal zusammen? War er nicht der coole Typ von der West Coast, der im Abschlussjahr nach Portland gezogen ist?«

Ihre Nummer stand im Telefonbuch, für Tyler war

es also ein Leichtes gewesen, sie zu finden. Dennoch erschütterte die Tatsache sie bis ins Mark, dass er überhaupt versucht hatte, sie zu erreichen.

Baxter trottete zur Haustür und begrüßte Delia, indem er sich einmal um sich selbst drehte, seinen Kopf an ihren Oberschenkel drückte und so laut winselte, dass sie wie immer dahinschmolz. Wie konnte ein Hund mit so würdevoller Ausstrahlung so ein albernes Geräusch von sich geben?

Es gab Zeiten, da fielen Delia und J Bird aus ihren Rollen als Erwachsene. J Bird war wieder dreizehn und Delia neunzehn. Oder noch schlimmer, Delia war dreizehn und J Bird sieben, gerade neu in der zweiten Klasse, und Delia wusste bereits, wie sie sie beschäftigen musste, während ihre Eltern in die Psychiatrie fuhren, um ein weiteres vielversprechendes Medikament auszuprobieren.

»Hast du mir zugehört?«, fragte Juniper aus der Küche.

Töpfe klapperten, der Wasserhahn sprudelte über dem Spülbecken, das bedeutete, Juniper hatte gebacken und wusch jetzt ab. Delia roch Salbei. Das neue Teegebäck, frisch gemahlener Pfeffer, Salbei und eine Prise Kümmel.

Delia ließ die Aktentasche von der Schulter rutschen und stellte sie ab. Sie war so groß, dass ihr Arbeitslaptop darin Platz hatte. Sobald sie den Pflegekinderdienst verließ, würde sie nie wieder eine Aktentasche tragen. Sie hatte das dringende Bedürfnis zu backen.

Duftendes Teegebäck stand zum Kühlen auf einer

Metallablage. J Bird war nie so glücklich wie in Momenten, in denen sie sich erfolgreich bei einem Rezept eine kleine Variation ausgedacht hatte. Sie streckte ihre Arme mit den Handflächen nach oben aus und verbeugte sich. Baxter nahm seine Lieblingsposition unter dem Küchentisch ein, legte seinen Kopf auf die Pfoten und sah zwischen den Schwestern hin und her.

»Die hier kommen garantiert auf die Speisekarte«, sagte sie. J Bird hatte ihr kastanienbraunes Haar mit einem violetten Schal, der ihr als Haarband diente, hochgebunden. Selbst verschwitzt, mit weißem Bäckerkittel und wirren Haarsträhnen, die ihr ins Gesicht fielen, sah sie wunderschön aus.

Delia brach eine Ecke von einem Keks ab und steckte sie in den Mund. »Lecker. Der gemahlene Kümmel ist nur ganz leicht zu schmecken, nicht so markant wie bei Roggenbrot. Ich habe nie verstanden, warum man Kümmelsamen in Roggenbrot gibt. Wenn man daraufbeißt, hat man das Gefühl, man hat eine Kümmelgranate im Mund.«

Juniper stemmte die Hände in die Hüften. »Also, was ist mit Tyler?«

»Okay«, sagte Delia. »Ich habe ihn heute gesehen. Er ist wieder hergezogen.«

»Er wird erwarten, dass du ihn zurückrufst.« J Bird wurde kurz wieder zu einer lästigen Dreizehnjährigen.

»Wie denn? Ich habe keine Zeit. Ich muss mich auf diesen letzten Fall konzentrieren. Und das Café verlangt noch so viel Einsatz, bevor wir es eröffnen können. Ich fürchte sogar, dass wir den Eröffnungstermin nicht schaffen werden.«

Juniper löste ihre Schürze und warf sie auf den Tresen. »Darf ich fragen, wie dein Date gelaufen ist? Wieder so eine unmögliche Paarung, wie du sie zu nennen pflegst?«

Baxter deutete den Wurf der Schürze als mögliches Gassigehen, stand auf und lief zur Tür, die in den Garten führte, dann drehte er sich um und sah sie erwartungsvoll an.

Delia gab auf; sie würde Tyler zurückrufen. Und sie wusste bereits einen Treffpunkt. Morgen früh um sieben Uhr am Willard Beach in South Portland, wenn Hunde ohne Leine erlaubt waren, würde sie einen achtzig Pfund schweren Golden Retriever und J Bird mitnehmen. Dieser doppelte Beistand sollte reichen.

* * *

Delia, J Bird und Baxter kamen um viertel vor sieben am Parkplatz beim Willard Beach an. Neben ihnen quetschten sich zwei Dänische Doggen aus einem zweitürigen Corolla, gleich daneben tauchten zwei kleine Pudel aus einem Land Cruiser auf. Jeder Wagen hatte mindestens einen Hund an Bord. Seit Baxter zu Hause gesehen hatte, dass die Schwestern sich ihre Joggingschuhe anzogen, waren seine Erwartungen ins Unendliche gestiegen. Er hatte seine schwarze Schnauze ans Fenster gedrückt und leise vor Vorfreude gewinselt, was er meistens tat, wenn es zum Strand ging.

Delia öffnete ihm die hintere Wagentür, und er sprang heraus. Delia wäre gerne so sorglos gewesen wie dieser Hund, hätte am liebsten die Vergangenheit begraben und sich keine Gedanken mehr um die Zukunft gemacht.

»Tyler ist nicht da. Vielleicht kommt er nicht«, sagte Delia und versuchte, unbeschwert zu klingen und ihre Enttäuschung zu verbergen. Sie hatte seit fünf Uhr wach gelegen und sich dreimal umgezogen, sich dann für ein Paar Jeans entschieden, die im Morgengrauen in ihrem Spiegel am besten ausgesehen hatten. Sie hatte zu viel Kaffee getrunken und war nervös, das schlug ihr auf den Magen.

J Bird war es gewöhnt, so früh aufzustehen. Für einen Bäcker begann der Tag um halb fünf. Sie hatte Schicht mit einer Kollegin in der Bayside Bakery getauscht, damit sie Delia begleiten konnte. Sie trug einen Rock aus dem Dusty-Rose-Secondhandshop. Der Stoff schmiegte sich um ihren Hintern und endete auf halbem Oberschenkel. Sogar mit Joggingschuhen sah sie traumhaft aus.

Eine Wagentür fiel zu, und die Schwestern drehten sich bei dem Geräusch um. »O mein Gott, ist das Tyler?«, fragte Juniper leise, sprang auf und winkte überschwänglich. »Tyler!«

Selbst auf die Entfernung sah Delia, dass seine Beine noch immer gebräunt waren, nicht so weiß wie die meisten der Einwohner in Maine. J Bird lief mit großen Schritten über den Parkplatz, während Tyler die hintere Tür seines Wagens öffnete und einen Chesapeake

Bay Retriever herausließ. Baxter hob augenblicklich seine Rute und plusterte sich auf. Tylers Hund war offensichtlich ein Weibchen.

Delia versteckte den Schlüssel auf dem Hinterrad und folgte ihrer Schwester. Sie kam sich in ihrer Kleidung langweilig vor, während ihre Schwester in voller Farbenpracht erstrahlte. Ob Tyler sich noch an die alten Zeiten erinnerte?

Ohne zu zögern, öffnete J Bird ihre Arme, drückte Tyler an sich und quietschte vor Vergnügen, als habe sie in der Lotterie gewonnen. Als Delia sich näherte, blickte Tyler über J Bird hinweg und formte mit den Lippen ein Hallo.

»Du bist noch genauso vergnügt wie als Kind, aber ehrlich gesagt werde ich wohl ein paar Minuten brauchen, um mich daran zu gewöhnen, dass du erwachsen bist«, sagte er und griff J Bird an den Schultern. Sie warf sich für eine zweite Umarmung an ihn und lachte. Baxter und der andere Hund beschnupperten einander von Kopf bis Fuß. Delia stand unsicher da und wusste nicht, was sie mit ihren Händen anfangen sollte.

»Ich glaube, die Hunde mögen sich«, sagte J Bird und ließ ihn wieder los. Tylers kastanienbraune Hündin senkte ihre Brust zu Boden und hob ihr Hinterteil, eine klare Einladung zum Spielen. »Kommt, wir bringen sie vom Parkplatz weg. Na los, kommt!« Sie rannte mit den beiden Hunden zum Strand.

»Delia«, sagte Tyler. »Wie schön, dich zu sehen.« Sie stand wie gelähmt da, doch er machte zwei Schritte auf sie zu und umarmte sie. Sein Duft traf sie unvorbereitet, sein frisch gewaschenes Haar, die Seife, der besondere Geruch seiner Haut.

Sie musste sich wieder ins Gedächtnis rufen, dass das hier kein Klassentreffen war, sondern ein Wiedersehen nach einer Katastrophe. Tyler erinnerte sie an Zeiten von Feuer, Krankenhäusern, Beerdigungen und den Anblick eines Familienautos, das fortfuhr und sie zurückließ.

»Ich war bestürzt, als ich dich gestern sah«, sagte sie und wich zurück. Zitterte ihre Stimme?

»Ich wusste, dass ich dir irgendwann begegnen würde. Ich bin erst seit letzter Woche wieder hier. Das Mercy Hospital hat mir eine Stelle angeboten, die ich nicht ablehnen konnte.«

»Komm, wir holen J Bird und die Hunde ein«, sagte Delia und wandte sich ab.

Nebel strömte über das Meer herein und bedeckte sie mit feinem Dunst. Tyler hatte sich nicht die Haare abrasiert, wie die meisten Männer in ihrem Alter, die sich im Spiegel anschauten und die ersten Anzeichen eines dünner werdenden Haaransatzes entdeckten. Tylers Haar war goldblond und dicht, im Nacken kurz.

Sie liefen über den Parkplatz und nahmen den gepflasterten Weg zum Strand. J Bird war schon am Ufer und tollte mit den Hunden herum.

»Wie heißt dein Hund?«, fragte Delia. Sie zog ihre Schuhe aus, um den rauen Sand unter den Füßen zu spüren.

»Das ist nicht meine Hündin, sie gehört meinem

Vermieter. Aber als sie gehört haben, dass ich an den Willard Beach fahre, haben sie mich gebeten, sie mitzunehmen. Ihr Name ist Lucy. Sie sagten, dass der Strand als Hunderiviera bekannt sei.«

Der Sand war kühl unter ihren Füßen.

»Du bist schon immer gerne barfuß gelaufen«, sagte er und lächelte.

Als sie ein Paar gewesen waren, hatten sie Stunden an den Stränden der Küste verbracht. Holte auch ihn die Vergangenheit ein? Sie hätte sich am liebsten kopfüber in das alte Leben vor dem Feuer gestürzt, als sie mit Tyler schwimmen gegangen war und ihre Beine um seine Hüften geschlungen hatte.

Delia zwang ihre Gedanken in die Gegenwart zurück. »Sieh sie dir an«, sagte sie und zeigte auf die Hunde, die miteinander spielten und einander verfolgten.

»Du warst also an der medizinischen Fakultät. Das hätte ich gar nicht erwartet. Wie kam es zu dem Entschluss?«, fragte sie. Eine Frisbee flog über ihre Köpfe hinweg. Ein Pudel angelte sie mit den Pfoten aus der Luft und schnappte sie.

Tyler lief am Ufer entlang, er trug robuste Flip-Flops. Typisch Westküste, dachte sie.

»Das ist eine lange Geschichte. Und sie ist ein wenig kitschig. Bitte lach jetzt nicht, aber ich habe mich dafür entschieden, Menschen zu helfen. Ich war in Stanford.« Er kickte einen langen Strang Seetang mit dem Fuß weg. »Aber ich wollte immer nach Maine zurückkehren. Kalifornien war mir zu unerbittlich sonnig und glücklich.«

Sollte Delia nicht lieber aufhören, ihm etwas vorzumachen und oberflächlich zu plaudern, obwohl ihre Gefühle über ihr Wiedersehen sie erschütterten?

Er beugte sich hinunter und hob ein Stück Treibholz auf, rieb mit der Hand darüber. »Und was ist mit dir, Delia? Was machst du?«

Was machte sie? »Ich arbeite für Kinder, die Pflegefamilien suchen. Das mache ich seit zehn Jahren, aber ich höre bald auf und eröffne mit J Bird eine Bäckerei.«

Tyler blieb stehen und spielte mit dem Stück Holz in seinen Händen. »Sag bloß, du hast mit dem kleinen Mädchen zu tun, das an diesem Tatort gefunden wurde? Das war das Erste, was ich in der Zeitung gelesen habe, als ich hergezogen bin.«

»Wenn ein Kind eine Notunterkunft braucht, bin ich dafür verantwortlich. Aber über meine Fälle darf ich nicht sprechen. Das solltest du wissen.« Delia blieb stehen und legte ihre Hand auf seinen Arm. »Das fühlt sich alles so seltsam an. Ich bin ganz schlecht darin, Ausflüchte zu machen. Es ist schwer für mich, weil das letzte Mal, als ich dich gesehen habe, alles so durcheinander war wegen des Feuers und meiner Eltern und weil du dich von mir getrennt hattest. Warum willst du mich jetzt sehen?«

Ihre Stimme klang gar nicht wie ihre eigene; sie hörte selbst die Unsicherheit, die darin lag. Doch Tylers dunkelbraune Augen waren fest auf ihre gerichtet.

»Als Arzt habe ich gelernt, mir nicht anmerken zu lassen, wenn ich fürchte, das Falsche zu tun. Genau wie jetzt. Oder als ich das Café betreten und dich gesehen habe. Ein Teil von mir wäre am liebsten davongerannt, doch der andere hat sich sehr gefreut, dich wiederzusehen …«

Delias Handy klingelte. Ira. Sie grub in ihrer Tasche und holte es heraus.

»Da muss ich rangehen«, sagte sie. »Arbeit.« Sie entfernte sich ein paar Schritte von Tyler und wandte sich ab.

»Tut mir leid, dass ich dich störe«, sagte Ira. »Aber ich habe soeben einen Anruf von Erica bekommen. Hayley hat ihr erzählt, dass sie über Skype mit ihrer Mommy geredet hat. Genau genommen hat sie ›das Skype‹ gesagt. Wo bist du gerade? Ich weiß, es ist noch früh, aber könntest du zu Ericas Haus fahren und versuchen, mehr über Hayleys Mutter herauszufinden? Ich will die Spur nicht verlieren.«

»Ich bin gerade in South Portland am Willard Beach, nicht weit von ihnen entfernt. Ich wusste es! Das Kind hat irgendwo noch Familie. Sie hat eine Mutter! Ich fahre gleich los«, sagte sie.

Es bestand die Chance, ein zurückgelassenes Kind wieder mit seiner Mutter zu vereinen. Immer, wenn das passierte, wenn ein Kind mit einem Elternteil zusammengeführt werden konnte, fühlte Delia sich unbeschreiblich. Eltern kehrten zurück, suchten nach ihren verlorenen Kindern.

»Ich muss los. Kannst du J Bird nach Hause bringen? Ich weiß nicht einmal, wo du wohnst. In Portland?«

Tyler hob die Hände. »Keine Sorge. Tu, was zu tun ist. Bitte ruf mich an.«

Sie hatte nicht gewollt, dass er das Ende ihres Telefonats mitbekam. Die Unterbringung von Pflegekindern wurde niemals öffentlich gemacht. Doch Tyler war kein Fremder, und sie hatte auch nicht gesagt, wo Hayley wohnte.

War er erleichtert, dass sie losmusste? War es ein Fehler gewesen, sich überhaupt zu treffen? Sie streckte sich. Sie wusste, wie sie ihren Job zu machen hatte; was sie jedoch unsicher machte, war Tylers Verhalten.

Delia winkte Juniper zu und rief: »Ich muss zur Arbeit, es ist wichtig. Tyler bringt dich und Baxter nach Hause. Okay?«

Ihre Schwester kam zu ihnen, die Hunde folgten ihr. Sie lächelte Tyler strahlend an. »Für mich ist das okay, ich will aber noch nicht gehen. Du etwa? Diese Hunde sind verrückt nach einander. Können wir noch bis neun Uhr bleiben, bis der Strand für Hunde schließt? Dann zeige ich dir, wo das J Bird Café ist.«

Tyler sah Delia an und zuckte die Achseln. »Klar. Lucy hatte vermutlich schon lange nicht mehr solchen Spaß.«

Delia ging mit den Schuhen unterm Arm zum Parkplatz zurück, ihre Fersen versanken bei jedem Schritt im Sand. Sie drehte sich um und blickte zurück. Tyler und J Bird liefen nebeneinander am Ufer entlang. Ein alter Schmerz schnürte ihre Kehle zu. Kamen Liebespaare aus einer anderen Zeit nur in Märchen wieder zusammen? Sie waren keine Kinder mehr.

Ihr Kinn kribbelte, als kröche eine Ameise daran entlang, und holte sie in die Gegenwart zurück. Nur ein weiterer Hinweis, dass dieser Fall schwieriger werden würde als gedacht.

17. KAPITEL

Hayley

Nach sieben Tagen im blauen Zimmer bei Tom und Erica verkrampfte etwas in ihrem Bauch, als wollte etwas sie von innen verschlingen. Hayley hatte mal beobachtet, was mit einem Eichhörnchen passiert war, das ihr Onkel Ray erschossen hatte. Das Eichhörnchen war in der Mitte explodiert. Würde ihr auch so etwas passieren? Hatte auch das Eichhörnchen seine Familie verloren?

Erica wollte sie in der Vorschule anmelden, das Klassenzimmer hatten sie schon gesehen. Was hatte das zu bedeuten? Kamen Kinder wie sie, die keine Familie hatten, in die Vorschule? Musste sie dort wohnen?

»Delia ist schon hier«, sagte Erica, als es an der Tür klingelte. Hayley war sicher, dass Erica außergewöhnlich schlau war, genau wie Emma. »Weißt du noch, ich habe dir doch erzählt, dass heute die Frau vorbeikommt, die deinen Fall bearbeitet.«

Sie erinnerte sich nicht mehr daran. Manchmal war Hayley unaufmerksam, weil sie an etwas anderes dachte, zum Beispiel an Louie. Die große Katze lenkte sie ab. Manchmal mochte sie es, an nichts zu denken, nur an Farben oder an Lieder. Sie summte gerne vor sich hin.

War Delia dieselbe Frau, die Hayley vom Krankenhaus hierhergebracht hatte? Oder war es die Frau, die Gurken mochte? All diese Namen zu behalten war schwer. Die Frau, die sie vom Krankenhaus hergefahren hatte, hatte ihr gesagt, sie müsse in einem Kindersitz sitzen. Onkel Ray sagte immer, Kindersitze seien für Babys. Doch wenn Onkel Ray nicht hinschaute, legte auch Emma Hayley heimlich den Sicherheitsgurt an. Sie war froh, dass Onkel Ray nicht da war und sie angeschnallt in dem Kindersitz sitzen konnte.

»Ich bin kein Baby«, hatte sie zu der Frau gesagt.

Vielleicht wusste sie nicht so viel wie Onkel Ray oder hatte selbst keine Kinder.

»So fahren große Mädchen im Auto«, hatte die Frau zu ihr gesagt. »Das ist der große Kindersitz. Versuch ihn mal und sag mir dann, wie du ihn findest.«

So war sie zu Tom und Erica gekommen. Erica hatte ihr gezeigt, wie man sich selbst anschnallte, weil sie es nicht mochte, wenn man sich über sie beugte und den Gurt befestigte.

Erica machte die Tür auf und ließ die Frau rein. Das war die andere Frau, die aus dem Garten, die Louie und Gurken mochte. Hayley wollte sie gerne bitten, sie nach Hause zu bringen.

»Hallo Hayley. Wo ist dein Freund Louie?« Die Frau stellte ihre Tasche ab und ging vor ihr in die Hocke.

Wo war Louie bloß? Er wusste doch, wenn sie Angst hatte.

»Wartet einen Moment. Ich hole den Herrn des Hauses. Er ist bestimmt draußen und stellt den Hummeln nach«, sagte Erica. Sie hatte so viele Namen für Louie. Herr des Hauses. Präsident. Big Kahuna. Boss.

»Dein und Louies Namen klingen ähnlich, Hayley und Louie«, sagte die Frau.

Erwachsene sahen aus der Nähe betrachtet ganz anders aus. Sie sah sie meist nur von unten und schaute zu ihnen auf, während ihre Stimmen über sie hinwegglitten. Diese Delia kam zu Hayley herunter und sah ihr ins Gesicht.

»Ich habe dir ein paar Bücher mitgebracht und einen einsamen Bären, der nach einem Zuhause sucht. Ich würde diese Bücher gerne mit dir lesen. Mein Lieblingsbuch heißt *Wie sagen Dinosaurier gute Nacht?*«

»Ich bin jetzt bereit, nach Hause zu gehen«, sagte Hayley.

Der Gesichtsausdruck der Frau veränderte sich, wirkte plötzlich besorgt oder wütend.

»Das weiß ich«, sagte sie. Sie schaute zu Erica auf, die Louie aus der Küche geholt hatte. Sie wirkten beide traurig. Oder wütend, als hätte Hayley etwas Falsches gesagt. Hier war kein guter Ort für Hayley.

Louie schob sich zwischen sie und die Frau. Jetzt ging es ein wenig besser.

18. KAPITEL

Nach dem Telefonat mit Ira hatte sie sich auf den Weg zu Ericas Haus gemacht. Sie fuhr vom Parkplatz hinunter und die Plymouth Street entlang am J Bird Café vorbei, das auf dem Weg zu Ericas Haus lag. Es war so dunstig, dass sie langsam fahren und die Scheibenwischer anstellen musste. An den großen Fenstern des Cafés hing braunes Papier, doch die Eingangstür stand offen. Die Tischler waren offensichtlich schon früh gekommen. Gregs Kleinlaster stand am Straßenrand. Wenn er bei der Arbeit war, mussten sie sich um nichts Sorgen machen.

Hatte es je eine Zeit gegeben, in der Delia nicht mehrere Dinge auf einmal tun musste? Hayley, die Kündigung, die Eröffnung des Cafés und plötzlich auch noch Tyler. Multitasking war der Fluch der Menschheit im einundzwanzigsten Jahrhundert. Ihr Kopf fühlte sich an, als würde er gleich platzen.

Eine Viertelstunde später bog sie in die Einfahrt zu Ericas Haus. Ira hatte ihr gesagt, er würde sie ankündigen. Sie versuchte, ruhig zu atmen. Kinder reagierten nicht gut auf Angst bei Erwachsenen. Genau wie

Pferde und Hunde schreckten sie davor zurück. Kinder zogen sich in die hinterste Ecke ihrer Höhle zurück. Delia zwang sich, lange auszuatmen. Und noch einmal.

Sie hatte eine Plastikbox mit Zubehör in ihrem Auto: Plüschtiere, Bücher und Fischcracker. Sie zog ein Buch über Dinosaurier heraus, das Kindern dabei helfen sollte, sich selbst zu beruhigen, damit sie keine Angst hatten, ins Bett zu gehen.

Erica öffnete die Tür. Neben ihr stand Hayley und hatte ihre Hand leicht auf Ericas Oberschenkel gelegt. Bevor Delia ihren Job niederlegte, würde sie Erica eine Medaille für die beste Notunterbringung aller Zeiten verleihen. Für Hayley war Erica offenbar ein sicherer Hafen geworden.

Als sie mit Louie auf dem Sofa saßen und er sich quer über sie beide gelegt hatte, begann Delia das Buch vorzulesen, und dann auf Hayleys Bitte noch zwei weitere. Louie hatte sein Hinterteil Delia zugewandt und schmiegte seinen Kopf zärtlich an Hayleys Seite. Delia verstand die Botschaft der Katze. Nicht sie stand im Mittelpunkt. Wenn Louie diesem Kind helfen konnte, sich sicher zu fühlen, war Delia sein größter Fan.

Sie klappte den Buchdeckel des dritten Buches zu, in dem es um eine Familie ging. Um Mütter und Väter.

»Ich versuche, deine Mommy zu finden. Weißt du, wo sie ist?«, fragte Delia.

Hayley streichelte Louie. »Er mag es gerne, wenn man ihn vom Kopf zu den Pfoten streichelt, nicht umgekehrt«, sagte das Mädchen. »Möchtest du ihn streicheln?«

»O ja. Bei ihm hat man viel zu tun. Ich glaube, Louie ist so groß, dass ihn vier Personen gleichzeitig streicheln können.«

Hayley lächelte. Es war kein richtiges Lächeln, aber ihr Gesicht leuchtete ein wenig auf.

»Emma sagt, dass Mommy darauf wartet, dass ich nach Hause komme, aber das ist sehr weit weg. Und dafür muss ich ein braves Mädchen sein.«

Delia atmete langsam ein und wieder aus. Sie streichelte Louie vom Kopf zu den Pfoten.

»Wie heißt deine Mommy denn?«

»Sie heißt nur Mommy. Aber Daddy nennt sie auch Sweetie. Ihr anderer Name ist Sweetie.«

Es gab also einen Daddy. Warum war Delia davon ausgegangen, dass es keinen Vater gäbe? Delia musste jetzt aufpassen. Ihr Fokus musste auf dem Kind bleiben, und sie durfte sich nicht von ihrer eigenen Phantasie in die Irre führen lassen.

»Lass uns zaubern. Wir tun so, als hätten wir einen Zauberstab mit einem Stern an einem Ende, und wenn ich damit auf etwas zeige, wird daraus, was ich mir wünsche«, sagte Delia. Sie zeigte mit dem erfundenen Zauberstab auf einen Ohrensessel, dessen Seiten von Katzenkrallen zerkratzt waren. »Abrakadabra, dieser Sessel ist jetzt ein Prinzessinnenthron. Und Abrakadabra, deine Schuhe sind Silberschuhe. Willst du auch mal?«

Hayley akzeptierte den erfundenen Zauberstab und

setzte sich gerade hin. »Ich verwandle das Haus in rosa Süßigkeiten. Wir können das ganze Haus essen. Ich verwandle Louie in einen Drachen, der Feuer spuckt.« Das Mädchen sank zurück auf seinen Platz und reichte Delia den Zauberstab zurück. »Ich muss brav sein. Wenn ich ein braves Mädchen bin, kommt meine Mommy und holt mich, hat Emma gesagt.«

»Hat Emma mit Mommy bei Skype geredet? Hast du mit Mommy bei Skype geredet?«

Louie wurde unruhig. Er stand auf und streckte sich. Delia kraulte ihn hinter den Ohren und hoffte, ihn dadurch wieder zum Hinlegen zu bewegen.

»Ich habe gehört, dass du mit Mommy auf Skype geredet hast. Hat sie gesagt, wo sie ist?«

Das war zu viel. Sie hätte nicht so viele Fragen stellen sollen. Die Katze hüpfte vom Sofa und nutzte Delias Beine dabei als Sprungbrett, so dass die Krallen sich in ihrer Hose verfingen.

Hayley zuckte ihre knochigen Schultern. »Ich weiß es nicht.«

Wie eine Tresortür, die mit einem schweren Schlag zufällt, war das Mädchen plötzlich verschlossen, und Delia wusste, dass sie gerade nichts daran ändern konnte.

Wenn das Kind Eltern hatte – warum hatte man sie nicht als vermisst gemeldet?

19. KAPITEL

Delia wartete, bis sie wieder im Auto saß, bevor sie Ira anrief. Zu Delias Job gehörte es auch, Kindern so viel Sicherheit zu vermitteln, dass ihre Geheimnisse bei ihr in guten Händen waren. Sie fuhr auf den Parkplatz eines Supermarktes in der Nähe der Brücke.

»Ira. Sie will nach Hause, so viel ist klar. Ich wüsste nur zu gerne, wo ihr Zuhause ist. Auch mir hat sie gesagt, dass sie mit ihrer Mutter über Skype gesprochen hat. Und es gibt einen Vater. Sie hat mir außerdem erzählt, dass ihre Mommy von ihrem Daddy auch noch Sweetie genannt wird. Das Kind hat also Eltern.« Delia machte eine Pause und malte sich das Schlimmste aus. »Oder zumindest hatte.«

Sie stellte den Motor ab.

»Sonst noch etwas?«, fragte Ira.

»Nein. Und wahrscheinlich werden wir von ihr auch keine zeitlichen Angaben erhalten. Dafür ist sie noch zu klein. Sie kann mit Emma Gilbert genauso gut zwei Jahre oder auch nur zwei Wochen zusammen gewesen sein, Hayley mag das wie eine Ewigkeit vorkommen.«

Ira wusste genug über die geistige Entwicklung bei

Kindern. Delia dachte einfach laut nach. Es war gerade erst halb zehn Uhr morgens. Zwei Männer in Shorts und Sandalen kamen aus dem Laden. Touristen. Während sie an ihr vorbeiliefen, drückte einer von beiden auf die Fernbedienung seines Autoschlüssels. Ihnen gehörte ein silberfarbener, zweitüriger Mercedes Coupé. Ein Hauch Aftershave wehte durch das Fenster zu ihr herein, ein Duft von Whiskey und Gewürzen mit einer Spur tropischer Blumen.

»Wir haben noch weitere Informationen erhalten. Ich habe Detective Moretti heute auf dem Revier angerufen, nur um zu sehen, ob es irgendwelche Neuigkeiten zu den Morden gibt, etwas, das uns bei der Suche nach den Eltern helfen könnte.«

Delia wusste, dass Ira bei geschlossener Tür in seinem Büro saß. Er hatte bestimmt schon seine braune Brotzeitbox in den Personalkühlschrank gestellt.

»An den beiden männlichen Leichen wurden Fingerabdrücke gefunden. Die Polizei hat das bisher nur uns mitgeteilt. Vermutlich gingen sie davon aus, dass nur sie nach der Familie suchen. Einen Mann konnten sie identifizieren. Die Fingerabdrücke des anderen sind nicht im System gespeichert. Der identifizierte Mann stammt aus Tennessee. Er hat eine kurze Laufbahn als Krimineller: Drogenbesitz mit der Absicht, sie zu verkaufen. Weil er aber einen sehr guten Anwalt hatte, kam er auf Bewährung frei. Sein Name ist Raymond Blanchard.«

Die beiden Männer im Mercedes fuhren vom Parkplatz.

»Will die Polizei nicht die Familie des Opfers kontaktieren und herausfinden, wer der zweite Kerl war? Dann wären wir einen Schritt weiter und wüssten vielleicht, weshalb Hayley bei ihnen war, oder?«, fragte sie.

»Sie wollen heute die nächsten Angehörigen kontaktieren.«

Delia erfasste eine Welle der Erleichterung. Ihr war gar nicht bewusst gewesen, dass sie sich solche Sorgen um Hayleys Unterbringung machte. »Das sind doch genügend Informationen, so dass Hayley bei Erica in der Notunterbringung bleiben kann. Wir stecken sie doch nicht wieder zu einer anderen Pflegefamilie, oder?«

»Eigentlich müssten wir eine längerfristige Unterkunft für sie suchen. Erica ist für die Notunterbringung eine gut ausgebildete Expertin. Aber ich kann da leider keine Ausnahme machen. Wenn wir allerdings in den kommenden zwei Wochen die Eltern oder andere Familienmitglieder ausfindig machen können, wird es nicht nötig sein, sie zu verlegen.«

Delia stellte sich Hayley in Ericas Haus vor, ihre kleinen Hände auf Louies Rücken. Sie hätte es nicht ertragen, mit ansehen zu müssen, wie man sie von Unterbringung zu Unterbringung schleuste. Sie hatte so viele Kinder erlebt, denen das Chaos der Unterbringungen enorm zusetzte.

»Hat dir schon jemals einer gesagt, wie gut du in deinem Job bist?«, seufzte Delia.

Sie stellte sich vor, wie er lächelte. »Ich bemühe mich

sehr, dir das nicht jeden Tag zu sagen, aber ich wünschte, du würdest uns nicht verlassen«, sagte er. »Der Detective hat noch etwas gesagt. Er fand es kritisch, dass wir Hayleys Unterkunft niemandem preisgeben wollen«, sagte Ira.

»Warum hat er so hartnäckig nachgefragt? Er weiß doch, dass wir alle Informationen zu den Familien vertraulich behandeln«, sagte sie.

»Sie treffen im Rahmen dieser Heroin-Angelegenheit zusätzliche Vorsichtsmaßnahmen. Mir gefiel es in Maine besser, als das Schlimmste, was passieren konnte, Streitigkeiten zwischen Fischern waren.«

20. KAPITEL

Delia brachte Ira einen Cafè Latte aus dem Daily Grind mit. Sie wusste um seine heimliche Leidenschaft. Dann breiteten sie eine Landkarte auf dem Konferenztisch aus.

»Mit Karten kann ich besser nachdenken«, sagte er. »Ich stecke noch immer mit diesem Kassenzettel aus dem Baumarkt fest. Weißt du noch? Eines der wenigen Beweismittel, das bei den Opfern gefunden wurde.«

»Ist West Hartford nicht eine schicke Gegend voller Straßencafés, Buchläden und Baristas mit schwarzen Schürzen?«, fragte Delia.

Als sie noch auf die Highschool gegangen war, war sie einmal mit ihrem Vater in West Hartford gewesen und hatte ihn während einer längeren Phase, in der er nicht von Wahnvorstellungen heimgesucht wurde, zu einem Job begleitet. Zwischen Pasta mit Zitronensahnesauce und luftleichter Ricotta sagte ihr Vater zu ihr: »Gerichte wie dieses werden die Stadt verändern.« Er schloss die Augen und genoss das Essen, das er mit Farben und Musik assoziierte. »Himmelblau und Chopin«, sagte er und öffnete die Augen.

Damals war West Hartford noch keine angesagte Stadt gewesen, doch hatte Delia gelernt, den Fähigkeiten ihres Vaters zu vertrauen, für den die Entwicklung der Gastronomie auch etwas über die Entwicklung der Stadt aussagte.

Der Kassenzettel aus dem Baumarkt stammte aus West Hartford. Man hatte die zerknüllte Rechnung in der Tasche eines der Mordopfer am Tatort gefunden.

Ira blinzelte, sah auf die Karte und holte dann seine Lesebrille heraus. »Als ich das letzte Mal dort war, ist mir klargeworden, dass ich keine Ahnung davon habe, was gerade angesagt ist. Warum tragen alle Frauen dort schwarze Brillenfassungen? Sind Skinny Jeans in oder out?«

»Versuch gar nicht erst, mit so was up to date zu sein«, sagte sie. Wie wäre wohl ein Leben ohne Ira? Die Zusammenarbeit mit ihm hatte immer eine beruhigende Wirkung auf sie gehabt, nun spürte sie bereits einen gewissen Abschiedsschmerz. Ihr blieben nur noch ein paar Wochen.

»Wir könnten uns das auch einmal auf Google Earth ansehen«, sagte sie. »Ich weiß, du hast Landkarten lieber, aber lass es uns doch einmal am Computer versuchen. Ich möchte mir gerne die Umgebung ansehen.«

Ira strich fast ehrfürchtig mit seinen Händen über die Landkarte aus Papier. Auch Delias Eltern waren so gewesen. In ihrem Auto hatten sie sich gestapelt, alte rissige, zerfledderte Karten von Boston, Montreal oder Nova Scotia.

»Hör zu, wir nehmen deine Karte, und ich rufe gleichzeitig Google Earth auf«, sagte Delia versöhnlich.

Ira faltete die Karte zusammen. »Sollte das dein bester Versuch sein, nicht herablassend zu wirken? Warte ab, du wirst diese Karte noch brauchen. Zum Beispiel um herauszufinden, wie weit der Laden von größeren Straßen wie der 84th oder 91st entfernt ist. Oder ob es ein Laden in einem Wohngebiet ist.«

Delia brachte es nicht übers Herz, ihm zu sagen, dass Google Earth all diese Fragen beantwortete. Sie klappte ihren Laptop auf und war sich sicher, dass ihre Quellen hilfreicher sein würden.

»Schau. Ich zoome jetzt diese Adresse heran, dann können wir uns die ganze Nachbarschaft ansehen.«

Was Delia sah, entsprach nicht im Entferntesten dem, was sie sich unter der Gegend vorgestellt hatte. Schräg gegenüber dem Baumarkt befanden sich eine Bibliothek und ein Park.

Ira zwängte sich neben sie. »Warte mal, geh mal zur Bibliothek zurück. Halt. Was steht auf dem Schild darüber?«

Delia zoomte heran. »Lilian Tiger Library.«

»Sagte Emma Gilbert Hayley nicht, sie solle sich von dem Tiger in dem Haus fernhalten?«

Delias Kinn fing zu kribbeln an. Ihr Körper signalisierte ihr: Sei vorsichtig.

»Ist das der Moment, in dem wir die Polizei einschalten und die Puzzlestücke für sie zusammensetzen?«, fragte Delia.

Ira war der Leiter, er wusste, wann er die Polizei einzuschalten hatte. Delia spürte, wie ihr das Adrenalin durch den Körper schoss.

»Wenn es sich um Heroin handelt, dann ja. Und auch, wenn es darum geht, eine Familie ausfindig zu machen«, sagte er, richtete sich auf und beugte sich nicht länger über Delias Schulter, sondern starrte auf das Schild, auf dem »Lilian Tiger Library« stand. Er rieb sich den Nacken.

»Es ist schon spät, und es ist Freitagnachmittag. Ich weiß nicht, ob das hier etwas mit Heroin zu tun hat. Trotzdem rufe ich an und hinterlasse Mike eine Nachricht. Er hat mich gebeten, ihn anzurufen, falls Hayley noch weitere Informationen preisgeben würde.«

»Du meinst Moretti? Mit diesem Namen sollte er ein Küchenchef sein oder ein Schauspieler oder der Bürgermeister von Boston.«

»Du kannst ihn weiter Moretti nennen, aber er will, dass ich Mike zu ihm sage. Was hast du dieses Wochenende vor?«, fragte er.

»Meine Schwester hat einen neuen Catering Job. Ich werde ihr später helfen«, sagte sie. »Und was ist mit dir?«

»Oh, Marie hat vermutlich für uns gekocht.«

Mindestens einer von beiden log. Ira klappte die Landkarte zusammen und winkte Delia zum Abschied zu.

21. KAPITEL

Delia hatte keinen Bereitschaftsdienst und wusste daher genau, wohin sie am Samstagmorgen nach dem Aufstehen fahren würde. Sie stand noch vor Sonnenaufgang auf und ging auf die Webseite der Bibliothek in West Hartford, um zu sehen, um wie viel Uhr sie am Samstag öffnete. Neun Uhr. Ihr Navi sagte, dass die Fahrt dorthin ungefähr vier Stunden dauern würde.

Wenn sie um sechs Uhr losfuhr, käme sie rechtzeitig bei der Bücherei an. Sie und Ira hatten Moretti eine Nachricht hinterlassen, in der sie ihm mitteilten, was es mit Hayleys Angst vor Tigern auf sich haben könnte. Oder war die Lilian Tiger Library etwa doch nur eine falsche Spur? Reiner Zufall?

Feuchter Dunst stieg vom Meer in die letzten warmen Sommertage auf. Schon bald würde man die Fenster schließen müssen, doch noch standen sie seit Monaten offen. Delia nahm sich Zeit für eine letzte Tasse Kaffee und sammelte ein paar Brotkrumen von ihrem Teller auf, von dem Brotlaib, den sie in einem Anfall von Selbstberuhigung vor zwei Tagen gebacken hatte. Ihr Handy zirpte wie eine Grille, der Klingelton, den sie Ira zugeteilt hatte. Warum rief er so früh an? Warum rief er überhaupt an?

»Delia, du fährst nach West Hartford, stimmt's? Mein Delia-Lamont-Radar hat die ganze Nacht über gearbeitet. Komm vorbei und hol mich ab. Ich komme mit«, sagte er.

Der Mann konnte offenbar ihre Gedanken lesen, das gefiel ihr ganz und gar nicht. Sie nahm ihren Schlüssel.

»Ich denke darüber nach«, sagte sie.

»Du bist schon auf dem Weg zur Tür, ich höre die Schlüssel. Ich komme mit.« Klick.

Konnte sie ihm etwas abschlagen? Er war immer noch ihr Chef und hatte mit Hayley ebenso viel zu tun, wie sie selbst. Sie richtete sich auf, verabschiedete sich von dem Plan, allein auf Abenteuerreise zu gehen, und machte sich mit dem Gedanken vertraut, dass Ira die nächsten vier Stunden neben ihr säße. Sie füllte eine zweite Flasche mit Wasser, schließlich sollte der Mann nicht verdursten.

Um halb sieben waren sie unterwegs. Die ersten eineinhalb Stunden kamen sie gut durch den flüssigen Verkehr voran. Ein dünner Wolkenschleier hatte sich vor die Sonne gelegt. Um halb elf hatten sie bereits den Stadtrand von Hartford erreicht. Delia regulierte die Luft im Wagen, indem sie die Klimaanlage ein wenig hochdrehte. Vor ihnen erhob sich die Skyline der Stadt, zu ihrer Linken lag der Connecticut River.

Ira tippte mit den Fingern an das Fenster. »Ich habe gestern eine App auf meinem Smartphone installiert, die heißt Google Maps oder so. Aber die richtige Karte habe ich für alle Fälle auch mitgenommen.«

Iras Handy-App führte sie nach West Hartford und schließlich zur Cleveland Avenue, wo sich die große Bücherei befand.

»Lass mich hier mal raus, ich will zuerst zum Baumarkt. Fahr einfach rechts ran«, sagte er.

»Ich muss schon seit einer Stunde auf Toilette. Ich parke hinten«, sagte Delia und fuhr in die Einfahrt eines kostenlosen Parkplatzes.

Ira reckte den Hals und sah sich um. »Okay. Oh, da ist er schon.«

Delia musste so dringend zur Toilette, dass sie jede unnötige Bewegung vermeiden wollte. Sie stellte den Wagen ab und lief hastig zur Eingangstür der Bücherei.

»Ich komme nach«, rief Ira ihr hinterher.

Delia liebte Büchereien, die ihre Toiletten nicht versteckten. Sobald sie die Türen mit den Messinggriffen aufstieß, sah sie schon das Schild.

* * *

Ira holte Delia in der Sachbuchabteilung ein, in der Abteilung Biographien. Delia hatte das College durchlaufen und in Windeseile alle nötigen Kurse absolviert, die sie direkt zu einem Schulabschluss und in einen Job führten. Mit vierundzwanzig hatte sie bereits einen Vollzeitjob gehabt. Davor hatte sie schon in Teilzeit im Pflegekinderdienst gearbeitet und dabei ihren Master gemacht. Neben all den beruflichen Herausforderungen hatte sie sich immer auch um Juniper gekümmert. Sie hatte sich nur selten eine Auszeit gegönnt, um in Ruhe einen Roman zu lesen. All das würde sich jetzt ändern. Jetzt hätte sie sich am liebsten in eine Badewanne gesetzt und eine Geschichte gelesen. Sie fuhr mit ihrem Zeigefinger an einem Buchrücken entlang und stellte sich vor, wie es in Zukunft sein würde, wenn sie durch die Regale der Longfellow Library in Portland schlendern würde.

»Was hast du im Baumarkt herausgefunden?«, fragte sie Ira und zog eine Biographie über Obama heraus.

»Ich habe Hayleys Foto zwei Angestellten gezeigt, aber niemand kann sich an sie erinnern. Vielleicht war sie nie in dem Laden.«

»Was hat die Polizei gesagt? Gab es Videokameras in dem Geschäft? Gibt es mittlerweile nicht überall Kameras?«

»Ich weiß es nicht, aber das können wir ja mit Mike klären, wenn wir wieder zurück sind.«

Delia fühlte sich plötzlich fehl am Platz und gereizt.

»Wenn wir wieder zu Hause sind, müssen wir zuerst zur Polizei fahren. Wenn Heroin durch Hartford geschleust wurde und diese beiden Gebäude auf der Route liegen, befinden wir uns jetzt offiziell außerhalb unseres Kompetenzbereiches. Soll die Polizei sich das Material der Videoüberwachung ansehen«, sagte Ira.

Bewege dich immer nur innerhalb deines Erfahrungs- und Kompetenzbereiches. Das bläute man den Absolventen ein, und Delia fühlte sich momentan viel zu weit außerhalb ihres Kompetenzbereiches, um noch Klarheit über irgendetwas zu haben.

Dennoch verließen sie die Lilian-Tiger-Bücherei noch nicht. Sie liefen eine breite Treppe in den zweiten Stock hinauf, um nachzusehen, wovor Emma Gilbert das kleine Mädchen gewarnt haben könnte. Sie kamen zur Hörbuch- und DVD-Abteilung. Delia zupfte Ira am Ärmel und flüsterte ihm zu: »Wenn du was zu transportieren hättest, zum Beispiel Heroin im Wert von zehntausend Dollar, und du bräuchtest eine harmlos wirkende Anlaufstelle, wäre dann eine Bücherei nicht perfekt?«

Ira sah sich im Raum um und überlegte. »Städtische Büchereien sind Zufluchtsorte für Obdachlose. Sie kommen tagsüber her, wenn sie aus den Unterkünften verjagt werden. Sie brauchen außerdem Computer, um Arbeit zu finden. Sie benutzen die Toiletten, um sich zu waschen. Büchereien können Leuten Schutz bieten, die auf die schiefe Bahn geraten sind. Wer achtet da schon auf eine weitere unbekannte Person?«

Delia ging zum Tresen, an dem man sich DVDs ausleihen konnte. »Gibt es hier eine Kinderabteilung?«, fragte sie. Der junge Mann hinter dem Tresen trug eine dünne schwarze Brille und eine Röhrenjeans.

»Erdgeschoss«, sagte er.

Delia und Ira liefen die zwei Stockwerke hinunter in die Kinderabteilung. Dort roch es leicht nach Schimmel und Reinigungsmittel. Kleine Stühle, Minisofas, ein Mischmasch aus Farben und Fahnen. Am Tresen stand ein riesiger bunter Plüschtiger, der eine Brille trug. Um seinen Hals hing ein Schild mit der Aufschrift: TIGER LILLY LIEST GERNE. WAS IST MIT DIR?

Sie packte Ira fest am Arm, ließ ihn aber schnell wieder los, weil ihr seine Narben einfielen. »Sie war hier, das weiß ich! Oder zumindest war Emma Gilbert hier.«

Ira drückte auf eine kleine Klingel am Tresen. Eine Frau tauchte zwischen den Regalen auf. Sie war noch jung, trug an beiden Seiten ihres Kopfes einen Undercut, dafür hing ihr eine lange blondierte Strähne über ein Auge.

»Kann ich behilflich sein?«

Ira öffnete den Briefumschlag, in dem Hayleys Foto steckte.

»Ich wollte fragen, ob Sie vielleicht dieses Kind gesehen haben. Wir sind von der Pflegeunterbringung in Maine und versuchen, Familienangehörige ausfindig zu machen.«

Das Mädchen sah sich das Foto an und schüttelte den Kopf. »Ich bin erst seit ein paar Tagen hier. Vor mir hat hier eine Bibliothekarin ehrenamtlich gearbeitet, die ist aber gegangen. Sie war nicht gerade eine Meisterin ihres Fachs. Das ist ein einziges Chaos hier.«

Ira tippte Delia mit den Fingerspitzen leicht am Arm an, als wollte er die Pausetaste auf einer Fernbedienung drücken.

»Danke für Ihre Hilfe«, sagte er zu der jungen Frau.

Sie eilten zur Treppe. »Das geht schon über unsere Kompetenz hinaus«, ermahnte er Delia. »Ich rufe Mike an. Er muss von der Bücherei erfahren.«

22. KAPITEL

Delia fuhr auf der Interstate 84 Richtung Nordosten, bis sie auf den Mass Pike traf, von dort fuhr sie Richtung Norden nach Maine. Die Sonne schien auf ihre linke Schulter, und ihr wurde heiß, als sie Richtung New Hampshire fuhren. Sie drehte die Klimaanlage ein wenig hoch.

»Ich erfriere hier gleich«, sagte Ira. »Können wir uns auf kühl statt kalt einigen?«

»Stell doch die Belüftung auf deiner Seite aus. Oder zieh dir eine Jacke an.«

»Meine Nase ist kalt. Ich kann mir aber keine Jacke auf die Nase ziehen. Vielleicht fahre ich die restliche Strecke, damit mir warm wird«, sagte er und legte sich übertrieben die Hände vor die Nase.

Sie hatten Mike Moretti angerufen, ihm eine Nachricht hinterlassen und von ihrer These erzählt, dass die Bücherei ein Umschlagplatz für Drogen sein könnte, auch wenn sie immer noch nicht klären konnten, wie Hayley in das Bild passte. Delia wusste nicht, was sie noch sagen sollte, ihr blieben nur die Bilder von drei Erwachsenen im Kopf, die mit Drogen dealten und ein

Kind dabeihatten, das offensichtlich nicht ins Schema passte.

Sie bog in New Hampshire auf den ersten Rastplatz vor einem staatlichen Spirituosenladen, der steuerfreien Schnaps verkaufte. Menschen strömten in der Hoffnung, viel Geld gespart zu haben, mit Tüten voller Bier, Wein, Hochprozentigem und monströsen Kreditkartenabrechnungen aus dem Laden.

»Willst du reingehen?«, fragte Delia. Sie stieg aus dem Auto und spürte, wie ihr endlich wieder Blut in die Beine schoss. Sie beugte sich vor und ließ den Kopf baumeln.

»Nein, danke. Ich warte, bis mein bevorzugter Cabernet in Portland wieder auf den Markt kommt. Meine Steuer darf der Staat Maine ruhig haben«, sagte er und setzte sich auf den Fahrersitz.

Sie hatten sich darauf geeinigt, gleich am Montagmorgen auf Mikes Türschwelle zu stehen und ihn zu überzeugen, dass Emma Gilbert und vermutlich auch Hayley in der Lillian-Tiger-Bücherei in West Hartford gewesen waren. Delia wollte das Kind in den Fokus rücken, denn sie war sich ziemlich sicher, dass es der Polizei in erster Linie um den Mord und erst dann um Hayley ging.

»Wie läuft es mit deinem Dating-Experiment? Hast du es nicht so genannt?«, fragte Ira, als Delia wieder im Wagen saß, und verließ den Parkplatz.

Sie war ausnahmsweise einmal froh, dass Ira sich für ihr Liebesleben interessierte. Alles, was nichts mit Hayley zu tun hatte, war eine willkommene Ablenkung. Sie stellte die Belüftung auf ihrer Seite an, so dass die kühle Luft direkt auf sie gerichtet war.

»Ich hätte gerne in einer Zeit gelebt, in der die Leute sich noch persönlich und nicht über Algorithmen kennenlernten.« Sie streifte ihre Schuhe ab, zog ein Knie hoch, schlang ihre Arme um ihr Schienbein, legte ihr Kinn auf das Knie und sah Ira an. Sie ging davon aus, dass er etwa dreißig Minuten bräuchte, bis er sich aufgewärmt hätte, bevor auch ihm zu heiß wäre.

»Die Dates über diese App laufen also doch nicht so gut?«, fragte er und rückte den Rückspiegel zurecht.

»Nein. Ich meine, irgendwer findet diese Kerle bestimmt nett, nur ich eben nicht. Vermutlich dachten sie dasselbe von mir.«

»Aber du hast ihnen noch nicht einmal eine Chance gegeben und warst vermutlich diejenige, die ihnen den Korb gegeben hat, oder?«

»Ja, wie kommst du darauf?«

»Ich bitte dich, Delia, du kennst das doch aus der Psychologie. Kinder, die ihre Eltern verlieren, tendieren dazu, jeden zurückzuweisen, der Interesse zeigt, weil sie Angst haben, auch ihn zu verlieren. Das ist nicht auf meinem Mist gewachsen«, sagte Ira und schnitt eine Grimasse, dass sein Schnauzbart wippte. »Wir verwechseln Sehnsucht mit Begierde. Ich schließe mich da gar nicht aus.«

»Du hast nicht vor, das Thema zu wechseln, oder? Du hältst mich in meinem Wagen gefangen und wirst versuchen, meinem erbärmlichen Liebesleben auf die Sprünge zu helfen.« Sie ließ ihr Knie los, streckte das

Bein aus und kippte den Rücksitz ein wenig nach hinten. Von Tyler hatte sie Ira nichts erzählt.

»Der Weg zu einer richtigen Partnerschaft ist holprig genug, aber wenn man die Eltern verloren hat, konzentriert man sich immer auf das, was man verloren hat, anstatt auf das, was man sich wünscht«, sagte er.

Ira drückte aufs Gas, machte den linken Blinker an und überholte ein paar Autos, die bereits an der oberen Geschwindigkeitsgrenze fuhren.

»Warte mal«, sagte sie. »Deine Eltern haben dich misshandelt und im Stich gelassen. Wie bekamst du dann so eine Ehe hin, die allem Anschein nach ziemlich gut läuft?«, fragte sie. Sie öffnete das Handschuhfach und fand darin eine frische Tüte Erdbeer-Twizzlers. Sie riss sie mit den Zähnen auf und zog eine rote Gummischlange raus, die nach künstlichem Erdbeeraroma schmeckte. An manchen Tagen brauchte sie einfach etwas, das sich von J Birds Gourmetküche abhob. Sie reichte Ira die Tüte, auch er nahm sich etwas raus. »Zwei Dinge. Und bei beiden hatte ich Glück. Ich wurde von den besten Eltern der Welt adoptiert. Das hat viel ausgemacht. Ich habe Erwachsene gesehen, die einander lieben, an einem Strang ziehen und nett miteinander umgehen. Und die mir gezeigt haben, dass sie mich lieben. Trotzdem habe ich immer nach meiner verlorenen Mutter gesucht. Und das zweite war, dass Marie mir bereits in unserem zweiten Ehejahr unmissverständlich klargemacht hat, dass sie nicht meine Mutter ist. Es hat lange gedauert, bis mir diese Zusammenhänge klar waren. Ich musste einfach aufhören, mich nach etwas Unwiederbringlichem zu sehnen, um mich auf etwas Neues einlassen zu können. Ich hatte das Gefühl, aus einer dunklen Höhle aufzutauchen. Auch unser Liebesleben verbesserte sich dadurch.«

»Wir kommen erst in zwei Stunden zu Hause an und werden die verbleibende Zeit doch nicht etwa über dein Sexleben reden«, sagte Delia. Sowohl Ira als auch Ben waren ein wenig jünger, als ihr Vater jetzt gewesen wäre, dennoch waren sie in gewisser Weise ein Vaterersatz.

»Ich möchte gar nicht über mein Liebesleben reden, das funktioniert wunderbar, danke. Ich gebe dir nur ungefragt ein paar Ratschläge. In ein paar Wochen wirst du von meinen täglichen kostenlosen Ratschlägen nicht mehr profitieren können.«

Sie holte sich noch eine Twizzler-Erdbeerschlange aus der Tüte. »Und wie lautet dein Rat? Bitte in einem Satz!« Sie biss ein Stück ab.

»Suche nicht nach Verlorenem. Suche nach dem, was du wirklich willst«, sagte er. Mittlerweile überholten sie Autos, die ihrerseits schon zu schnell fuhren.

»Das waren zwei Sätze.«

Ira überholte einen mit Baumstämmen beladenen Laster. »Ich fahre nicht gerne hinter diesen Lastern. Ich bin sicher, dass irgendwann so ein langer Baumstamm runterfallen und in unsere Windschutzscheibe krachen wird.«

»Könntest du eine Geschwindigkeit einhalten, die nicht die Polizei auf uns hetzt?«

»Ich sage kein Wort mehr.« Er drehte die Klimaanlage hoch und fuhr auf die rechte Spur zurück. »Ziemlich heiß auf dieser Seite.«

Delia antwortete nicht und dachte über Tyler nach. Wie passte er in das Bild? War er eine verlorene Liebe, nach der sie sich sehnte?

23. KAPITEL

Als Delia nach Hause kam, war es fast vier Uhr am Nachmittag. Sie ging ins Haus und schnupperte. »Lilien.«

Die Fahrt nach West Hartford hatte sie erschöpft, aber sie hatte ihrer Schwester trotzdem versprochen, ihr beim Catering zu helfen. Der Liefertermin war der nächste Morgen.

Juniper stand in der Küche und raspelte Ingwer auf ihrem neuesten Küchengerät. »Du hast sie noch nicht einmal gesehen.«

Baxter begrüßte sie aus dem Wohnzimmer, in das man ihn immer verbannte, wenn in der Küche gebacken wurde. Delia ließ ihre schwarze Tasche auf einen Küchenstuhl gleiten. »Das sind aber Lilien. Du erträgst es wohl nicht, wenn ich recht habe. Bereitest du Teegebäck vor? Bitte sag ja. Und wo kommen die Blumen her?«

Einen lächerlichen Augenblick lang hoffte sie, Tyler hätte sie ihr geschickt.

Juniper verfügte zwar nicht über denselben hochentwickelten Geruchssinn wie Delia, doch auch ihrer war nach jahrelangem Backen durchaus geschult. Sie roch eine Banane, wenn sie überreif war, erschnupperte Fettmoleküle in der Luft beim örtlichen Imbiss und konnte darauf hinweisen, dass das Frittieröl gewechselt werden musste. Delia hingegen hatte oft das Gefühl, dass sie sich die Welt über ihren Geruchssinn erschloss.

»Ein Kunde hat sie mir geschenkt. Wenn sie dir zu intensiv sind, dann sag Bescheid«, sagte Juniper. »Dann stelle ich die Vase raus. Ich weiß, wie empfindlich deine Nase reagiert.« Sie schüttete den geriebenen Ingwer in einen Glasbehälter mit Buttermilch.

»Das wäre mir wirklich lieber«, sagte Delia. Sie war sehr froh, dass sie Tyler nicht erwähnt und ihre Enttäuschung für sich behalten hatte. Sie musste sich auf das Brot und nicht auf Lilly den Tiger in West Hartford oder schwer duftende Lilien in einer Vase konzentrieren.

Obwohl Juniper gerade am Backen war, sah Delia ihr an, dass sie später noch ausgehen würde. Sobald sie Teegebäck und Törtchen zum Kühlen auf die Ablage stellte, war sie fertig und musste nicht wie Delia darauf warten, bis der Brotteig fertig war.

Ihre Schwester hatte geduscht, sich die Haare gewaschen und ihre neue Spülung benutzt, die nach Minze duftete. Dann hatte sie sich mit ihrer Bodylotion aus Honig und Vanille eingecremt, weil Juniper überzeugt davon war, dass es eine berauschende Wirkung auf Männer hatte, wenn sie nach Keksen und Crème brûlée roch. In dieser Hinsicht hatte sie Delias Rat befolgt.

»Männer haben meistens keinen so ausgeprägten Geruchssinn, unbewusst reagieren Menschen darauf, wenn etwas nach Essen riecht, am liebsten etwas Süßes oder Schokolade.«

Ihre Schwester hatte ihren Rat beherzigt.

»Wo gehst du hin? Und mit wem triffst du dich?«

»Nur mit ein paar Leuten von der Arbeit. Ein neuer Mitarbeiter hat ein Boot gekauft, und der Plan ist, dass wir damit rausfahren, eine Flasche Wein mitnehmen und zuschauen, wie der Mond über der Casco Bay aufgeht«, sagte Juniper.

Seit ihrer letzten Trennung schwor Juniper, dass sie für eine neue Beziehung zu beschäftigt sei. »Sobald wir das Café eröffnet haben, kann ich mich wieder um mein Liebesleben kümmern«, hatte sie gesagt. Die Lücke, die hingegen in Delias Liebesleben klaffte, war so groß wie eine Schlucht im Grand Canyon und ebenso tief und beständig. J Bird versuchte sich gerne als Dating Coach für ihre große Schwester, doch ihre Kompetenz schien bei Delia vergebliche Liebesmüh.

Am liebsten wollte Delia sich über den bevorstehenden Bootsausflug unterhalten und nicht in die Vergangenheit gezogen werden. Doch eine Schwester wirkte wie ein Magnet in die Vergangenheit. Schwestern kannten einander so gut wie kaum zwei andere Menschen, sie waren dabei, wenn man Pupse in die Badewanne blies oder sich auf den Küchenboden übergab. Delias gesamte Vergangenheit war in J Bird verankert, seit diese geboren war.

»Bilde ich mir das nur ein, oder hat dein Exfreund

versucht, wieder mit dir Kontakt aufzunehmen? Ich habe bemerkt, wie er dich mit diesem bestimmten Blick angeschaut hat«, sagte Juniper.

Delia öffnete eine frische Packung Brotmehl. »Was für ein Blick? Ich habe keinen besonderen Blick bemerkt«, sagte Delia.

»Weil du diesen Blick nicht kennst. Du kannst wie ein verdammter Bluthund ein Bonbon auf eine Meile Entfernung erschnüffeln, bist aber blind dafür, wie Männer dich ansehen.«

Vielleicht hatte ihre Schwester ja recht. Vielleicht war sie so beschäftigt gewesen, dass sie in Liebesfragen einfach keine Ahnung hatte. Juniper wusste, wie gut eine Romanze tun konnte, sie erkannte beim Flirten jede Nuance. So hatte sie sich auch vom Verlust ihrer Eltern ablenken können.

»Wie war die Fahrt nach Hartford?«, fragte Juniper und vermied geschickt das Thema Liebesleben. Delia war dankbar dafür.

»Das war wegen des neuen, wirklich schrecklichen Falls. Man hat das Gefühl, dass man nichts in Ordnung bringen kann. Wir finden keine Verwandten, die das Mädchen vermissen. Ira und ich haben ein paar Spuren gefunden, die uns vielleicht zu ihrer Familie führen. Mehr kann ich dazu nicht sagen.«

Für Delia waren solche Vertraulichkeiten stets eine Gratwanderung. Sie setzte sich und legte den Kopf in die Hände, stützte die Ellenbogen auf die Knie und drückte ihre Fingerspitzen auf die Stirn.

Juniper zog eine große grüne Schüssel aus dem Geschirrschrank. »Hier. Ich habe schon mal Brotteig für dich angesetzt, weil ich schon vermutet habe, dass du spät zurückkommst und nicht mehr genügend Zeit hast. Ich dachte, das Backen würde dich vielleicht ein wenig ablenken. Ich bin zwar nicht so geschickt wie du im Brotbacken, aber sobald das Café eröffnet, müssen wir einander unterstützen. Überleg mal, was wäre, wenn du krank wärst und ich Brot backen müsste?«

Delia nahm die Hilfe gerne an. Sie war erschöpft. Sie erinnerte sich an das letzte Mal, als sie mit Juniper nach heftigen Schneefällen gemeinsam Ski fahren gegangen und Delia immer vorangefahren war und sich durch den Schnee geackert hatte, weil sie dachte, sie würde es der hinter ihr fahrenden J Bird erleichtern. Nach einer Trinkpause war allerdings ihre kleine Schwester, ohne zu zögern, vorangefahren, woran Delia sich erst gewöhnen musste, bis J Bird in einer Schneeverwehung hinfiel und sie einfach lachend liegen blieb. »So fühlt sich also das Leben in deiner Welt an. Wir sollten öfter mal die Rollen tauschen.« Und genau darum ging es beim J Bird Café: um Zusammenarbeit und darum, J Bird die Führung zu überlassen.

* * *

Delia streute Mehl auf die Arbeitsplatte. Sie formte eine Faust und drückte sie in den Teig, der sich wie ein Ballon aufgebläht hatte. Er sackte in der Mitte in sich zusammen.

»Ich hatte letzte Nacht einen eigenartigen Traum«,

sagte Juniper. »Daddy hat mir das Familiengeheimnis eröffnet.«

Delia hielt inne. Eine Hand aus dem Jenseits griff nach ihrem Herzen. Juniper zog ein Blech mit Mini-Cupcakes aus dem Ofen, welche die Gäste meist ohne Reue verschlangen.

»Was für ein Geheimnis?«, fragte Delia und drückte ihren Handballen in den weichen, elastischen Teig. Der Tag hatte sich zu diesem seltenen Ding entwickelt, es herrschte ein perfektes Verhältnis zwischen Wärme und Feuchtigkeit und knackiger Luft und was auch immer es noch war, das die Hefe aufgehen ließ.

Juniper stellte das Blech mit den kleinen Cupcakes zum Abkühlen auf ein Gitter. »Es ging ihm gut im Traum, er sah sogar besser aus, als wir ihn kannten. Die beste Version unseres Vaters. Er hielt zwei Reagenzgläschen mit Flüssigkeit hoch, wie man sie in Chemielabors benutzt. Dann stellte er sie in eine Halterung. In beiden Gläschen war dieselbe Flüssigkeit, nur dass in einer ein kleiner schwarzer Punkt herumhüpfte.«

»Das ist alles?«, fragte Delia, und ihre Hände schwebten über dem Teig. Sie wollte mehr als einen schwarzen Punkt.

»Das ist alles. Das war die großartige Erklärung, ein schwarzer Punkt. Aber ich wünschte, du hättest die Freundlichkeit auf seinem Gesicht gesehen …« Juniper hielt inne, in ihrer Stimme klang Sehnsucht an.

Die Schwestern hatten nur noch einander, es gab sonst niemanden, der verstand, was sie durchgemacht hatten. Ben stand ihnen sehr nahe, und beide wussten, dass er alles für sie getan hätte, doch es hatte Zeiten gegeben, da sprachen sie nur miteinander über ihre Eltern, und das riss alte Wunden wieder auf.

Delia hämmerte erneut mit aller Kraft auf den Teig ein, bis ihre Arme schmerzten.

Juniper gab Eier, Mehl, Zucker, Milch, geriebene Zitronenschale und Backpulver in die große Edelstahlschüssel für die nächste Runde Törtchen. »Ich denke, das Geheimnis war, dass er diesen einen Punkt in sich trug, der nicht stimmte, in seiner Chemie oder so, der ihn zu einem Schizophrenen gemacht hat.« Sie stellte die Knetmaschine an und hängte die Schüssel daran, ließ sie herumwirbeln. Delia reagierte gereizt, wenn man ihren Vater so bezeichnete. Er war kein Schizophrener, er war ihr Vater und litt an Schizophrenie, so wie andere an Diabetes litten. Nur dass diese Krankheit keine Familien auseinanderriss oder dazu führte, dass sich die Mutter für den Vater und damit ein Stück weit gegen die Kinder entscheiden musste.

Juniper stellte die Knetmaschine ab. »Ich habe oft gebetet, dass Mom ihn verlässt.« Ihre Stimme klang rau. »Ich habe gebetet, dass wir ihn verlassen und gehen können, nur wir drei, damit ich nicht die ganze Zeit Angst haben muss. Das hat so weh getan, weil ich Dad geliebt habe, aber er hat mich manchmal zu Tode erschreckt.«

Delia ließ eine Hand auf dem Teig liegen. »Ich weiß.« Sie schluckte. »Kurz vor Ausbruch des Feuers habe ich sie gebeten, ihn zu verlassen.«

Die Schwestern hatten noch nicht darüber gesprochen, zu sehr beschäftigte sie die Scham darüber, dass sie ihren Vater verlassen wollten.

»Sie hätte auch uns beschützen müssen, nicht nur Daddy. Hat sie uns nicht gleich stark geliebt?« Juniper lehnte sich an den Tresen, ihre Schultern sanken.

»Sie hat uns geliebt, aber sie hat auch ihn geliebt. Sie lernte ihn kennen, als er noch ein anderer Mensch war. Sie hätte ihn niemals verlassen. Wir waren alle Geiseln seiner Krankheit, nicht nur Dad«, sagte Delia. Das letzte Bild von ihrem von Medikamenten aufgedunsenen Vater stieg wieder in ihr auf und packte ihr Herz.

»Manchmal wollte ich, dass er verschwindet. Und jetzt ist er tatsächlich weg, beide sind es, wir haben sie beide verloren«, sagte Juniper.

Delia steckte ihre Hand in die Mehltüte. »Meinst du, er hat gewusst, dass wir wollten, dass Mom ihn verlässt?«, flüsterte Delia.

Juniper wirkte erstaunt, als sie die Veränderung ihrer großen Schwester bemerkte und sich die Rollen zu vertauschen schienen.

»Hey, weißt du was? Wenn sie sehen könnten, dass du dieses verdammt gute Brot machst, würden sie dir zujubeln. Sie wären zwar schockiert, aber glücklich«, sagte Juniper. Ihre Stimme hatte einen zärtlichen Ton.

Delia war ihr dankbar für den Versuch, sie zu trösten. »Es wäre eine Überraschung für sie. Bei dem Café würden sie in Ohnmacht fallen«, sagte sie und versuchte, fröhlich zu klingen. Sie sah auf die Uhr, es war fünf. J Bird musste früh am nächsten Morgen um sieben

Brot, Teegebäck und Cupcakes abliefern. Die Kunstfakultät der Uni veranstaltete eine Konferenz außerhalb des Campus, und man hatte sich bereit erklärt, J Birds neuen Catering Service auszuprobieren. Die Schwestern hatten also noch genügend Zeit. Außerdem war ihre kleine Schwester auf diesem Gebiet unübertroffen: Timing und die Choreographie, die das Backen mit sich brachte, um rechtzeitig fertig zu werden. Delia konnte sich entspannen und Juniper die Zügel überlassen.

J Bird hatte die Cupcakes fertig glasiert und in den Kühlschrank gestellt, um sie vor Baxter zu schützen, dann eilte sie mit einer Flasche Wein zur Tür hinaus. Delia blieb mit vier Laib Brot zurück, die noch einmal aufgehen mussten.

Steckte der schwarze Punkt ihres Vaters auch in ihnen? Und waren sie wirklich schon auf der sicheren Seite? Sie wollte das glauben. Und sie musste daran glauben, dass ihre Mutter sie wirklich geliebt hatte.

24. KAPITEL

Am folgenden Nachmittag sammelten sie die Tabletts bei den dankbaren Mitarbeitern der Kunstakademie wieder ein. Das überschwängliche Lob begleitete sie während ihrer Fahrt zurück zum Café, in dem noch ein paar Stunden Malerarbeiten auf sie warteten.

Juniper schraubte eine Malerrolle ans Ende eines Besenstiels und tunkte sie in einen Eimer mit fuchsiaroter Farbe. Die Wände mussten zweimal gestrichen werden.

»Delia, wo war ich damals, als du in das brennende Haus liefst? Es fühlt sich so seltsam und unwirklich an, dass ich mich nicht daran erinnere. Ich war fast vierzehn.«

Delia hatte ihrer Schwester nie alles von dem Abend erzählt, als sie in ihr Elternhaus rannte, bevor die Feuerwehr mit Sirenengeheul die Straße entlangfuhr, und Tyler sie aus dem Haus zog. Warum wollte Juniper das dreizehn Jahre später wissen?

Es war eine gute Entscheidung gewesen, die Einzelheiten des Feuers vor ihrer kleinen Schwester zu verbergen, die damals erst dreizehn war. Ihre Eltern waren dabei gestorben, mit mehr als dieser Tatsache hatte Delia ihre Schwester nicht belasten wollen. Doch jetzt war J Bird sechsundzwanzig. Sie hatte eine Menge mitgemacht: einige Freunde, die zu nichts zu gebrauchen waren, zu viel Alkohol und Ecstasy am College. Doch in den letzten Jahren hatte sie ihre wilde Jugendzeit hinter sich gelassen und sich neu erschaffen. Sie war eine junge Frau, die eine Bäckerei führen konnte. Vor ihr lag eine strahlende Zukunft.

J Birds wahre Berufung war das Backen, und sie hatte Erstaunliches geleistet, um das Café in sieben Wochen zu eröffnen. Wenn Delia sah, wie kompetent ihre Schwester geworden war, dass sie wusste, wo sie einen guten gebrauchten Bäckerofen herbekam, wo man Kuchengitter anbringen musste und wie man Zubehör bestellte, dann konnte sie ihren Beschützerinstinkt ein wenig zurückschrauben.

Aber warum fragte J Bird ausgerechnet jetzt? Delia wusste nicht, ob sie jemals wieder über diese Nacht sprechen konnte.

»Kann das nicht warten? Mich beschäftigt der schwierigste Fall meiner gesamten beruflichen Laufbahn, müssen wir ausgerechnet jetzt die alten Wunden aufreißen?«

Baxter kratzte heftig mit den Pfoten auf dem Holzfußboden, so dass sie sich beide umdrehten. Er trug einen knallgelben Tennisball im Maul und tapste zur Tür. Mit erhobener Rute wedelte er dreimal. Er musste raus. Doch Delia machte sich Sorgen, dass

Baxter gerade einen aufkeimenden Streit unterbrochen hatte.

»Okay, ich geh ja schon mit dir raus. Aber davor muss ich erst mal die Malerklamotten ausziehen«, sagte Delia. Sie trug eine uralte Yogahose, die überall mit Farbe beschmiert war und ein Loch im Schritt hatte. Sie zog die Hose aus und einen Rock ohne Farbflecken an.

»Na komm, wir können beide eine Pause vertragen. Lass uns zum Moor gehen«, sagte sie zu Juniper. Baxter wedelte mit seinem ganzen Körper, ohne den Ball fallen zu lassen.

Sie wickelten ihre Rollen in Plastiktüten ein und verließen das Café. Delia fiel es leichter zu reden, wenn sie sich bewegte.

»Das Feuer, bei dem unsere Eltern starben, war Brandstiftung, und höchstwahrscheinlich hat unser Vater den Brand während einer psychotischen Phase gelegt«, sagte Delia. »Aber das weißt du doch schon alles.« In dem Moment, als sie das sagte, wusste sie bereits, dass sie zu barsch mit J Bird sprach und sie das nicht verdient hatte.

Das Gezirpe der Heuschrecken hallte durch die ruhige Straße, die am Moor entlangführte. Juniper trug noch immer ihre Flip-Flops, trotzte dem nahenden Herbst.

»Nach unserem Gespräch gestern ist mir aber wieder etwas eingefallen. Du hast mich zu den Clarks geschickt, und dann bist du ins Haus gerannt. Ich habe dich vom Wohnzimmerfenster aus gesehen. Genau wie

Mrs. Clark. Sie schrie und hielt mich fest, sie wollte nicht, dass ich dir folge. Ich habe die Sirenen gehört, aber du bist reingelaufen, bevor die Feuerwehr kam. Was hast du dort gesehen?«

War das der Zeitpunkt, um die Vergangenheit zu entwirren? Würde es helfen, darüber zu sprechen? Delia war angespannt.

»Der Rauch war schon so dicht, dass ich nicht viel sehen konnte. Ich bin auf die Knie gegangen, weil da der Rauch nicht so dick war.«

»Hast du sie gerufen? Konntest du sie hören?«

Der Kies knirschte unter ihren Füßen. Baxter sprang an der erstbesten Stelle in das Moorwasser.

Delias Stimme klang gepresst, ihr Hals verengte sich und wollte sie am Weitersprechen hindern. »Ich glaubte, sie zu hören, ich glaubte, Dads Stimme zu hören. Doch dann hat sich meine Lunge mit Rauch gefüllt, oder zumindest hat es sich so angefühlt. Ich konnte weder etwas sehen noch atmen.« Sie erinnerte sich an das Geräusch, an das Brausen im Haus, an die Explosion heißer Luft, die ihr wie eine Wand entgegenschlug.

Baxter lief zu ihnen zurück, schüttelte sich und bedeckte sie mit Moorwasser. J Bird nahm seinen Tennisball und warf ihn wieder ins Wasser. Baxter preschte mit wippenden Ohrenspitzen los, sein kraftvoller Körper streckte sich.

Delia schabte den Schmutz von ihren Sportschuhen. »Lass uns umkehren, okay? Wenn ich darüber rede, habe ich das Gefühl, als müsste ich ersticken. Ich hatte vergessen, wie es sich anfühlt, sich diesen Tag noch einmal in Erinnerung zu rufen. Jedenfalls habe ich sie gerufen, bin mir aber nicht sicher, ob ich Dad wirklich gehört habe.«

Juniper schob ihre Hände in die Taschen ihrer an den Knien zerschlissenen Malerjeans. »Ich weiß, dass du nicht gerne darüber redest, aber mir fehlt etwas, das du bekommen konntest. Du warst ihnen in diesem letzten Augenblick nahe. Ich will das auch fühlen«, sagte sie.

Baxter kehrte zurück, ließ den Ball vor ihren Füßen fallen, schüttelte sich und war bereit, das Ganze zu wiederholen.

»Tut mir leid, mein Junge, wir haben noch was zu tun. Jetzt nicht mehr«, sagte J Bird. Baxter setzte seinen besten Hundeblick auf, als hätte er soeben eine niederschmetternde Nachricht erhalten. Sie liefen schweigend in einem Bogen zum Café zurück und warfen dabei immer wieder den Ball.

* * *

Delia reihte zwischen zwei Sägeböcken Fußleisten aneinander und tauchte ihren Pinsel in weiße Hochglanzfarbe. Sie sah auf die Leisten hinab und dann verstohlen zu ihrer kleinen Schwester. »Wieso musstest du ausgerechnet heute an das Feuer denken?«, fragte sie. Sie wusste, dass sie damit nur die Tür für weitere Fragen öffnete.

Juniper schlug mit ihrer Malerrolle eine fuchsiafarbene Schneise an die Wand. »Weil wir gemeinsam ein

Café eröffnen und Dad über all das Essen so glücklich und Mom so stolz auf uns gewesen wäre. Weißt du, selten habe ich mir mehr gewünscht, dass sie noch leben, als jetzt. Ich habe das Gefühl, als wären sie hier und sähen uns manchmal zu.«

Delia wollte ihre toten Eltern nicht im neuen Café haben. Sie wollte einen sauberen Schnitt mit der Trauer, die ihr bisheriges Leben bestimmt hatte. Aber wenn J Bird sich ihren Eltern näher fühlen wollte, dann sollte sie ihr vielleicht wirklich mehr erzählen. J Bird war schließlich erwachsen. Sie atmete tief durch.

»Ich war froh, dass unsere Nachbarn, die Clarks, dich auf der anderen Straßenseite festhielten, während sie die Feuerwehr riefen. Weißt du noch, wir waren gerade vom Shoppingcenter nach Hause gekommen und hatten den Rauch gesehen, der im oberen Stockwerk aus dem Schlafzimmer kam. Es wurde gerade dunkel.« Hitze breitete sich tief in ihrem Magen aus und stieg ihr in den Kopf.

»Ich erinnere mich daran. Ich mochte Mrs. Clark, auch wenn es in ihrem Haus immer nach Hamburgern roch. Ich weiß noch, dass sie einen kratzigen Pulli trug. Wahnsinn, daran habe ich mich vorher nie erinnert, nicht einmal, als du mich nach Moms und Dads Tod zum Therapeuten geschickt hast.«

Delia verschwamm alles vor den Augen, sie musste schlucken. Vielleicht reichte Juniper das, vielleicht reichte der dämliche, kratzige Pullover, und sie konnten sich wieder auf die Gegenwart konzentrieren. Juniper trug zwei weitere Schichten Farbe an der Wand auf und näherte sich dabei gefährlich der Decke.

»Ich erinnere mich jetzt, du hattest Flip-Flops an und hellbraune Shorts.« Juniper tauchte die Malerrolle wieder in den Eimer Farbe und legte sie dort ab. Sie fuhr sich mit der Zunge über die Lippen und nagte mit den Zähnen an der Oberlippe, wie sie das als kleines Mädchen immer getan hatte.

Delia glitt der Pinsel aus der Hand, fiel zu Boden und bedeckte ihn mit Farbe. Sie nahm einen Putzlappen, wischte die weiße Farblache auf und konnte ihre Schwester dabei nicht ansehen.

»Es war zu viel Rauch. Der Rauch war so dick, ich konnte gar nichts sehen«, sagte Delia.

»Aber du hast doch gesagt, dass du Dad gehört hast. Was ist mit Mom? Hast du sie auch gehört? Willst du damit sagen, dass sie noch gelebt haben?«

»Ich weiß es nicht! Herrgott noch mal, J Bird, bitte hör auf. Ich erinnere mich nicht mehr.«

Plötzlich stand Baxter neben Delia und drückte seinen Kopf gegen ihre Hand. Sein Fell war immer noch feucht und roch nach Moor. Die Flut der Gefühle hatte sie völlig unvorbereitet getroffen, und sie konnte die Tränen nicht aufhalten, die über ihre Wangen kullerten. Delia wandte ihren Kopf ab, sie schämte sich. Baxter setzte sich auf ihre Füße und drückte sich mit seinem ganzen Körper an sie.

J Bird legte ihre Malerrolle weg. »Mensch, es tut mir leid. Ich vergesse immer, dass es für dich ganz anders war, dass es vielleicht schwerer ist, Erinnerungen zu haben, die man lieber vergessen möchte, als nicht genügend Erinnerungen zu haben. Lass uns nach Hause fahren. Ich kann morgen nach meiner Schicht auch noch vorbeikommen und die Malerarbeiten beenden.«

25. KAPITEL

Juniper

Am Montag beendete Juniper ihre Morgenschicht um zehn Uhr, fuhr nach Hause, ging mit Baxter spazieren und eilte dann schnurstracks zum J Bird Café. Der Eröffnungstermin rückte immer näher, sie musste jetzt jede freie Minute dem Lokal widmen. Greg und seine treuen Gehilfen waren heute nicht da.

»Wenn du Maler brauchst, sag mir Bescheid«, hatte Greg noch gesagt. »Ansonsten ruf einfach an, wenn du fertig bist. Wir können erst weitermachen, wenn du mit dem Streichen fertig bist.«

Streichen war fast so beruhigend wie Backen. Sie mochte die rhythmische Bewegung der Rolle an der Wand und beobachtete, wie die beigefarbenen Wände fuchsia- und melonenfarben wurden. Sie hatten Hochglanzweiß für die Fußleisten gewählt. Greg hatte die alte Zinndecke freigelegt, und sobald sie gesäubert und silberfarben angestrichen war, erschien sie Juniper wie der nächtliche Himmel bei Vollmond, wenn das silberfarbene Mondlicht sich auf dem Meer spiegelte. Jetzt war es wichtig, dass sie das Café fertigbekam, bevor der Ofen geliefert wurde.

Sie konnte sich nicht erinnern, Delia je so aufgelöst gesehen zu haben wie am Abend zuvor, als sie sie nach Einzelheiten zu dem Brand gefragt hatte.

Sie strich schon seit Stunden. Alles dauerte länger, als sie sich vorgestellt hatte. Ihr war bewusst, dass sie auch noch die Toiletten den Vorschriften entsprechend einrichten mussten. Der Eingang musste breit genug für einen Rollstuhl sein, und sie brauchten eine Belüftungsanlage. In einer Bäckerei sollte es nach Brot und Suppen, Kaffee und Tee duften.

Über der Toilette befand sich ein Schiebefenster. Juniper stieg auf den massiven Toilettendeckel, um es zu reinigen, aber dann bemerkte sie den Ast eines großen Busches.

Ein Fliederbusch drängte sich ans Gebäude, zwei lange Zweige drückten an das Fenster, genau wie gegen das Fenster ihres Kinderzimmers. Eines Tages hatte ihre Mutter das Fenster geöffnet und mit einer Gartenschere ein paar blühende Fliederzweige abgeschnitten. »Die sind für dich, J Bird.« Sie hatten ein Einmachglas mit Wasser gefüllt und den rotblauen Flieder hineingestellt. Er hatte ewig gehalten.

Die Hintertür ging quietschend auf, und Juniper schreckte aus ihren Kindheitserinnerungen auf.

»Ist da jemand? Ich hätte gerne ein Schokoladen-Éclair.«

Es war Ben. Seine Stimme war ihr vertraut wie die eines großen Bruders. Wo wären sie heute, wenn er nicht gewesen wäre, der ihnen nach dem Tod der Eltern eine Unterkunft verschafft und Delia geholfen hatte, die Formulare für einen Studienkredit auszufüllen?

Baxter war zu Hause geblieben, er hätte Ben sonst heftig wedelnd mit lautem Gejaule begrüßt.

»Hey! Ich bin hier hinten. Pass aber auf, es ist überall frisch gestrichen.«

Ben streckte seinen Kopf um die Ecke. »Darum begrüßt mein Kumpel Baxter mich nicht. Golden Retriever sind keine gute Gesellschaft bei Malerarbeiten, außer man liebt Hundeschwänze in Farbtöpfen.«

Juniper hüpfte vom Toilettensitz und hielt den Pinsel hoch, während sie Ben umarmte.

»Und, wie gefällt dir das Café bis jetzt?« Sie fühlte sich wie ein Teenager, der sich nach Lob sehnte.

Ben sah sich aufmerksam um und schien alles übertrieben konzentriert zu mustern. »Was du mit den Sägeböcken und dem braunen Papier vor den Fenstern bewirkt hast, ist wirklich erstaunlich. Und die Abdeckplane auf dem Boden. Einfach wunderschön«, sagte er und rieb sich das Kinn.

»Jetzt komm, sag schon, wie findest du es?«

Sie wollte, dass er sah, dass ihr Geschäftsprojekt kurz vor der Vollendung stand. Falsch: Sie wollte Bens hymnisches Lob hören, mit dem er sie schon als Kind unterstützt hatte.

»Ich bin so stolz auf dich. Wenn die Leute erst einmal kosten, was aus dieser Küche kommt, werden sie dem J Bird Café hilflos verfallen. Du wirst es ihnen zeigen. Übrigens, wo ist eigentlich die Küche?«

»Direkt hinter dir. Sieh mal, der Ofen kommt an die

Wand, die Regale da drüben hin, eine halbhohe Trennwand hierher, so dass die Leute sehen können, wie das Brot aus dem Ofen kommt. Die Öfen werden morgen geliefert, wir müssen uns also beeilen, damit die Malerarbeiten vorher fertig werden.«

Ben machte ein paar Schritte weiter in die Bäckerei. Er hinkte immer noch, zwar nicht mehr so sehr, aber man sah es trotzdem.

»Ich finde, du solltest Schmerzensgeld verlangen. Sind solche Eingriffe inzwischen nicht idiotensicher?«, fragte sie.

Ben beugte sich vor, rieb sein Knie und schaute finster drein. »Nichts ist bei einem Eingriff idiotensicher. Du wärst überrascht, was alles schiefgehen kann. Ich kümmere mich schon darum.«

Sie hoffte inständig, dass Ben wieder zu seiner alten Form zurückfände, ohne ständig sein Knie schonen zu müssen. Das ließ ihn älter wirken, als er tatsächlich war, und hatte ihm ein paar Falten um den Mund eingebracht.

»Ach ja, und was zum Teufel war neulich mit dir los, als ich mit Baxter zur Klinik kam? Du hast mich noch nie so schroff abgewiesen«, sagte sie und stemmte die Hände in die Hüften.

Ben blickte aus dem Fenster. »Nimm es bitte nicht persönlich. Ich habe mich nach der Operation nicht so gut gefühlt und mir außerdem eine Erkältung eingefangen. Ich werde eben alt, Schätzchen.«

»Alt? Sag das nicht!« Sie streckte ihre Arme aus und legte sie ihm um den Hals. »Du darfst nicht altern.

Oder krank werden. Und hör sofort auf zu humpeln.«

Ben lachte und drückte sie an sich. »Okay, ich verspreche es. Aber dein Job ist es, mich mit Schokoladen-Éclairs zu versorgen.«

»Die offizielle Eröffnung findet in der ersten Oktoberwoche statt. Bitte notiere das mit einem großen Ausrufezeichen in deinem Kalender im Büro. Sag allen Patienten, dass sie unbedingt in unser Café kommen müssen. Aber vor allem müssen du, Michelle und die Kinder kommen.«

Auch Ben hatte Geld investiert und einige Renovierungskosten übernommen. Siebentausend Dollar insgesamt, welche die Schwestern unbedingt als Darlehen betrachten wollten. Sie hatten sogar einen Vertrag aufgesetzt, den alle drei unterschrieben hatten und laut dem sie in zwei Jahren mit der Rückzahlung beginnen würden, oder auch früher, sobald das Café Gewinn machte. Seit dem Feuer war Ben immer für sie da gewesen.

»Ich verpasse es bestimmt nicht. Ich wollte nur kurz vorbeischauen und sehen, wie es euch geht. Es sieht alles großartig aus, Kleines. Ich muss auch schon wieder los. Ich treffe mich noch mit einem Freund und muss seinen Hund untersuchen.« Ben sah nach oben. »Cool, diese Decke«, sagte er und klopfte an den Türrahmen. »Wenn ihr Probleme habt, könnt ihr euch immer an mich wenden. Ich kann Müll schleppen oder Blumen in die Fensterkästen pflanzen. Bittet mich nur nicht um Schreinerarbeiten.« Er zwinkerte ihr zu und ging.

Juniper spülte die Malerrolle aus. Sie öffnete die Seitentür, um die Rolle nach draußen zum Trocknen zu legen, und hörte Ben mit einem Mann sprechen. Sie ging ein paar Schritte in den Hof und sah das Heck eines salbeigrünen Toyota Camry. Ben beugte sich zum Fahrerfenster hinein, sah sich nach rechts und links um und steckte dann einen Briefumschlag in seine Tasche. Kurz darauf lief er mit ausladenden Schritten zu seinem Pick-up und fuhr los.

Juniper setzte sich auf die Stufen und kratzte die Farbe von ihren Fingernägeln. Ben hatte schon in der Vergangenheit Hausbesuche gemacht, meistens dann, wenn ein alter Hund eingeschläfert werden musste und der Besitzer wollte, dass er zu Hause starb. Aber nahm er außerhalb seines Büros auch Bezahlungen entgegen? Ben war für sie ein vorbildlicher Erwachsener, der ihr zeigte, wie man Verantwortung übernahm, wie man einen guten Partner fand und verheiratet blieb, wie man liebte und wie man freundlich und großzügig sein konnte. Irgendwas stimmte in letzter Zeit nicht mit ihm, daran bestand kein Zweifel. Es war deutlich erkennbar, als sie neulich mit Baxter bei ihm in der Klinik vorbeigekommen war. Aber heute war er wieder der alte Ben gewesen, der letzte Freund, den ihr Vater gehabt hatte, und derjenige, der ihn nicht verließ, als es ihm am schlechtesten ging und er von Medikamenten aufgedunsen war. Manchmal musste man die Menschen einfach lassen, wie sie waren, ihnen ihre Höhen und Tiefen zugestehen. Wenn Ben ein wenig Schwarzgeld einnahm und es nicht durch die Klinik schleuste, würde Juniper nichts dazu sagen, vor allem nicht zu Delia. Ben hatte sie immer unterstützt. Das war das Mindeste, was sie für ihn tun konnte.

26. KAPITEL

Vor zwei Jahren hatte Ira die alte Kaffeemaschine im Pausenraum durch eine Kapselmaschine ersetzt. Dadurch gab es zwar keinen Streit mehr darüber, wer die Glaskanne putzte, den Kaffeesatz entsorgte oder darauf achten sollte, die Maschine am Ende des Tages abzuschalten, und es gab auch keine Zettel mehr mit Aufschriften wie DEINE MUTTER WOHNT HIER NICHT … RÄUMT EUREN DRECK SELBST WEG!!!!!!, dennoch schreckte Delia noch immer zurück bei dem Gedanken an die Umweltbelastung und Berge von Plastikmüll, welche die leeren Kapseln verursachten.

Es war Viertel vor neun Uhr morgens, als sie eine Kapsel mit französischer Kaffeeröstung in die Maschine legte, die Halterung zuklappte und wartete, bis ihre Tasse voll war. Sie und Ira hatten sich zu einem frühmorgendlichen Meeting mit Detective Moretti in Iras Büro verabredet. Die Vermittlungsstelle für Pflegefamilien unterhielt enge Beziehungen zur Polizei. Wenn es um ein misshandeltes oder verwahrlostes Kind ging, waren die beiden Behörden aufeinander angewiesen. Delia wollte ihre Befugnisse nicht überschreiten und der Polizei sagen, dass sie genauer nachforschen sollte, um Hayleys Familie zu finden, dennoch platzte sie beinahe damit heraus, als sie sich vor Iras Schreibtisch neben den Detective setzte.

Moretti war groß, über einen Meter achtzig. Manchmal sah sie ihn abends im Fitnessstudio, wenn er mit Kopfhörern und weißem Handtuch um den Hals auf dem Laufband joggte. Er war kaum zu übersehen, schien aber keine Lust auf Small Talk zu haben, genau wie sie, wenn sie sich auf dem Crosstrainer abrackerte. Also nickten sie einander bloß zu.

Heute sah er aus, als hätte er schon einige Stunden Arbeit hinter sich.

»Wir sind Ihrem Hinweis über die Bücherei in West Hartford sofort nachgegangen. Die Polizei dort hat uns allerdings mitgeteilt, dass es in der Bücherei keine Videoüberwachung gibt, darauf konnten wir also nicht zurückgreifen. Wir haben bereits die Kameras an der Kreuzung vor dem Baumarkt kontrolliert und die Aufzeichnungen ausgewertet, die am Tag entstanden. Es ist allerdings unwahrscheinlich, dass es uns gelingen wird, einen Wagen herauszufiltern, weil wir am Tatort kein Fahrzeug aufgefunden haben«, sagte er.

Er redete so, als wäre er darauf trainiert, Nebensächlichkeiten zu übergehen.

Delia nippte an ihrem Kaffee. Sie war sich sicher, einen Rest von Plastik zu schmecken. »Was ist mit der Angestellten der Bücherei, die in der Kinderabteilung gearbeitet hat und zum Zeitpunkt der Morde verschwand?«, fragte sie.

Diesmal wandte er ihr seinen Kopf zu und sah sie an. »Sie hat sich nicht abgemeldet. Sie war sechs Monate ehrenamtlich tätig. Die Bücherei hat keine große Überprüfung vorgenommen, um Geld zu sparen. Sie haben nur nach dem Führerschein gefragt, und der war gefälscht. Jede Überprüfung kostet die Bücherei fünfzig Dollar, wenn über die Fahrerlaubnis also keine Unregelmäßigkeiten festgestellt werden konnten, nachdem sie sie der örtlichen Polizeidienststelle vorgelegt hatten, ist sie das Risiko eingegangen und hat eine genauere Prüfung unterlassen. Wie sich später herausstellte, wurden die Fahrerlaubnis und der Personalausweis einer Lehrerin aus der Gegend gestohlen, der das zuerst aber nicht auffiel. Die junge Frau ging offenbar ziemlich gerissen vor, setzte die gestohlenen Kreditkarten nie ein, darum schrillten auch keine Alarmglocken.«

Ira fuhr mit den Fingern seiner rechten Hand an der Schreibtischkante entlang. »Aber Sie müssten doch eine Beschreibung von ihr über die Bibliotheksmitarbeiter bekommen haben.«

»Die Polizei in Hartford hat uns dazu eine Zusammenfassung geschickt.«

Antwortete der Kerl nur auf direkte Fragen? Delia wünschte, er würde ihnen ein wenig entgegenkommen.

»Je länger Hayley von ihrer Familie getrennt ist, desto mehr wird sie das traumatisieren. Unser einziges Ziel ist es, so schnell wie möglich ihre Familie ausfindig zu machen«, sagte Ira. »Wir wollen uns nicht in Ihren Kompetenzbereich einmischen, Mike, aber wir haben einfach das Gefühl, dass ihre Eltern irgendwo da draußen sind. Wir haben Ihnen ja von den angeblichen Skypegesprächen zwischen Hayley und ihrer Mutter erzählt.«

Moretti beugte sich ein wenig vor. »Ich weiß, dass Sie einen guten Job machen. Aber ich bin mir zunehmend sicher, dass diese Verbrechen Teil eines größeren Netzwerkes im Handel mit Heroin sind, wie wir es bisher in Maine noch nicht hatten. Um ehrlich zu sein, haben wir bisher nur viele Einzelhinweise. Wir haben am Tatort Spuren von Heroin gefunden, drei Menschen wurden praktisch hingerichtet, wir haben eine Quittung aus einem Baumarkt in West Hartford, wir haben ein Opfer in Tennessee, einen weiteren nicht identifizierbaren Toten und Emma Gilbert, die in Florida wohnte. Emma hatte keine Vorstrafen und wurde vor ein paar Monaten vom Chef ihres Radiosenders als vermisst gemeldet. Und jetzt haben wir noch eine freiwillige Helferin in einer Bücherei, die sich als eine andere ausgegeben hat und um den Zeitpunkt der Morde herum aus der Bücherei verschwand. Ich vermute, dass die kriminelle Organisation sie aus der Bücherei geholt hat und wir sie nicht wiedersehen werden«, sagte er.

Ira fuhr nun nicht mehr mit den Fingern an der Schreibtischkante entlang. »Und wir haben Hayley. Sie ist fünf und will nach Hause«, sagte er.

Der Geruch des Deos von Detective Moratti stieg Delia in die Nase, was davon zeugte, dass ihm warm wurde. Irgendwas hielt er immer noch zurück.

»Wir konnten eine Steigerung des Heroinhandels in

den letzten Jahren verzeichnen. Der Staat kämpft, um der Sache Herr zu werden, aber momentan scheinen wir diesen Kampf nicht zu gewinnen. Wir verzeichnen inzwischen einundsechzig Tote wegen einer Überdosis Heroin in diesem Jahr in Maine. Dieser Fall könnte der Schlüssel zu einer größeren Versorgungskette aus Mexiko über Nashville, Tennessee, sein.« Er machte eine Pause und verlagerte seine Füße. »Ich muss mit Hayley sprechen und sie zu den Morden befragen.«

Delia schluckte schwer. Sie wusste, dass das kommen würde, denn Hayley hatte sich jetzt bei Erica eingelebt, ging in die Vorschule und redete offener. Sie und Ira hatten sich darauf eingestellt, dass das passieren würde.

»Ich möchte sie gerne selbst dazu befragen«, sagte Delia. »Sie können ja mitkommen, aber ich stelle die Fragen. Ich weiß, wie ich mit Hayley reden muss, damit sie sich nicht wieder verschließt.«

Er kniff die Lippen zusammen. »Ich habe selbst eine zehnjährige Tochter und weiß, worauf Sie hinauswollen. Aber Sie können nicht wissen, welche Informationen mir weiterhelfen würden oder welche Spur ich verfolgen möchte.«

An der Wand in Iras Büro hing eine billige, batteriebetriebene Uhr, wie man sie in jedem Klassenzimmer fand. Das Ticken erfüllte die Stille zwischen ihnen.

»Dann sagen Sie mir doch einfach, was Sie wissen wollen und was das Kind Ihnen mitteilen könnte. Ich rufe Erica an und sorge dafür, dass auch Louie anwesend ist«, sagte sie.

»Louie? Das Kind der Pflegemutter?«

»Nein. Das ist ein Kater. Also, sind wir uns einig, dass ich sie befragen werde?«, fragte Delia.

Moretti griff nach seinem Handy, das in seiner Jackentasche vibrierte. »Haben Sie gleich etwas Zeit? Wir könnten schon die Fragen durchgehen, die ich normalerweise stelle. Mitkommen muss ich schon, denn wenn Sie etwas auslassen sollten oder eine Spur nicht aufgreifen, werde ich eine Frage stellen. Das ist nicht mein erstes Mal, ich hatte vorher auch schon mit Kindern zu tun. Entschuldigen Sie, ich sehe kurz nach, wer da anruft.«

Er neigte sich zur Seite, zog das Handy aus der Tasche, schaute auf das Display und steckte es dann wieder zurück. »Ich muss in einer Stunde wieder auf dem Revier sein. Können wir also kurz die Einzelheiten besprechen?«

Ira stand auf. »Ihr könnt auch ohne mich daran arbeiten. Ich muss mir noch ein paar Bewerbungsunterlagen für die Sachbearbeiterstelle ansehen.«

Delia fühlte sich ein wenig schuldig. Einen Ersatz für sie zu finden, war zeitaufwendig und brachte unzählige Telefonate und Bewerbungsgespräche mit sich. Für sie war es nicht leicht, ihre Begeisterung für das J Bird Café mit der Last zu vereinbaren, die sie Ira aufbürdete. Ira sah nicht auf, als Delia und Moretti sich erhoben und sein Büro verließen. Er hatte sich bereits in den Stapel Bewerbungen vertieft, von denen die meisten von Berufsanfängern stammten.

Der Detective und Delia zwängten sich in ihr kleines Büro. Moretti nahm viel Platz ein. Sie schnappte sich einen Block und rollte mit ihrem Stuhl ein wenig von ihm weg, während er sich breitmachte. »Zwei Dinge dürfen wir bei der Befragung von Hayley nicht vergessen«, sagte sie. »Zuerst einmal ist ihr Erinnerungsvermögen durch das Trauma vermutlich beeinträchtigt. Wenn wir sie drängen, sich an Dinge zu erinnern, die traumatisch für sie waren, wird sie das Trauma noch einmal durchleben und sich nur noch mehr zurückziehen. Zweitens ist sie erst fünf Jahre alt und ihr Verständnis der Welt noch märchenhaft und nur zum Teil real. Wenn wir sie zu konkreten Aussagen zwingen, werden wir nicht bekommen, wonach Sie suchen.«

Er nickte. »Alles klar. Und Sie verstehen sicher, dass drei Menschen ermordet wurden und es mein Job ist, die Täter zu finden?«

Sie nahm einen Stift vom Schreibtisch. »Verstanden. Also, was soll Hayley Ihnen erzählen, was sinnvoll für Sie wäre?«

»Erstens, ob sie die Schützen gesehen hat. Ob sie uns sagen kann, wie sie aussahen. Und damit meine ich alles. Männlich. Weiblich. Wie viele. Ob sie irgendwas gehört hat.«

Delia schrieb eifrig alles mit. »Was noch?«, fragte sie.

»Zweitens, das Auto. Sie fuhren mit einem Auto durch Portland. Ich weiß, dass sie uns nicht sagen kann, um was für ein Modell es sich gehandelt hat, aber alles, was sie uns darüber sagen kann, könnte hilfreich für uns sein. Ob es ein Schiebedach hatte. Welche Farbe es hatte. Ob es ein Kleinlaster war.«

All diese Fragen hatte sie erwartet.

»Drittens, wie hieß der andere Kerl? Ich spekuliere jetzt mal, aber wusste sie vielleicht, wohin sie unterwegs waren oder warum sie bei ihnen war?« Er drehte die Handflächen nach oben. »Jede Antwort auf diese Fragen kann uns weiterhelfen. Und hoffentlich auch Hayley.«

»Okay«, sagte sie. »Ich rufe ihre Pflegemutter Erica an und schaue, was wir machen können. Dann melde ich mich bei Ihnen.«

Er rührte sich nicht vom Fleck. »Wie wäre es, wenn Sie sie gleich anrufen? Je länger wir warten, desto schwerer wird es für alle Beteiligten.«

Delia schluckte ihren Ärger hinunter. Das war ihr Job, sie wusste, was sie tat. Am Ende rief sie Erica aber doch an und vereinbarte einen Termin für den späten Nachmittag, wenn Hayley aus der Vorschule zurück war und sich ausgeruht hätte.

27. KAPITEL

Delia bearbeitete in ihrem Büro ihre Aktenberge. Sie hatte sich mit Moretti um drei Uhr bei Erica verabredet. Sie zog den Aktenvernichter näher zum Schreibtisch und übergab ihm jeden Fetzen Papier, der für die Akte eines Kindes nicht mehr gebraucht wurde oder nur für Delia einen Sinn ergab, Gekritzel, das ihr Nachfolger nicht entziffern könnte. Doch irgendwie lenkte sie der Gedanke an Tylers plötzliche Rückkehr immer wieder ab, während sie die Gedanken an den Detective auf die lange Bank schob.

Sie wollte nicht so tun, als hätte sie nicht bemerkt, dass ihre Jugendliebe zurück in Portland war. Sie war nun zweiunddreißig. Sie rief Tyler auf dem Handy an in der Hoffnung, ihn nicht während einer Operation zu erwischen.

»Hey«, sagte er und klang erfreut. »Ich habe gerade einen Termin mit einem Makler. Kann ich dich in einer halben Stunde zurückrufen?«

»Klar. Hast du Zeit für ein Mittagessen?«

»Ich denke schon. Ich rufe dich zurück.«

Wollte er sich endgültig in Portland niederlassen?

Als er ihr das erste Mal über den Weg gelaufen war, hatte sie noch gedacht, er sei nur vorübergehend in Portland und würde von hier aus weiterziehen.

Delia musste in ihrer letzten Arbeitswoche einen neuen Sachbearbeiter einarbeiten, konnte aber einem neuen Mitarbeiter auch nicht einfach siebzig Fälle auf den Tisch knallen. Das wäre genauso, als bringe man jemandem das Schwimmen bei und zwinge ihn gleichzeitig, einen Frachtkahn hinter sich herzuziehen. Delia musste zwei Drittel ihrer Fälle zumindest vorübergehend den anderen vier Sachbearbeitern übergeben. Doch vorerst musste sie erst einmal überlegen, welches Kind sie welchem Sachbearbeiter anvertrauen wollte. Kein Kind durfte durch das Raster fallen.

Zehn Jahre lang hatte sie die Angst verfolgt, sie könnte ein Kind vergessen, weil durch die große Belastung vielleicht der Teil ihres Gehirns schrumpfte, der sich trotz allem an jedes Kind, alle Eltern, alle Pflegeeltern erinnern wollte. Arbeiteten sie an der Zusammenführung einer Familie oder an einer Freigabe zur Adoption? Brauchten die Pflegeeltern mehr Ausbildung, mehr Mittel, besuchte sie die Kinder einmal im Monat oder zweimal? Ihr Gehirn funktionierte wie eine Exceltabelle. Doch jetzt hatte sie fast zwanzig ihrer Fälle übergeben und damit ihre aufstöhnenden Kollegen belastet.

Sie verließ ihre Stelle beim Jugendamt, ohne größere Niederlagen erlebt zu haben. Es hatte keine schrecklichen Katastrophen gegeben, wie etwa die beiden Fälle in Massachusetts, bei denen ein kleiner Junge von seinem Sachbearbeiter vergessen und dann von seinem abscheulichen Stiefvater missbraucht und getötet worden war, oder der andere Junge, der vor Hunger ins Koma gefallen war. Sie war der Verunglimpfung entkommen, die ein Fehler in dieser Welt von überlasteten Sachbearbeitern und hochsensiblen Fällen mit sich brachte.

Doch genau in dem Moment, als sich die letzte Phase in ihrer beruflichen Laufbahn näherte, tauchte die fünfjährige Hayley auf, die keine Familie hatte und von niemandem als vermisst gemeldet wurde. Sie arbeitete seit zehn Tagen an dem Fall, und bisher hatte sich außer einer möglichen Verbindung zur Lilian Tiger Library Bücherei in West Hartford nichts ergeben. Jede Spur schien ins Nichts zu führen, jede altbewährte Methode zu versagen, jede Anfrage bei anderen Stellen ergab dieselbe Antwort. Niemand kannte oder vermisste dieses Kind.

Delia aktualisierte und ergänzte weiter die Akten, bis ihr Telefon klingelte. Ihr Herz machte einen Satz, als sie Tylers Nummer sah.

»Hast du Zeit, zu dem Haus zu kommen, das ich besichtige? Eine zweite Meinung wäre mir wichtig. Ich habe noch nie ein Haus gekauft«, sagte er.

Seit dem Tag, als sie ihn wiedergesehen hatte, wusste sie, dass seine alte Anziehungskraft auf sie ihre Wirkung nicht verloren hatte. Er kehrte nach Portland zurück, und schon war sie wieder entflammt.

* * *

Seine Stimme verwirrte sie immer noch, wenn sie sie hörte, wie erwachsen er jetzt klang. Wie sehr würde sie die Erinnerungen an früher wachrufen? Den ersten Sex, das Vertrauen in ihn, das Weinen in seinen Armen, während sie ihm die Familiengeheimnisse über ihren Vater anvertraute, über die Angst sprach, die sie und J Bird manchmal vor ihm empfanden, oder über die Schwierigkeit, Freunde einzuladen, oder wie sehr sie ihn liebte, wenn trotz der Krankheit sein wahres Selbst durchkam.

Delia schloss ihr Büro ab und fuhr zu der Adresse in der 29 Woodlawn Avenue, die Tyler ihr genannt hatte. Die Straße befand sich in einem alten Viertel, dessen Häuser alle klein waren, im Stile von Arbeiterhäuschen erbaut, von denen manche wie aus dem Katalog wirkten. Es ähnelte dem Viertel, in dem sie und Tyler aufgewachsen waren.

Sie parkte am Rand der breiten Straße. Zwei Mädchen fuhren mit ihren Rädern den Gehweg entlang, sie waren höchstens acht und trugen rosafarbene Helme. Nach zehn Jahren in ihrem Job hatte Delia ein Auge für das Alter eines Kindes.

Die Haustür zur Nummer 29 Woodlawn stand offen.

»Ist jemand da?«, rief sie.

»Hereinspaziert«, ertönte Tylers Stimme durch das leere Haus.

Delia spürte, dass Tyler sich in das Haus verliebt hatte, sobald er aus der Küche trat, die Türstöcke berührte und mit dem Daumen darüberstrich. Seine Aura erfüllte bereits das Haus. Aus einem leeren Zimmer im oberen Stockwerk ertönte eine Frauenstimme.

»Die Maklerin erledigt Anrufe, solange ich dir das Haus zeige. Sag mir, was du davon hältst«, erklärte er. »Nein, warte. Ich zeige dir alles, bevor die Pizza kommt.« Er nahm wie selbstverständlich ihre Hand, als hätte es die lange Zeit der Trennung nie gegeben.

»Komm, du musst dir den Wintergarten ansehen. Er hat den Kauf des Hauses besiegelt.«

»Du hast schon ein Angebot gemacht? Hast du dir noch andere Häuser angesehen, oder ist das das erste?«

Er drückte ihre Hand und ließ sie dann wieder los.

»Ich habe der Maklerin erklärt, was ich suche, das ist das erste Haus, das sie mir zeigt. Darum habe ich dich zurückgerufen. Na ja, abgesehen davon, dass ich mich mit dir treffen wollte. Ich hätte gerne eine realistische Einschätzung, bis jetzt habe ich noch nichts unterschrieben. Ich rufe die Maklerin in einer Stunde zurück.«

Ein Schauer durchfuhr sie. Litt sie so sehr unter Liebesentzug, dass ihr schon ein Händedruck spektakulär vorkam und Gefühle in ihr hervorrief?

Tyler brachte sie durch das Wohnzimmer zu einer Tür, die in einen Wintergarten führte. »Der Wintergarten wurde in den neunziger Jahren angebaut. Die Besitzer waren jung und wollten lieber einen Wintergarten haben, statt jeden Februar auf eine Insel zu fliegen.«

Der Boden war mit übergroßen quadratischen Terracottafliesen ausgelegt, welche die Sonnenstrahlen aufsaugten, die durch das Dach, die Glasfenster und Wände fielen.

»Schau mal nach oben«, sagte er. »Es gibt ein Sonnensegel, mit dem man das Dach an heißen Sommertagen beschatten kann.« Tyler griff nach einer Fernbedienung, die auf einem Weidenkorbsofa mit blauen Kissen lag. Er drückte auf einen Knopf, und ein internes Sonnensegel glitt über die Decke. »Schattenabdeckung«, sagte er und setzte sich auf das Zweiersofa. Er klopfte auf den Platz neben sich.

»Wie findest du es? Du bist so still«, sagte er.

Delia zögerte ein wenig, bevor sie sich neben den Mann setzte, der ihre erste Jugendliebe gewesen und nach dem Nacktbaden im Sebago Lake mit seinen Händen über ihre Brüste gefahren war. Sie hörte noch immer das Pochen seines Herzens, als sie auf ihm gelegen und ihr Ohr an seine Brust gedrückt hatte. Alles an Tyler hatte sie von den täglichen Tragödien abgelenkt, die sich bei ihr zu Hause abspielten, während die Krankheit ihres Vaters immer schneller voranschritt.

Sie drehte sich auf dem engen Sofa und setzte sich so zurecht, dass sie ihn direkt ansehen konnte. »Ich habe nichts gesagt, weil wir einfach einen großen Teil unserer Geschichte übersprungen haben. Ich bin nicht gut im Vormachen. Falls ich diese Fähigkeit je besessen habe, dann verbrannte sie vor dreizehn Jahren mit meiner Mutter und meinem Vater.«

Tyler zuckte zusammen, als wäre er nicht darauf vorbereitet gewesen. War sie zu weit gegangen, zu direkt gewesen? Sie räusperte sich.

»Ich freue mich, dass du hier bist. Es ist wunderbar, dich zu sehen, aber ich kann nicht einfach etwas vortäuschen; dich zu sehen wirbelt meine Gefühle auf. Ich bin völlig erledigt und habe das Gefühl, mich auf einer Zeitreise zu befinden und direkt in die Zeit katapultiert zu werden, als ich neunzehn war, das bringt mich ins Schleudern.« Eigentlich hatte sie nicht vorgehabt, so viel über ihre aufgewühlten Gefühle zu reden.

»Ins Schleudern?«, Tyler lachte, und um seine Augen bildeten sich Fältchen. »Endlich reden wir über etwas, worin ich mich auskenne.« Er machte eine Pause, holte tief Luft und atmete langsam wieder aus.

»Lernt man während des Medizinstudiums Atemtechniken zur Entspannung?«, fragte sie.

»Delia, es war Kalifornien. Natürlich lernt man das dort. Reiki und Akupressur wurden auch angeboten, auch wenn sie nicht mehr in meinen Plan passten.« Er legte kurz seine Hand auf ihren Oberschenkel. »Es ist irgendwie komisch, aber mir kommt es so vor, als wäre gar keine Zeit vergangen. Ich habe das nicht geplant, auch wenn ich wirklich gehofft habe, dich in Portland zu treffen. Ich war mir nicht einmal sicher, ob du überhaupt noch hier wohnst.«

Delia nahm ihm die Fernbedienung aus der Hand, um etwas zu tun zu haben. Ein Zittern durchfuhr sie. Sie drückte auf den Knopf, so dass das Sonnensegel wieder zurückging. Ein leises Surren war zu hören. »Was genau hattest du nicht geplant?«

Er nahm ihr die Fernbedienung aus der Hand und legte sie zwischen sie beide. »Dass es mir wichtig sein könnte, ob dir das Haus gefällt, das ich kaufen möchte, dass du noch hübscher geworden bist, dass dein Blick mich noch immer um den Verstand bringt und dass ich mich noch immer anhöre, als wäre ich neunzehn. Ich versichere dir, dass ich ein ganz normaler Erwachsener bin und nicht so klinge, wenn ich Menschen wieder zusammenflicke, die in die Notaufnahme gebracht werden.«

Delia stand auf. »Du bist Notarzt?« Sie konnte nur einen Teil seiner Aussagen aufgreifen, aber nicht das, was er über ihre Augen gesagt hatte oder den Rest.

»Ich habe dich in Verlegenheit gebracht. Und mich auch. Ich wollte das nicht sagen. Ich sehe dich an und merke, wie mein jüngeres Selbst plötzlich zum Vorschein kommt. Ich versichere dir, ich bin in der Lage, mich um drei Uhr morgens um Unfallopfer zu kümmern und um alles andere auch, ohne so zu schwafeln.«

Es klingelte an der Tür, der Ton hallte durch das ganze Haus, keine Möbel, Vorhänge oder Teppiche dämpften ihn. Beide zuckten ein wenig zusammen.

»Ich gehe schon. Die Maklerin hat gesagt, dass wir kein Essen mit ins Haus nehmen dürfen, aber am Ende des Wohnblocks gibt es einen Park«, sagte er. Er eilte aus dem Raum zur Haustür.

Als Neunzehnjährige, nach dem Brand und nachdem Tyler mit seiner Familie weggezogen war, hatte sie sich oft danach gesehnt, dass er plötzlich auftauchen und von der West Coast zurückkommen würde. Doch nachdem Tyler sich nicht gemeldet hatte und nach Monaten der vergeblichen Hoffnung hatte sie endgültig die Tür hinter sich geschlossen. Sie sprach nur selten von ihm, löschte ihn aus ihrem Leben. Er hatte sie verlassen, als sie ihn am meisten brauchte. Dass sie Tyler jetzt wieder begegnet war, riss nur die alten Wunden wieder auf.

Die Haustür fiel zu, und er kehrte mit einem Pizzakarton zurück.

»Essen wir?«, fragte er. »Ich verspreche dir, dass ich nicht noch mal den Neunzehnjährigen herauslassen werde. Ich habe ihn ohne Abendbrot auf sein Zimmer geschickt.« Er lief zum Fuß der Treppe. »Jessica, wir gehen in den Park und essen etwas. Du kannst hier absperren. Ich rufe dich heute Nachmittag an.«

Eine Frau kam die Treppe herunterspaziert, in einer Hand hielt sie ein Handy, in der anderen eine große schwarze Handtasche. Sie hatte ihr blondes Haar mit einer Klammer zurückgesteckt. »Super. Tut mir leid, dass Sie hier drin nicht essen können, aber das können wir einfach nicht gestatten. Sind Sie sicher, dass Sie sich alles angesehen haben?«

»Machen Sie sich um uns keine Gedanken. Es ist nett, draußen zu essen.«

Delia folgte ihm in die Küche und durch eine Glasschiebetür auf eine Terrasse hinaus, während Jessica hinter ihnen das Haus abschloss. Sie liefen durch den Garten zur Straße und dann einen halben Block zu einem kleinen Park, in dem eine Schaukel und ein Picknicktisch standen. Sie setzten sich einander gegenüber.

»Hast du auch die Fähigkeit verbannt, anzurufen oder Mails zu schreiben? Denn das ist schon einmal passiert.« Sie wollte keine Gnade walten lassen oder so tun, als würde sie Pizza essen. Sie war froh, dass die dicken Holzbretter des Tisches sie trennten.

Tyler fuhr mit den Händen zögernd über den Pappkarton. »Mit der Zeit bist du sogar noch direkter geworden.« Er lehnte sich zurück und legte die Hände neben sich auf die Bank. »Meine Familie hat mich gebraucht. Wir waren gerade an der Westküste angekommen, da erkrankte mein Vater. Lungenkrebs. Er wollte nicht, dass ich mit an die Westküste kam, und bat mich, mein eigenes Leben zu leben, aber das konnte ich nicht. Ich wollte alle Zeit, die mir mit ihm noch blieb, bei ihm sein. Ich hatte für nichts anderes noch Kraft.«

Tyler schloss die Augen und neigte für einen kurzen Augenblick den Kopf. »Mein Vater hat noch ungefähr achtzehn Monate gelebt, ziemlich lange für die Art von Tumor, die er hatte. Als das Schlimmste überstanden war, habe ich mich zu sehr geschämt, um mich bei dir zu melden. Ich meine, du musstest dich um alles allein kümmern.«

Er blickte auf, und seine Augen waren gerötet, die Äderchen schienen geplatzt.

»Wir hätten uns gegenseitig unterstützen können. Das tun Menschen normalerweise«, sagte sie.

»Wie denn? Wir waren plötzlich dreitausend Meilen voneinander entfernt. Aber du hast recht; ich habe nie etwas so sehr bereut wie das«, sagte er. »Ich hätte dich zumindest anrufen sollen.«

Eine leichte Brise fuhr plötzlich durch die Baumwipfel, ein Vorbote des Herbstes. Sie saßen im Schatten eines großen Zuckerahorns, der sich orange oder rot färben würde, sobald die Tage kürzer würden. Delia bekam Gänsehaut.

»Ich treffe mich mit einem Kollegen in South Portland«, sagte sie und stand auf. »Wenn dir das Haus gefällt, solltest du es kaufen. Es ist ein gutes, stabiles Haus.« Sie schwang ein Bein über die Bank des Picknicktischs und dann das andere. »Es tut mir leid mit deinem Vater.« Sie wusste, dass sie mehr sagen sollte, aber sie wusste nicht, was. »Du musst dich nicht wieder entschuldigen. Wir können nicht wieder zu Kindern werden. Wir haben beide schwere Zeiten hinter uns, aber ich glaube, dass es uns jetzt gutgeht.«

»Delia, warte! Ich möchte dich wiedersehen. Wir können in der Gegenwart bleiben und etwas ganz Gewöhnliches tun, wie beispielsweise zu Abend essen. Können wir bei einem Abendessen ganz normale Leute sein? Ich habe ein paar zwölfstündige Schichten vor mir, aber danach?«

Sie wollte ihn wiedersehen. Sie wollte erfahren, wie er sich entwickelt hatte.

»Okay, das wäre schön«, sagte sie.

Tyler begleitete sie zurück zu ihrem Wagen, die Pizza in der Schachtel wurde kalt. Als sie in ihr Auto stieg, begann ihr Kinn zu kribbeln. Wieder dieser Fall. Hayley.

28. KAPITEL

»Hallo Hayley, da bin ich wieder«, sagte Delia. »Wo ist denn Mr. Louie, meine Lieblingskatze?« Es war gegen drei Uhr nachmittags, und Erica hatte sie zur Rückseite des Hauses gebeten.

Hayley saß auf der Terrasse in einem Kindersessel aus Plastik, Erica erntete Gurken und Speisekürbisse im Hochbeet. Delia wusste, dass sie mit einem Ohr darauf achtete, was Hayley sagte, und zur Stelle wäre, falls sie in Not geriet.

Delia und der Detective setzten sich an den Rand der Terrasse neben das Mädchen. Delia hatte Moretti bereits vorgewarnt, dass er sich klein machen müsse, um mit Hayley auf Augenhöhe zu sein und sie nicht einzuschüchtern.

»Er heißt Louie, nicht Mr. Louie«, sagte sie.

Als sein Name fiel, tauchte der Kater zwischen den dunkelgrünen Blättern einer Funkie auf. Er machte es sich vor Hayley gemütlich, der er bis zu den Knien reichte.

»Michael, das ist Hayley, sie geht schon in die Vorschule.«

»Hallo Hayley. Meine Tochter geht in die vierte Klasse«, sagte er.

Bis dahin lief alles wunderbar mit dem Detective. Er hielt Ellenbogen und Arme dicht am Körper und saß nicht breitbeinig da. Es war eine neue Situation für Delia, denn oftmals war es nicht nötig, bei Befragungen Polizei hinzuzuziehen. Und sie hatte noch nie einen Fall gehabt, bei dem kein Familienmitglied anwesend war.

»Wir wissen, dass du nach Hause möchtest, deshalb bemühen wir uns alle, deine Mommy und deinen Daddy zu finden«, sagte sie, griff in ihre Tasche und zog einen Plüschhasen in der Größe von Morettis Hand heraus. »Deshalb habe ich meinen Freund Igor den Hasen mitgebracht, er flüstert mir Fragen zu, die ich dir stellen soll. Ist das in Ordnung, wenn wir dieses Spiel spielen? Bitte frag Louie, ob es auch für ihn in Ordnung ist.«

Hayley sah Delia an, ihr Blick wirkte frisch und unbefangen. »Okay. Übrigens kann Louie gar nicht reden.«

Delia setzte den Plüschhasen auf ihren Schoß. »Wenn du das sagst. Aber Louie kann mir mitteilen, ob er etwas mag oder nicht. Dass er dich mag, weiß ich.«

Hayley beugte sich vor und fuhr der Katze mit ihrer kleinen Hand über den Rücken.

»Oh, warte mal, Igor hat eine Frage.« Delia hielt den Hasen an ihr Ohr. »Verstanden. Ich frage sie.«

Sie setzte das Plüschtier wieder auf den Schoß. »Igor will wissen, ob Mommy in einem Haus mit einer Einfahrt wohnt, in der er sein Fahrrad abstellen kann, falls er mal zu Besuch kommen will.«

Der Detective rieb sich das Kinn. »Gute Frage, Igor. Natürlich habe ich eine Einfahrt. Ach, du meinst Hayleys Mommy.«

Das Mädchen lächelte ein wenig.

»Meine Mommy hat ein blaues Auto. Blau ist meine Lieblingsfarbe.«

Delia hielt sich wieder den Hasen ans Ohr. »Oh, entschuldige, natürlich, ich frage sie.« Louie wedelte mit dem Schwanz. Sie würden nicht viel Zeit für das Spiel haben. Zehn Minuten, höchstens fünfzehn.

»Igor möchte wissen, welche Farbe das Auto hatte, in dem du mit Emma gefahren bist.« Sie wandte sich an Moretti und sagte: »Igor ist heute sehr neugierig.«

Hayley runzelte die Stirn. »Nicht blau wie das von Mommy.« Sie sah sich um, als suchte sie nach einer vergleichbaren Farbe.

Moretti lehnte sich zur Seite und zog eine beschichtete Karte aus seiner Hosentasche, die nicht größer als eine Spielkarte war. Sie war übersät mit gezeichneten Autos in verschiedenen Farben. Mit einem Finger bedeckte er das blaue Auto. Warum trug dieser Mann keinen Ehering?, fragte Delia sich. Vielleicht legten Polizisten so etwas im Dienst ab. »Also nicht dieses blaue Auto. Welche Farbe hatte Emmas Auto dann?«

Er hatte recht, er war wirklich kein Anfänger. Hayley zeigte auf ein silberfarbenes Auto. »Wie dieses da«, sagte sie.

»Danke, Hayley. Hey, Igor, sie hat gesagt, dass es ein silbernes Auto war«, sagte er. Er zwinkerte Hayley zu und lächelte sie an.

Delia wackelte mit dem Plüschhasen und hielt ihn sich wieder ans Ohr. »Okay, ich frage sie. Igor will wissen, wer mit dir und Emma zusammen war, wer die beiden Männer waren?«

»Nur Onkel Ray«, sagte Hayley, dann runzelte sie die Stirn.

Louie stand auf und streckte sich. Wenn er ging, würde Hayley vermutlich wieder verstummen. Doch diesmal war Delia darauf vorbereitet. Sie griff in ihre Tasche und holte einen Plastikbeutel mit Katzenleckerlis heraus, riss eine Ecke auf und gab Louie eines. Zum ersten Mal, seit Delia einen Fuß in Ericas Haus gesetzt hatte, sah der Kater sie direkt an.

Moretti zog ein Stück Papier aus seiner Hosentasche und schrieb mit großen Buchstaben etwas darauf. Dann reichte er es Delia.

Wer hat Emma und Onkel Ray weh getan?

Delia fürchtete den Augenblick, in dem sie Hayley an das Blutbad und ihre Traumata erinnern müssten. Sie musste ihr Ziel im Blick behalten und herausfinden, warum Hayley bei Emma Gilbert und Ray gewesen war, weil das hoffentlich zurück zu Hayleys Mutter führte.

»Igor will wissen, wer Emma und Onkel Ray weh getan hat. Sag Igor, wie sie aussahen«, sagte Delia.

Hayley zuckte die Achseln. »Weiß ich nicht«, sagte sie. Ihre Stimme verlor an Kraft und wurde schlaff wie ein Ballon, dem die Luft entwichen ist. Sie schaukelte auf ihrem Stuhl vor und zurück.

Der Detective streckte Delia seine Hand entgegen. »Darf ich mal?«, fragte er.

Traute sie ihm dieses Spiel zu? Ihr war vorher gar nicht aufgefallen, wie blau seine Augen waren.

»Ja«, sagte sie, »aber Igor muss bald nach Hause gehen. Er wird sehr müde, wenn er unterwegs ist, und er muss noch viele Karotten ausgraben.« Sie reichte den Hasen weiter und warf dem Detective dabei einen Blick zu, der ihn davor warnen sollte, Hayley zu überfordern.

Sobald Igor in Morettis Hand war, lief der Detective auf die Veranda zurück. »Au, aua! Igor, jetzt beiß mich doch nicht ins Ohr! Ich verspreche dir, dass ich beim nächsten Laden stehen bleibe und dir eine ganze Tüte Karotten kaufe. Was? Schokoladeneis willst du auch noch? Okay, ich verspreche es, aber beiß mich nicht noch mal ins Ohr.«

Hayley quiekte und lachte überrascht auf. Der Kerl kannte sich sehr gut mit Kindern aus. Er hatte soeben Igor in den Vordergrund gerückt und von seiner eigenen Anwesenheit abgelenkt.

Er setzte sich wieder auf und rieb sich das Ohr. Dann wandte er sich an Louie. »Sei vorsichtig mit dem Hasen. Ich hoffe, er beißt nicht auch Katzen gerne ins Ohr.« Louies Ohren drehten sich fortwährend nach vorne. Er schien von der Vorstellung ebenso fasziniert wie alle anderen. Der Detective setzte das Plüschtier auf seine Schulter und ließ es herumtanzen.

»Wo warst du, als die Leute kamen und Emma und Ray weh getan haben?«

Die dämliche Vorstellung hatte Hayley offenbar beruhigt. Sie antwortete, ohne zu zögern. »Emma hat gesagt, ich soll mich hinter der Kommode verstecken. Ich habe mich ganz dünn gemacht, wie ein Pfannkuchen. Emma hat gesagt, dass ich erst rauskommen soll, wenn sie das sagt.«

Delia wusste nichts über Emma Gilbert, aber wahrscheinlich hatte sie dieses Kind davor bewahrt, ermordet zu werden, und dafür war sie ihr dankbar. Emma hatte Hayley geliebt. Aber was zum Teufel hatte sie mit Killern und Heroinhandel zu tun?

»Was hast du gehört, als du dich versteckt hast?«, fragte Moretti. Diesmal benutzte er nicht den Hasen.

»Laute böse Stimmen und dann peng, peng, peng. Ich habe lange gewartet, aber Emma ist nicht gekommen.« Louie rieb seinen Kopf an Hayleys Hand. »Ein Tiger ist in das Haus gekommen und hat mit seinen großen Zähnen allen weh getan, so dass sie geblutet haben. Ich habe Emma gefunden. Der Tiger hat sie getötet.«

Immer wieder war Delia erstaunt, was für ein tiefes Innenleben Kinder doch hatten, in dem sich unvorstellbare Dämonen und Hoffnungen verborgen hielten. Sie hoffte, dass das Gemetzel ein wenig von seinem Schrecken verlöre, wenn Hayley die Worte laut aussprach.

Erica erhob sich von dem Hochbeet und hielt Speisekürbisse und Gurken im Arm. Sie kam auf die Terrasse und ging zur Küchentür.

Moretti erinnerte sich wieder an Igor. Er ließ ihn um sein Ohr tanzen. »Igor sagt, dass du ein tapferes Mädchen bist, weil du dich so lange hinter der Kommode versteckt hast. Darf Igor dich umarmen? Er sagt, dass du ein braves Mädchen bist.«

Hayley nickte, er reichte ihr den Plüschhasen und hielt ihn mit der hohlen Hand fest. Sie schlang ihre Arme um das Spielzeug und hielt ihn dann auf Armeslänge.

»Freches Häschen, du darfst keine Ohren beißen! Wenn der Tiger kommt, musst du dich verstecken.« Sie tätschelte den Kopf des Hasen.

Delia packte kalte Angst. Konnte der Tiger herkommen? Hatten die Drogendealer einen Grund, Hayley ausfindig zu machen? Für ihre Entführung hatte es offenbar genügend Gründe gegeben. Hayley wirkte auf einmal so zart und verletzlich. Sie hatte nur eine große Katze, eine phantastische Pflegefamilie und einen Holzzaun zwischen sich und den Leuten, die bereit waren, für das Geschäft mit Heroin zu töten.

Moretti schenkte Hayley ein strahlendes Lächeln. »Ich bin offiziell ein Tigerjäger. Wenn Tiger mich sehen, rennen sie wie kleine Babys kreischend weg. In Ericas Haus ist tigerfreie Zone.«

Wie auf das Stichwort stand Louie auf, streckte sich, gähnte und zeigte seine herrlichen Zähne. Die Befragung war vorüber.

Erica, die in der Küchentür gestanden hatte, sagte nun: »Zeit zum Händewaschen fürs Abendessen. Wenn ich Brownies mache, brauche ich Hilfe beim Rühren.

Ich kenne da ein Mädchen, das mir dabei helfen könnte.«

Hayley stand auf. »Ich habe mir die Hände schon vor dem Sandwich gewaschen.«

»Ich weiß, aber wenn du mir beim Kochen helfen willst, müssen wir uns alle die Hände waschen«, sagte Erica.

Hayley und Louie spazierten ins Haus und eilten zum Badezimmer. Delia wusste, dass Erica verhindern wollte, dass Hayley sie hörte.

Sie sah den Detective an. »Soll ich meine Tochter zu meiner Schwester bringen, solange Hayley bei uns ist? Kann es sein, dass nach Hayley gesucht wird?« Sie hatte Angst, schien aber nicht mal in Erwägung zu ziehen, dass sie Hayley nicht in ihrem Haus haben wollte. Delia schätzte diese Frau immer mehr.

»Man kann Pflegekinder nicht ausfindig machen«, sagte Delia. »Unsere Computer werden mit Sicherheitssystemen geschützt. Hayley befindet sich endlich wieder an einem sicheren Ort.«

»Wir werden die Polizeistreife um Ihr Haus verstärken. Ich gebe Ihnen noch meine Handynummer. Falls Sie irgendwas Verdächtiges in der Nachbarschaft entdecken sollten, scheuen Sie sich nicht, mich anzurufen«, sagte Moretti.

* * *

Sie warteten, bis Hayley wieder aus dem Bad kam und mit einem Holzlöffel am Küchentresen stand.

»Sie können gerne zum Abendessen bleiben«, sagte

Erica. »Tom holt unsere Tochter vom Fußball ab. Sie werden in ein paar Minuten da sein.«

Moretti zögerte und schaute sehnsüchtig auf den Brownieteig. Hatte er kein eigenes Zuhause?

»Ich muss das leider auf ein anderes Mal verschieben«, sagte Delia und sah Hayley an. »Aber das riecht sehr lecker! Komm, Tigerkämpfer, lass uns gehen, ich muss zurück ins Büro.«

* * *

In der Einfahrt blieben sie zwischen ihren Autos stehen. »Ich weiß nicht, wie hilfreich das für Sie war. Bei der Befragung ist nur ein silberfarbenes Auto herausgekommen«, sagte Delia. Sie hatte die Hand auf den Rahmen ihrer offenen Autotür gelegt. Er hatte einen Fuß in die offene Tür gestellt. Drei Krähen auf der anderen Straßenseite machten ein Geräusch, das wie ein Lachen klang. Oder Bellen.

»Ich habe viel mehr als das. Ich weiß, dass Emma Gilbert sich um Hayley gekümmert und ihr das Leben gerettet hat. Und dass Hayleys Mutter ein blaues Auto fährt. Wir dürfen nicht ausschließen, dass auch Emma Gilbert entführt wurde«, sagte er. Er verzog das Gesicht. »Kinder in Gefahr zu sehen, macht es einem besonders schwer. Bei so etwas drehen wir Polizisten durch.«

Wer würde nicht ausrasten, wenn es um die Sicherheit eines Kindes ging? Doch Delia hatte aufgehört, sich solche Frage zu stellen. Erwachsene taten Kindern weh, manchmal beabsichtigten sie das gar nicht, manchmal schon, aus den unterschiedlichsten Gründen. Doch sie war froh, dass Moretti den Fall betreute und Hayley etwas bei ihm bewirkt hatte.

»Moretti, fahren Sie nach Hause und nehmen Sie Ihre Tochter fest in den Arm. Ich glaube, Sie sind ein toller Dad«, sagte sie.

Er setzte sich in den Wagen. »Das würde ich tun, aber sie ist bis zum Wochenende bei ihrer Mutter. Die Umarmungen hebe ich mir bis dahin auf. Ich habe einen riesigen Vorrat davon. Würden Sie mir außerdem einen Gefallen tun?«

»Welchen?«, fragte Delia.

»Ich heiße Mike oder Michael. Sie klingen wie ein Straßenschläger, wenn Sie mich nur beim Nachnamen nennen. Würde Ihnen das was ausmachen?« Er blickte vom Fahrersitz auf und legte den Kopf ein wenig zur Seite, ein Lächeln legte sich über sein Gesicht.

Delia griff in ihre Tasche, holte Igor den Hasen heraus und ließ das Plüschtier auf dem Türrahmen tanzen. »Okay, Mike oder Michael. Ich höre mit der Straßenschlägersprache auf.«

Mike streckte seine Hand aus, streichelte Igor über den Kopf und berührte dabei Delias Finger.

»Das freut mich, Igor. Und Delia.«

Sie musste ihn fragen. Wäre J Bird hier gewesen, hätte sie die Zeichen längst gedeutet. »Sind Sie geschieden?«, fragte sie.

Mike ließ den Motor an. »Jawohl. Zu jung, zu viel Polizeidienst zu unmöglichen Zeiten, unüberbrückbare Differenzen und so weiter. Bleiben Sie mit mir in Kontakt. Informieren Sie mich über alles, was Sie herausfinden«, sagte er und tippte auf das Display auf seinem Armaturenbrett.

Eine Empfindung überflutete sie plötzlich. Sie schüttelte den Kopf, ähnlich wie Baxter, wenn er aus dem Meer kam. Und das alles nur, weil sie diesem Mann begegnet war, der ein Mädchen zum Lachen bringen konnte, mit einem Plüschhasen sprach und traumatisierten Kindern ein Gefühl von Sicherheit vermittelte? Oder war es noch immer Tylers Rückkehr, die sie so durcheinanderbrachte?

29. KAPITEL

Delias Aufgabe bestand darin, mit Hayleys Beurteilung fortzufahren, was bei einem Kind, das aus einem gefährlichen Umfeld geholt werden musste, in dem es vernachlässigt oder bedroht wurde, bis zu einem Monat dauern konnte. Sie musste vollständig über die physischen Bedürfnisse und die Erziehung eines Kindes informiert sein, damit sie die geeignete Pflegefamilie finden und Besuche mit den Angehörigen organisieren konnte. Hayley erhielt keine Familienbesuche, und das war das große Rätsel. Sie schien keine Familie zu haben, die sie vermisste.

Regina, die Kunsttherapeutin, war inzwischen aus dem Urlaub zurück und hatte Hayley bereits einen ersten Besuch abgestattet. Regina gehörte zu den externen Beratern, die bei besonderen Fällen von der Behörde hinzugezogen wurden.

»Das Gute an meinem Job ist«, sagte Regina eines Tages in Delias Büro, »dass ich mich wie eine Künstlerin fühle. Ich komme überall in Portland herum und darf mit Kindern zusammensitzen und Bilder mit ihnen malen. Ich sehe ihre Welt ohne Filter, das ist ziemlich schön.«

Der Nachteil an ihrer Arbeit war, dass Regina keine Krankenversicherung oder sonst etwas hatte. Sie bekam nicht einmal Geld für die Fahrt. Erstaunlicherweise schien die Frau trotzdem glücklich zu sein und war nicht verbittert oder voller Groll.

Heute wollte sie sich mit Regina bei Erica zu Hayleys zweiter Stunde treffen. Delia konnte dabei sein, musste sich aber zurücknehmen, tief durchatmen und einfach nur zuhören.

Reginas zwölf Jahre alter Honda stand voll bepackt mit Zubehör auf dem Rücksitz in der Zufahrt, als Delia ankam. Erica kam zur Tür, und sie hörte Stimmen aus dem Wohnzimmer. Hayley und Regina waren bereits in ihr Projekt versunken. Sie saßen nebeneinander an einem ovalen Couchtisch auf dem Boden, vor ihnen lagen Blätter, Bunt- und Filzstifte.

»Darf ich auch was malen?«, fragte Delia und setzte sich auf den Teppich.

Regina und das Mädchen sahen auf, waren aber so sehr in ihre Welt der Farben vertieft, dass sie sie gar nicht richtig bemerkten. Regina war schlank, die Haut an ihren Armen wirkte straff, sie hatte ihre Beine unter ihrem Blumenrock verschränkt. Durch ihre zierliche Erscheinung wirkte sie in Kinderaugen weniger bedrohlich.

»Du kannst die roten haben«, sagte Hayley. »Und die braunen.«

Das waren ganz klar die ausrangierten Farben.

Regina schob Delia ein Blatt Papier zu, und sie versuchte, so wenig Platz wie möglich am Tisch einzunehmen. Ihre Aufgabe war es zuzuhören, sonst nichts.

»Wir malen Lieblingstiere«, sagte Regina.

Gut. Delia wollte mit den roten und braunen Stiften Baxter malen, im Sitzen mit erhobener Pfote, als würde er Pfötchen geben. Das ganze Bild glich eher einer Strichmännchenzeichnung, trotzdem fühlte Delia sich sofort wieder in ihre Kindheit versetzt. Kein Wunder, dass Regina ihren Job liebte.

»Dein Hund ist aber schön«, sagte Hayley. Zum ersten Mal sagte das Mädchen etwas zu ihr und antwortete nicht einfach nur auf eine Frage.

»Danke«, sagte Delia. »Sein Name ist Baxter. Er fängt gerne Stöckchen und jagt Bällen hinterher. Und er schwimmt gerne und schüttelt sich dann, so dass ich ganz nass werde.« Das war der erste spontane Kommentar, den Delia Hayley gegenüber abgegeben hatte. Der Geruch von Buntstiften und Papier mischte sich mit Hayleys Duft nach Seife und Ahornsirup und wirkte wie Balsam in Delias Erwachsenenwelt. Sie wurde zurück in die Zeit an der Grundschule versetzt, als ihre Lehrerein Mrs. Conz sie an den Wechsel der Jahreszeit von Sommer zu Herbst erinnerte, der an die Fenster klopfte. Die Erinnerung fühlte sich wie eine flauschige Decke an.

»Kann Baxter gegen Tiger kämpfen?«, fragte Hayley.

Delia war mit einem Schlag wieder zurück in der Gegenwart. Warum war ihr diese Idee nicht schon vorher gekommen?

»Würdest du Baxter gerne kennenlernen? Tiger haben so große Angst vor Baxter, dass wir in der Nähe unseres Hauses nie einen gesehen haben. Nicht ein einziges Mal. Oder irgendwo sonst in Portland. Ich frage Erica, ob Louie mit Hunden klarkommt. Manche Katzen fürchten sich vor Hunden.«

»Wer wohnt noch in deinem Haus mit Baxter?«

Manchmal, wenn auch nicht sehr oft, wollten Kinder etwas über Delias Familie wissen. Vor allem, wenn sie auf der Suche nach einem sicheren Hafen waren, und manchmal beantwortete sie die Fragen direkt, andere Male wich sie aus und steuerte die Kinder so, dass sie sich am besten an ihr neues Umfeld gewöhnen konnten. Doch sie sah, dass Hayley eine Familie und kein Lieblingstier malte, also wollte sie nichts tun, um diesen Gedankengang zu unterbrechen.

»Ich wohne mit meiner Schwester zusammen. Sie ist fast so eine gute Köchin wie Erica, auch wenn niemand so gute Brownies macht wie sie.« Eigentlich sollte Delia zuhören und nicht reden. Sie sah zu Regina hinüber, die mit dem blauen Filzstift eine Ecke des Blattes ausmalte.

»Auf deinem Blatt sind drei Leute«, sagte sie und malte eine graue Maus mit großen Barthaaren. »Ich frage mich, ob meine Maus eine Familie hat. Wer ist das?«, fragte sie und zeigte auf die Personen auf Hayleys Blatt.

»Das ist Daddy«, sagte Hayley. Er war von allen Figuren am ungenauesten gezeichnet, hatte keine Arme, bestand nur aus Füßen und Oberkörper. Außerdem stand er weit von den anderen beiden Figuren weg.

Delia malte weiter, sie fügte für Baxter einen Ball hinzu und zeichnete Meereswellen, in die er tauchen konnte. Sie musste irgendwas tun, um die Angst zu unterdrücken, die in ihr aufstieg, während Hayley so etwas wie eine Familie malte. Wo zum Teufel steckte diese Familie? Kunsttherapie verlangte eine andere Sprache, eine, die auf Symbolen und Bildern basierte.

»Er steht so weit weg. Können die beiden ihn sehen oder hören?«, fragte Regina. Sie begann eine weitere Maus zu zeichnen und folgte Hayleys Hinweis.

»Er kann nicht reden. Schau, er hat keinen Mund«, sagte Hayley, und Ärger schwang in ihrer Stimme mit, weil Regina das Offensichtliche nicht sah.

»Und wer ist das?«, fragte Regina und deutete mit ihrem Filzstift auf die beiden größeren Figuren. Hayley zeichnete Tränen, die aus den Augen der Figur strömten, die Haare, einen Mund, Arme und einen dreieckigen Rock hatte.

»Das ist Mommy. Sie sagt: ›Sei ein braves Mädchen.‹« Dann nahm Hayley einen schwarzen Stift und zog einen Strich unter ihrer Mommy, dann einen weiteren über ihrem Kopf und schließlich zwei wacklige Seitenlinien, die die Figur in einer Art Schachtel einschlossen. »Onkel Ray hat gesagt, dass Mommy böse war und mit mir weglaufen wollte. Jetzt muss sie an dem hässlichen Ort bleiben.«

Delia fiel der Stift aus der Hand. Ihr Herz schlug wild gegen ihre Rippen. Regina fuhr gelassen fort, sie sprach mit ruhiger und sanfter Stimme weiter, wirkte interessiert und hörte nicht auf zu malen. Delia kannte

Reginas Vorgehensweise. »Wenn man über ihre Bilder und nicht über ihr Leben spricht, dann fühlen sie sich plötzlich frei, zu erzählen«, hatte Regina einmal zu ihr gesagt, als sie vor ein paar Jahren die Zusammenarbeit begonnen hatten. Delia vertraute ihr, auch wenn sie jetzt ihre Lippen zusammenkneifen musste, um das Kind nicht nach weiteren Details auszufragen.

»Kann das kleine Mädchen den hässlichen Ort sehen? Welche Farben hat er?«, fragte Regina. Sie malte einen Käfig um die dicke Maus. »Ich zeichne meiner Maus ein Türchen, das sie öffnen kann.«

Hayley sah sich Reginas Bild an. Sie streckte ihre Hand aus und streichelte die Maus. »Komm raus, Mama Maus. Babymaus wartet auf dich. Sie ist traurig«, sagte Hayley. Dann wandte sie sich wieder ihrem Bild zu und nahm einen grünen Stift. Sie malte einen unförmigen grünen Klecks in die Ecke des hässlichen Raums. »Mama mag Pflanzen. Diese Pflanze ist für sie.«

Regina ergriff ebenfalls einen grünen Stift und malte einen einzelnen Pflanzenstängel, nahm dann einen von Delias Rotstiften und zeichnete fette rote Kreise. »Mama Maus mag auch Blumen, am liebsten Rosen. Oh, Mama Maus wünscht sich, alle könnten wieder zusammen sein.«

Delia hatte das Gefühl, als schaute sie auf einen geteilten Bildschirm. Auf der einen Hälfte malten eine winzige Frau und ein kleines Kind auf Papier, sprachen über Mäuse und Mommys und Blumen und hässliche Räume. In der anderen Hälfte sah Delia einen Vater, der von seiner jungen Familie getrennt war, und eine traurige Mutter, die bestraft wurde, weil sie mit ihrem Kind weglaufen wollte. Beide Bildschirme schienen in Nebel gehüllt, als würde eine Unterhaltung in einer fremden Sprache geführt, ohne Untertitel. Delia wurde nicht schlau daraus.

Ein schmerzliches Prickeln beförderte sie wieder zurück in die Gegenwart. Ihr Fuß war eingeschlafen. Sie verlagerte ihr Gewicht und massierte den Knöchel. Regina würde die Sitzung bald beenden. Sie hielt Treffen mit kleinen Kindern gewöhnlich kurz, zwanzig Minuten, höchstens dreißig.

»Mama Maus hat eine Tür in ihrem Haus.« Mit ihren Fingern deutete Regina den Weg ihrer erfundenen Maus aus dem Käfig an. »Komm mit, Babymaus! Wir gehen«, sagte Regina.

Louie wählte genau diesen Moment, um mit hoch erhobenem Schwanz hereinzuspazieren. Er zwängte sich zwischen Hayley und den Tisch. Delia fragte sich, ob Louie sich wie der Butler oder persönliche Assistent des Mädchens fühlte. Oder wie ein Familienmitglied.

Regina hatte von dem Kater erfahren und war vorbereitet, sie griff in ihre Tasche und holte ein Leckerli heraus. Louie hüpfte über den Tisch und folgte Reginas Hand zu einem Punkt hinter ihrem Rücken.

»Wo läuft die Mommy mit dem kleinen Kind denn hin?«, fragte Regina ganz nebenbei und malte weiter den Himmel aus. Das war ein geschickter Schachzug, und Delia war ihr dankbar.

Hayley hob die Augenbrauen und schürzte ihre Lippen. »Nicht in den Schuppen, da findet Onkel Ray sie.« Sie stand auf. »Ich muss Pipi«, sagte sie.

»Okay, Hayley. Mir hat das Malen mit dir heute sehr viel Spaß gemacht«, sagte Regina, als das Mädchen schon aus dem Zimmer rannte.

Delia stand auf. »Du bist großartig. Kannst du mir heute noch deinen Bericht schicken? Ich mache mir ein paar Notizen, sobald ich hier wegfahre, aber deine Berichte sind viel besser.«

Regina sammelte Buntstifte und Filzstifte ein und steckte sie in ein Federmäppchen. »Aus diesem Kind spricht so viel Traurigkeit«, sagte sie leise. »Ich würde gerne weiter mit ihr arbeiten, sei es nur, um ihr ein Ventil zu verschaffen. Ich weiß, dass du Informationen brauchst, aber das sollte nur der Nebeneffekt sein.«

Reginas professioneller Ton überraschte Delia immer wieder, die strikte Abgrenzung zwischen kleinen Mäusen und Buntstiften und der Frau, die jedes Gefühl, das in Hayley aufgestiegen war, im Bild verankert hatte. Wie sah es wohl in Reginas Kopf aus?

»Ich bin ganz deiner Meinung. Du kannst das mit Erica besprechen, ich sage Ira Bescheid, dass du auch weiterhin mit ihr arbeiten wirst«, sagte Delia.

Aus einem anderen Teil des Hauses war eine Toilettenspülung zu hören.

»Ich muss das mit Hayley zu einem Abschluss bringen«, sagte Regina, nahm beide Bilder und hängte sich die Tasche mit dem Zubehör über die Schulter.

Hayley und Louie kuschelten auf dem Zweiersofa, das vor der Kücheninsel stand.

»Machen wir mit den Bildern einen Deal? Du darfst meine kleinen Mäuse behalten, dafür nehme ich dein Bild mit. Was hältst du davon?«, fragte Regina.

Louie drückte sich gegen Hayleys Beine, sie zuckte als Antwort nur mit den Achseln.

Erica nahm Regina das Mäusebild aus der Hand. »Das bekommt einen Ehrenplatz am Kühlschrank.« Sie fand noch eine freie Stelle an der Kühlschranktür und drückte ein paar Magnete drauf. »Perfekt.«

»Ich muss los, wollte aber noch fragen, ob ich beim nächsten Besuch meinen Hund Baxter mitbringen darf. Kommt Louie mit Hunden zurecht? Ich bringe ihn nicht mit, wenn Louie damit Probleme hat«, sagte Delia.

Erica lächelte. »Louie hat schon mehrere Hunde in die Flucht geschlagen, wir können es probieren. Erwarte nur nicht, dass er einen Rückzieher macht. Einen Versuch ist es aber wert.«

Mit dieser Antwort hatte Delia nicht gerechnet.

»Ich warne ihn, dass er Louie nicht unterschätzen soll. Ich glaube, Baxter wird euch gefallen. Also dann, bis zum nächsten Mal«, sagte sie und eilte zur Tür.

»Delia?«, sagte Hayley. Es war das erste Mal, dass sie sie beim Namen rief.

Delia drehte sich um.

»Zeig Baxter dein Bild«, sagte sie und kraulte Louie am Kopf.

»Oh, mein Bild, das hätte ich beinahe vergessen …« Regina reichte ihr das Hundebild. »Aber wir nicht.«

30. KAPITEL

Als Delia aus Ericas Haus trat, war sie nicht überrascht, Mike zu sehen, wie er in lächerlich langsamem Tempo die Straße entlangfuhr. Und diesmal fuhr er nicht seinen Dienstwagen, sondern einen schnittigen Nissan Maxima, der an einen schwarzen Panther erinnerte. Seltsam, so einen Wagen hatte sie bei ihm nicht vermutet. Sie sah ihn eher als einen Kerl, der einen Pick-up fuhr.

Er hielt am Ende der Einfahrt, ließ das Fenster herunter und stützte sich mit dem Ellenbogen darauf. Delia rollte ihr Bild zusammen und ging zu seinem Wagen.

»Sie sind wohl gerade nicht im Dienst, was?«, sagte sie.

Er blickte zu ihr auf und lächelte. Wenn er nicht in seinem Dienstwagen saß, wirkte er schmaler.

»Sie fahren Streife wegen Hayley, stimmt's?«

Er blickte in den Rückspiegel, als ein Auto heranfuhr.

»Ich habe mir Gedanken gemacht. Was ist, wenn eine Mutter schrecklich ist, Drogen nimmt und sich nicht um ihre Kinder kümmern kann oder will? Was ist gemeint, wenn man fordert, man solle die eigene Mutter ehren? Das ist wohl wie mit der Henne und dem Ei. Wenn es überall auf einen Schlag nur noch gute Mütter gäbe, wären wir dann alle automatisch auch bessere Menschen, die kein Leid mehr verursachen?«

»Haben Sie darüber nachgedacht, als Sie zufällig die Straße vor Ericas Haus entlangfuhren?«, fragte sie.

Ein Blauhäher begann heftig zu schimpfen, was wohl auf Louie hinter Ericas Haus zurückzuführen war, wie Delia vermutete.

»Ich denke häufig darüber nach«, sagte er. »Was ist, wenn Hayley genau weiß, wer ihre Mutter ist, Raymond ihr aber gedroht hat, dass er ihr etwas antun werde, wenn sie irgendwas erzählt?«

Delia hatte das Gefühl, als wäre Mike dabei gewesen, als das Mädchen auf dem Papier schwarze Linien um seine Mommy gezogen hatte.

Delia hätte gerne weiter mit Mike gesprochen, sich neben ihn ins Auto gesetzt, ihren Kopf nach hinten gelegt und durch das Dach den Wolken nachgeschaut. Sie sehnte sich nach so einem Moment.

»Themawechsel«, sagte sie. »Ich war gerade bei einer Sitzung mit der Kunsttherapeutin und Hayley dabei. Ich muss Ihnen was erzählen. Dafür sollten wir uns aber von der Auffahrt entfernen. Erica versucht, ein normales Leben zu führen, sie hat Nachbarn, die sich vermutlich schon fragen, wer wir sind.«

Mikes Kiefer zuckte, Detective Moretti war zurück. »Gibt es irgendein Lokal in der Nähe?«, fragte er.

Auch wenn es noch nicht ganz fertig war, so war das J Bird Café eine Möglichkeit, und es zeigte außerdem, wie Delias Zukunft bald aussehen würde. »Folgen Sie mir. Ich kenne da ein Plätzchen in der Nähe des Willard Beach.«

Delia fuhr voraus. Sie schaute in den Rückspiegel auf die Umrisse von Mikes Gesicht. Die vier Meilen lange Strecke kam ihr wie eine Ewigkeit vor.

Sie hielt vor dem J Bird Café, Mike fuhr an ihr vorbei und stellte sich mit seinem Wagen vor sie. Typisch Polizei, dachte sie. Sie stiegen aus.

»Was sollte ich wissen?«, fragte er.

Hinter dem Café war eine Kreissäge zu hören. J Bird hatte ihr bereits gesagt, dass in letzter Minute eine Veranda angebaut werden sollte.

»Hayley hat erzählt, dass ihre Mutter an einem bösen Ort gewesen sei und versucht habe, mit ihr wegzulaufen. Sie hat erzählt, sie hätten sich in einem alten Schuppen hinter dem Haus oder hinten in einem Schuppen versteckt, wo Raymond sie aber gefunden und Mommy an einen bösen Ort gebracht habe«, sagte Delia.

Mike holte einen kleinen Notizblock hervor. »Ich muss noch einmal mit ihr reden«, sagte er. Er schien durch Delia hindurchzusehen, wog ab, überlegte, erinnerte sich.

»Warten Sie, Regina hatte noch nicht die Zeit, einen Bericht zu schreiben. Sie hat ihn mir bis heute Abend versprochen. Ich gebe nur wieder, wie Hayley es formuliert hat.«

»Sonst noch was?«

»Ja. Sie hat ein klassisches Familienbild gemalt, aber der Vater stand weit weg und hatte keinen Mund.« Die Ebbe hatte eingesetzt, und Delia roch das Seegras, das in der Sonne glitzerte.

»Ich muss morgen mit ihr sprechen. Wir wissen nicht, ob das nur Hirngespinste sind oder Wunschdenken, aber wenn die Aussicht besteht, dass ich, wenn auch nur bruchstückhaft, Informationen erhalten kann, mit Hilfe deren wir die Mutter ausfindig machen und die Verbindung zum Heroinhandel klären können, muss ich das tun«, sagte er. Er fragte zwar nicht um Erlaubnis, gab Delia aber trotzdem das Gefühl, sie zu respektieren und mit ihr zusammenarbeiten zu wollen. Er wirkte entschlossen und angespannt.

»Ich muss dabei sein, wenn Sie mit ihr reden. Ich werde Erica anrufen, sobald ich Reginas Bericht gelesen habe«, sagte sie.

»Kommt Igor auch wieder mit? Das Plüschtier war hilfreich, aber ich muss ihr diesmal sehr direkte Fragen stellen«, sagte Mike. Und da war es wieder, das Lächeln, seine weichen Lippen und ein leichter Bartschatten am Kinn.

Der Lärm der Kreissäge hörte auf, etwas Schweres, hoffentlich aus Holz, fiel auf die neue Veranda.

»Nein. Diesmal nehme ich meinen Hund Baxter mit, Kinder lieben ihn. Vielleicht kann er sie bei den Fragen ein wenig ablenken, ich habe das Gefühl, dass Hayley sich mit ihm sicherer fühlen könnte. Außerdem ist er sanft und zutraulich, und das kann ihr nur guttun.«

»Okay. Dann hoffen wir mal, dass er so gut funktioniert wie Igor«, sagte er.

Mike wirkte wie ein Motor im Leerlauf, bereit, in jedem Augenblick zu starten. Würde er gleich die Zentrale anrufen, um mehr Informationen zu bekommen, oder sich noch einmal alle landesweiten Vermisstenanzeigen von Kindern ansehen, um nach Hayleys Gesicht Ausschau zu halten? Und doch wollte sie noch ein paar Minuten mit ihm verbringen. Sie wollte ihm einen kurzen Einblick in ihre neue Welt geben, die noch von dem braunen Papier an den Fenstern verhüllt war. Konnte sie ihn noch ein wenig länger aufhalten?

»Ist es leichter, mit Erwachsenen zu arbeiten, weil man sie befragen kann? Ich wünschte, Hayley besäße Zauberkräfte und könnte uns verraten, wo ihre Mutter ist. Ich fühle mich manchmal mehr wie eine Archäologin, die Hieroglyphen entziffern muss, als eine Sachbearbeiterin«, sagte sie.

Mike steckte den Notizblock in die hintere Hosentasche seiner Jeans. »Sie wären überrascht, wie sehr sich Kunsttherapieberichte und Befragungen mit erwachsenen Zeugen ähneln. Ich habe diesbezüglich viel von meiner Tochter gelernt. Kinder haben keinen Filter, wenn sie sprechen, so wie etwa Erwachsene. Das Problem ist, dass ihre Welt aus einem einzigen verzauberten Königreich besteht, die Herausforderung liegt also darin, konkrete Informationen zu erhalten«, sagte er. Mike lehnte sich an Delias Auto und kreuzte die Beine.

»Aber wo ist da die Ähnlichkeit mit erwachsenen Zeugen?«

Er neigte eine Schulter in ihre Richtung. »Wir nehmen alles durch einen ganz persönlichen Filter wahr. Wenn Sie einen Autounfall sehen, nehmen Sie etwas anderes wahr als ich oder jemand anderes. Zwei Augenzeugen sind sich manchmal nicht einmal über eine Autofarbe oder die Hautfarbe einig. Wenn Ihre Kunsttherapeutin alle erwachsenen Zeugen bitten würde, ein Bild des gleichen Autounfalls zu malen, würde sie ganz unterschiedliche Bilder erhalten«, sagte er. »Ermittler würden an den Kernaussagen festhalten, an dem, was unbestritten ist, und das ist manchmal etwas, von dem die Zeugen nicht wissen, dass es wichtig ist.«

Während er sprach, schien ein Teil von ihm weit weg zu sein.

»Sie hören sich wie ein Therapeut an. Oder wie ein Profiler. Oder ein seltsamer Schamane, der sich als Detective verkleidet hat«, sagte Delia.

»Seltsam, das sagen auch meine Kollegen zu mir«, sagte er. »Verraten Sie mir jetzt, warum Sie ausgerechnet hierhergefahren sind, um mit mir zu reden?«, fragte Mike. »Haben Sie etwas mit dem Ort zu tun?« Er drehte sich zum J Bird Café um.

Er wusste also doch nicht alles. »Das ist das Café von meiner Schwester und mir, das wir nächsten Monat eröffnen werden. Ich habe gekündigt. Meine Schwester ist eine hervorragende Konditorin, ich bin sozusagen Bäckerin in der Ausbildung. Hayley ist mein letzter Fall. Kommen Sie rein, ich zeige Ihnen mein neues Projekt.«

»Sie geben Ihren Job auf?« Er klang ungläubig, seine Stimme wurde tiefer.

»Jetzt sagen Sie bloß nicht, das wäre Ihnen neu. Ich dachte, Sie wüssten alles über South Portland.« Dass sie diesen Mann überrascht hatte, verschaffte ihr eine gewisse Genugtuung. Sie griff in ihre Tasche und holte die Schlüssel zum Café heraus. »Kommen Sie.«

Er blickte auf seine Uhr und zögerte.

»Sie können sowieso nichts unternehmen, bevor Regina den Bericht geschickt hat. Wir müssen ihr bis heute Abend Zeit lassen«, sagte Delia.

Möwenrufe schallten vom Meer zu ihnen herüber.

»Darum geht es nicht. Na ja, irgendwie schon, aber ich sollte auch zum Fußballtraining meiner Tochter gehen. Heute bin ich an der Reihe, coole und originelle Snacks vorbeizubringen. Jedenfalls lautet so die strikte Anweisung meiner Tochter«, sagte er. »Auch wenn ich nicht genau weiß, was coole oder uncoole Snacks sind.«

Nur Töchter konnten einen Vater so verwirren. Als J Bird sechs Jahre alt war, bekam sie einen Heulkrampf, weil ihr Dad ihr die falsche Haarspange ins Haar gesteckt hatte. Die Haarspange war blau, sie aber wollte nur die lilafarbene tragen. Ihr Vater durchsuchte alle Schubladen im Badezimmer, bis er die richtige Haarspange gefunden hatte. Aber sogar später, als er von Medikamenten und Wahnvorstellungen erschöpft war, hätte Delia ihn auf einem Bild niemals abseits von der Familie und ohne Mund gemalt. Sie hätte ihn gemalt, wie er ihre Hand hielt, den Arm um ihre Mutter legte und die kleine J Bird mit der lilafarbenen Spange im Haar vor ihnen stand und ihren Kopf an ihren Vater drückte.

»Nehmen Sie einfach irgendwas mit, Orangenscheiben oder Früchtesorbet. Glauben Sie mir, sie werden es toll finden, dass Sie überhaupt da sind«, sagte sie, schaute auf den Gehweg und trat einen kleinen Stein beiseite. Sie verdrängte die Erinnerung an ihre Eltern.

Als sie wieder aufblickte, sah er sie durchdringend an, seine Augen fest auf sie gerichtet. Hatte er bemerkt, dass sie in Erinnerungen schwelgte?

Er zeigte mit dem Kinn auf das Café. »Kommen Sie, werfen wir kurz einen Blick auf Ihr neues Projekt«, sagte er und wies auf die Eingangstür. »Nach Ihnen, Madame Barista.«

Die Eingangstür war bereits offen. In der rechten Ecke stapelten sich runde Tische, daneben die Stühle. Zwei Wände waren schon korallenfarben und fuchsiafarben gestrichen, zwei weitere für das Malen vorbereitet. Greg hatte offenbar schon gestern die Zierleisten aus Holz angebracht. Doch bisher gab es weder einen Tresen noch eine Vitrine, und zu Delias großer Enttäuschung war erst mal nur ein Ofen geliefert worden.

»Wann sagten Sie, wollten Sie eröffnen?«, fragte Mike. Er wanderte in die zukünftige Küche. »Hübscher Herd.«

»Ja, aber es sollten zwei geliefert werden. Sehen Sie, das ist mein neues Leben, ich zerbreche mir den Kopf über Öfen.«

Die Terrassentür stand offen. Delia kündigte ihr Kommen an. »Hey Greg, bist du da hinten?«

Die neue Veranda war grau, doch anders als alle anderen entlang der Küste bestand sie nicht aus verwittertem Holz, sondern aus recyceltem Plastik, vermutlich aus Bergen von Kaffeekapseln. »An der Veranda müsst ihr nie wieder was tun«, hatte Greg ihnen versprochen, als Delia und Juniper ihn baten, sich Gedanken darüber zu machen. »Das Zeug hält, solange ich lebe.«

Greg beugte sich über einen Sägebock, hielt sein rechtes Bein angewinkelt, das andere hinter sich ausgestreckt und drückte die Kreissäge der Länge nach auf das unverwüstliche Plastikholz. Er trug Ohrenschützer und eine Schutzbrille. Delia wedelte mit den Armen, um seine Aufmerksamkeit zu erregen. Er sah auf und schob die Schutzbrille hoch. Dann nahm er die Ohrenschützer ab, legte die Kreissäge zur Seite und zog den Stecker.

»Greg, darf ich vorstellen, Mike Moretti. Er ist Detective, wir haben gerade einen Fall besprochen«, sagte sie.

Die Männer machten einen großen Schritt aufeinander zu, den rechten Arm für einen Händedruck ausgestreckt, aber einen gewissen Abstand wahrend. Das männliche Begrüßungsritual.

»Greg ist der Boss der Renovierungsarbeiten, damit das Café zur Eröffnung fertig wird. Er hat uns schon zig Mal vor Katastrophen bei Kontrollen bewahrt«, sagte Delia.

»Wir Polizisten können ein neues Plätzchen immer gut gebrauchen, an dem man Kaffee und Kuchen genießen kann. Und nur für den Fall, dass jemand denkt, das sei ein Klischee – ist es nicht«, sagte Mike. Er lächelte nur halb, doch immer noch genug, so dass die Lachfältchen um seine Augen sich vertieften. »Hübsche Terrasse«, sagte er und nickte Greg anerkennend zu.

»Diese beiden Schwestern sorgen dafür, dass ich nicht auf dumme Gedanken komme. Ich habe vor, Dauergast zu werden, wenn sie eröffnen. Bisher bin ich ihr offizieller Verkoster«, sagte Greg.

Delia merkte, wie Mike langsam ungeduldig wurde. Sein Bedarf an höflichem Geplänkel war wohl gedeckt.

»Danke, dass Sie gekommen sind, Mike. Ich verspreche Ihnen, dass ich Sie umgehend anrufe, sobald ich den Bericht vorliegen habe«, sagte sie. »Ich weiß, Sie sind auf dem Sprung. Und nicht vergessen, die kleinen Fußballerinnen werden Sie für den coolsten Dad halten.«

Mike nickte Greg und Delia zu, hüpfte leichtfüßig von der Veranda und lief seitlich am Gebäude entlang zurück zur Straße.

Greg verschränkte die Arme vor der Brust und lächelte. »Interessant«, sagte er. »Sehr interessant.«

»Was denn?«, fragte Delia und wurde sich plötzlich Gregs neugieriger Blicke bewusst.

»Ich glaube, unser guter Detective hat ein Auge auf dich geworfen. Und das kannst du mir ruhig glauben.

Du bist vielleicht die Expertin, was Brot angeht, und Juniper kennt sich mit Kuchen aus. Aber ich weiß, wenn ein Mann ein Auge auf eine Frau geworfen hat.« Er steckte die Kreissäge wieder ein.

»Wir arbeiten am selben Fall. Er ist ein aufmerksamer Kerl, das ist dir vielleicht aufgefallen. Ich meine, er muss zwangsläufig alles aufmerksam beobachten, dafür ist er geschult«, sagte sie.

»Ich bin zu alt, um so zu tun, als würde ich nichts bemerken«, sagte er. Er schob sich wieder die Schutzbrille über die Augen. »Das ist etwas für junge Leute. Aus meinem altmodischen Blickwinkel betrachtet, ist das eine schreckliche Zeitverschwendung.«

Greg zog sich wieder die Ohrenschützer über und schmiss die Kreissäge an.

Sollte sie Greg glauben? Wäre J Bird da gewesen, hätte sie ihr sofort einen Tipp geben können.

31. KAPITEL

Als sie am nächsten Morgen zur Arbeit kam, klingelte ihr Telefon, noch bevor der Tag richtig für sie begonnen hatte. »Ich habe es getan«, sagte Tyler. »Ich habe den Kaufvertrag für das Haus unterschrieben. Die Überprüfung lief wie am Schnürchen.«

Der Stapel Akten, die sie auf andere Sachbearbeiter verteilen musste, hatte sich inzwischen auf fünf Fälle reduziert. Selbst Ira war gezwungen gewesen, ein paar von Delias Fällen zu übernehmen.

»Glückwunsch«, sagte sie in die Freisprechanlage. »Ohne Diskussionen? Und keine bösen Überraschungen während der Besichtigung, wie Radonverseuchung oder Risse im Fundament?«

Sie stellte sich Tyler vor, wie er durch das Haus wanderte. Für einen jungen alleinstehenden Arzt erschien dieser Kauf dennoch seltsam. Sie stellte sich vor, wie er dort lebte, allein frühstückte, allein schlief und seinen blauen OP-Kittel anzog, um loszuziehen und gebrochene Knochen wieder zusammenzuflicken. Er hatte ein Familienanwesen gekauft, so wie das, das sie im Feuer zurückgelassen hatte. Das schlichte Haus, in dem sie mit J Bird wohnte, gab keinen Hinweis auf ihre Vergangenheit.

»Der Umzugswagen kommt in zwei Tagen. Na ja, es ist kein richtiger Umzugswagen, es sind eher zwei Container, die ich in Kalifornien zusammengepackt und gelagert habe. Ich muss außerdem einen Esstisch und Stühle kaufen. Ich habe mir überlegt, ob du mir nicht dabei helfen könntest, etwas Bequemes auszusuchen«, sagte er.

Sie erinnerte sich an Umzugslaster. Sie erinnerte sich an Tyler und seine Familie, wie sie mit ihrem Umzugslaster die Stadt verließen, als ihr noch der Rauch in der Nase hing. Tyler konnte sie am anderen Ende der Telefonleitung nicht sehen, und so schüttelte sie sich. Sie musste diese Erlebnisse hinter sich lassen. Es waren längst vergangene Geschichten.

Delia stellte sich vor, wie sie nach Boston fuhren und sich der langweiligen Suche nach Möbeln widmeten, während bei ihrem Job die Uhr tickte und Hayley kurz davorstand, endgültig einer Pflegefamilie übergeben zu werden, wenn man ihre Eltern nicht finden konnte. Tyler musste warten, weil Hayley nicht warten konnte.

»Tyler, ich kann dir nicht helfen. In meinen letzten beiden Arbeitswochen habe ich doppelt so viel zu tun wie sonst.«

»Oh, ich meinte keinen Einkaufsbummel, ich dachte eher online. Ich muss einen Tisch ja nicht anprobieren«, sagte er.

Natürlich, J Bird hatte recht. Irgendwie ging Delia

nicht mit der Zeit. Natürlich kaufte Tyler alles online.

Dunkle Wolken zogen am Horizont auf und näherten sich Delias Fenster. Der Jahreszeitenwechsel stand bevor, bald würden die Herbsttouristen aus dem Süden, aus Europa und Asien kommen. Die Zeit war gekommen, sich warm anzuziehen und auf den bevorstehenden Winter vorzubereiten. Und die Zeit war gekommen, für Hayley einen sicheren Hafen zu finden. Falls ihre Eltern nicht ausfindig gemacht werden konnten, musste sie die beste Pflegefamilie für sie finden.

»Ich könnte mich mit dir nach der Arbeit treffen, so gegen sechs Uhr«, sagte sie.

»Wie wäre es im Portland Hotel? Da gibt es eine ruhige Bar«, sagte er.

* * *

Als Delia in die Bar kam, hatte Tyler es sich bereits bequem gemacht und sein Notebook auf dem Tisch platziert. In der Bar war es still, sie war mit dickem Teppichboden ausgelegt, es gab keinen Fernseher, alles war mit dunklem Holz verkleidet. Einen Moment lang hätte Delia am liebsten dort gewohnt, sich ihr Essen zubereiten und von dem jungen Kellner in schwarzer Hose und weißem Hemd servieren lassen und den Duft der Blumen genossen, die in der großen Vase auf dem Kamin standen. Keine Sorgen um Kinder, die ein neues Zuhause brauchten, keine Verabschiedung aus ihrem alten Job, kein Sprung ins Ungewisse mit J Bird und ihrem neuen Café.

Tyler winkte ihr zu. Der warme Glanz eines Wandleuchters ließ sein blondes Haar aufleuchten. Gehörte auch er zu diesem Traum, oder war er echt?

»Ich habe Bereitschaftsdienst«, sagte er. »Hoffen wir also, dass ich heute Abend nicht in die Notaufnahme muss.«

Delia bestellte ein Glas weißen Burgunder, trank zu schnell und stellte verlegen das halb leere Glas auf den Tisch. Tyler trank nur Eistee, mit Rücksicht auf seinen Dienst. Er drehte ihr das Notebook mit dem Bildschirm zu, auf dem vier Seiten geöffnet waren.

»Welcher gefällt dir am besten?«, fragte er.

Die Tische sagten ihr nicht zu, nur einer kam ihr seltsamerweise sehr bekannt vor. Der Tisch war rund und in warmem Braunton lackiert, er hatte ein Standbein in der Mitte, dessen Fuß wie geschwungene Krallen wirkten, die sich an den Boden klammerten. Er ähnelte sehr dem Tisch, der in ihrem Elternhaus gestanden hatte. Sie sah sich mit ihrer Familie beim Abendessen daran sitzen. Sie trank noch mehr Wein, verschluckte sich und schnappte nach Luft, als müsste sie ertrinken.

Tyler sah sie besorgt an. »Alles in Ordnung?«

Ihr Hals krampfte und versetzte ihren ganzen Körper in Alarmbereitschaft. Das Blut schoss ihr in den Kopf und brachte ihn zum Glühen. Sie kannte das aus Erfahrung, und Tränen schossen ihr in die Augen. »Ich bin gleich zurück«, keuchte sie und eilte zur Toilette. Sobald sie die Tür zur Toilette aufgestoßen hatte, entspannte sie sich. Sie lehnte sich an die dunkle Wandverkleidung.

Das sanfte Licht konnte dennoch nicht darüber hinwegtäuschen, dass sie schrecklich aussah. Die Reste der Wimperntusche, die sie am Morgen aufgetragen hatte, hatten sich auf ihren Wangen verteilt. Ihre Augen waren blutunterlaufen, und um das Bild zu vervollständigen, hatte sie Wein auf die teure Bluse geschüttet, die sie in einer Boutique in Boston erstanden hatte. Sie fuhr sich mit den Händen durch ihr schulterlanges Haar, dessen Farbe auf unheimliche Weise zu dem Holz des Hotels passte.

Wusste Tyler, welche Erinnerungen er bei ihr hervorrief? Sie spritzte sich Wasser ins Gesicht, benetzte ein wenig ihr Haar und seufzte und betrachtete sich ein letztes Mal im Spiegel. Ihre Augen nahmen langsam wieder eine normale Farbe an, und auch ihr Gesicht sah wieder frischer aus. Sie kehrte ins Restaurant zurück.

Tyler hatte sein Notebook beiseitegelegt. Ein frisches Glas Wein wartete auf sie. Für einen Augenblick wirkte er genau so jung und erwartungsvoll, wie sie ihn im Gedächtnis behalten hatte, als sie ein Paar und er ihr einziger Vertrauter gewesen war, dem sie von dem immer schlechter werdenden Gesundheitszustand ihres Vaters erzählte. Er war wieder der Freund, der alles für sie getan hätte. Zumindest hatte er ihr das zugeflüstert, als sie zusammen in ihrem Zimmer lagen. Doch stattdessen hatte er sie verlassen.

Sie setzte sich auf ihren Platz. »Der Tisch, den du mir gezeigt hast, sieht genau wie der Tisch aus, mit dem ich groß geworden bin. Meine Eltern haben ihn gekauft, als sie geheiratet haben. Er war eines der wenigen Möbelstücke, die mein Vater nicht auseinandernahm, wenn er unter seinen Wahnvorstellungen litt. Ich war nicht darauf vorbereitet, als du ihn mir gezeigt hast.« Sie nippte vorsichtig an ihrem Wein und schluckte bedächtig. »Wieso hast du den ins Auge gefasst?«

Delia wusste nicht genau, ob sie die Antwort überhaupt hören wollte.

Er lehnte sich zurück und schloss die Augen. Sein Adamsapfel bewegte sich auf und ab. »Ich dachte, er würde dir gefallen. Ich war nicht sehr oft bei dir zu Hause; du hast mich nur ein paarmal reingelassen. Aber ich weiß noch, wie sehr du diesen Tisch geliebt hast. Erinnerst du dich noch an den Tag, an dem deine Eltern unterwegs waren und wir auf Juniper aufpassen sollten? Ihr beide habt mir erzählt, wie ihr unter dem Tisch gespielt und mit großen Leintüchern ein Zelt gebaut habt, das ihr Tigerhaus nanntet, wegen des Klauensockels.«

Tigerhaus? Sie dachte an Hayley, an die schreckliche Warnung von Emma Gilbert. Für sie und ihre Schwester war es ein Rückzugsort gewesen, ein Versteck vor ihrem Vater, der das gesamte Geschirr aus den Schränken riss, um sie nach Wanzen abzusuchen.

Ein Teil von ihr hatte Tyler insgeheim zurückgewollt, seit er Maine verlassen hatte. Sie hatte versucht, ihn nie zu erwähnen, selbst dann nicht, wenn Ben sich nach ihm erkundigte. Sie antwortete immer nur unbeschwert: »Oh, das ist vorbei. Wir haben darüber gesprochen und beschlossen, keine Fernbeziehung zu führen.« Doch darüber hatten sie nie gesprochen, weil Delia gar nicht gewusst hatte, dass er umziehen würde, und es erst erfahren hatte, als sie den rauchenden Auspuff des Umzugswagens sah.

Und nun saß er hier, hatte ein Haus gekauft und lockte sie mit liebgewordenen Erinnerungen an ihre Kindheit. Irgendwas stimmte nicht.

»Wirst du Möbel kaufen, weil du möchtest, dass sie mir gefallen? Ich bin nicht mehr neunzehn. Wir können nicht einfach so voranpreschen. Wir haben zu viele Schritte übersprungen«, sagte sie. Jedes Wort schmerzte, als sie es aussprach, und nahm etwas von dem fort, was sie sich insgeheim so lange gewünscht hatte. Tyler. Sie stand auf.

»Warte, Delia. Ich verstehe, dass ich das nicht hätte tun sollen. Ich will nicht versuchen, dich so in mein neues Haus zu locken. Das schwöre ich.« Seine Augen glänzten feucht. Sie setzte sich wieder auf ihren Stuhl.

»Du hast vollkommen recht. Ich möchte dich am liebsten auf wundersame Weise wieder zurückhaben. Als ich auf die medizinische Fakultät ging, sagte ein älterer Arzt zu mir, dass ich alles über den menschlichen Körper gelernt hätte, aber nichts über soziale Interaktion wisse. Er stellte mich emotional vermutlich auf die Stufe eines Teenagers. Außerdem weißt du ja, dass Männer immer etwas später dran sind.«

»Dann lass es uns langsam angehen und uns neu kennenlernen. Außerdem möchte ich wissen, warum du dich damals von mir getrennt hast. Du bist nicht einfach nur weggezogen, du hast mich verlassen«, sagte sie.

Tyler streckte beide Arme über den Tisch, nahm ihre Hände und fuhr mit seinem Daumen über ihren Handrücken. Delia spürte die Verbindung und ein Kribbeln, das ihren Arm hinaufstieg.

»Keine Möbelauswahl mehr, das habe ich verstanden«, sagte er.

Da war er wieder, der alte Tyler, der noch in dem erwachsenen Arzt steckte, der sie sofort verstand und sich von ihrer Direktheit nicht überrumpeln ließ. Konnte sie es wieder zulassen, dieses Gefühl, verstanden zu werden, jemanden zu lieben und sich geliebt zu fühlen?

Tylers Handy vibrierte. Er hob die Augenbrauen. »O nein. Ich habe die Nummer nur ganz wenigen Leuten gegeben, inklusive meiner Arbeit. Ich muss schauen, wer das ist«, sagte er und entzog ihr seine Hände.

Er holte das Handy hervor und runzelte die Stirn, als er die Nummer sah. »Arbeit.« Er nahm den Anruf an, und Delia wusste sofort, dass er gleich aus der Tür eilen und ein medizinischer Notfall auf ihn warten würde. »Fünfzehn Minuten«, sagte er ins Handy.

»Ich rufe dich an«, sagte er und lächelte entschuldigend. Er verließ die Bar, und Delia trank ihren Wein alleine aus.

32. KAPITEL

Juniper

Junipers Handy meldete sich mit einem tibetanischen Gong, was eine Nachricht von Delia ankündigte. Wenn ihre Schwester gewusst hätte, dass sie ihr diesen feierlichen Ton zugeordnet hatte, wäre sie vermutlich ausgeflippt. Juniper freute sich jedes Mal über eine SMS von Delia, denn das passierte nicht oft. Es war schwer gewesen, Delia überhaupt von den Vorteilen einer SMS zu überzeugen. Welche andere zweiunddreißigjährige Frau in Amerika telefonierte immer noch lieber, als eine Nachricht zu verschicken?

Juniper arbeitete noch in der Bayside Bakery und erledigte die letzten Handgriffe zur Vorbereitung auf den nächsten Tag. Sie hatte den Teig für sechzehn Torten fertig ausgerollt, in die runden Formen gedrückt und sie danach in die große Gefriertruhe gestellt. Das würde ihr die Frühschicht erleichtern.. Sie musste dann nur noch kalte Tortenfüllung in die gefrorenen Tortenmäntel streichen und alles in den Ofen schieben.

Auch nach sieben Stunden backen gab es auf ihrer weißen Schürze noch ein paar saubere Stoffplätzchen, und daran wischte sie sich ihre Hände ab, bevor sie zum Telefon griff. Sie las die Nachricht.

»Kann Baxter mich morgen zur Arbeit begleiten? Er muss mit einem kleinen Mädchen kuscheln.«

Meinte Delia das ernst? Baxter war dafür wie geschaffen. Sie schrieb zurück. »Klar.«

Ihre Antwort kam sofort: »Danke.«

Delia weigerte sich auch, Abkürzungen zu verwenden. J Bird fragte sich, ob die Genauigkeit ihrer Schwester bei allem, was Kommunikation betraf, an ihrer Arbeit mit Kindern lag, bei der sie niemals Fehler machen wollte.

Sie erinnerte sich daran, was ihr Vater in seinem letzten Lebensjahr in einem seiner wenigen klaren Momente gesagt hatte. »J Bird, um dich mache ich mir keine Sorgen, aber um deine große Schwester schon. Manchmal sehe ich einen Schatten meiner wirren Gedanken auch in ihr. Pass auf sie auf«, hatte er ihr eines Abends gestanden, als Delia mit Tyler unterwegs war.

Damals verdrehte sie nur die Augen und sagte: »Oh, Dad, willst du mich veräppeln? Delia?« Doch seine Aussage hatte sich ihr eingeprägt und war dann verdrängt worden, denn Delia war alles, was ihr geblieben war. Sie hatte das Gespräch ihrer pessimistischen großen Schwester niemals anvertraut.

Junipers Arbeitstag begann zurzeit schon um vier Uhr morgens und endete um ein Uhr mittags, und das vier Tage in der Woche. An Werktagen musste sie um neun Uhr schlafen gehen, mit Hilfe von Melatonin und einer Augenmaske. Ihr Tagesablauf stimmte nicht mit dem ihrer Altersgenossen überein. Doch für Baxter passte er gut. Er war nie lange allein. Wenn Delia Zeit hatte, brachte sie Baxter zum Willard Beach. Wenn nicht, ging J Bird lange mit ihm spazieren, sobald sie nach Hause kam. Was die Fürsorge für den Hund betraf, waren sie ein gutes Team.

* * *

Delia kam am Abend erst nach sechs Uhr nach Hause. J Bird lümmelte in kurzer Jogginghose und Tanktop auf dem Sofa, schaute *Once Upon a Time – Es war einmal* und hielt eine Tüte Dorito Chips zwischen den Knien. Ihre Schwester wirkte erschöpfter als sonst. Baxter begrüßte sie wie immer voller Enthusiasmus und drängte sich um ihre Beine. Wer wollte nicht gerne jeden Tag so begrüßt werden?

»Doritos?«, fragte Delia. »Wir stehen kurz vor der Eröffnung eines feinen Cafés, und du isst Doritos?«

Juniper schämte sich weder für die Doritos, noch fühlte sie sich schuldig. »Manchmal tut Junkfood einfach genau das, was es soll. Es sorgt für kulinarische Entspannung«, sagte sie. »Du siehst übrigens schrecklich aus. Wirst du in deinen letzten Arbeitswochen extra hart rangenommen? Sag Ira, dass er das lassen soll.«

Sie hielt ihr die Chipstüte hin, Delia sank auf das Sofa neben ihr und griff in die Tüte. Juniper drückte auf den Stummknopf der Fernbedienung, genau als die böse Hexe der wunderschönen blonden Heldin der Serie ihre wahre Natur offenbarte.

»Das ist mein letzter Fall. Wenn wir nicht bald die Familie des Mädchens finden, müssen wir es in das System schleusen und es langfristig in eine Pflegefamilie geben.«

Baxter streckte sich zwischen den Schwestern auf dem Boden aus.

»Außerdem habe ich mich mit Tyler im Portland Hotel auf einen Drink getroffen. Er wollte, dass ich mit ihm die Einrichtung für das Esszimmer aussuche«, sagte sie.

Juniper stellte die Fernsehserie auf Pause und hielt mit einem Dorito Chip zwischen Daumen und Finger auf halber Strecke zum Mund inne.

»Das ist die Aufgabe einer festen Freundin. Das wäre genauso, als würde er dich die Farbe der Küche aussuchen lassen«, sagte Juniper.

»Ich weiß«, sagte Delia. Ihre Schwester reichte ihr die Chipstüte, doch Delia schüttelte den Kopf. »Was ich dir jetzt erzählen werde, kommt der Verletzung meiner Schweigepflicht sehr nahe, aber mir ist etwas sehr Seltsames passiert. Versprich mir, dass du es niemandem sagen wirst?«

Juniper war daran gewöhnt, dass Delia bei jeder Information eine Wand aus Ermahnungen um sich aufzog, wenn es um Kinder ging. Juniper hob die rechte Hand und sagte nur: »Ich verspreche es.«

Delia rutschte ein wenig auf dem Sofa zurück und verschränkte die Beine. »Erinnerst du dich an den Esstisch in unserem Haus, den mit dem Krallenfuß? Wir nannten es Tigerhaus, wenn wir darunter spielten.«

Baxter hob den Kopf und sah von einer Schwester zur anderen.

»Ich erinnere mich, dass wir darunter gespielt und uns versteckt haben«, sagte Juniper. Keine Verletzung der Schweigepflicht bisher, nur schöne und hässliche Erinnerungen.

»Tyler hat mir vier Tische für sein Esszimmer gezeigt, einer davon war eine getreue Nachbildung unseres Tisches«, sagte Delia.

»Wie bitte? Jetzt erschreckst du mich wirklich. Ich meine, er sieht toll aus und steht ganz offensichtlich auf dich, aber das ist gruselig. Jetzt erzähl mir bloß nicht, dass er auch unser Elternhaus nachbaut, sonst rufe ich sofort die Polizei.« Und das mit der Polizei sagte sie nur halb aus Spaß. Ihre Nackenhaare stellten sich auf.

Delia fuhr sich mit der Hand durch das Haar. »Hör mir zu und lass Tyler vorerst beiseite. Das Wichtige daran ist, dass ich das mit dem Krallensockel und dem Tisch völlig vergessen hatte und auch nicht mehr wusste, dass wir es Tigerhaus nannten, bis er mir das Bild von dem Tisch gezeigt hat. Das kleine Mädchen, dessen Fall ich gerade bearbeite, mein letzter Fall, hat etwas Ähnliches gesagt. Die Frau, die sich um sie gekümmert oder sie entführt hat, hat angeblich gesagt, sie solle einen gewissen Ort meiden, weil er ein Tigerhaus sei. Wie eigenartig ist diese Parallele denn, dass das Mädchen und wir Tiger mit etwas Gefährlichem assoziiert haben?«

War Delia überarbeitet? Stand sie mit der Eröffnung

des Cafés zu sehr unter Druck? Sie brachte hier Dinge zusammen, die nur sehr entfernt miteinander zu tun hatten, wenn überhaupt, und übersah dabei vielleicht, dass Tylers Verhalten ein Warnsignal auslösen sollte. Baxter stand auf und leckte ihre Hand.

»Hör auf. Vermische nicht Dinge, die nichts mit einander zu tun haben. Viele Leute haben Esstische mit Klauenfüßen, unter denen sie als Kinder vermutlich gespielt haben. Das heißt aber noch nicht, dass dein kleines Mädchen etwas damit zu tun hat. Und offen gesagt, klingst du gerade ein wenig wie Dad, wenn er ausrastete, hör bitte auf. Außer dir habe ich niemanden mehr«, sagte sie.

Die letzten Worte blieben ihr im Hals stecken und entfuhren ihr als Schluchzer. Sie schlug sich die Hände vor das Gesicht.

Baxter winselte und legte seinen Kopf auf ihren Schoß. Der Hund war ein emotionaler Geigerzähler. Wenn eine der Schwestern aufgebracht war, schaltete er auf Alarm, und nichts anderes schien für Baxter dann wichtig zu sein.

Delia legte ihre Hand auf Junipers Knie. »Willst du damit sagen, dass ich zu weit gegangen bin?«

Juniper schlug mit der Chipstüte nach Delia. »Ja, du dumme Kuh, du bist zu weit gegangen! Du hast dich gerade auf Dads Ebene begeben und seltsame Dinge miteinander verknüpft, die nichts miteinander zu tun haben!«

Als Juniper auf den tonlosen Fernseher blickte, schaute die dunkle Königin in der Serie gerade in eine

Glaskugel und sah die glücklose Heldin, die völlig einsam war. Sie schaltete den Fernseher ganz aus.

»Ich glaube, wir beide arbeiten zu viel, damit das Café zur Eröffnung fertig ist und wir unseren aktuellen Job zu Ende bringen können. Vielleicht sind wir beide derzeit etwas überarbeitet«, sagte Juniper. Und das glaubte sie größtenteils auch. Aber sie wollte auch mit dem Menschen sprechen, der Delia fast so gut kannte wie sie selbst. Mit Ben.

33. KAPITEL

Am nächsten Morgen konzentrierte sich Delia darauf, ihr Büro aufzuräumen. Am frühen Nachmittag wollte sie Baxter abholen, mit ihm ausgiebig spazieren gehen und danach zu Erica fahren.

Die meisten Möbel in Delias kleinem Büro waren alte, von Ira ausrangierte Stücke oder solche, die sie in Läden um Portland aufgetrieben hatte. Sie mochte die drei Stühle mit gepolsterter Sitzfläche, den ovalen Couchtisch und die Bücherschränke, die sie als Raumteiler aufgestellt hatte. Doch das einzige Stück, das sie mitnehmen wollte, war der runde, blaubeige Teppich von IKEA. Sie hatte vor, ihn vom Winterschmutz vieler Schuhe reinigen zu lassen und ihn im Erdgeschoss ihres Hauses ins Gästezimmer zu legen. Sie ging auf die Knie und untersuchte den Teppich genauer, denn sie hatte einen Fleck entdeckt, der nach zertretenem Buntstift aussah. Sie fing an, mit dem Fingernagel daran zu kratzen.

»Ich war gerade in der Nähe und dachte mir, ich komme vorbei und frage nach, wann Sie zu Erica fahren, aber wie ich sehe, sind Sie beschäftigt.«

Delia sah auf. Mike stand in der Tür und hielt eine weiße Papiertüte in der Hand. Sie sprang, so elegant es ging, auf und klopfte ihre schwarze Hose an den Knien ab. »Geschmolzener Buntstift«, sagte sie.

Er kam herein, stellte die Papiertüte auf den Schreibtisch und holte einen Becher Kaffee heraus. »Ich habe einmal aus Verdacht unter dem Bett meiner Tochter nachgesehen und Dutzende Käsebrötchen in kleinen Verstecken zwischen den Matratzenfedern entdeckt. Wie sich herausstellte, waren das Opfergaben für die Monster unter ihrem Bett. Bei Kindern kann man nie genau wissen.« Er nahm einen zweiten Kaffeebecher heraus. »Ich bin einfach mal davon ausgegangen, dass Sie Kaffee mögen. Milch und Zucker sind in der Tüte.«

Das war eine willkommene Pause für Delia, eine Fristverlängerung, bevor sie ihre Akten definitiv zuklappte. »Ich mag Kaffee.« Sie nahm den Plastikdeckel ab. »Bitte sagen Sie, dass es gute Neuigkeiten zu Hayleys Familie gibt.«

Der Detective setzte sich in die Nähe des Couchtisches. »Nicht wirklich. Aber wir haben festgestellt, dass der Handel mit Heroin auf der Straße deutlich zurückging, seit Emma Gilbert, Raymond und der dritte Kerl tot sind. Den genauen Zusammenhang können wir zwar noch nicht erkennen, aber die Todesfälle stimmen zeitlich mit dem Einbruch des Drogenhandels auf der Straße überein.« Er trank einen Schluck von seinem Kaffee. »Bis jetzt. Irgendwas hat sich verändert, jemand hat das Geschäft übernommen, der Heroinhandel blüht wieder.«

Iras Straßenkarte lag auf dem Couchtisch. Delia hatte sie aus dem Auto mitgenommen und wollte sie ihrem Chef zurückgeben. Mike griff danach.

»Darf ich Ihnen etwas zeigen?«, fragte er. Er breitete die Karte ganz aus. »Hier ist Nashville, der Zielort für die neue Heroinverbindung aus Mexiko. Das Heroin kommt von dort nach Nashville und verteilt sich dann in alle Richtungen, vorwiegend aber nach Osten.« Er blätterte zur Karte von Tennessee. Überall gingen von dort sternförmig Autobahnen ab. Alle Straßen führten nach Nashville oder davon weg. Mike fuhr mit seinem Zeigefinger eine große Autobahn entlang, die nach Osten führte.

»Hier ist Dalton, da kommt Raymond her, etwa vierzig Meilen von Nashville entfernt. Wenn man ein kluger Geschäftsmann im Heroinhandel ist, bringt man es direkt nach New York City, da kann man unglaublichen Profit machen, vor allem, wenn man es streckt. Will man noch höhere Gewinne erzielen, bringt man es an Orte wie Vermont, New Hampshire und Maine.« Mike zog eine Linie auf der Karte an der Route 81 entlang durch ein Spinnennetz aus Straßen, die nach New York führten, und vollzog dann einen Haken von Hartford nach Portland.

»Heroin kostet hier mehr als in New York?«, fragte Delia. Für sie war das Thema Heroin nicht neu, doch sie hatte eher durch die Kinder und deren familiäres Umfeld Kenntnis davon. Alkoholprobleme standen bei den meisten Familien immer noch an erster Stelle.

»Das ist richtig«, sagte er.

Sie trank einen Schluck Kaffee. »Nehmen wir an, es gibt hier einen neuen Drogenboss. Was würde das für Hayley und ihre Mutter bedeuten?«, fragte sie.

Mike zerdrückte seinen leeren Pappbecher und warf ihn in den Metallpapierkorb neben Delias Schreibtisch. Meisterlich. »Das wüsste ich auch gerne. Über dem ganzen Fall scheint ein Schleier zu liegen, man blickt nicht richtig durch. Ich bin um vier Uhr morgens aufgewacht, irgendwas ließ mich dauernd an Hayley denken. Macht sie auf Sie den Eindruck, als wäre sie missbraucht worden?«

Sie und Ira hatten das auch schon überlegt. »Nein. Sie ist traumatisiert, weil sie von ihren Eltern getrennt wurde. Ich würde sogar sagen, dass Emma Gilbert für ihre Verhältnisse gut für Hayley gesorgt hat«, sagte sie.

Mike klappte die Straßenkarte zu. Er grübelte offensichtlich noch immer über Hayley nach, runzelte die Stirn und fuhr sich mit der Hand über das Gesicht. Die meisten Polizisten sahen aus, als gingen sie zum selben Friseur und gäben ihm dieselben Anweisungen. Mikes dunkelbraunes Haar hingegen war im Nacken sauber geschnitten und deutete Wellen an.

Sie musste Ira sagen, dass sein Straßenatlas nützlicher gewesen war als alle Google-Karten, jedenfalls dieses eine Mal. Delia zog den Atlas an sich. Sobald Mike gegangen war, wollte sie noch einmal einen Blick darauf werfen. Dalton, die Art, wie es sich an die Autobahn schmiegte, die von Nashville kam, Emma Gilbert, Raymond und der geheimnisvolle Mann schwirrten in ihrem Kopf umher. Mike hatte etwas an sich, das ansteckend war, und das Rätsel um Hayleys Herkunft verdichtete sich.

»Der dritte Mann am Tatort? Wir glauben mittlerweile, dass er ein Kollateralschaden war. Es ist naheliegend, dass ein größerer Heroindealer hinter Raymond her war und ihn aus dem Geschäft drängen wollte. Und da Drogenbosse nicht gerade für ihre guten Manieren bekannt sind, hat man auch den dritten Mann umgebracht, um ihn aus dem Verkehr zu ziehen, damit die anderen einen größeren Anteil des Kuchens erhalten«, sagte er.

Mike hob eine dunkle Augenbraue und zwinkerte ihr zu. »Wir haben uns viele Gedanken um das dritte Opfer gemacht.« Er sah aus ihrem Fenster. »Und, Delia, haben Sie einen Freund?«, fragte er plötzlich.

Der Mann konnte überwältigend schnell das Thema wechseln. »Nein. Ich muss allerdings zugeben, dass Ich-bin-mir-nicht-ganz-sicher die richtige Antwort wäre. Eine Jugendliebe ist wieder aufgetaucht.« Sie war froh über den Themenwechsel, wusste aber nicht, in welche Richtung er gehen würde.

Mike tippte ein paar Notizen in sein Handy. Dann sah er auf. »Bei mir ist noch nie eine Exfreundin aufgetaucht. Ich habe so jung geheiratet, dass es nie eine alte Jugendliebe geben wird. Und wie lange ist es in Ihrem Falle her?«, fragte er.

Hatte sie tatsächlich eine Veränderung in der Stimme des Detective bemerkt, wirkte er ein wenig nervös?

Delia stopfte ein paar Mappen in ihre Tasche. Es

waren keine Akten über Kinder, sondern persönliche Unterlagen, Notizen von Workshops und Konferenzen. Sie räumte schrittweise ihr Büro aus und schloss damit diesen Teil ihres Lebens ab.

»Vor dreizehn Jahren. Wir waren gerade mit der Highschool fertig, seit einem Jahr am College. Wir trafen uns fast jedes Wochenende und waren überzeugt davon, dass wir uns liebten. Doch kurze Zeit später verließ er ganz plötzlich Portland und zog mit seiner Familie nach Kalifornien.« Delia presste die Lippen zusammen. Sie hatte das schon lange keinem mehr erzählt. »Nach dem Feuer. Meine Eltern kamen bei einem Hausbrand ums Leben.«

Mike schob das Handy in seine Hosentasche. »Das tut mir leid. Wie schrecklich«, sagte er. Er setzte sich wieder, legte die Hände auf die Schenkel und widmete ihr seine ganze Aufmerksamkeit. Entweder war er ein hervorragender Schauspieler, oder er wusste tatsächlich nichts von dem berühmten Hausbrand, der ihre Eltern das Leben gekostet hatte.

Die ersten Jahre nach dem Brand sagten die Leute zu J Bird oder Delia noch: »Oh, ihr seid die beiden Lamont-Mädchen, deren Eltern bei einem Feuer ums Leben gekommen sind. Es tut mir so leid.« Doch Mike war nicht in Portland aufgewachsen, sie wusste das, weil sie ihn gegoogelt hatte. Er war in Rhode Island aufgewachsen. Er hatte ihren Namen offenbar nicht gegoogelt, sonst hätte er von dem Feuer gewusst. Überraschenderweise enttäuschte sie das ein wenig.

»Wir sind immer von Brandstiftung ausgegangen,

dass also vermutlich mein Vater das Feuer gelegt hat. Er litt an Schizophrenie. Der Brandmeister sagte mir, es sei sehr schwer, Brandstiftung lückenlos nachzuweisen. Aber dieser alte Freund, Tyler, hat mir das Leben gerettet. Er zog mich aus dem Haus, als ich hineinrannte, um meine Eltern zu suchen«, sagte sie.

Manchmal, wenn man eine wahre Geschichte wiedererzählt, die man schon lange keinem Außenstehenden mehr anvertraut hat, klingt sie anders. Neue Details kommen hinzu.

»Und wie genau hat er Sie gerettet?«

Oder manchmal stellt eine neue Person genau die richtige Frage, um den Blickwinkel neu zu justieren.

»Ich wurde vom Rauch überwältigt, Tyler hat mich rausgezogen. Er erlitt Verbrennungen an den Händen, als er mich rettete«, sagte sie. Delia nahm ein paar Sachbücher aus ihrem Bücherregal, die sie mitnehmen wollte. Sie berührte jedes und stellte es dann wieder zurück. Sollte doch ihr Nachfolger sie alle bekommen.

Mike neigte seinen Kopf zur Seite, wie Hunde das tun, wenn sie versuchen, ein Geräusch zu erkennen. »Er war am Brandort, hat Sie rausgezogen und hat sich die Hände verbrannt. Hatten Sie auch Verbrennungen, oder haben Sie vor allem Rauch eingeatmet?«

Niemand hatte ihr seit den Untersuchungen zu dem Brand solche Fragen gestellt. Sie fuhr mit dem Daumen über die Mulde an ihrem Schlüsselbein. »Ich hatte keine Verbrennungen, meine Lungen haben aber sehr gelitten, ich lag ein paar Tage im Krankenhaus. Ich habe keine Ahnung, warum er sich die Hände verbrannt hat. Ich habe nie richtig die Gelegenheit bekommen, ihm diese Frage zu stellen. Meine Welt stand kopf. Ich war erst neunzehn und von Trauer völlig überwältigt. Ich vermisste meine Eltern sehr, das tue ich immer noch. Aber meine Schwester ist sechs Jahre jünger als ich, ich musste mich um sie kümmern.«

Es klopfte an der Tür, beide schreckten auf. Ira steckte den Kopf herein. »Ich habe den Bericht der Kunsttherapeutin gelesen. Delia, ich muss mit dir reden.«

Als habe ein Zauberer mit den Fingern geschnipst, lösten sich Rauch und Unglück auf, Delia war wieder in ihrem Büro und durchlebte nicht mehr den Alptraum des brennenden Hauses.

»Klar. Ich bin in fünf Minuten in deinem Büro«, sagte sie.

Mike stand auf und nickte Ira zu. Er sah von Mike zu Delia und bemerkte offenbar etwas, das er ihr gegenüber später bestimmt erwähnen würde, dann zog er die Tür zu und ging.

»Tyler ist also zurück, und Sie sind unsicher, was das bedeutet. Nach dreizehn Jahren.« In seiner Zusammenfassung steckte auch etwas Fragendes. Warum war Tyler zurückgekommen? Hatte sie noch Gefühle für ihn, oder war es lediglich eine alte Phantasterei?

»Genau das versuche ich herauszufinden«, sagte sie. »Aber das alles muss jetzt warten, Hayley hat Vorrang. Der alte neue Freund muss warten.« Sie nahm einen Ordner. »Ich muss gehen. Ich hätte außerdem beinahe vergessen, Ihnen zu sagen, dass ich heute Nachmittag zu Erica fahren und meinen Hund Baxter mitnehmen werde. Wollten Sie nicht mitkommen? Ich muss noch einmal den Bericht der Kunsttherapeutin durchgehen, den ich heute Morgen bekommen habe, aber ich werde heute um drei dort sein.«

Er runzelte die Stirn. »Es wäre schön gewesen, wenn Sie mich ein wenig früher darüber informiert hätten, mein Chef hat mich einem Prüfungsausschuss zugeordnet. Falls ich rechtzeitig da rauskomme, werde ich da sein. Wenn nicht, dann sagen Sie bitte Ihrem Hund, dass er Hayley ein paar exakte Erinnerungen entlocken soll.«

Mike öffnete die Tür für sie, was sich irgendwie komisch anfühlte, da es ihr Büro war. War sie nicht diejenige, die Leute empfing und sie wieder hinausbegleitete? Männer beanspruchten überall ihr Revier.

»Sie haben die Hände voll«, sagte er und beantwortete ihre unausgesprochene Frage. Woher wusste er, was sie dachte?

»Danke, Mr. Detective«, sagte sie und gab sich munter und unbeschwert. In der Tür blieb sie stehen, Hayley hatte sie wieder eingeholt und nahm ihr alle Unbeschwertheit. »Glauben Sie, dass wir ihre Eltern finden werden? Alles, was wir bisher haben, ist eine Unmenge geographischer Daten zwischen hier und Tennessee, und ihre Mutter könnte auch ganz woanders sein.« Eine verschwörerische Verbindung ergab sich zwischen ihnen, die auf der verzweifelten Sorge um ein Kind fußte, das nur nach Hause wollte. Er entspannte seine Schultern und beugte sich näher zu ihr heran.

»Jemand weiß, wo ihre Mutter gefangen gehalten wird. Und wir müssen dort sein, bevor die ganze Sache uns entgleitet. Möglicherweise wurde der Mann irgendwie manipuliert, und seine Frau und Hayley sind Gegenstand von Verhandlungen. Ihre Arbeit mit dem Mädchen war wichtig«, sagte er. Er log sie nicht an, er sagte nicht, machen Sie sich keine Sorgen, wir werden sie finden. Und dafür war Delia ihm dankbar.

Er berührte mit seinem Finger ihren Ellenbogen, nur leicht, doch offenbar hatte er damit einen Nerv getroffen. »Ich sage Ihnen Bescheid, wenn wir etwas Konkretes herausfinden«, sagte er.

»Ich Ihnen auch«, sagte sie. Auch wenn sich ihre Informationen auf Plüschtiere, Kunsttherapie und bald auch Hundetherapie stützten. Konkret war das nicht gerade.

34. KAPITEL

Delia stand mit der Akte unter dem Arm vor Iras Tür und klopfte an. Er bat sie herein. Es war noch früh am Morgen, also war sie nicht überrascht, als ihr der Duft von Kaffee und Erdnussbutter in die Nase stieg. Niemand trank schwärzeren Kaffee als Ira. Aber Erdnussbutter?

»Entweder hast du Erdnussbutter zum Frühstück gegessen, oder du hast heute dein Mittagessen vorgezogen«, sagte sie und pflanzte sich vor seinem Schreibtisch auf.

Er sah sie erstaunt an. »Woher weißt du das? Es war übrigens Letzteres.«

Delia tippte mit einem Finger an ihre Nase. »Du weißt doch, dass ich eine feine Nase habe. Sag bloß, du vergisst schon meine Eigenheiten«, sagte sie. »Noch bin ich nicht weg.«

»Nein, bist du nicht, und ich habe vor, die Zeit zu nutzen, solange du noch da bist. Ich werde dich nicht wegen guter Führung früher entlassen.« Der Drucker hinter seinem Schreibtisch spuckte zwei Blatt Papier aus. »Reginas Bericht ist gerade eingegangen. Ich wollte dich fragen, ob du ihn gelesen hast, habe dann aber gesehen, dass du mit Mike beschäftigt warst.«

Sie ignorierte, dass er das Wort »beschäftigt« betonte, ebenso das leichte Zucken seines Schnauzbartes, das ihr seine Neugier signalisierte.

»Ich bin beeindruckt, wie gut er mit Kindern umgehen kann. Wäre er nicht bereits Detective, könntest du ihn im Pflegekinderdienst einstellen«, sagte sie. Sie machte es sich auf dem Stuhl neben dem Schreibtisch bequem. Ira reichte ihr den einseitigen Bericht und sah sie an. »Ich habe ihn schon einmal am Computer gelesen, habe aber lieber ein Blatt Papier in der Hand«, sagte er.

Delia überflog den Bericht, sie schätzte Reginas sorgfältige Beschreibung von Hayleys Verhalten. Der Drucker ratterte wieder und spuckte das Bild aus. Doch was Delia am meisten interessierte, war die Zusammenfassung am Ende des Textes.

Hayleys Fähigkeit, ihre Gefühle auf Papier auszudrücken, ihre Lebenssituation zu erklären, und ihre Bereitschaft, sich auf Erwachsene einzustellen, hat sich schon seit ihrer ersten Kunsttherapiesitzung verbessert. Sie scheint sich in Gesellschaft von Delia, ihrer Betreuerin, und ihrer Pflegemutter Erica immer wohler zu fühlen. Ihre Bilder sind nicht im Zusammenhang mit langfristigen Misshandlungen oder Vernachlässigungen zu sehen. Dennoch drückt ihr Bild ganz klassisch ihre Trauer und die damit verbundenen Depressionen aus. Auf dem Familienbild steht der Vater unkommunikativ abseits, die Mutter ist gefangen und wirkt traurig. Meine Emp-

fehlung: weitere Sitzungen, damit Hayley die Möglichkeit hat, das Elend auszudrücken, das sie erfahren hat.

Ira nahm das Bild aus dem Drucker und warf einen Blick darauf. »Ich weiß, wir dürfen ein Bild nicht überbewerten, vielleicht hat sie auch nur eine Geschichte gemalt, die sie kennt. Aber ich habe Hoffnung. Sie hat kein Elternteil als böse dargestellt. Der Vater scheint irgendwie belanglos zu sein, das kann aber auch einfach den Grund haben, dass sie ihn wenig sieht, trotzdem verursacht mir der Kommentar zu ihrem Bild Gänsehaut. Sie scheint jedoch Familie zu haben und sich dort wohl zu fühlen«, sagte Ira.

»Aber die meisten Kinder, egal wie schrecklich die Misshandlungen sind, sehnen sich doch nach ihrem Zuhause«, sagte sie. Irgendwer im Raum musste schließlich den Advocatus Diaboli spielen, diesmal war sie an der Reihe.

Er legte das Bild beiseite. »Ich nicht«, sagte er.

Nach Jahren der Zusammenarbeit mit Ira wusste sie, dass er nur selten etwas aus seiner Kindheit preisgab, etwas über die Brandnarben an seinen Armen oder seine langsame Genesung auf der Intensivstation und wie dankbar er war, durch die Adoption liebende Eltern gefunden zu haben. »Wir haben alle mit Eltern gearbeitet, die eine Gefahr für ihre Kinder darstellten und niemals Eltern hätten werden sollen. Ich bin nicht Regina, aber ich bin mir ziemlich sicher, dass Hayleys Eltern nicht das Problem sind. Wir sollten uns mit dem Detective darüber unterhalten.«

Delia räusperte sich. »Er hat das Wichtigste schon gehört«, sagte sie und berichtete Ira dann von ihrem Treffen mit Mike.

Er warf den Kopf in den Nacken und gab sich überrascht. »Der Detective war im J Bird Café und ich nicht? Was muss man tun, um eingeladen zu werden?«, fragte er.

Dieser Mann, der nur ungern Einzelheiten über seine Vergangenheit preisgab, war brennend an Delias Liebesleben interessiert.

»Du bist jederzeit eingeladen. Komm zur Eröffnung, du bekommst auch einen kostenlosen Ingwerkeks«, sagte sie.

Sie plauderten über ihren Abschied. Ira sagte all die freundlichen und ironischen Dinge, die man jemandem auf den Weg zu einem neuen Karrieresprung mitgibt. Und dennoch machte das Gespräch sie schwermütig.

»Wenn du ein wenig früher aufstehst, kannst du jeden Morgen ins J Bird Café kommen. Wir werden etwas Ausgefalleneres als Erdnussbuttersandwiches für dich machen.«

Es war besser, nicht darüber zu reden, wie sehr sie einander vermissen würden.

»Halt mich einfach mit deinen Bewertungsbesuchen bei Hayley auf dem Laufenden«, sagte er. Er rollte mit seinem Schreibtischstuhl vom Tisch zurück. Delia stand auf, um zu gehen, und schob Reginas Bericht in ihren Aktenordner.

»Hey, weißt du, was mir in diesen Tagen fehlt?«, fragte er.

Verdammt. Sie hatte gehofft, diesen Teil zu überspringen.

»Was?«, fragte sie und wappnete sich innerlich.

»Die Zeit, bevor das Heroin wie eine Dampfwalze die Stadt überrollt hat. Mir fehlen tatsächlich unsere cracksüchtigen Mütter, die endlich clean wurden, unsere alkoholabhängigen Eltern, die zu den Anonymen Alkoholikern gingen. Sie waren vielleicht keine Mustereltern, aber sie waren gut genug. Das Heroin hingegen hat böse Menschen in die Stadt gebracht«, sagte Ira.

»Ich weiß«, sagte sie und griff nach der Türklinke.

»Übrigens, vergiss nicht, meine Straßenkarte zurückzubringen. Wenn du dich genug über sie amüsiert hast, hätte ich sie bitte gerne wieder zurück.«

»Klar. Ich habe sie wohl zu Hause liegen lassen. Ich kümmere mich drum.«

Sie würde sie zurückbringen, sobald das Kribbeln aufhörte, das sie überkam, wenn sie an Tennessee dachte.

35. KAPITEL

Es gab nur wenige Geschöpfe, denen eine Autofahrt so viel Freude machte, wie einem Golden Retriever. Sie waren erstklassige Mitfahrer und genossen die Fahrt. Delia hatte ihr Büro gerade noch rechtzeitig verlassen, um Baxter abzuholen und mit ihm nach South Portland zu fahren, bevor es auf der Casco Bay Bridge zum Stau käme. Sie fuhr Ericas Einfahrt hinauf und stellte den Motor ab. Sie hatte das Beifahrerfenster halb heruntergelassen, so dass Baxter mit seiner schwarzen, feuchten Schnauze in die Luft schnuppern und alle Informationen aufnehmen konnte. Er war noch nie zuvor hier gewesen, eine neue Umgebung sorgte daher für unbegrenzte olfaktorische Stimulation.

»Okay, also«, sagte Delia, und Baxter richtete seine Aufmerksamkeit auf sie. »Dieses kleine Mädchen möchte gerne nach Hause zu ihrer Familie, und wir beide müssen ihr helfen, sie zu finden. Deine Aufgabe ist es, ihr deine ganze Hundeliebe zu widmen, meine Aufgabe, ihr im richtigen Moment die richtigen Fragen zu stellen.«

Baxter erhob sich und füllte dabei den gesamten Beifahrerbereich aus. Egal was Delia gesagt hatte, er schien zu allem bereit zu sein.

»Und noch etwas. Da drinnen lebt ein großer Kater. Das ist sein Haus, also benimm dich. Er ist keine Möwe, du darfst ihn nicht jagen. Außerdem würde er dir vermutlich weh tun.«

Sie legte ihm die Leine um den Hals. Sie wusste, welch überwältigenden Eindruck ein Hund machen konnte, vor allem einer wie Baxter mit seinem freundlichen Lächeln, den braunen Augen und der rosaroten Zunge, die jederzeit Küsse verteilte. Wenn Hayley sich sicher genug fühlte und abgelenkt war, käme vielleicht ein wenig Erinnerung zurück, ein Hinweis oder eine Adresse, ehe sie sich wieder zurückzog.

»Bei Fuß«, sagte Delia. Sobald Baxter aus dem Wagen gehüpft war, lief er freudig links neben ihr her, während sie die Leine um ihre Faust wickelte. Die große Unbekannte war Louie, Hayleys Bodyguard.

Sie gingen zur Haustür, doch noch bevor sie anklopfen konnte, öffnete sie sich.

»Wir haben schon auf euch gewartet«, sagte Erica. »Ich glaube, jedes Kind in Hayleys Vorschule weiß inzwischen über Baxter, den großen roten Hund, Bescheid.«

Das Mädchen lugte hinter Erica hervor. »Hallo Baxter«, sagte sie.

Übertrug sich Delias Aufregung auf den Hund, konnte das verheerende Folgen haben. Das Revier der Tiere machte ihr Sorgen, sie fürchtete, Louie könnte seine messerscharfen Krallen in Baxter schlagen und ihm seine schwarze Nase zerkratzen. Sie sah ihren Hund vor sich, wie er knurrte und den Kater angriff (was er in seinem Leben noch nie getan hatte), überall Blut, ein schreiendes Kind …

»Wo ist Louie?«, fragte sie. Sie betrat vorsichtig das Haus und sah sich nach der Katze mit den riesigen Pfoten um.

»Louie ist im Garten. Hayley meinte, wir sollten uns besser alle draußen treffen.«

Delia ging neben Baxter in die Hocke und wandte sich an Hayley. »Du darfst ihn ruhig streicheln. Eigentlich darfst du ihn den ganzen Tag streicheln, ihn würde das freuen.«

Der Hund liebte es, neue Leute zu treffen und sie zu beschnuppern, sich an ihnen zu reiben, ihnen zu gefallen, aber er blieb sitzen, während Hayley erst seinen Kopf und dann seinen Hals streichelte. Delia lockerte die Leine. Hayleys Hände strichen über ihn, spürten das Pochen seines Herzens, seine Energie. Sie stützte sich auf ihn.

Erica nahm ein paar Blatt Papier aus einem Korb mit der Aufschrift HAUSAUFGABEN. »Kommt, wir gehen raus, ich nehme Hayleys Aufgaben mit, dann können Sie einen Blick darauf werfen.«

Als Delia wieder aufstand, folgte Baxter ihrem Beispiel.

»Louie erwartet ihn schon«, sagte Hayley und führte sie durch die Küche.

Der Wortschatz kleiner Kinder überraschte Delia

oft, wie schnell sie neue Wörter aufschnappten und deren Bedeutung aus einem Kontext verstanden.

»Du hast recht. Baxter, Louie erwartet dich«, sagte sie.

Hayley hatte ein wenig Mühe, die Glasschiebetür aufzuziehen. Sie war ein zierliches Mädchen, und die Zeit, die sie mit ihren Entführern verbracht hatte, hatte sich auf ihren allgemeinen Gesundheitszustand ausgewirkt. Doch nun war sie seit beinahe drei Wochen bei der Pflegefamilie, und trotz der traumatischen Umstände nahm ihre Kraft kontinuierlich zu. Vor drei Wochen hätte sie die Schiebetür noch nicht allein aufschieben können. Delia durfte nicht vergessen, das in der Akte zu vermerken.

Sobald sie auf der Veranda waren, sahen sie sich nach Louie um. Keine Katze. Auf der linken Seite des Gartens wuchsen immer noch Tomaten, Kohl und dunkelgrünes Gemüse im Hochbeet. Und in der Nähe der Veranda gab es Gurken, Hayleys Lieblingsgemüse. Doch der Kater war nirgends zu sehen.

Manchmal war es das Beste, Tiere einfach zu ignorieren, vor allem Katzen. »Hayley, zeigst du Baxter und mir deine Hausaufgaben?«, fragte Delia und setzte sich auf die Stufen der Veranda, die in den Garten führten. Sie hatte den Hund immer noch an der Leine.

Hayley hatte keine Familienbilder gemacht, sondern stattdessen drei Seiten mit hellen Papierschnipseln verziert, die an einen Baum, in ein Feld und an einen Apfelhain geklebt waren. »Schau mal, wie Hayley die Farben an den Apfelbaum geklebt hat«, sagte Delia und hielt Baxter das Papier vor die Nase. Er schnüffelte daran, entspannte dann seine Gesichtszüge und lächelte sein Retriever-Lächeln. Doch er blieb nicht lange konzentriert. Er wurde von einem Geräusch abgelenkt, das kein menschliches Ohr vernehmen konnte, und drehte den Kopf zur Seite in den Garten, wo Louie zwischen den Blättern großer Taglilien auftauchte. Falls Louie die Anwesenheit eines Hundes in seinem Paradies beunruhigte, so zeigte er es nicht. Der Kater schlenderte unbeschwert mit erhobenem Schwanz heran, blieb stehen, schlug nach einer Hummel, die zu dicht an ihm vorbeigeflogen kam, und verzehrte sie.

Delia schluckte, atmete tief aus und machte sich auf alles gefasst. Louie landete mit einem mühelosen Satz auf der Veranda und ließ keine Zweifel aufkommen, wer hier das Sagen hatte. Er stellte keinen Augenkontakt mit Baxter her, sondern drückte sich mit einer Beiläufigkeit an den Hund, die absolutes Vertrauen demonstrierte.

Baxter blieb wie angewurzelt stehen, während die beiden einander bekannt machten. Es würde keine Katzenjagd geben, diese Botschaft verstand selbst Delia.

»Louie mag ihn«, sagte Hayley. »Er braucht einen Freund. Ich bin seine Freundin, aber ich bin ein Mädchen.«

Das schien eine gute Erklärung zu sein. »Wir laufen einmal mit Baxter durch den Garten und schauen, was passiert. Möchtest du gerne seine Leine halten?«, fragte Delia. Sie reichte ihr die Leine. Wenn alles gutging, würde sie ihm die Leine abnehmen. »Er will alles beschnuppern.«

»Komm, Baxter«, sagte Hayley, ohne zu zögern.

Der Hund blickte zu Delia auf. »Sei brav.« Und schon lief er mit dem Mädchen los. Der Kater folgte ihnen mit einigem Abstand.

Erica verschränkte die Arme vor der Brust und lehnte sich an den Türrahmen. »Baxter ist der erste Hund, der sich nicht völlig von Louie einschüchtern lässt. Würden Sie nicht auch gerne wissen, was in ihren Köpfen vor sich geht?«, fragte sie.

»Mehr noch, ich würde gerne alles in Hayleys Gehirn fotografieren: Straßen, Orte, Nachnamen. Wusste Ihre Tochter den Namen ihrer Straße, als sie in die Vorschule ging?«, fragte Delia.

»Ja. Adresse, Telefonnummer und die Adresse ihrer Großeltern. Und natürlich ihren Nachnamen. Es ist wirklich ungewöhnlich, dass niemand einem Kind in Hayleys Alter solche entscheidenden Informationen beigebracht hat.« Sie rieb gedankenverloren einen nackten Fuß an dem anderen.

Im hinteren Teil des Gartens führte Hayley ihre pelzigen Freunde durch die Beete.

»Aber sind Adressen und Nummern nicht noch zu abstrakt für ein Kind in dem Alter? Wie haben Sie ihr diese ganzen Informationen beigebracht?«, fragte Delia. Baxter wedelte begeistert mit dem Schwanz, als er ein kleines Stöckchen fand.

»Wir haben das genauso gemacht wie die meisten Eltern. Wir haben die Adresse in ein Lied verpackt, das die Kinder kannten. Wir haben *Funkel, funkel, kleiner Stern* benutzt.« Sie hielt mit offenem Mund inne. »O Gott, vielleicht haben Hayleys Eltern das auch so gemacht.« Sie stieß sich vom Türrahmen ab.

War es tatsächlich so simpel? War ihre Adresse in einem Lied versteckt? Delia stellte sich vor, wie sie Ira und Mike anrief, die Begeisterung, die Erleichterung und die Vorstellung, dass dieses eine schreckliche Verbrechen, das eine Familie entzweit hatte, aufgeklärt werden konnte. In ihrem Job käme das einem Gewinn des Nobelpreises für Familienzusammenführung gleich.

Hayley kehrte mit Baxter auf die Veranda zurück. »Er will mir das Stöckchen geben. Er lässt es immer wieder bei meinen Füßen fallen«, sagte sie, schien sich darüber zu wundern und wollte die Entdeckung offenbar mit Delia und Erica teilen.

»Er möchte, dass du es wirfst«, sagte Delia. »Er rennt gerne Stöckchen hinterher, um sie dir wieder zu bringen, damit du sie noch einmal wirfst.« Sie konnte ihre Hoffnung, vielleicht endlich Hayleys Familie zu finden, kaum zügeln.

Erica schien es ähnlich zu gehen. »Und wenn du das Stöckchen geworfen hast, müssen wir dir ein Lied beibringen, damit du dir diese Adresse hier merken kannst. Meine Tochter Sam hat es auch gelernt, als sie in der Vorschule war. Dafür bringst du uns dann das Lied mit der Adresse bei, wo du mit deiner Mommy gewohnt hast.«

Ob Delia jemals Ericas Tochter treffen würde? Wie die meisten Kinder, die sie kannte, hatte sie einen ziemlich dichten Terminkalender.

Hayley ließ das Stöckchen fallen. »Nein. Emma hat gesagt, dass ich kein Lied über mein Haus singen darf. Und ich darf niemandem sagen, wo Mommy ist. Sie hat gesagt, keine Lieder, sonst ist Mommy traurig. Onkel Ray hat mir immer meine Schmusedecke weggenommen, wenn ich ein Lied gesungen habe. Ich habe so lange geweint.« Ihre Lippen begannen zu zittern, und ihre Schultern bebten.

Baxter stellte die Ohren auf. Er stieg über das Stöckchen und postierte sich vor Hayley. Er schmiegte seinen Kopf unter ihren Ellenbogen. Sie beugte sich ein wenig vor und schlang ihre Arme um den Hund. Sie flüsterte ihm etwas zu. »Onkel Ray hat die Schmusedecke aus dem Autofenster geworfen.«

Delias Glücksgefühl schwand wieder. Sie hatte so viele Kinder erlebt, die sich an ein wenig Sicherheit klammerten, an ein Stofftier, eine Schmusedecke, einen Actionheld, und sie wusste, was der Verlust bedeutete, die endgültige Demontage eines Kindes, das aus seiner Familie gerissen wurde.

Sie ging neben Baxter in die Hocke. »Onkel Ray hatte unrecht, dir deine Schmusedecke wegzunehmen. Ich glaube, Baxter weiß, wie traurig du bist. Du hast nichts falsch gemacht, Hayley. Du bist ein braves Mädchen, ein sehr braves Mädchen.«

Der Kater drückte sich heftig an Delia und schlängelte sich dann zwischen Baxters Beinen durch. Erica setzte sich im Schneidersitz auf den Boden. »Hier darfst du jedes Lied singen, das du möchtest. Wir wollen alle deine Lieder hören«, sagte sie. Ihr standen Tränen in den Augen.

»Ich kenne keine Lieder«, sagte Hayley. »Sie sind alle weg.«

Schwermut drohte sie alle zu erdrücken. Doch dann fiel Delia J Birds Wohnzimmertrick ein, den sie bei Baxter immer anwendete. Ob er auch bei Delia funktionierte?

»Hey, wartet mal. Baxter kennt ein Lied.« Sie kraulte das Fell an seinem Hals und hoffte, die Traurigkeit abzuschütteln, die sie alle ergriffen hatte. »Komm her, mein Junge.«

Und dann begann sie ein Lied zu singen, die Hymne von Kansas, die J Bird und Baxter immer gemeinsam sangen. Baxter wandte ihr seinen Kopf zu und fing an zu jaulen. Er jaulte jeden Refrain mit Hingabe mit, legte seinen großen Kopf zurück, öffnete sein Maul und zeigte der Welt, dass Wolfsgene in ihm steckten.

Er begleitete Delia, und ihr wurde klar, dass sie ruhig ein paar Strophen singen konnte. Da ging Hayley auf die Knie und jaulte wie Baxter, lehnte sich an ihn, schloss ihre Augen und fing zu summen an, sie kannte die Worte nicht, wagte aber ein neues Lied. Auch Erica stimmte mit ein. Für Louie war das zu viel, er sprang auf den Picknicktisch und demonstrierte sein Desinteresse, indem er sich seiner Körperpflege widmete.

Außer Atem beendeten sie das Lied. In Delia kam ein uraltes Gefühl auf, das nicht in Worte zu fassen war.

Hayley ließ sich zurück auf ihre Fersen fallen. »Ich habe Mommy das Lied geschickt. Ich möchte, dass sie herkommt und mich findet. Sie weiß jetzt, wo ich bin«, sagte sie mit solcher Inbrunst, dass Delia erschauerte.

Sie musste doch noch mehr tun können, um Hayleys Mutter zu finden. Delia würde alles dafür tun.

36. KAPITEL

Juniper

Drei Nachrichten und keine Antwort. Was war bloß mit Ben los? Er antwortete sonst immer zuverlässig. Und er war der Einzige, mit dem sie über Delia sprechen konnte. Ihre Gedanken waren die ganze Nacht darum gekreist. Ben war der beste Freund ihres Vaters gewesen, der einzige, der ihn auch dann noch wie einen Freund behandelte, als er unter Wahnvorstellungen litt.

Heute war Junipers freier Tag, sie war mit Greg im Café verabredet. Er hatte sie gerade angerufen und ihr mitgeteilt, dass der zweite Ofen geliefert werden sollte. Sie eilte mit Baxter zur Tür hinaus und rief unterwegs in Bens Tierklinik an. Vielleicht konnte sie kurz vorbeikommen, wenn sie ihn von unterwegs anrief.

Sie war sich sicher, dass Delia gestresst war. Der Jobwechsel machte ihr Angst, und sie war von dem kleinen Mädchen auf eine Weise besessen, wie Juniper es noch nie zuvor erlebt hatte. Bisher hatte Delia sich immer von ihren Patienten geradezu musterhaft abgrenzen können. Vielleicht musste sie sich aber auch gar keine Sorgen machen. Und dennoch klingelten bei

Juniper gerade alle Alarmglocken. Schizophrene Alarmglocken. Ben würde ihre Sorge verstehen. Auf ihn konnte sie sich immer verlassen.

»Tierklinik South Portland«, hörte sie Jill, die Empfangssekretärin, sagen.

»Hi, hier ist J Bird. Kann Ben ans Telefon kommen, oder ist er zu beschäftigt?«

»Er ist heute krank. Offenbar hat er sich eine Grippe geholt. Das passiert ihm in den letzten zwei Monaten schon zum zweiten Mal.«

Im Hintergrund maunzte eine Katze jämmerlich.

»Komisch, ich habe ihn erst vor ein paar Tagen getroffen und gar nicht gemerkt, dass er krank ist. Er hat viel Arbeit, dazu kommt noch die Knie-OP, die offensichtlich nicht so gut verlaufen ist. Humpelt er immer noch?«, fragte Juniper.

»Ja, sein Knie scheint nicht besser zu werden. Wir brauchen ihn gesund und in Vollzeit wieder zurück. Das ist für uns alle eine schwere Zeit.«

»Ich habe ihm gerade ein paar Nachrichten geschrieben, aber er antwortet nicht. Er ist doch nicht etwa sauer auf mich, oder?« Juniper machte sich geistig eine Notiz, dem Team in der Tierklinik Zimtrollen vorbeizubringen. Die besänftigende Macht von süßem Gebäck verlor ihre Wirkung wohl nie.

»Vielleicht ist er sauer, weil du Baxter immer noch nicht kastriert hast«, sagte Jill.

Sie hatte Juniper schon öfter daran erinnert. Auch wenn Jill Witze darüber riss, fühlte Juniper sich davon bedrängt. Sie konnte es nicht leiden, wenn man sie ständig mit einem so wichtigen Thema konfrontierte.

»Habe ich dir nicht davon erzählt? Ich habe vor, mit Delia eine illegale Welpenzucht aufzuziehen. Wir finden, Baxter könnte unzählige Golden Retriever in die Welt setzen«, sagte sie.

»Okay, wie ich sehe, ist Baxters Männlichkeit für dich ein heikles Thema. Aber mal abgesehen davon, wäre Ben niemals sauer auf dich, und das weißt du. Für ihn bist du wie Familie.«

»Danke. Ich bringe euch als Entschädigung für meine Nachlässigkeit in Sachen Hundefamilienplanung was vorbei«, sagte Juniper.

Für sie gehörte Ben auch zur Familie. Er hatte sie nach dem Tod ihrer Eltern wie ein Superheld aufgefangen. Hatte er tatsächlich eine Grippe? Oder finanzielle Probleme, über die er mit niemandem reden konnte? Er hatte mit seiner Frau Michelle zwei Kinder, die bald aufs College gehen sollten. Sie hätte alles getan, um ihm zu helfen.

Juniper schrieb ihm eine Nachricht. »Alles okay? Ich habe dich mit einem Typen vor dem Café gesehen. Ruf mich an.« Sie schob das Handy in ihre Tasche, nahm Baxter an die Leine und eilte zu ihrem Auto.

Der Tag brachte die ersten Vorboten des Herbstes: strahlend blauer Himmel, und die Blätter der Ahornbäume färbten sich langsam rot, als hätte man sie für teures Geld angemalt. Baxter hüpfte auf den Rücksitz. Nachdem sie sich mit Greg getroffen und am Morgen alle Einzelheiten der Renovierung besprochen hatte, wollte sie bei Whole Foods Backutensilien kaufen. Sie hatte sich gerade angeschnallt, als ihr Handy klingelte. Es war Ben.

»Wo bist du?«, fragte er. Er klang müde, seine Stimme tiefer als sonst, als wäre er gerade erst aufgewacht.

»Ich bin auf dem Weg ins Café. Wo bist du denn? Jill hat gesagt, du hättest eine Grippe.« Sie zögerte, weil sie sich vor der Richtung fürchtete, die das Gespräch zu nehmen schien. »Hast du Probleme? Du kannst jederzeit mit mir darüber reden. Ich bin kein Kind mehr.«

Seine Stimme am anderen Ende der Leitung hörte sich gequält an. »Ich bin nicht weit von dir weg, aber ich möchte mich nicht in South Portland mit dir treffen. Niemand aus der Klinik soll mich sehen. Können wir uns im 7-Eleven bei dir treffen?«

»Herrgott, Ben. Du klingst furchtbar. Klar, wir treffen uns dort. Ich bin nur ein paar Häuserblocks weg.«

* * *

Juniper parkte auf der anderen Seite des Gemischtwarenladens. Sie sah in den Rückspiegel und wartete auf Ben. Nach zehn Minuten erschien er in seinem alten Pick-up, mit dem er zur Arbeit fuhr, und parkte neben ihr. Er wandte ihr seinen Kopf zu und forderte sie auf, in seinen Wagen zu steigen. Sie ließ für Baxter die Wagenfenster zur Hälfte herunter.

»Sitz. Ich bin gleich wieder da«, sagte sie.

Sie setzte sich neben Ben auf den Beifahrersitz. Er hatte sich am Morgen nicht rasiert und am Morgen zuvor vermutlich auch nicht.

»Was ist los mit dir?«, fragte sie ganz direkt. Delia sagte immer, der Verlust ihrer Eltern hätte ihnen jegliche Fähigkeit zum Small Talk ausgetrieben.

»Ich freue mich auch, dich zu sehen, J Bird. Gibst du mir noch eine Minute?« Er umklammerte das Lenkrad, streckte die Arme aus und drückte sich gegen den Sitz. »Das ist nicht leicht für mich. Ich habe niemandem erzählt, dass ich ein Problem habe …«

»Hör mal, ich habe dich mit dem Typen vor dem Café gesehen. Hast du finanzielle Probleme, hinterziehst du Steuern? Das macht jeder mal. Alle meine Chefs haben das zu mir gesagt. Ein Kunde bezahlt dich in bar, und du meldest es der Steuer nicht. Darüber musst du nicht gleich verzweifeln«, sagte sie. Ben war so lange der Mittelpunkt ihrer Welt gewesen, sie wollte ihn wiederhaben.

Er schien verwirrt und fuhr mit den oberen Zähnen über seine Unterlippe. »Schwarzgeld? Wenn das das einzige Problem wäre …« Er strich sich mit einer Hand über das Gesicht. »Kleines, ich möchte nicht, dass du dir Sorgen um mich machst. Ich frisiere nicht die Bilanzen.« Er schloss einen Moment die Augen. »Mein Gott, manchmal erinnerst du mich so an deine Mutter. Du bist genauso schön wie Susan«, sagte er.

Bis auf Delia war Ben der Einzige, der jemals ihre Mutter oder ihren Vater erwähnte. Wenn sie den Namen ihrer Mutter hörte, ging für sie die Sonne auf.

»Was ist dann los? Du kannst mich nicht täuschen, dafür kenne ich dich zu gut«, sagte sie. Sie bemerkte den bettelnden Ton in ihrer Stimme und fand, sie klang wie früher, als Teenager.

Er rieb die Hände an seiner Khakihose. »Kurz nach meiner OP habe ich mit Schmerzmitteln angefangen. Das macht jeder, oder? Mein Knie heilte einfach nicht so ab, wie man mir gesagt hatte, ich musste wieder arbeiten, also hat der Arzt sie mir weiter verschrieben. Ich habe versucht, damit aufzuhören und sie nicht mehr zweimal am Tag zu nehmen, ich war so krank, dass ich dachte, ich müsste sterben. Es fühlte sich an, als hätte man eine hundertmal stärkere Grippe als normal. J Bird, ich bin von Schmerzmitteln abhängig.«

Das durfte nicht wahr sein. Nicht Ben. Sie holte ein paarmal tief Luft und betrachtete den am ganzen Leib zitternden, unrasierten Mann, der immer ihr Fels in der Brandung gewesen war, als sie am College alle gängigen Drogen durchprobiert und es nicht einmal Delia erzählt hatte, als sie mal Angst hatte, schwanger zu sein. Ben, der für sie den besten Hund der Welt als Freund gefunden hatte. Drei Jahre war es jetzt her, dass er sie angerufen und gesagt hatte: »Bitte komm zu mir in die Klinik. Hier ist jemand, der dich braucht.«

»Willst du mich verarschen? Jeder weiß, dass man von Schmerzmitteln abhängig werden kann.«

Er kniff die Augen zusammen. »Ich weiß, ich weiß. Es lag gar nicht so sehr an der Operation, sondern vielmehr an der Physiotherapie. Ich ertrug die ständigen Schmerzen einfach nicht. Sie füllten den gesamten

Platz in meinem Kopf. Mit Oxycotin kam ich durch den Tag und konnte wieder arbeiten.« Eine Schweißperle kullerte an seiner rechten Schläfe herunter.

»Machst du den Motor an, damit wir die Fenster ein wenig herunterlassen können?«, fragte sie und meinte plötzlich, die steigende Temperatur im Wagen und die Hitze, die Ben ausstrahlte, würden sie ersticken.

»Das geht nicht, mir ist eiskalt«, sagte er. »Es fühlt sich an, als säße ein Eindringling in meinem Kopf.«

Er trug ein Sweatshirt mit dem Wappen der University of Southern Maine. Hätte Juniper so ein Sweatshirt getragen, wäre sie vor Hitze umgekommen. Sie berührte seine kalte, feuchte Hand. »Hast du Michelle davon erzählt?«, fragte sie.

»Noch nicht. Das werde ich aber. Sie denkt, dass ich Grippe habe, und ist wütend auf mich, weil ich mich nicht impfen lasse. Sie hat in ihrem ganzen Leben noch nie Medikamente genommen, auch nicht, als die Kinder geboren wurden. Sie nimmt nicht einmal ein Aspirin. Sie wird das nur schwer verstehen können.«

»Arbeitest du mit einem Arzt zusammen, um die Dosis zu verringern?«

Ben blickte in die Luft. »Ich dachte, ich bekäme das allein in den Griff, aber du hast recht, Kleines, ich werde mit meinem Arzt darüber sprechen, wie wir die Dosis reduzieren können. Ich verspreche es dir.« Er nickte nervös und gab zu verstehen, dass er damit das Thema beenden wollte.

»Warte mal. Wer war der Typ, der beim Café vorgefahren ist? Er hat dir was zugesteckt. Was hat er dir gegeben?«

Er wandte sein Gesicht zum Fenster, und die Scheibe beschlug, als er sprach. »Illegales Oxycontin. Mein Arzt verschreibt es mir nicht mehr, weil er der Meinung ist, dass ich es nicht mehr nehmen soll.« Ben wandte sich wieder ihr zu. »Er wusste nicht, dass ich bereits abhängig war. Und mittlerweile haben auch Ärzte bei der Verschreibung Grenzen, die sie nicht überschreiten dürfen. Also habe ich den Typen ausfindig gemacht, der mir eine Tüte Oxycontin besorgt hat. Frag mich nicht, woher er das hat, ich habe ihn nicht gefragt. Ich bezweifle aber, dass er es sich legal beschafft hat.«

Junipers Fels in der Brandung schwankte. Etwas hatte von ihm Besitz ergriffen, hielt ihn gefangen.

»Du kaufst Drogen auf der Straße?« Sie konnte ihr Erstaunen kaum verbergen. »Mach einen Termin bei deinem Arzt und ruf mich an, ich gehe mit. Wenn du das nicht tust, werde ich es Michelle erzählen. Hast du mich verstanden?«, fragte sie. Sie stand kurz davor, zu heulen oder ihn zu schlagen.

Ben sah sie an und nickte wie eine Puppe mit Wackelkopf, dann presste er die Lippen zusammen. »Jaja, ist ja gut.«

»Ich fasse es nicht, dass du das Café benutzt hast, um dich mit deinem Dealer zu treffen. Hast du gehört, was ich gerade gesagt habe? Du hast einen Dealer!« Sie öffnete die Wagentür. »Ben, ich meine es ernst. Ruf mich an, sobald du den Termin ausgemacht hast.« Sie knallte die Autotür zu, so fest sie konnte, drehte sich um und verpasste ihr einen Tritt. Sie sah ihm nicht nach, als er davonfuhr.

Als sie wieder in ihrem Wagen saß, begrüßte Baxter sie, als wäre sie Stunden fort gewesen. »Unser Kumpel ist in Schwierigkeiten, Bax. Wir müssen ihm helfen.«

37. KAPITEL

Delia klammerte sich an ihr Bettlaken und schreckte aus ihren Träumen hoch. Nach ihrem Treffen mit Hayley am Tag zuvor hatte sie schlecht geschlafen. Im Morgengrauen war die Stimme ihres Vaters im Traum zu ihr durchgedrungen.

Wie sollte Delia Mike oder selbst J Bird erzählen, dass sie um fünf Uhr morgens, als sie endlich in den Schlaf gesunken war, die Stimme ihres toten Vaters gehört hatte? Und es war nicht einmal ein vollständiger Satz gewesen, sondern lediglich ein Fragment. *Frühlingslamm aus Tennessee.* Wie sollte sie jemandem erklären, dass nur ihr Vater so etwas sagen und nur Delia ihn verstehen würde? Aber noch viel schlimmer war, dass sie jetzt nach Tennessee fahren und noch einmal alle Informationen überprüfen musste.

Baxter war wie ein Seismograph, wenn es um Kummer ging, er hatte sie mit der Schnauze wachgestupst. Es war fast sechs Uhr, und das bedeutete, dass J Bird das Haus schon verlassen hatte, weil der Hund sonst fest an sie gedrückt schlafen würde.

»Guter Hund, Baxter. Du hast mich vor dem Verschlafen bewahrt.« Delia ließ ihn raus. Der Garten war klein und nicht unbedingt Baxters erste Wahl. Sie sah auf die Digitaluhr an der Mikrowelle. Halb sieben. Sie hätte noch reichlich Zeit, um mit dem Hund einen erfrischenden Spaziergang am Willard Beach zu machen.

»Komm, mein Großer, wir fahren zum Strand«, rief sie dem Hund zu. Als er eines seiner Lieblingsworte hörte, drehte er sich vor Freude im Kreis, während sie in Jeans, Tank Top und Jacke schlüpfte.

Als sie auf dem Parkplatz ankam, waren die Stammgäste auch schon da. Baxter begrüßte seine Hundefreunde, die Dänische Dogge, den Pudel und den Australischen Hütehund. Sie folgte ihm, während er gemeinsam mit den anderen am Strand herumtollte.

Delia wurde den Traum von ihrem Vater nicht los. Sie zog ihre Sandalen aus und ließ den Sand über ihre Füße gleiten. Das war besser als jede Pediküre.

Ihr toter Vater hatte ihr bisher noch nie eine Nachricht übermittelt, dennoch war es typisch für ihn, dass er etwas schwer zu Entschlüsselndes übermittelte.

Seine jährliche Essenskolumne über Frühlingslämmer hatte ihm mehr als jede andere zugesetzt. Sein Lieblingsrestaurant in Portsmouth, New Hampshire, war auf Frühlingslämmer spezialisiert. Hatte sie irgendwo noch eine seiner Kolumnen über das Frühlingslamm? Sie konnte sie notfalls bestimmt auch online finden.

Baxter stieß mit einem Stück Treibholz gegen ihr Bein. Er ließ es zu ihren Füßen fallen, wich langsam zurück und ließ dann seinen Blick zwischen Delia und dem Stöckchen hin und her wandern. Sie nahm es und warf es in das bei Ebbe seichte Wasser. Baxter schoss wie eine Rakete los und sprang hinterher.

Delia dachte wieder über den Traum und die Worte ihres Vaters nach. Tennessee. Zwei Opfer kamen aus Tennessee. Sie musste dorthin. Sie wollte gar nicht erst versuchen, es Mike, Ira oder J Bird zu erklären. Vor allem J Bird nicht. Die Gewohnheit, ihre kleine Schwester zu schützen, saß tief.

Nach einem Dutzend weiterer Stöckchenwürfe drehte sie um und lief zum Parkplatz zurück. Baxter wirkte schockiert über diese schreckliche Entwicklung.

»Komm, Baxter, ich muss zur Arbeit«, sagte sie, als verstünde er ihre Worte.

Wie lange dauerte eine Fahrt nach Tennessee? Sie wusste, dass sie eigentlich keine Zeit hatte, mit dem Auto die lange Strecke zu fahren. Sie hatte allerdings Meilen auf ihrer Kreditkarte gesammelt und würde fliegen.

Mike hatte gesagt, dass die aktuellen Heroinlieferungen über Mexiko nach Nashville kamen. Doch Raymond Blanchard wohnte außerhalb von Nashville, er wohnte in Dalton. Oder zumindest hatte er dort gewohnt. Sobald sie im Büro war, würde sie nachsehen, wo sich die nächste Kinderschutzorganisation in Dalton befand. Vielleicht hatte sie von der Welt der Heroindealer keine Ahnung, aber in der Welt der Kinderschutzorganisationen kannte sie sich bestens aus.

J Bird würde sie sagen, dass sie nach Denver fliegen müsse, um ein alleinreisendes Kind nach Maine zurückzubegleiten. Ira würde sie sagen, dass sie einen freien Tag brauche, auch wenn sie kurz vor Ende ihres Jobs stand. Mike würde sie erst gar nicht informieren, aus Angst, er könne die Lüge erkennen. Niemand würde verstehen, weshalb sie etwas so Irrationales und für sie so Untypisches tat.

Sie duschte Baxter zu Hause ab, damit das Salzwasser ihm und ihrem Fußboden nicht schadete. Er liebte es, wenn er mit seinem besonderen Handtuch abgerubbelt wurde, und lächelte vor Vergnügen, während Delia ihn verwöhnte.

In ihrem Büro angekommen, ging sie sogleich zu ihrem Laptop. Flüge nach Nashville und eine Nacht in einem Motel irgendwo zwischen Dalton und Nashville. Sie würde nach Tennessee fliegen und wieder zurück sein, ohne dass irgendjemandem ihre kurze Abwesenheit auffiel.

38. KAPITEL

Dichter Zigarettenrauch empfing sie im Eingangsbereich der Familienberatung in Dalton und katapultierte Delia in die Vergangenheit zurück. Der Geruch erinnerte sie an ihren Vater, der in der Küche wütete und sich gegen eingebildete Verfolger verbarrikadierte.

In Portland hatte man wenig übrig für Raucher, aber hier in Tennessee pflückten die Kinder im Sommer auf Familienfarmen Tabak, und Rauchen bedeutete Trotz gegen alles Neue. Es bedeutete Treue einer Tradition gegenüber, die sie einerseits unterstützt, aber auch ganze Generationen vernichtet hatte.

Delia spürte, wie sehr ihre Erinnerungen sie erschüttert hatten, als sie die Glastür zur Abteilung für Kinder- und Jugendschutz aufstieß. Sie schüttelte die Vergangenheit ab, wie sie das jeden Tag tat, und stellte sich ihrer aktuellen Herausforderung.

Die schlechte Wirtschaftslage aufgrund von Arbeitslosigkeit und der steigende Drogenkonsum hatten für Kinder hier in der Gegend katastrophale Folgen. Als Delia anrief, um einen Termin zu vereinbaren, hatte sie erfahren, dass die Einrichtung Probleme hatte, alle

Kinder unterzubringen. Die Anzahl neuer Drogenkonsumenten stieg, immer mehr Kinder blieben ohne Eltern zurück.

Wenn Emma Gilbert keine Spuren bei den sozialen Diensten hinterlassen hatte, wäre Delias Reise vergeblich gewesen, und die kleine Hayley würde für immer bei einer Pflegefamilie in Portland unterkommen müssen. Hayley konnte natürlich Glück haben, doch die Wahrscheinlichkeit, dass sie mehrere Pflegefamilien durchlaufen würde, war hoch. Alles wäre umsonst gewesen: die frühmorgendliche Fahrt nach Boston, um den schnellsten Flug zu nehmen, ein Auto in Nashville zu mieten und J Bird und Ira zu belügen. Tyler hatte sie zweimal angerufen und das zweite Mal eine Nachricht hinterlassen. »Ich muss mit dir reden.« Sie hatte ihm nicht geantwortet.

Sie wollte nicht, dass ihr letzter Fall ihr schlimmster würde, ein Misserfolg, den sie niemals vergessen und der ihre letzten Tage in ihrem Job brandmarken würde. Natürlich hatte sie während ihrer zehnjährigen Tätigkeit genügend darüber gelernt, wessen es bedurfte, um ein Kind wieder mit seinen Angehörigen zusammenzuführen und dafür zu sorgen, dass sie sich kümmerten. Doch hier ging es um Hayley. Oder ging es doch um Delia und ihr eigenes Trauma, das sie zu verletzten Kindern hinzog?

Sie musste keine Akten durchwühlen, denn jede Person, die durch diese Tür kam, wurde im Computersystem erfasst.

Im Empfangsbereich saß eine junge schwarze Frau

sehr aufrecht hinter einer Glaswand an einem Schreibtisch. Ein Wachposten. Delia sprach innerlich ein Gebet. *Bitte mach, dass sie interessiert ist und mir helfen will. Bitte mach, dass sie ihr Lieblingsfrühstück gegessen hat, das Ei auf den Punkt, dazu goldbraunen Toast. Bitte mach, dass sie nicht denkt, die aus dem Norden seien alle Besserwisser. Bitte mach, dass sie mich reinlässt. Bitte mach, dass das nicht der Tag ist, an dem sie zu dem Schluss gekommen ist, alle diese Ämter für zerrüttete Familien seien sowieso sinnlos.*

Die Frau schob das Glasfenster auf. »Haben Sie einen Termin?«, fragte sie sehr neutral. Delia wusste, dass es ihr Job war, Leute von dem Moment an einzuschätzen, in dem sie durch die Tür kamen. Unauffällig natürlich. Sie wartete darauf, Delias Stimme zu hören. Empfangsdamen und Verwaltungsassistenten waren Dreh- und Angelpunkt jeder Organisation, sie hielten alles am Laufen.

»Ich habe nicht direkt einen Termin, ich habe gestern angerufen und mit Pat Garvey gesprochen. Sie wollte versuchen, mich heute Morgen einzuschieben. Ich weiß, dass ich unter Umständen warten muss.«

Nun hatte sie Delias Stimme gehört und würde versuchen herauszufinden, woher sie kam.

»Ich bin von der Pflegeunterbringung in Portland«, sagte sie.

Delia wollte sich mit der Frau kein Armdrücken liefern, um in die Büros für zerrüttete Familien eingelassen zu werden. Sie hörte einen elektronischen Türöffner, und eine Tür links von ihr schnappte auf.

»Danke«, sagte Delia.

»Zweite Tür rechts«, sagte die Empfangsdame und nickte leicht mit dem Kopf in die Richtung.

Delia stieß die Tür auf und folgte den Pfeilen zum Büro der Direktorin. Sie wünschte sich, Pat Garvey sei die Tennessee-Version von Ira; klug, anständig, freundlich, aber schnell bei der Sache. Mehr als alles andere aber wollte sie, dass diese Person Mitgefühl für ein Kind aufbringen konnte, das in Maine in der Pflegeunterbringung steckte.

Die Menschen hier hatten sich sehr bemüht, das Innere des Gebäudes freundlicher zu gestalten. Sie hatten mit Wandmalereien die Betonecken abgerundet und Berge mit freundlichen Tieren und Disney-Figuren gemalt.

Delia bemühte sich sehr, ihren sensiblen Geruchssinn auszuschalten, doch die Angst, die in den Gängen hing, legte ihre klebrigen Tentakel um ihren Hals. Vielleicht sollte sie sich einen Tropfen Lavendel unter die Nase träufeln.

Selbst für Menschen mit durchschnittlichem Geruchssinn waren Erinnerungen an Gerüche gekoppelt. Ob Kinder, die durch diese Gänge kamen, die gemalten Tiere an der Wand für immer mit Missbrauch, Verwahrlosung und Verlassenheit in Verbindung brächten? Hätte man Delia gefragt, hätte sie stattdessen neutrale, weiche Farben genutzt, auch Wasser mit einbezogen, vielleicht ein Aquarium, Pflanzen und etwas zum Naschen, damit den Leuten das Warten leichter fiel.

Sie klopfte an die Tür. Pat Garvey war bestimmt über ihr Kommen informiert worden.

»Herein.« Die Türen waren aus billigem Holz. Es musste schrecklich in diesen Büros sein, wenn Familien zu schreien anfingen und die Geräusche die dünnen Holztüren erschütterten, wenn aus Wut und Angst gestritten wurde und Kinder die Leidtragenden waren.

Delia öffnete die Tür und sah sich rasch um. Es war ganz anders, als sie erwartet hatte. Pats Schreibtisch stand an der linken Wand, auf der gegenüberliegenden Wand eine kleine halbkreisförmige Sitzgruppe. Ein Kinderstuhl, eine blaue Plastikwanne mit Legosteinen, ein weiteres Kästchen mit kleinen Superheldenfiguren und in der Mitte ein rechteckiger Couchtisch, der in seinem Leben noch keinen Untersetzer gesehen hatte.

Pat saß in einem kleinen Lehnsessel, der mit abgewetztem blauem Brokatstoff überzogen war. Aktenmappen stapelten sich links zwischen ihr und dem Schreibtisch. Sie hatte ihre Füße auf den Couchtisch gelegt, auf dem ein weiterer Stapel lag, der sich gefährlich zur Seite neigte. Pat stand auf, und Delia war sicher, dass der ganze Stapel umkippen würde.

»Bitte machen Sie sich keine Umstände, ich setze mich einfach da hin«, sagte Delia.

Pat wirkte älter als Delia, vielleicht Ende vierzig, sie war kräftig gebaut und trug eine weiße Bluse über einem Tank Top und eine praktische beigefarbene Businesshose aus bügelfreiem Stoff.

»Sie wissen, dass die Polizei bereits nach Emma Gilbert und dem Kind gefragt hat. Beiden wurden nicht von unserem System erfasst«, sagte sie.

Gut. Genau wie Ira brauchte auch Pat keine langen Einleitungen.

»Ich weiß. Das hatten Sie am Telefon bereits erwähnt. Und ich stelle die Gründlichkeit der Polizei auch nicht in Frage, aber …« Delias Stimme klang ein wenig hart, die Erinnerung daran, plötzlich Waise zu sein und sich mutterseelenallein in der Welt zu befinden, stieg in ihr auf. »Ich arbeite seit zehn Jahren in diesem Bereich, das ist mein letzter Fall. Ich weiß, dass das, was ich hier tue, ungewöhnlich ist und Fallbearbeiter normalerweise nicht wegen eines Pflegekindes auf ein Gefühl hin in andere Staaten reisen. Hayley ist einfach nur so … Ich meine, ich habe das Gefühl, dass jemand nach ihr sucht. Sie hat uns erzählt, dass sie mit ihrer Mutter über Skype geredet hat. Wenn ich einen Hinweis bekäme, der mich zu ihrer Familie führt, falls sie überhaupt eine Familie hat, dann …«

Delia konnte die Gefühle nicht abschütteln, die sie ergriffen. Pat wartete geduldig, nahm ihre Lesebrille ab und legte die offene Akte beiseite.

»Dann dachten Sie, Sie könnten einen Erfolg einfahren? Ein Kind retten?«, sagte Pat.

Delia wusste, dass es sich anhören musste, als ginge es hier mehr um sie selbst als um das Kind in Portland.

Sie seufzte hörbar und gewann wieder Boden. »Ja, ich wünsche mir für meinen letzten Fall ein glückliches Wiedersehen der Familie. Aber das ist noch nicht alles. Ich habe im Gefühl, dass dieses Kind jemanden hat und sie uns die Wahrheit gesagt hat, auch wenn das bisher noch niemand nachverfolgen konnte. Mein Chef, Ihr Kollege in Maine, hat sich in diesen Fall mehr als in jeden anderen Fall verbissen. Irgendwas tickt hier im Hintergrund, das ich nicht zu fassen kriege, aber ich werde so lange nachbohren, bis ich es herausgefunden habe. Sie hat es verdient. Sie haben es alle verdient.«

»Das klingt nach jemandem, der entweder neu im Geschäft ist oder es ohne Blessuren verlassen will. Warum gehen Sie?«

Auch Delia legte ihre Füße auf den Couchtisch. »Ich eröffne mit meiner Schwester ein Café.«

Pat lachte heiser und tief und hörte sich wie eine Nachtclubsängerin an. »Oh, nehmen Sie mich bitte mit, ich könnte abwaschen. Haben Sie Kostproben dabei?«

Delia wünschte, sie hätte ein paar von J Birds Schokoladen-Éclairs abgestaubt. »Das wäre schlau gewesen, aber ich bin bereits seit drei Uhr morgens auf den Beinen und konnte an nichts anderes als an Kaffee denken.«

»Oh, na gut, ein Mädchen darf träumen. Sagen Sie mir noch einmal, wie ich Ihnen helfen kann«, sagte Pat.

Delia schaute auf die Wand hinter Pat. Master in Sozialarbeit, Pennsylvania State University. Pat entging ihr Blick nicht.

»Dieses Stück Papier hilft uns, ist gleichzeitig aber auch ein Hindernis. Wir nennen es hier den Ausgangspunkt. Mein Titel verleiht mir Glaubwürdigkeit bei den Ärzten, aber für meine Klienten ist es ein Hindernis, das ihr Vertrauen mir gegenüber beeinträchtigt, das macht meinen Job nicht einfacher. Was ist mit Ihnen?«

Oh, sie war gut.

»Sie gehen davon aus, dass ich vorher noch nie im ländlichen Tennessee war, und Sie haben recht. Ich hoffe, dass ich vielleicht auf einen Hinweis stoße, der der Polizei entgangen ist. Ich habe in Portland ein Kind, das bei drei Erwachsenen war, die ermordet wurden. Emma Gilbert war eine davon. Sie war nicht vorbestraft. Ein anderer war Raymond Blanchard aus Dalton. Er hatte eine Vorstrafe wegen Drogenbesitzes«, sagte Delia. Es machte nichts, wenn Pat noch einmal hörte, was sie sowieso schon wusste. Das machte sie oft auch bei Kindern oder Verwandten in Pflegeunterkünften.

Pat lehnte sich zurück. »Und ich habe der Polizei mitgeteilt, dass Emma Gilbert nie unser System durchlaufen hat. Man hat mir ein Foto von ihr gezeigt. Sie wissen ja, dass man ihre Familie kontaktiert hat, die nicht hier im Bundesstaat lebt. Emma hat hier in der Gegend das College besucht, hat aber vor über fünf Jahren ihren Abschluss gemacht. Der andere, Raymond, ist nie in unserem System aufgetaucht. Das bedeutet, dass beide einigermaßen ordentliche Eltern oder einfach Glück hatten. Ich kann Ihnen nur sagen, dass Raymonds Anwalt hier ziemlich bekannt ist. Wenn man Geld hat, engagiert man ihn, und genau das hat Raymond getan. Er bezahlte ihm einen ganzen Haufen Geld, mit dem Ergebnis, dass er wegen einer Drogenlieferung mit einer Bewährungsstrafe davonkam. Außerdem war er weiß, in unserem Rechtssystem ein Punkt zu seinen Gunsten.«

Delia entspannte sich ein wenig, spürte, wie sich ihre Muskeln lösten und sie nicht mehr so verkrampft dasaß. Sie vertraute Pat. Ihr gefiel die Schnelligkeit, mit der diese Frau denken konnte.

Sie zog ein Foto von Hayley aus ihrem Ordner und reichte es ihr. »Das ist das Kind. Hayley war vorher auf keiner Schule, aber könnte man nicht trotzdem dieses Foto an den örtlichen Vorschulen verteilen? Ich weiß, dass das ziemlich weit hergeholt ist, aber vielleicht war sie in einer Kindertagesstätte, als sie noch kleiner war«, sagte Delia.

»Die Polizei hier hat das Foto bereits überall verteilt. Sogar bei Kinderärzten. Niemand hat sie wiedererkannt. Allerdings kann sich das Aussehen von Kindern fast täglich ändern«, sagte Pat.

»Was ist mit Raymond? Sie hören sich an, als hätten Sie ihn gekannt. Oder wüssten von ihm. Warum war er in den Heroinhandel verwickelt? Und warum wollte ihn jemand aus dem Weg schaffen?«

»Darauf gibt es nur zwei Antworten, und die kennen Sie bereits. Er hat den beispiellosen Anstieg des Heroinkonsums genutzt und eine Laufbahn im Drogenhandel eingeschlagen. Vielleicht war er auch Konsument und hat seine Rechnungen nicht bezahlt. Es gibt aber noch eine dritte Möglichkeit, nämlich dass er abhängig war und gleichzeitig mit Drogen handelte. Allerdings habe ich gehört, was Heroin mit einem anrichtet, so dass er vermutlich nicht sehr erfolgreich verkauft hätte, falls er selbst abhängig war«, sagte sie.

Pat hatte einen Teil der Frage übergangen, doch Delia kam wieder darauf zurück. »Kannten Sie ihn?« Direkter ging es nicht.

Pat zog den Aktenstapel vom Stuhl und legte ihn auf den Tisch. »Ich weiß, wir sollten alle Akten im Computer speichern, aber uns fehlt die Zeit dafür. Ich leite das Amt erst seit sechs Monaten, die Mühlen mahlen langsam. Ich kenne Raymonds Familie. Jeder im Ort kennt sie. Sein Vater ist der Bürgermeister.«

Sie kam der Sache ein wenig näher.

»Er war nicht gerade einer der Jungs, die im August Bacca pflücken«, sagte Pat.

Delia blinzelte ein paarmal und versuchte, den unbekannten Begriff zu verstehen.

»Tabakpflücken. Die Kinder nennen es Baccapflücken. Wir sagen hier nicht Tabak, es klingt eher nach Tobacca. Ich sollte eine Übersetzungs-App für Begriffe entwickeln, die hier gebräuchlich sind, damit könnte ich ein Vermögen verdienen«, sagte Pat.

Etwas in Delia regte sich bei ihren Worten. Bacca-Scheune. Hatte Hayley das gesagt? Nicht hinten in der Scheune, sondern Bacca-Scheune? Das Kind war sehr genau. Hatte sie wiederholt, was Raymond gesagt hatte? Bacca-Scheune? War das der schreckliche Ort? War ihre Mutter dort?

Auf der Fahrt nach Hartford hatten sie und Ira die idyllischen, über das Connecticut Valley versprengten Tabakscheunen bewundert, in denen noch der besondere Tabak für Zigarrendeckblätter getrocknet wurde. Die langen Scheunen schienen einer vergangenen Zeit anzugehören, genau wie Hufeisenwerfen oder Frauen in langen Schürzen.

»Vielleicht sehe ich Verbindungen, wo es gar keine gibt«, sagte Delia. »Das liegt bei uns in der Familie. Aber Hayley sagte, ihre Mutter habe versucht wegzulaufen, darum habe man sie ihr weggenommen und ihre Mutter in eine Scheune gesperrt.«

Pat schob die letzten Akten von ihrem Schoß und legte sie auf den Couchtisch. »Großer Gott. In Tennessee gibt es nur noch etwa hundert Tabakscheunen, jetzt kommen industrielle Kästen, die nicht annähernd so schön sind. Ich denke, das geht alles über unsere Kompetenzen hinaus. Es ist eine schwache Spur, aber ich bin auch dafür, Verbindungen nachzugehen. Ich bin mit den Polizeibeamten in Dalton vertraut. Ich rufe an, wenn wir hier fertig sind. Sind wir fertig?«

Da war noch mehr. Ihr Vater war ihr im Traum erschienen, um ihr von Tennessee zu erzählen, dem Frühlingslamm in Tennessee. Sie wollte hier nicht einfach nur eine Tabakscheune finden.

»Ich würde mich gerne mit Raymonds Familie unterhalten. Können Sie mich vorstellen? Ich bin nur einen Tag hier. Mein Flug geht morgen früh zurück«, sagte Delia.

Pat wirkte größer, als sie eigentlich war. Das bemerkte Delia, als die Frau aufstand. Sie war klein, vermutlich nur knapp über einen Meter fünfzig groß.

»Ich kann es versuchen. Das Begräbnis war vor einer Woche. Ganz egal, ob Raymond mit Drogen handelte oder kleine Kinder entführte, er war trotzdem ihr Sohn und früher bestimmt ein süßer kleiner Junge. Vergessen Sie das nicht, ich verlasse mich auf Sie. Seine Eltern sind am Boden zerstört.«

»Ich verstehe. Ich würde Sie nicht darum bitten, wenn es nicht um die Rettung dieses Kindes ginge«, sagte Delia.

Pat blickte sie erneut an und schien in sie hineinsehen zu wollen. »Ich gehe mit Ihnen hinaus. Sitzen ist der Fluch des einundzwanzigsten Jahrhunderts.«

Auf dem Gehweg warf Pat ihre Arme hoch. »Warum um alles in der Welt hat man Ihnen einen roten Mietwagen gegeben? Wer macht so etwas? Mietautos sollten grau oder beige sein und sich unauffällig in ihr Umfeld fügen.«

Delia tätschelte das Dach des Ford Focus. »Für die Chinesen bedeutet Rot Wohlstand und Glück. Hayley und ich können das gebrauchen. Danke, Pat.«

39. KAPITEL

Die Familie Blanchard wohnte in einem Haus mit Blick über die Stadt. Delias Mutter hätte das vorhergesehen. Als sie einmal mit ihr durch Portland fuhren, sagte ihre Mutter zu ihr: »Schiffskapitäne, Firmenbosse … wer in der Nahrungskette ganz oben steht, wird sich einen Standort suchen, der alles überragt, das ist noch ein Überbleibsel aus jenen Tagen, als eine gute Sicht auf den Feind wichtig war, um die eigenen Mauern zu schützen.« Ihre Meinung stützte sich auf Geschichte und aktuelle politische Gegebenheiten.

Das Haus war höchstens zehn Jahre alt, hatte eine Garage mit Platz für drei Autos, und der Rasen davor wurde von Leuten gepflegt, die nicht im Haus wohnten. Es stand auf einer Anhöhe am Ende einer Sackgasse. Doch anders als bei allen anderen Häusern in der Straße hingen davor keine Töpfe mit frühherbstlichen Chrysanthemen. Schon bevor sie aus ihrem roten Mietwagen stieg, wusste Delia, dass es im Haus einen großen Wohnraum mit Blick auf den Ort und die sanften Hügel dahinter gäbe.

Als sie an der Tür klingelte, wusste sie immer noch

nicht genau, wo sie anfangen und wie sie die trauernden Eltern um Hilfe bitten sollte. Hätte sie selbst nach dem Tod ihrer Eltern irgendjemandem helfen können? John Blanchard hatte einem Treffen vor seiner Abreise aus Nashville zugestimmt, wo er seine Frau abholte, die seit dem Begräbnis bei ihrer Mutter gewesen war.

Er hatte sie schon erwartet und öffnete die Tür. Eine ganz andere Person, als Delia sich vorgestellt hatte, stand vor ihr. Sie hatte damit gerechnet, auf jemanden zu treffen, der versuchen würde, sie nach ein paar nichtssagenden Antworten wieder aus der Tür zu komplimentieren. Doch hier stand ein Mann, der sie mit seinem offenen Blick überraschte. Er erinnerte an Ben oder Ira. Jemand mit dunklen Ringen unter den Augen, in Freizeithosen, die ihm ein wenig zu weit geworden waren. Ein Mann, der sichtlich trauerte.

»Delia? Ich bin John, kommen Sie herein.«

»Danke, dass Sie mich empfangen. Es tut mir sehr leid«, sagte sie und wünschte, sie hätte eine bessere Wortwahl getroffen.

Er führte sie in die Küche. »Ist es in Ordnung, wenn wir hier reden? Möchten Sie etwas trinken, Eistee vielleicht?«

Er brauchte Normalität, und diese Regeln der Höflichkeit waren ihm eine Hilfe dabei.

»Ein Glas Wasser wäre nett.«

Nachdem er das Glas vorsichtig vor sie hingestellt hatte, setzte er sich ans andere Ende der Kücheninsel.

»Ich fasse mich kurz, versprochen. Ich weiß, dass die Polizei schon mit Ihnen gesprochen hat …«

»Mehrmals«, sagte er.

»Ich habe nicht direkt etwas mit dem Verbrechen zu tun, ich bin auf der Suche nach der Mutter des Kindes. Das Mädchen heißt Hayley. Ich mache so etwas zum ersten Mal, auch wenn ich schon seit zehn Jahren im Bereich Jugendschutz arbeite. Das Mädchen ist gerade einmal fünf Jahre alt. Sie hat erzählt, man habe ihr erlaubt, mit ihrer Mutter zu skypen, und ich bin der Überzeugung, dass diese Mutter irgendwo da draußen sein muss und gegen ihren Willen festgehalten wird.« Delia holte tief Luft. »Ich habe keine konkreten Hinweise, aber Sie werden bestimmt die Qual eines Elternteils in so einer Lage verstehen.«

Sie fragte sich, ob der Mann in den letzten Tagen irgendetwas gegessen hatte. In der Luft hing kein Essensgeruch, kein Duft von aufgewärmtem Auflauf, den besorgte Freunde vorbeigebracht hatten. Sie wusste, wie er sich fühlte; alles erschien plötzlich unwichtig.

»Ich überlasse Ihnen die Beurteilung, wie hilfreich meine Informationen für Sie sein werden. Ich kann Ihnen nur von Raymond, meinem Sohn, erzählen.«

Was konnte sie noch aus ihm herauskitzeln, was der Polizei entgangen war? Irgendwo musste sie anfangen. Die linke Seite der Kücheninsel, an der die Leute normalerweise Einkaufslisten und Wochenpläne aufbewahrten, diente als eine Art Familienschreibtisch. Das gerahmte Foto eines jungen Mannes zeugte von glücklicheren Tagen, von einem Ort, der nie wieder derselbe sein würde. Goldblondes Haar, spöttisch nach oben gezogene Mundwinkel, aber sehr gutaussehend. Ein

Mann, dem sicherlich unvorsichtige Frauen nachgelaufen waren.

»Was war Raymonds beste Charaktereigenschaft?«, fragte sie.

Er kniff einen Moment die Augen zusammen. »Keiner hat uns Fragen zu seinen guten Eigenschaften gestellt. Ich weiß das zu schätzen, wirklich. Wenn Sie das tatsächlich interessiert und Sie angesichts meiner Trauer nicht nur versuchen, höflich zu sein, dann erzähle ich es Ihnen. Er war ein phantastischer Geschichtenerzähler, schon als er in die Schule ging. Er konnte Geschichten erfinden, die einen bis zum Ende an den Stuhl fesselten«, sagte John. Er räusperte sich. »Er konnte Ihnen jeden Bären aufbinden, übertriebene, unrealistische Geschichten erzählen.« Er fuhr mit dem Finger an der Kante der Kücheninsel entlang.

»Aber einem geregelten Job nachzugehen, so wie die meisten von uns das tun, war nichts für meinen Sohn. Er schien mir beweisen zu wollen, dass er besser war als ich, auch wenn ich ihm immer wieder sagte, dass es mir nicht wichtig sei, was er tue, solange es etwas Anständiges sei. Ich sagte ihm, er solle eine Arbeit finden, die ihn glücklich mache. Mein Vater hätte mir niemals so einen Rat erteilt. Er hätte gesagt, dass das Glück für andere, aber nicht für uns bestimmt sei. Mein Vater sagte, wir seien für harte Arbeit geschaffen worden. Ich wünschte, ich hätte mehr von Raymond eingefordert.« Er rieb einen Daumen über seine Handfläche. »Haben Sie Kinder?«

Das fragten fast alle Eltern. Gehörte auch sie zum

eingeschworenen Club der Eltern? Wusste sie denn, wie es war, wenn einem der Verlust eines Kindes das Herz brach?

»Nein, noch nicht. Ich weiß auch nicht, ob ich jemals welche haben werde«, sagte sie.

Er fuhr fort, als habe er sie überhört. »Er arbeitete ein paar Jahre als Pharmavertreter, aber für andere zu arbeiten, war nicht sein Ding. Raymond hatte große Pläne, zuerst mit dem Internet, doch wenn schon, dann wie Steve Jobs, alles andere hätte ihm nicht gereicht. In den letzten zwei Jahren sagte er uns ständig, dass er sich selbständig machen wolle.«

Delia sehnte sich nach einem offenen Fenster und frischer Luft. Sie spürte das Vibrieren der Klimaanlage, die man im September in Tennessee immer noch benötigte. Die Luft im Haus war durchdrungen von Tod, erfüllt vom Verlust des Sohnes. Sie spürte, wie die Trauer ihr den Hals zuschnürte.

Noch bevor sie eine weitere Frage stellen konnte, sah John nach rechts zum Wohnzimmer. »Meine Frau sagt, Raymond habe mich übertrumpfen wollen. Als er ein Teenager war, haben wir ein paar schreckliche Jahre mit Kräftemessen verbracht, aber wer kennt das nicht? Meine Frau sagt, ich hätte Fragen stellen und darauf achten sollen, was vor sich ging und woher das ganze Geld im letzten Jahr kam. Aber er konnte so abweisend werden. Wenn ich mal nachgefragt habe, hat er das als Kritik aufgefasst.«

Dieser Mann suchte mit jedem Wort, mit jedem Blick nach seinem toten Sohn.

»Sie werden vielleicht nie eine Antwort finden. Haben Sie noch weitere Kinder?«, fragte sie.

Er sah sie wieder an und schien überrascht, dass sie da war. »Nein. Nur Raymond.«

»Haben Sie jemals Emma Gilbert getroffen, die Frau, die bei ihm war, als er starb?«

»Nein. Ich habe der Polizei gesagt, dass ich noch nie von ihr gehört habe, bevor …« Er fand keine Worte für das Blutbad, dem sein Sohn zum Opfer gefallen war. So wie Emma Gilbert und der andere Mann.

Raymond war jung, gutaussehend und vermutlich manipulativ gewesen und getrieben von dem Wunsch, seinen Vater zu übertrumpfen. Es musste noch mehr Frauen geben. Delia baute auf die Tatsache, dass Raymond Frauen benutzt hatte.

»Hatte er Freundinnen, die er mit nach Hause brachte und Ihnen vorstellte?«, fragte sie. Die richtigen Fragen kamen ihr noch nicht in den Sinn.

John atmete tief ein. »Im letzten Jahr nicht.« Er blickte herab, begutachtete einen Finger und zupfte ein wenig Blut von einem seiner Fingernägel, die alle abgekaut waren.

Und jetzt sah sie es, an der Art und Weise, wie er hinunterschaute und den Fragen auswich. Endlich ein Hinweis. »Wenn ich Hayleys Eltern nicht finde, landet sie in einer Pflegefamilie. Niemand hat dieses kleine Mädchen als vermisst gemeldet, sie hat uns den Hinweis gegeben, dass ihre Mutter gegen ihren Willen festgehalten wird. Wenn Sie jemanden kennen, der weiß, was mit Ihrem Sohn los war, etwa eine Freundin, dann sagen Sie es mir bitte. Eine dünne Spur reicht vielleicht, um diese Mutter zu finden. Hayley will nach Hause. Hayley und ihre Eltern haben noch eine Chance.«

Sie sah ihm an, dass er mehr wusste. John hatte etwas gefunden, woran er sich klammern konnte, er hatte nach dem Tod seines Sohnes etwas aus den Trümmern gerettet. Aber warum sollte er Delia das erzählen? Sie musste mehr bieten, um ihn von der Dringlichkeit zu überzeugen.

»Meine Eltern kamen bei einem Feuer ums Leben, als ich neunzehn war. Es ist sehr wahrscheinlich, dass mein Vater das Feuer gelegt hat. Meine Schwester war damals gerade dreizehn Jahre alt, und es gibt da etwas, das ich ihr bis heute nie erzählt habe, das ich überhaupt nie jemandem erzählt habe«, sagte Delia.

John hörte auf, an seinem Finger zu zupfen. Sie hatte ihn in die Realität zurückgeholt. Dieser Mann hatte seinen toten Sohn identifizieren müssen. Für ihn gab es nichts Schlimmeres mehr auf der Welt. Delia konnte kaum glauben, dass das menschliche Herz so viel Schmerz aushalten konnte.

»Vor kurzem hat meine Schwester nach Einzelheiten zu dem Feuer gefragt. Ich bin in das brennende Haus gegangen, bevor die Feuerwehr kam, aber ich habe ihr nie erzählt, dass ich meine Mutter rufen hörte. Sie war vermutlich oben eingeschlossen. Sie rief nach meinem Vater. Sie lebten noch, und …« Delia hielt inne und fühlte sich wie zwischen zwei Welten gefangen: ihrer eigenen Vergangenheit und Raymonds Geschichte.

Johns Blick klärte sich. »Und sie starben. Ganz egal,

was Sie getan hätten, sie starben«, sagte er. Er stand auf, ging zum Küchenschrank und zog eine Tür auf. Er holte ein weiteres Glas heraus und füllte es am Wasserhahn.

»Ganz egal, was ich versucht habe, ich konnte Raymond seine Besessenheit vom ganz großen Deal nicht austreiben. Aber ich hätte niemals gedacht, dass er mit Heroin handeln würde. Niemals«, sagte er. Er betrachtete das Wasser im Glas, als sähe er es zum ersten Mal. Er nahm einen großen Schluck.

»Raymond hatte eine Freundin, jedenfalls glaubte sie, seine Freundin zu sein. Letzte Woche ist sie hier aufgetaucht. Sie erzählte mir, dass sie in Nashville auf der Straße lebte und von Raymonds Tod gelesen habe. Ich habe versucht, ihr zu helfen, meine Frau weiß nichts davon. Niemand weiß etwas davon«, sagte er.

Delia spürte den Wunsch des Mannes, mit seinem Sohn in Verbindung zu bleiben.

»Sie ist in einer Entzugsklinik außerhalb von Nashville. Ich habe mich bereit erklärt, die Kosten zu übernehmen, wenn sie dort bleibt und ich sie besuchen darf. Sobald es ihr besser geht und sie dazu in der Lage ist, kann sie mir erzählen, was aus meinem Sohn geworden ist. Wissen Sie, ob er über mich gesprochen hat? Ob er wütend auf mich war?«

»Ist sie heroinabhängig?« Delia ignorierte seine Fragen.

Er nickte.

Sie konnte den Strohhalm nicht gefährden, an den John sich klammerte. »Vielleicht würde es mir weiterhelfen, die Mutter des Mädchens zu finden, wenn ich mit ihr sprechen könnte. Vielleicht weiß sie auch nichts, aber es ist meine letzte Chance. Bitte, John.«

Delia wartete, bis er sich wieder im Griff hatte, und hoffte, dass er sich zu ihren Gunsten entscheiden würde.

»Ich könnte an der Entzugsklinik vorbeifahren, bevor ich meine Frau abhole. Sie können mir folgen. Versprechen kann ich Ihnen aber nicht, dass Courtney mit Ihnen reden wird.«

Delia atmete auf. »Danke.« Die junge Frau hatte einen Namen: Courtney.

»Sie redet manchmal wirres Zeug und wird auf schizophrene Psychose und Substanzmissbrauch im Sinne einer Doppeldiagnose hin untersucht.«

Drogenabhängigkeit und psychische Störung. Damit kannte Delia sich aus.

40. KAPITEL

Der September in Tennessee hätte sich in Portland wie Juli angefühlt. Die Luftfeuchtigkeit war ähnlich hoch. Hier in Tennessee vermischte sich die feuchte Luft mit den Quellwolken über Nashville und den Highways, die aus der Stadt führten. Das Einzige, was diese Decke aus nasskalter Luft vertreiben konnte, war ein Orkan. Und selbst dann würde die Hitze sich erneut aufstauen, und alles würde von vorne beginnen.

Es war erst vier Uhr nachmittags, aber Delias Bluse war unter den Achseln bereits verschwitzt und klebte an ihrer Haut.

Ihre Vorstellung von einer Entzugsklinik wurde etwas erschüttert, als John seinen schwarzen Jeep vor einer exklusiven Einrichtung parkte. Die Fassade des zweistöckigen Ziegelbaus war weiß gestrichen, und die Gartenanlagen ähnelten denen in Johns Nachbarschaft. Wenn er für Courtneys Therapie aufkam, musste das ein gewaltiges Loch auf seinem Bankkonto verursachen.

»Hier gibt es bald Abendessen, die Uhrzeiten werden genau eingehalten. Wir können nur kurz mit ihr reden. Ich hatte nicht mit dem starken Verkehr gerechnet.«

John ging voraus zur Entzugsklinik, die von außen wie ein gewöhnliches Haus in den Vororten Nashvilles aussah. Es hatte eine breite Eingangstür aus Metall und wirkte freundlich. Bei einem flüchtigen Rundumblick fiel ihr ein Handwerker mit einem Zimmermannsgürtel um die Taille auf, der längst nicht so abgenutzt wirkte wie der von Greg. Sie wandte sich um und sah ihm zu, wie er seinen Hammer aus einer Lederschlaufe holte. Er trug keine Arbeits-, sondern Joggingschuhe von New Balance. Er hatte seine Baseballkappe tief über die Augen gezogen. Hätte er seine Füße nicht vor Säge und Hammer schützen müssen?

Als John die Eingangstür aufzog, wandte sich der Handwerker ab, nahm eine Brechstange, schob das gebogene Ende zwischen Wand und Fensterrahmen, bis ein Stück Holz krächzte. Er blickte über die Schulter und sagte nur: »Morsches Holz, sollten wir besser entfernen.« Delia vermutete, dass er gerade den Entzug hinter sich hatte.

Als sie drin waren, drückte John auf einen Knopf an der Wand und informierte einen Aufseher. Delia sah auf, über der Tür hing eine Videokamera. Sie nahm eine Broschüre von einem Tisch. *Das Phoenix-Haus, Suchthilfeeinrichtung*.

»John, schön dich zu sehen. Wir hatten heute gar nicht mit dir gerechnet. Möchtest du Courtney besuchen?«, fragte die Frau, die aus dem Flur zu ihnen gekommen war. Sie hatte ihr blondes Haar fest zu einem

Pferdeschwanz zusammengebunden und trug eine Bluse, deren Ärmel sie bis zu den Ellenbogen hochgekrempelt hatte, einen Ehering, schwarze Hose, Schuhe mit Absatz, mit denen man aber locker drei Häuserblocks umrunden konnte, ohne Blasen zu bekommen. Diese Frau hätte die perfekte Spendensammlerin abgegeben. Gefönte Haare, schwarzes Kleidchen und Pumps für den Auftritt.

»Carolyn, darf ich vorstellen, das ist Delia. Sie kommt von außerhalb«, sagte er.

Er sagte nicht: South Portland, wo mein Sohn ermordet wurde. Und er sagte auch nicht: Wir sind gekommen, um Courtney um Hilfe zu bitten. Er sagte nicht: Courtney ist die letzte Hoffnung für diese Frau.

Carolyn reichte ihr die Hand. Delias Hände waren feucht vor Hitze. Carolyns Hand fühlte sich dank des klimatisierten Hauses kühl und trocken an.

»Ich sage ihr Bescheid, dass ihr da seid. Sie hat gerade eine Gruppentherapiesitzung hinter sich und ist immer noch ziemlich verwirrt, aber wir arbeiten daran. Nächste Woche findet die komplette klinische Prüfung statt, damit wir die schonendste Unterbringung für sie finden können.«

Delia hörte raus, dass es sich wohl um ein therapeutisches Hilfsprogramm handelte. Die Suchthilfe hatte offenbar große Schwierigkeiten mit Courtney. Man wollte sie aus irgendwelchen Gründen verlegen. Sie fragte sich, ob John Medizinerjargon verstand.

Sie sah, dass sein Kiefer sich anspannte. Er hatte also verstanden.

»Bitte wartet im Aufenthaltsraum auf sie«, sagte Carolyn und machte die Tür auf, die in den Hauptteil des Hauses führte.

»Dürfte ich kurz die Toilette benutzen?«, fragte Delia. Sie war, seit sie Pats Büro verlassen hatte, nicht mehr auf der Toilette gewesen.

Carolyn wies ihr die Richtung. Die Toilette spiegelte den Stil des Hauses wider. Schwarzweiße Bodenfliesen, ein altes Sockelwaschbecken und eine Familiendusche, in dem jetzt Kunststoffregale mit Putzutensilien standen. Sie brauchte einen Augenblick für sich, bevor sie auf das Mädchen traf, das ihre letzte Hoffnung war.

* * *

Als Delia wieder zurück in den Aufenthaltsraum kam, saß die einundzwanzig Jahre alte Courtney auf der Lehne eines schweren Ohrensessels. Sofa und Stühle waren mit robusten braunen Leinenüberwürfen bedeckt, demselben Material, mit dem man Segel aufzog, um den Wind einzufangen. Die Möbel hatten Rollen und konnten in null Komma nichts umgestellt werden, wenn es sein musste. Courtney trug eine Jeans, unter der sich ihre Hüftknochen abzeichneten, ihr Bauchnabel lag provokant frei. Sie wirkte zerbrechlich, hatte ein Bein unter sich gezogen und das andere auf die Sitzfläche des Sessels gestellt.

John, der jetzt Courtneys Vertrauensperson war oder es sein wollte, klammerte sich an diese kindlich wirkende Frau, die ihm nach dem Tod seines Sohnes geblieben war. Raymonds Freundin, wie er sagte. Er rollte seinen Stuhl näher zu Courtney heran.

»Wer ist die?«, fragte Courtney und wies mit dem Kopf in Delias Richtung.

Interessant. Wie würde John sie vorstellen?

»Sie kommt aus Maine und versucht, einem Kind zu helfen, das man bei Raymond gefunden hat.«

Etwas in Courtneys braunen Augen flackerte kurz auf. Heroinentzug war das eine, doch da war noch etwas anderes, das von ihrem Blick und ihrer Haut Besitz ergriffen hatte. Buprenorphin? Wenn Delia sich ihr nähern könnte, würde ihre empfindliche Nase vielleicht das Medikament, das durch Courtneys jungen Körper pumpte, riechen können.

»Ich würde dich gerne um einen Gefallen bitten. Dürfte sie dir ein paar Fragen stellen?«, fragte er.

»Hast du mir was zu essen mitgebracht? Hast du vergessen, was ich brauche?«, sagte sie und wandte sich mit ihrem ganzen Körper zu John.

»Oh, das habe ich vergessen, ich meine, eigentlich hatte ich gar nicht vor, heute vorbeizukommen, sonst hätte ich es besorgt.«

»Ohne kann ich nicht mit ihr reden.«

Was war so wichtig für Courtney? Delia wusste, dass John alles tun würde, um seine Verbindung zu Raymond aufrechtzuerhalten.

Er zwang sich zu einem Lächeln. »Courtney liebt gewisse Donuts …«

»Keksdonuts mit Schokoladenguss«, sagte Courtney, kuschelte sich in eine Ecke des Sessels und sah zufrieden aus, weil sie wusste, dass John ihren Wunsch erfüllen würde.

»Ich könnte schnell welche holen« sagte er. Und zu Delia gewandt fügte er hinzu: »Nicht weit von hier gibt es solche Donuts, aber Courtney muss die nächsten zwei Wochen noch im Haus bleiben.« Er klapperte mit den Autoschlüsseln in seiner Tasche und ging.

Delia war erleichtert, dass John sie alleine ließ; ohne ihn und seine erdrückende Trauer würde es leichter gehen.

»Ich suche jemanden und hoffe, dass du mir dabei helfen kannst.«

Courtney winkelte ihren Kopf merkwürdig an, wie ein Vogel. »Jeder sucht irgendwen.«

Wie lange würde John brauchen, um die Donuts zu holen?

»Du kanntest Raymond, zumindest hat John mir das erzählt. Kanntest du auch Emma Gilbert?« Worauf sollte Delia sich konzentrieren? Sie hätte viele Fragen stellen können, doch alles, was sie wirklich erfahren wollte, war, wo sich Hayleys Mutter aufhielt. Oder ihren Namen.

»Glaubst du etwa, ich bin wie Emma Gilbert? Nein, Irrtum. Emma wäre nicht einmal Teil dieser Geschichte geworden, wenn sie mit ihren unschuldigen Fragen nicht ihre Nase in meine Angelegenheiten gesteckt hätte: ›Ich mache mir solche Sorgen um dich. Warum bist du immer so müde? Ich habe nur eine Schwester, das bist du, Courtney.‹«

Im Polizeibericht stand nichts davon, dass Emma Gilbert eine Schwester hatte. Man hatte mit ihrer Familie in Florida gesprochen. »Sie war deine Schwester?«

»Das war so ein Mentoring-Programm, sie wurde mir schon auf der Highschool zugewiesen«, sagte Courtney. Sie hielt ihren Körper geduckt, irgendwie in einer unberechenbaren Haltung, und wiegte ihren Oberkörper hin und her.

Drückte Courtney sich absichtlich so unklar aus?

»Hast du Emma in deiner Kindheit kennengelernt? Hat sie dich im Rahmen des Programms besucht?« Courtney war so jung, dass ihre Kindheit noch nicht lange her war.

Die junge Frau sah zur Tür. Sie nickte Delia zu. »Emma war nicht wie wir.«

»Du meinst, so wie du und Raymond?«

Sie wandte ihren Kopf Delia zu. »Hast du ein Handy?«

Selbst jemand mit ihrer Erfahrung hatte Mühe, Courtneys Gedankensprüngen zu folgen. Sie stand vom Sessel auf und setzte sich im Schneidersitz neben Delia auf das Sofa. »Was hast du für Musik?«

Delia folgte ihrem Instinkt und reichte Courtney ihr Handy, die darauf herumtippte, bis eine Schnulze von Adele erklang. Courtney verdrehte enttäuscht die Augen. Sie lehnte das Handy an einen Stapel Zeitschriften und ließ das Lied weiterlaufen.

»Hör mal«, zischte sie und schien zu prüfen, ob man ihre Stimme über die Musik hörte. »Ich war Hayleys

Kindermädchen.« Courtney wollte nicht, dass irgendwer mithörte.

Delia beugte sich näher, ihr Herz pochte wie wild. »Und weiter?«

»Verstehst du? Hayley war ein Druckmittel. Denk doch mal nach: Druckmittel wofür? Du weißt, dass ihre Mutter an dem hässlichen Ort festgehalten wird? Raymond liebte den Begriff ›hässlicher Ort‹. Aber was ist mit dem Vater? Warum sollte er erpresst werden? Komm schon, ich habe keine Zeit, dir alles zu erklären.«

Delia ging das Risiko ein und formulierte das Offensichtliche um. »Du weißt, dass Raymond tot ist, dass Emma tot ist und dass noch ein Mann gestorben ist?«

Ein Zucken überkam Courtney, es begann im Gesicht und lief ihren Nacken hinunter. »Ich weiß nur von Emma und Raymond. Da war kein anderer Kerl. Das ist alles so durcheinander.« Sie zupfte an ihren Händen, vom Handgelenk bis zu den Fingerspitzen. »Jemand oder mehrere Leute suchen das Mädchen. Und ich sag dir, warum, vielleicht hilft dir das ein wenig, wenn du schlau bist. Bist du schlau?«

»Ich versuche es, Courtney. Ich möchte Hayleys Mutter finden, sonst müssen wir sie Pflegeeltern anvertrauen, und das möchte ich nicht. Ich mache mir außerdem große Sorgen um Hayleys Mutter.«

Das Mädchen machte große Augen und wirkte verzweifelt. »Die Polizei sucht nach den Heroinkurieren. Vielleicht fassen sie ein paar, vielleicht verlangsamen sie die Suche am Dienstag, um sie am Donnerstag wieder hochzufahren. Mal ehrlich, wenn das Heroin erst einmal die Kücheninseln des weißen Amerika erreicht hat, hätte die Polizei zugeben müssen, dass sie den Kampf verloren hat.«

Courtney klang völlig klar. Warum hatte sie sich vorher so verwirrt gegeben?

»Ray hat übrigens alles bekommen, was er wollte. Aber er war hinter irgendeiner finanziellen Supermacht her und hatte einen Weg entdeckt, der zu schön schien, um wahr zu sein. Er hat mir Oxycodon gegeben, bis ich in Rekordzeit auf Heroin umgestiegen bin. Und ich bin das Kindermädchen von Hayley. Ich will nicht davon reden, dass ich glaubte, dass Ray mich liebte, denn inzwischen weiß ich es besser.«

Courtney hämmerte mit ihren Fäusten auf ihre dünnen Oberschenkel und wippte vor und zurück. »Gutes Mädchen, Hayley. Gutes Mädchen. Ich habe mich gut um sie gekümmert. Ich kümmere mich gut um dich. Hab keine Angst.«

Courtney tat nicht nur so. Der psychische Schmerz griff immer wieder zu, sie tauchte ein und wieder auf, wie ein Schwimmer, der zum Luftschnappen hochkommt und von einer Welle wieder hinabgedrückt wird.

»Bist du nicht froh, dass du das alles in deine kleine Akte aufnehmen kannst? Du willst nur wissen, wo Hayleys Mutter ist, und glaubst, dass dann alles in Ordnung ist?«

»Du hast recht, das ist mir wirklich wichtig. Ich bin nicht von der Polizei, und ich bin nicht deine Beraterin. Bitte, Courtney. Wo ist ihre Mutter? Wie heißt sie?«

»Und der Vater ist uns egal? Sieh dir Rays Vater an. Er ist …« Courtney schluckte schwer. »Er ist traurig. Die ganze Zeit. Nicht wie Ray.«

»Ja, in Ordnung, der Vater, die Mutter, der Name. Ich weiß, dass John traurig ist, aber er bemüht sich so sehr, dir zu helfen. Bitte, Courtney! John ist gleich wieder zurück, und ich glaube, dass du in seiner Gegenwart nichts dazu sagen möchtest.«

»Ich war das Kindermädchen«, sagte Courtney und sah erneut zur Tür. »Mal sehen, der Vater könnte ein Apotheker sein. Nashville ist die Abladestelle für die Verbindung aus Mexiko. Was könnte der Vater tun, dass es nötig wird, sein Kind und seine Frau zu entführen? Was passiert, wenn man sich ein wenig dilettantisch mit Dingen wie Opioiden beschäftigt, sagen wir mal, wenn man ein paar Freunden ein Oxycodon-Rezept verschafft, weil die von ihren Ärzten keine mehr verschrieben bekommen? Die Freunde sollten es zwar besser wissen, aber sie können sich nicht vorstellen, dass man von etwas abhängig werden kann, was einem Honig ins Gehirn pumpt. Bleib mal an dem Gedanken dran. Ich habe nicht gesagt, dass es leicht wird.«

»Ich kann dir folgen«, sagte Delia.

»Wie kam es, dass Emma ausgerechnet in dem Moment auftauchte, als wir gerade Hayley und ihre Mutter entführten, exakt in dem Moment? So war Emma, immer wachsam und in der Hoffnung, dass sie etwas gutmachen könnte. ›Wer zum Teufel ist das?‹, fragte Raymond. Und ich habe gesagt: ›Das war mal meine Mentorin in diesem Programm.‹ Doch Raymond sagte: ›Wir können sie nicht laufen lassen, sonst erzählt sie es jemandem.‹ Und auch wenn ich mir zu der Zeit bereits fünfmal am Tag Heroin spritzte, machte ich mir Sorgen, dass Raymond ihr tatsächlich etwas antun würde. ›Nimm sie mit‹, sagte ich zu ihm. ›Sie könnte uns helfen.‹«

»Raymond hat dich benutzt, um deine Arbeitgeberin und ihre Tochter zu entführen? Und Emma hat den Plan durchkreuzt, weil sie auftauchte und nachsehen wollte, wie es dir ging.« Eines der ersten Dinge, die Delia an der Hochschule gelernte hatte, war, das umzuformulieren, was Klienten sagten, um einerseits zu bestätigen, dass sie zugehört hatte, und andererseits sicherzugehen, dass sie alles richtig verstanden hatte.

»Ja, so ungefähr war es. Du kannst dir nicht vorstellen, wie sehr ich mich am Abend vorher zugedröhnt hatte. Deshalb hat Ray dafür gesorgt, dass ich kein weiteres Herointütchen bekam, bis Claire und Hayley im Lieferwagen wären. Und ausgerechnet da tauchte Emma auf und sagte: ›Hey, ich bin so stolz auf dich, ich kam gerade vorbei, um Freunde vom College zu besuchen, und dachte, schau mal vorbei …‹ Verstehst du, ich war seit der Highschool mit ihr in Kontakt.«

O mein Gott, Hayleys Mutter hatte einen Namen! Delia versuchte, normal weiterzusprechen. »Ihre Mutter heißt Claire.«

»Emma hat mir etwas zugeflüstert, als wir mit Hayley und ihrer Mutter hinten auf der Ladefläche losfuhren: ›Bist du wahnsinnig?‹ Sie hat mich gesehen, als ich mir gerade einen Schuss gesetzt hatte, also erzählte ich ihr von dem Oxycodon und dem Heroin. Da fing sie zu weinen an, und ich habe gesagt: ›Warum weinst du?‹, weil das zu dem Zeitpunkt alles nicht so schlimm aussah, denn Heroin war für mich so lebenswichtig geworden, als wäre es Teil meines Blutes. Und das ist es immer noch. Wir sind den ganzen Tag gefahren, und Emma schwieg nur. In der Nacht hat sie zu mir gesagt: ›Du musst dir sofort Hilfe holen. Du bist zu weit gegangen, und vielleicht gibt es kein Zurück mehr. Ich sage dir jetzt, was du tun wirst.‹«

John würde jeden Moment zurückkommen.

»Was hast du gemacht?«

»Wir haben ein paar Stunden auf einem Parkplatz vor einem Krankenhaus verbracht, damit Ray sich ausruhen konnte. Auf manchen Krankenhausparkplätzen darf man stehen bleiben, ohne dass man drangsaliert wird, jedenfalls hatte Ray das gesagt. Wir verriegelten alle Türen, und Hayley schlief. Ray hatte Claire verboten zu sprechen. Ich habe getan, was Emma mir gesagt hatte. Ich fand ein weiteres Tütchen Heroin, als Ray schlief, und setzte mir einen so hohen Schuss wie nie zuvor. Emma hatte mir gesagt, dass man im Krankenhaus Naloxon habe, das benutzt man jetzt überall, und dass ich nicht sterben würde, weil Naloxon die Wirkung umkehre. Sie sagte, dass ich anschließend zur Polizei gehen müsse und die Sache mit Raymond und Hayley und allen erzählen solle.«

»Emma hat dir gesagt, dass du dir eine Überdosis spritzen sollst?« Sollte Delia ihr das wirklich glauben?

»Sie sagte, Ray würde mich im Krankenhaus abliefern, dafür würde sie sorgen. Ich weiß nicht mehr, was passiert ist, jedenfalls bin ich im Krankenhaus aufgewacht. Nach der Gabe von Naloxon hat man mich wieder entlassen. Es war irgendein Krankenhaus in Philadelphia. Ich brauchte einen weiteren Schuss. Jemand wie du kann sich nicht vorstellen, wie sehr das Gehirn nach Heroin schreit, es ist lauter und heftiger als jede andere Stimme. So viel lauter. Ich höre sie gerade in diesem Moment.« Sie tippte mit dem Zeigefinger seitlich an den Kopf.

»Hast du nie die Polizei angerufen?«

Courtney wippte vor und zurück und summte eine monotone und beunruhigend traurige Melodie.

Delia wertete das als ein Nein. »Und du hast weiter Heroin gespritzt. Wie lange ist das alles her? Wann hast du mit Ray zusammen Claire und Hayley entführt?« Delia stellte sich Courtney auf den Straßen von Philadelphia vor, wie sie alles tat, um an ein Tütchen Heroin zu kommen, und danach den Rückweg nach Nashville antrat.

Beim Klang der Namen zuckte Courtney zusammen.

»Es war kalt in Philadelphia. Die Notunterkünfte nahmen mich in der Nacht auf, aber am Tag musste ich mir etwas suchen, wo ich bleiben konnte. Vielleicht März. Ja, ich denke, im März.«

Eine Tür knallte, und beide Frauen zuckten erschrocken zusammen. »Wo hat er Claire entführt? Und wie heißt sie mit Nachnamen? Beeil dich, Courtney!«

»Die Bacca-Scheune, das sagte ich dir schon, der hässliche Ort. Mehr weiß ich nicht. Er hatte gesagt, er habe Grundbesitz gekauft, der perfekt sei. Er hat mich nie geliebt. Er hat mich wie Müll abgeladen, das haben sie mir im Krankenhaus gesagt, und noch nicht einmal vor der Notaufnahme. Er hat mich einfach auf dem Parkplatz unter einem Laternenmast liegen lassen.« Tränen stiegen ihr in die Augen, und ihre Nase fing zu triefen an.

»Wo ist die Bacca-Scheune? In Tennessee?«

Die Eingangstür ging auf. Courtney flüsterte: »Hinter New York, hat er gesagt. Es sei der perfekte Ort.« Sie rollte sich wieder in ihrer Sofaecke zusammen und fing wie ein Welpe zu wimmern an.

Schritte. »Was ist hier los?«, fragte John. Er sah Delia an. »Was haben Sie gemacht? Sie ist krank. Das hier ist eine Entzugsklinik und kein Verhörraum.«

»Es tut mir leid, ich wollte sie nicht verunsichern«, sagte Delia. Sie schaltete Adele und das Handy ab und erhob sich.

»Ich denke, Sie gehen jetzt besser«, sagte er. Er setzte sich auf das Sofa neben Courtney. »Komm, ich habe dir deine Lieblingsdonuts gekauft.« Er griff nach einer Taschentuchbox, die auf dem Couchtisch stand, zog ein paar heraus und reichte sie ihr.

»Danke, Courtney«, sagte Delia. Doch Courtney lag bereits in den Armen ihres Wohltäters. Delia nahm ihre Tasche und verließ das Zimmer. Im Eingangsbereich hatte der Handwerker einen Lichtschalter abgeschraubt, Kabel schauten heraus. Wie lange war er schon dort gewesen? Hatte er die Unterhaltung mitgehört oder nur seine Musik über die Kopfhörer?

»Diese alten Gebäude brauchen viel Wartung«, sagte er, hielt den Kopf gesenkt und drückte einen Schalter in die Dose. Seine Hände sahen gepflegt aus, und er roch nach Aftershave oder Eau de Toilette.

Delia verließ das Phoenix-Haus, flüchtete sich in den sicheren Schutz ihres roten Mietwagens und ließ sich von der drückenden Luft einhüllen. Sie hatte einen Namen! Hayleys Mutter hatte einen Namen, das klang wie Musik in ihren Ohren. Doch nun musste Delia John verraten und die schwache Verbindung zu seinem Sohn kappen. Courtney hatte an einem Verbrechen mitgewirkt und bei der Entführung von Claire und Hayley geholfen. Sie musste es Mike erzählen, und der würde nach und nach die Dominosteine für Courtney zum Einsturz bringen.

Sie stellte sich vor, wie die Polizei das Phoenix-Haus betrat und das verschreckte zierliche Mädchen abführte. Ein Anruf, und alles käme ins Rollen. Sie zog ihr Handy aus der Tasche und fuhr mit dem Finger an der Hülle entlang. John würde länger bei Courtney bleiben, dessen war sie sich sicher. Nachdem er gesehen hatte, wie aufgewühlt sie war, würde er noch einmal seine Frau anrufen, sich aufgrund des Verkehrs und der Verspätung mehr Zeit erbitten und tröstend seinen Arm um Courtney legen. Delia würde ihnen noch ein paar Stunden gewähren. Sie legte das Handy auf den Beifahrersitz.

Das ganze Gerede von Donuts ließ nun ihren Magen knurren. Sie hatte seit dem Morgen nichts mehr gegessen, und jetzt glitten die letzten Sonnenstrahlen am Haus entlang. Sie musste auf dem Weg zu ihrem Motel etwas essen. Die Adresse hatte sie bereits auf ihrem Handy in das GPS eingegeben. Sie würde unterwegs Mike anrufen.

41. KAPITEL

Juniper

Juniper sah Ben nach, als er losfuhr, und das Herz wurde ihr schwer. Hätte Delia und nicht Baxter neben ihr gesessen, sie hätte wie schon so oft in der Vergangenheit das ganze Problem auf sie abgewälzt. Als sie noch ein Teenager war, hatten sich die sechs Jahre Altersunterschied zwischen ihnen wie eine ganze Generation angefühlt. Aber war sie nun nicht endlich einmal in der Lage, ein Problem zu lösen, wenn Delia nicht in der Nähe war? Und sie machte sich ernsthaft Sorgen um ihre Schwester.

Wie war Ben in die Medikamentenabhängigkeit gerutscht? Herrgott noch mal, Oxycodon von der Straße! Es war ja nicht so, dass Juniper nie mit Drogen in Berührung gekommen wäre. Sie kannte mehrere Restaurantbesitzer, deren erfolgreiche Betriebe eingingen, während sie kopfüber im Kokain steckten. Doch wenn man ein Elternteil hatte, das an Schizophrenie litt, konnte man es sich nicht leisten herumzuexperimentieren. Jedenfalls hatte Delia ihr das immer wieder eingebläut. »Vielleicht hat eine einzige Straßendroge Dads Verstand entgleisen lassen. J Bird, lass dich niemals darauf ein!« Und so probierte Juniper es nur in einer kurzen Phase.

Ben, der beste Freund ihres Vaters, war stets der Fels in der Brandung gewesen, einer, an den man sich wenden konnte. Er kam zu allen Abschlussfeiern und sagte immer: »Ich bin so stolz auf euch!«

War sie zu hart mit ihm ins Gericht gegangen? Sie kannte sich mit Drogen ein wenig aus und wusste, dass bei Suchtverhalten der Abhängige die Zügel in die Hand nehmen musste. Sie konnte Ben zu nichts zwingen. Aber sie würde nicht tatenlos zuschauen, wie er alles verlor. Sie konnte Delia einfach eine Nachricht schreiben. Aber was sollte sie schreiben? »Unser Ersatzdaddy ist von Oxycodon abhängig und kauft auf der Straße vor dem J Bird Café Drogen. Ich habe solche Angst, dass ich nicht zu zittern aufhören kann. Lieben Gruß, J Bird«.

Nein. Delia hatte schon genug um die Ohren und würde sowieso bald wieder zurück sein. Wenn Delia nicht verfügbar war, hatte sie sich immer an Ben gewandt. Und jetzt? Sie musste ihm ein wenig Zeit gewähren, die Sache selbst in den Griff zu bekommen. Sie hatte ihm ein Ultimatum gesetzt, und darauf würde sie ihn festnageln.

Juniper hatte an diesem Tag keine Schicht in der Bayside Bakery. Es war Montag, ihr freier Tag, ein umsatzschwacher Tag für Restaurants und Bäckereien, falls sie überhaupt geöffnet hatten.

Sie war unruhig. Baxter saß auf dem Beifahrersitz, sah sie mitleidig an und legte den Kopf schief.

»Deine Lösung für alle Probleme ist wohl ein Spaziergang am Strand«, sagte sie.

Der Golden Retriever hörte Strand und Spaziergang, Wörter, die Teil seines Grundwissens waren, und sogleich stand er auf und wedelte mit dem Schwanz.

Sie fuhr vom Parkplatz zum Strand von South Portland. Willard Beach war zu beiden Seiten von Leuchttürmen eingegrenzt, die auf felsigen Landzungen standen. Juniper kannte den Strand in- und auswendig, kannte die Rhythmen von Ebbe und Flut, doch heute achtete sie auf nichts. Sie warf Stöckchen für Baxter, während ihre Gedanken unaufhörlich um den kranken Ben kreisten, der kämpfte und diesen Kampf zu verlieren drohte. Sie wollte nicht noch jemanden verlieren.

Das J Bird Café lag nur drei Häuserblocks von Willard Beach entfernt. Sie pfiff Baxter zurück, der ihr nur widerwillig aus seinem persönlichen Paradies folgte, rieb ihn trocken und fuhr zum Café. Ein paar Malerarbeiten mussten noch erledigt werden, sie konnte einen ganzen Tag Arbeit investieren. Das Streichen half ihr beim Nachdenken. Vor Mittag würde Greg nicht kommen, sie hatte also ein paar Stunden für sich.

Sie fing bei der letzten unbehandelten Wand auf der Straßenseite an. Alles wurde mit glänzender, wasserresistenter Farbe gestrichen. »Das kann man besser abwaschen«, hatte sie zu Delia gesagt. Und darum fühlte es sich auch so gut an, hier zu sein. Das war Junipers

Welt. Das war der Ort, an dem sie mehr als nur die kleine Schwester war, mehr als diejenige, die man behüten musste.

Seit ihrem ersten Jahr am College arbeitete Juniper schon in Cafés. Sie kannte sich gut aus. Sie wusste, dass die glänzend gestrichenen Wände dem Ansturm in einem Café und der ständigen Feuchtigkeit beim Backen standhalten würden.

Sie begann zu streichen und entspannte sich dabei. Sie hatte sich ihr blaues Lieblingstuch um die Haare gebunden, die in einer wilden Mähne auf ihrem Kopf thronten. Hier fühlte sie sich sicher, beim Streichen, zwischen den Öfen, den neuen Cafétischen und -stühlen und dem feuchten Hund, der an der Tür lag. Sie öffnete die Eingangstür, um ein bisschen zu lüften. Am Fenster nach vorne zur Bucht klebte noch immer braunes Papier, auf dem in großen roten Lettern das Datum der Eröffnung stand.

Ein Wagen fuhr so langsam vorbei, dass sie zuerst dachte, der Fahrer habe sich verfahren, das kam in South Portland nicht selten vor. Es war ein schwarzer Wagen, der vor dem Café hielt. Noch bevor der Mann einen Fuß auf den Gehweg gesetzt hatte, stand Baxter schon neben ihr, und als der Mann sich näherte, stellte der Hund sich vor sie. Der Mann blieb stehen, lächelte und sah den Hund an.

»Das muss Baxter sein«, sagte er. »Delia hat mir von ihm erzählt. Ich bin Mike. Und Sie sind vermutlich Juniper.«

Baxter trotte auf ihn zu und beschnüffelte die Handfläche des Mannes, die der ihm entgegenstreckte. Mike kannte sich ganz offensichtlich mit Hunden aus und wusste, dass er nur nach einer offiziellen Begrüßung ins Rudel aufgenommen würde. Baxter entspannte sich so schlagartig, dass er einen ausrangierten Tennisball in der Nähe des Gehwegs aufgabelte und ihn in Mikes Hände legte. Der warf ihn in den Garten, Baxter rannte los und brachte ihn schon wieder zurück, noch bevor Mike seine klebrigen Finger im Gras abwischen konnte. »Tut mir leid, Kumpel. Ich bin im Dienst. Ich komme nur kurz vorbei, um zu sehen, ob Delia da ist. Wir arbeiten gemeinsam an einem Fall mit einem Kind.« Er ging ein paar Schritte auf Juniper zu und reichte ihr seine Hand.

Das war also der Detective? Delia hatte gar nicht erwähnt, wie hübsch es aussah, wenn eine Brise seine dunkelbraunen Haarsträhnen bewegte, dass Hunde ihn mochten und seine Augen aufleuchteten, wenn er Delias Namen sagte. Na klar, weil ihrer Schwester so etwas niemals aufgefallen wäre. J Bird kannte sich mit Männern aus, sie spürte seine warme Handfläche, die ihre Hand fast verschluckte, sie bemerkte die Haare an seinem Arm, die unter dem Hemd hervorlugten, das er hochgekrempelt hatte, seine breiten Schultern.

»Sie arbeitet heute, eine Geschäftsreise, sie hat irgendwas davon erzählt, dass sie ein Kind von Denver zurückbringen muss, sie ist morgen wieder da«, sagte sie.

Mike hielt inne und runzelte die Stirn. »O ... und ich dachte, sie sei ... Egal. Schön, Sie kennengelernt zu haben. Grüßen Sie Greg von mir. Bei ihm sind Sie in guten Händen.« Er wandte sich ab und ging.

Sie verstand was von Zutaten und wie man sie perfekt vermengte, wie man Butter für die meisten Gebäcksorten auf Zimmertemperatur hielt, sie aber für Pastetenteig eiskalt stellte, sie wusste, dass man ein paar Flocken Maldon-Meersalz Schokolade hinzufügen musste, damit sie das Geschmackserlebnis verstärkten, und sie kannte sich mit Crème brûlée aus. Wenn sie Zutaten kaufen müsste, um ihre Schwester zu verfeinern, hätte sie einen fünfundzwanzig Kilo schweren Sack voller Mike gekauft.

Baxter saß auf der Eingangsstufe, hielt den Tennisball im Maul und sah Mike nach. Er seufzte enttäuscht und ließ den Ball fallen.

»Mike, warten Sie! Schön, dass auch ich Sie kennengelernt habe. Sagen Sie ruhig J Bird zu mir«, rief sie. Den Namen behielt sie der Familie, ihren Lebensgefährten und Freunden vor. Den Menschen, die sie um sich haben wollte. Das wusste er natürlich nicht. Eines musste sie über Mike noch erfahren. »Ich habe vergessen, etwas Wichtiges zu fragen. Was isst du am liebsten?«

Mike sah sie über das Dach seines Autos an. »Tut mir leid, dass ich dir das sagen muss, J Bird, aber ich bin ein Pasta-Mensch. Brot und Pasta.«

Wusste sie es doch. »Wir brauchen einen Verkoster, wenn wir eröffnen. Delia perfektioniert gerade ihre Zitronenpasta. Sie hat es in Italien gelernt.« J Bird fühlte sich schrecklich, wie eine Kupplerin, die die

Vorzüge einer jungen Frau anpries. Aber sie kannte sich mit Männern aus. Mike würde dieses Detail über Delia im Gedächtnis behalten.

»Du meinst, sie macht die Pasta selbst? Sie kommt nicht aus der Schachtel?« Er lächelte und legte seine Hand auf die Brust. »Schweig still, mein Herz.«

J Bird stemmte ihre Hände in die Hüften. Er war groß, und über das Auto hinweg konnte sie seine kräftigen Schultern sehen. »Genau. Du wärst überrascht, was sie alles kochen kann.« Sie wusste genau, wann sie aufhören musste, wann eine homöopathische Dosis Romantik genug war.

»Ich lerne gerade, dass mich bei Delia nichts überraschen sollte«, sagte er. Und da war er, der winzige Hinweis auf Verlangen und Vertrautheit. »Setz meinen Namen ruhig auf die Liste der Verkoster«, sagte er und winkte ihr zum Abschied. Dann stieg er ins Auto.

J Bird drehte sich um und ging zurück, da hörte sie das Surren seines Autofensters. »J Bird? Setz mich ganz oben auf die Liste!« Für eine Frau, die man zum Online-Dating drängen musste, zog Delia ziemlich viel Aufmerksamkeit auf sich.

Das Treffen mit Delias Verehrer hob ihre Laune. Es würde Spaß machen, Mike und ihrer Schwester dabei zuzusehen, wie sie einander kennenlernten.

Sie strich eine weitere Stunde die Wand, erledigte die letzten Handgriffe an der Tür, studierte die Einzelheiten zur Eröffnung des Cafés und dachte über Ben nach. Kannte sie jemanden, der ihm helfen konnte?

Mitten in ihren Gedanken hielt sie inne. Tyler! Sein Verhalten als Exfreund war zwar ein wenig fragwürdig, aber er war Notfallmediziner. Er hatte jeden Tag mit Suchtkranken zu tun.

Juniper wickelte den Pinsel in eine Plastiktüte und wusch das neue Spülbecken aus Edelstahl aus. Dann googelte sie Tyler Greene auf ihrem Handy. Sie sah das Foto eines jungen Arztes bei einer Spendensammlung für ein Obdachlosenheim in San José. Keine negativen Berichte. Sie musste ihm komplett vertrauen können, wenn sie ihn in die Sache mit Ben einweihte. Er passte nicht mehr zu Delia, aber sie musste wissen, ob sie sich dennoch auf ihn verlassen konnte.

Sie rief auf seinem Handy an. »Tyler. Können wir uns heute treffen? Ja, ich bin's, J Bird. Ich brauche in einer wichtigen Sache deinen Rat als Arzt. Lässt sich das irgendwie arrangieren? Toll. Wir treffen uns gegen Mittag vor der Bayside Bakery in Portland.«

Greg würde noch hereinschauen und die letzten Handgriffe erledigen.

* * *

Ein Auto mit einem kalifornischen Nummernschild fuhr auf den kleinen Parkplatz der Bayside Bakery in Portland. Es war Tyler. Delia hatte ihn vorher noch nie in blauem OP-Kittel gesehen. Er hatte dunkle Ringe unter den Augen. Sein Gesicht wirkte erschöpft und angespannt. Doch abgesehen davon, stand Blau ihm gut.

Sie setzte sich auf eine Parkbank am Rande des Parkplatzes. Vögel hüpften erwartungsvoll zu ihren Füßen, sie waren es gewöhnt, ein paar Krumen von Baguettes oder Croissants abzubekommen. J Bird hatte Baxter mitgebracht. Pflichtbewusst stand er auf und beschnüffelte Tylers Hand zur Begrüßung, dann setzte er sich zwischen sie.

»Was gibt's? Stimmt etwas mit dir oder Delia nicht? Ich habe sie auf dem Handy angerufen, aber sie geht nicht ran. Ich konnte letzte Nacht nicht schlafen, und heute habe ich doppelte Schicht. Meistens haben wir nicht einmal Zeit für eine Mittagspause, ich habe jemanden gebeten, für mich einzuspringen.«

»Sie begleitet gerade ein Kind von Denver zurück. Ich denke mal, Ira hat ihr das aufgetragen, weil alle anderen ohnehin schon überlastet sind und nichts mehr übernehmen können. Sie musste das vorher noch nie machen. Mehr weiß ich nicht. Delia gibt nie etwas von ihren Fällen preis, und ich habe gelernt, sie nicht zu drängen, wenn es um ihren Job geht.«

Tyler ließ die Schultern hängen. War das derselbe hübsche junge Mann, in den Juniper sich als Teenager heimlich verliebt hatte? Der Kerl, mit dem ihre Schwester ausging, bevor ihre Welt in Asche aufging? Oder hatte er sich verändert, versuchte er zu sehr, Delia zu gefallen? Doch der Mann, der gerade neben ihr saß, wirkte nur ausgebrannt und erschöpft.

Er presste die Hände zusammen. Sie waren sauber, die Fingernägel gekürzt und perfekt gefeilt. Er legte sie vor sein Gesicht, fuhr mit den Fingern durch sein Haar.

»Danke, J Bird. Heute geht es mir nicht so gut. Ich habe einen großen Fehler gemacht und weiß nicht, was ich tun soll. Ich weiß, dass du gerne einen medizinischen Rat von mir hättest, aber ich habe es mit Delia vermasselt, stimmt's?«

Das war wohl der Tag für Männerberatung. Baxter drückte seinen feuchten Körper an sie.

»Als ich Delia zum ersten Mal im Daily Grind wiedersah, konnte ich es kaum fassen. Ich wusste, dass ich ihr irgendwann begegnen würde, aber nicht, dass es wie ein Frontalzusammenstoß mit der Vergangenheit sein und ich mich wieder wie ein Jugendlicher fühlen würde. So ein Gefühl habe ich nicht mehr erlebt, seit …« Er zögerte. »Vor dem Brand.«

»Ich war noch ein Kind. Aber ihr beiden habt so verliebt gewirkt. Ich habe mich immer gefragt, was passiert ist. Deine Familie zog weit weg, aber das hätte ja nicht das Ende der Beziehung bedeuten müssen.«

»Nein, aber es war die perfekte Ausrede. Ich konnte nicht mit dem leben, was ich getan hatte. Ich konnte Delia nicht in die Augen sehen.«

Ihr lief es kalt über den Rücken. »Wieso? Hast du Delia betrogen?«

Tyler stützte seine Ellenbogen auf die Schenkel und vergrub das Gesicht in den Händen. »Nein, ich hätte sie niemals betrügen können. Keine war wie sie.« Er hob den Kopf und wirkte erstaunt. »Hat sie es dir nie erzählt?«

Wovon zum Teufel sprachen sie da? »Was erzählt?«

»Von dem Feuer. Dass ich versucht habe, zu deinem

Dad vorzudringen, und ich deine Mom gehört habe. Delia lag am Boden. Eine Feuerwand hatte sich zwischen dem Wohnzimmer und dem Büro deines Dads aufgebaut. Ich musste mich entscheiden …«

Tyler kniff die Augen zusammen und presste die Lippen aufeinander. Als er die Augen wieder öffnete, sah sie rote Äderchen, die sich wie ein Mandala um seine Iris gebildet hatten. »Danach habe ich den Kopf eingezogen, das College beendet und versucht, zu vergessen, dass ich jemals hier gelebt habe. Ich habe versucht, Delia zu vergessen. Die medizinische Fakultät und die Fachausbildung hinterher haben mich abgelenkt. Aber als ich das Stellenangebot für Notfallmedizin in Portland sah, habe ich beschlossen zurückzukommen. Ich wollte die Vergangenheit umschreiben«, sagte er. Tyler stand auf und rieb sich den Nacken. »Ich habe Delia gesehen. Dann dich. Und irgendwie hatte ich die Vorstellung, dass ich alles wiedergutmachen könnte.«

Baxter stand auf und drückte seinen Körper an ihren Oberschenkel. Was konnte sie Tyler sagen, um seine Schuldgefühle zu lindern?

»Ich will ehrlich zu dir sein. Als Kind habe ich zu dir aufgeschaut, du warst Delias Freund. Und als du wieder hier aufgetaucht bist, war ich froh, dich zu sehen. Aber dann hast du angefangen, dich wie so ein Stalker aufzuführen, hast Delia gebeten, ein Haus mit dir zu besichtigen und Möbel auszusuchen. Und dann hast du ihr einen Tisch gezeigt, der genau wie unser Tisch zu Hause aussah, und sie damit zu Tode erschreckt. Du bist erst seit ein paar Wochen wieder hier und schon Teil unseres Lebens. Das geht zu schnell.«

Baxter zuckte mit den Ohren.

Tyler hob resigniert die Hände. »Ich weiß. Ich fühle mich wie ein Trottel. Ich wollte ihr sagen, dass wir etwas Druck herausnehmen müssen.«

»*Du* musst den Druck rausnehmen. Und ihr sagen, was mit dir los ist, ihr erklären, warum du verschwunden bist«, sagte sie. Juniper hat nicht viel Erfahrung damit, Leuten Ratschläge zu erteilen, vor allem dann nicht, wenn sie ihr früher einmal älter und weiser vorgekommen waren. Doch jetzt hatte sie Ben und sein Suchtproblem und einen verzweifelten Tyler vor sich, und dabei war es noch nicht einmal Mittag. Für sie war das Neuland.

Plötzlich empfand sie Mitleid mit diesem Mann, der eine Katastrophe überlebt hatte, die zwei Schwestern zu Waisen gemacht hatte. Auch er hatte Verletzungen davongetragen. »Sie ist morgen wieder zurück, aber wahrscheinlich erst spät«, sagte sie. »Und vermutlich ist es auch nicht meine Sache, dir zu sagen, dass die erwachsene Delia sich ziemlich sicher nicht wieder mit dir einlassen wird. Delia weiß das zwar noch nicht, aber mit so etwas kenne ich mich aus. Ich will dich vor Kummer bewahren. Du hast Delia davor gerettet, im Feuer umzukommen wie meine Eltern. Dafür bin ich dir unendlich dankbar. Hätte ich meine Schwester nicht gehabt, ich weiß nicht, ob ich selbst überlebt hätte. Du hättest meine Eltern nicht retten können, genauso wenig wie sie. Sei nicht so streng mit dir selbst.«

Sie streckte ihren Arm aus und nahm seine Hand. »Danke, dass du meine Schwester gerettet hast.«

Er wischte sich über die feuchten Augen und sah auf die Uhr. »Du bist tatsächlich erwachsen geworden, stimmt's?« Er tätschelte ihre Hand. »Aber zu Delia und mir solltest du keine Vermutungen anstellen. Ich habe jetzt alles über das Feuer ausgesprochen, es fühlt sich aber immer noch schrecklich an, andererseits können wir uns nicht für alles die Schuld geben. Oder?«

»Nein. Wenn ich irgendwas ändern könnte, dann würde ich mir meine Eltern zurückwünschen, psychische Erkrankung inklusive. Doch leider kam es anders.« Ihre Stimme zitterte. Baxter hob den Kopf und sah zu ihr auf. »Aber ich habe ein Problem, bei dem du mir wirklich helfen könntest.«

Er riss sich zusammen und richtete sich auf, sein Gesicht wirkte jetzt entspannt. Hier war er wieder, der Arzt, nicht der schuldbewusste, liebeswirre Mann von gerade eben.

»Ich habe einen Freund der Familie, er ist medikamentenabhängig. Vielleicht erinnerst du dich noch an ihn? Er heißt Ben. Er ist Tierarzt, ein wahrer Held der Tierfreunde. Er ist von Opioiden abhängig und weiß nicht, an wen er sich wenden soll. Vor sechs Monaten hatte er eine Knieoperation. Inzwischen kauft er Oxycodon auf der Straße und ist fertig mit den Nerven.«

»Schick ihn in die Notaufnahme und sag ihm, er soll nach mir fragen. Auch das behandeln wir in der Notfallmedizin. Zusätzlich zu Unfällen.«

Er stand auf. Und zum ersten Mal sah sie Tyler lächeln. »Endlich einmal etwas, was in meinen Kompetenzbereich fällt. Vielleicht kann ich dir und Delia doch mal nützlich sein. Ich muss los.«

Sie sah ihm nach, wie er durch den Park joggte, er wirkte jetzt unbeschwerter und mehr bei sich. Der Teenager Tyler hatte ihn nicht mehr so im Schwitzkasten. Aber wie würde Delia das aufnehmen? Juniper war klar, dass Tylers Interesse für ihre Schwester eher von unnötigen Schuldgefühlen getrieben war. Es bestand die Gefahr, dass Delia wieder enttäuscht würde.

42. KAPITEL

Wie hatte sie sich nur mit einem GPS verfahren können? Steckte der Himmel nicht voller Satelliten, die um die Erde kreisten und Koordinaten von Motels und Restaurants herunterfunkten? In diesem Moment lag Iras heißgeliebte Straßenkarte auf dem Küchentresen in Portland. Trotz des GPS hatte sie die Umgebung von Nashville abgefahren und vergeblich versucht, ihr Motel auf halber Strecke zwischen Dalton und der Stadt zu finden.

Neben ihr auf dem Nachtkästchen im Quality Inn stand nun eine Tüte mit Brathähnchen, Krautsalat und Pommes. Nicht das Bild, das sie als zukünftige Bäckerin im J Bird Café von sich hatte.

Es war neun Uhr. Sie musste ihre Sympathie für Courtney beiseitelassen, sie war nicht angebracht. Natürlich war das Mädchen völlig fertig. Und natürlich hatte Ray sie manipuliert und völlig um den Verstand gebracht. Und sie hatte Schuldgefühle, auch das stimmte. Trotzdem musste Delia sie verhaften lassen. Sie gab Mikes Nummer ein.

»Hallo.« Seine Stimme klang fest und sicher.

»Hier ist Delia«, sagte sie, obwohl sie wusste, dass ihr Name auf seinem Handydisplay stand. Ihr fiel es schwer, ihm zu sagen, was sie ihm sagen musste.

»Ich habe in deinem Büro angerufen und erfahren, dass du dir wegen Krankheit freigenommen hast. Machst du blau, oder bist du tatsächlich krank? Ist alles in Ordnung?«

Der Anflug von Zärtlichkeit ließ sie zurückzucken, sie fühlte sich beim Lügen ertappt.

»Ich habe ein paar Informationen. Hayleys Mutter heißt Claire. Der Vater könnte Apotheker sein«, sagte sie, die Information platzte aus ihr heraus, als breche ein Damm in ihrer Brust. »Und der hässliche Ort ist eine Tabakscheune irgendwo zwischen New York und Connecticut oder Massachusetts. Letzteres ist eher eine Vermutung meinerseits. Und Claire und Hayley wurden irgendwann im März entführt. Vor sechs Monaten. Und ja, Raymond hat versucht, ein Heroinimperium aufzubauen.«

Am anderen Ende der Leitung schlug ihr Schweigen entgegen. »Warte mal, ich muss schnell in ein anderes Zimmer gehen.« Sie hörte, wie sich eine Tür schloss. »Meine Tochter ist gerade ins Bett gegangen. Und das hast du alles aus Hayley herausbekommen, als du sie mit deinem Hund besucht hast? Der Hund ist echt unglaublich. Warum hast du mich nicht gleich angerufen?«

Der Geruch nach Öl aus der weißen KFC-Tüte, der zuerst wohltuend war, wurde zunehmend ekelhaft. Delia stand auf und warf die Tüte in den Mülleimer aus Plastik. »Das habe ich nicht von Hayley erfahren. Ich bin in Tennessee.«

»Ich glaube, die Verbindung ist schlecht. Es klang nach Tennessee.« Mikes Stimme nahm einen besorgten Ton an.

»Ich fliege morgen früh zurück. Mein Flieger geht in den frühen Morgenstunden, aber vor dem Abend bin ich nicht wieder in Portland. Ich konnte so kurzfristig keinen Direktflug von Nashville nach Boston mehr buchen«, sagte sie und eierte immer noch um das herum, was sie ihm eigentlich sagen wollte.

»Hör auf, meinen Fragen auszuweichen, und sag mir, was du da machst. Du hast deinem Chef gesagt, dass du einen Krankentag brauchst, und deiner Schwester hast du erzählt, dass du ein minderjähriges Kind im Flugzeug von Denver begleitest. Was ist hier los?«

Delia lehnte sich auf dem Bett zurück und drückte ihren Rücken an das Kopfende. »Du hast mit meiner Schwester gesprochen? Du kennst sie doch gar nicht.«

»Ich kam an deinem Café vorbei. Das ist nicht weit von Ericas Haus entfernt, das gerade unter strenger Bewachung steht. Also habe ich angehalten und mich Juniper vorgestellt. Ich wollte wissen, wie es dir geht. Und sie hat gesagt, ich solle sie J Bird nennen.«

Je schneller sie ihm alles sagte, desto besser. Er hatte problemlos ihren armseligen Versuch aufgedeckt, ihre Spuren zu verwischen. Sie wackelte mit ihren nackten Zehen. »Ich bin einem Gefühl gefolgt und nach Tennessee gekommen. Ich habe mit Raymonds Vater gesprochen, John Blanchard.«

»Delia, du mischst dich in die Ermittlungen der Polizei ein. Warum hast du mit ihm gesprochen? Die Polizei in Tennessee hat das schon erledigt.«

»Soll ich es dir erzählen oder nicht? Hör einfach zu und belehre mich später.«

»Bezüglich der Belehrung kann ich dir nichts versprechen. Aber erzähl mal«, sagte er.

»Raymond hatte jemanden gefunden, der ihm half, aber nicht Emma Gilbert. Es war eine junge Frau mit dem Namen Courtney. Sie war Hayleys Kindermädchen. Gott weiß, wer auf die Idee kam, sie sei ein gutes Kindermädchen, doch als Claire sie einstellte, war sie vermutlich noch nicht heroinabhängig.« Sie holte Luft.

»Und woher weißt du das alles?«

»Weil ich mit Courtney gesprochen habe. Sie ist in einer Entzugsklinik. Es geht ihr nicht gut, sie hat immer wieder klare Momente und steht dann erneut kurz vor dem Zusammenbruch. In der Entzugsklinik scheint man sie auf die Psychiatrie verlegen zu wollen. Und das ist auch gut so.« Courtney hatte Delias Mitgefühl geweckt, doch sie wusste nicht, ob Mike das verstehen würde. »Ich weiß, dass die Polizei mit ihr sprechen muss, aber lasst ihr wenigstens noch einen Tag. Oder eine Nacht. John ist ihr Freund geworden. Eine letzte tröstliche Nacht wird uns auch nicht näher an Claire bringen, das versichere ich dir.«

»Das ist nicht deine Entscheidung. Du lässt dich von etwas beeinflussen. Wenn der Grund ihre psychische Erkrankung ist und dein Vater an Schizophrenie litt …«

Seine Stimme klang eindringlich. Wie hatte sie zulassen können, dass er ihr so nahekam?

»Vielleicht hast du recht. Man kann nicht mit einem schizophrenen Vater zusammenleben, ohne Wunden davonzutragen, die alles beeinflussen. Aber hier geht es um etwas anderes. Courtney hat mir erzählt, dass Raymond Land erworben hat, auf dem es eine Tabakscheune gibt. Das ist der hässliche Ort, von dem Hayley spricht. Und da ist ihre Mutter.«

»Wir müssen also die Grundbucheinträge für New York, Connecticut und Massachusetts der letzten Jahre durchgehen, vor allem die Grundbesitze, die Scheunen haben. Es ist fast zehn Uhr! Über Nacht komme ich nicht an diese Einträge.«

»Eine Anlaufstelle war für Raymond die Bücherei in West Hartford. Weißt du noch? Die Lilian Tiger Library. Hast du eine Karte zur Hand? Könnte man es nicht eingrenzen, indem man einer Strecke folgt, die Raymond genommen haben könnte?«

»Delia, du musst mir nicht sagen, wie ich meinen Job zu machen habe. Ich bin gerade auf Google Maps. Falls Raymond Besitz hatte, den er für geeignet hielt, dann hatte er wahrscheinlich auch Zugang zum Haupttransportweg des Heroins. Er war ein Trottel, wenn er dachte, er könnte in dem Geschäft Fuß fassen. Er hatte wohl keine Ahnung, dass das organisierte Verbrechen an der Ostküste sich darüber hinwegsetzen würde. Oder er hatte ein gigantisches Ego und dachte, er wäre der schlauste von allen. Wann kommst du nach Hause?«

Diese letzte Frage klang anders, weniger wie die eines Detective. Sie hatte etwas, in das Delia sich gerne gekuschelt hätte.

»Ich komme gegen drei Uhr in Boston an. Ich fliege hier sehr früh los. Bei Last-Minute-Flügen bekommt man nur schreckliche Verbindungen.«

»Ruf mich morgen früh an. Du weißt, dass Courtney ein Verbrechen begangen hat, ganz egal, ob sie heroinsüchtig war oder nicht und ob sie momentan psychische Probleme hat. Sie muss verhaftet werden.«

»Ich weiß. Als Allererstes morgen früh.«

»Du hast mir noch nicht erzählt, was so Wichtiges passiert ist, dass du beschlossen hast, deine Schwester und Ira zu belügen und nach Tennessee zu fliegen«, sagte er.

Konnte sie ihm von der Stimme ihres Vaters erzählen, die sie im Traum gehört hatte? »Ich habe der Polizei keine wichtigen Informationen vorenthalten. Wirklich. Keine Sorge, ich erzähle dir alles, wenn wir uns sehen«, sagte sie. Und sie wollte ihn wirklich wiedersehen.

43. KAPITEL

Vielleicht hatte Delia zwischen zwei und vier Uhr morgens, in den tiefsten Stunden der Nacht, ein wenig geschlafen. Es waren jene Stunden, in denen das Unbewusste beharrlich Katastrophen durchspielte. Doch um halb fünf war sie hellwach. Sie hoffte, dass eine heiße Dusche sie für die Fahrt zum Flughafen munter machen würde.

Im Dampf der Dusche ringelte sich ihr Haar. Sie hatte nicht viel mitgenommen, nur Bodylotion, Zahnbürste und Zahncreme. Das kleine Stück Seife in Plastikfolie vom Hotel musste reichen. Sie ließ die Badezimmertür offen, weil sie nicht von einem Eindringling mit Messer bewaffnet überrascht werden wollte. Dieses Verhalten hatte sie von ihrem Vater übernommen, als sie mit der Familie noch gemeinsam auf Reisen gingen. Hatte sie nicht auch deshalb den großen Wohnzimmersessel vor die Tür geschoben und ihn unter der Türklinke eingeklemmt?

Das Motelzimmer verfügte über einen Kaffeekocher. Das wässrige Gebräu musste so lange vorhalten, bis sie außerhalb der Stadt auf dem Highway war und zu dem Minimarkt kam, in dem sie einen richtigen Kaffee kaufen konnte. Sie erinnerte sich, dass sie etwa zehn Meilen vor der Stadt an einem Laden vorbeigekommen war, der spätabends schloss und frühmorgens schon wieder geöffnet hatte. Der Flughafen war in einer guten Stunde zu erreichen.

Sie schlüpfte in einen frischen Rock und bequeme Schuhe, mit denen sie gut fahren konnte und schnell durch die Sicherheitsschleuse am Flughafen käme. Dazu ein schwarzes Langarmshirt. Gegen sieben Uhr zog sie den schweren Stuhl vor der Tür weg, nahm ihren kleinen Rucksack, warf den Schlüssel neben den Kaffeekocher und öffnete die Tür. Ihr Mietauto stand direkt davor. Das Morgengrauen stimmte sie hoffnungsvoll. In acht Stunden würde sie wieder zu Hause sein und an irgendeiner Köstlichkeit knabbern, die J Bird am Morgen ausprobiert hatte.

Offensichtlich war sie nicht die einzige Frühaufsteherin im Motel. Auch in Zimmer Nummer sechs brannte Licht. Ein älterer Volvo parkte vor der Tür. Echte Reisende machten sich eben früh auf den Weg.

Delia setzte sich in ihr Auto und beschloss, Mike noch eine Nachricht zu hinterlassen. Sie wusste, dass er gerne wüsste, dass sie auf dem Weg zum Flughafen war. Ihr Anruf landete auf seiner Mailbox. Vielleicht stand er gerade unter der Dusche. Spontan sah sie einen eingeseiften Mike vor sich, dem das Wasser über die Schultern rann.

»Hi Mike. Hier ist Delia, ich verlasse gerade das Motel und mache mich auf den Weg zum Flughafen.

Die Entzugsklinik, in der Courtney behandelt wird, heißt Phoenix-Haus und befindet sich in Nashville. Sie werden dort sofort ein psychologisches Gutachten brauchen. Und sie werden mit Raymonds Vater reden wollen. Er bezahlt Courtneys Entzug. Er hat gesagt, seine Frau wisse nichts davon. Ruf mich an, wenn du aus der Dusche kommst. Also, ich vermute zumindest, dass du unter der Dusche stehst.«

Sie legte ihr Handy neben sich auf den Sitz und fuhr los. Sie hatte viele ungelesene Nachrichten auf ihrem Handy, um die sie sich später kümmern würde. J Bird hatte inzwischen bestimmt Baxter geweckt und mehrere Bleche mit Muffins in der Bayside Bakery zum Kühlen aufgestellt. Ira und seine Frau saßen vermutlich in ihrer Küche und tranken Kaffee, bevor der Tag richtig losging. Und was machte Tyler? Er hatte vermutlich den Hund seiner Vermieter hinausgebracht. Dachte er überhaupt manchmal an sie? Sobald sie wieder zurück war, führte kein Weg mehr um ein klärendes Gespräch herum, und darauf freute sie sich kein bisschen. Hayley zog sich wahrscheinlich gerade für die Vorschule an und sah Erica dabei zu, wie sie ihre Brotzeit einpackte, während Louie um ihre Beine strich. Mike hingegen war ganz offensichtlich noch immer unter der Dusche. War er jemand, der dreißig Minuten unter der Dusche stand? Sie schaltete das Radio an und suchte nach einem Nachrichtensender.

Als sie aufsah, bemerkte sie in ihrem Rückspiegel die Motorhaube eines riesigen Volvo, der dicht hinter ihr fuhr und den ganzen Spiegel ausfüllte. War das nicht derselbe Wagen, der vor dem Motel geparkt hatte? Der Fahrer des Volvos fuhr eindeutig zu dicht auf. Sie erkannte einen Kerl mit Sonnenbrille. Warum überholte er nicht, wenn er es eilig hatte? Sie schaute auf ihren Tacho und bemerkte, dass sie gerade einmal sechzig fuhr. Sie hing so ihren Gedanken nach, was sie in Portland erwartete, dass sie viel zu langsam geworden war. Also gab sie Gas und beschleunigte auf achtzig.

Der Abstand zwischen ihr und dem Wagen hinter ihr vergrößerte sich, trotzdem wurde sie das unangenehme Gefühl im Nacken nicht los. Sie befand sich etliche Meilen von der Stadt und dem Minimarkt entfernt, weit und breit nur Bäume, aber kein einziges Haus. Immer wieder sah sie in den Rückspiegel. Sie tastete nach ihrem Handy und blickte lange genug darauf, um auf das kleine Symbol mit dem Hörer zu drücken.

Und dann drang ihr das Knirschen von Metall auf Metall in die Ohren. Sie wurde nach vorne gedrückt, so dass der Sicherheitsgurt sich straffte. Das Handy fiel ihr aus der Hand. Genauso schnell prallte sie mit dem Kopf wieder zurück an die Kopfstütze. Entweder war er absichtlich aufgefahren, oder er war von irgendetwas abgelenkt. Sollte sie bis zum Minimarkt einfach weiterfahren? Sie blickte erneut in den Rückspiegel und sah, wie der Mann eine Hand an die Wange legte und sie entsetzt ansah. Delia fuhr an den Straßenrand, genau wie der Trottel hinter ihr.

Der Zusammenstoß pumpte Adrenalin in ihre Venen und ließ sie am ganzen Körper zittern. Sie hatte zwei Nächte hintereinander nur wenig geschlafen, dazu kam der Schock des Zusammenstoßes. Sie war völlig verwirrt. Mit zitternder Hand öffnete sie die Wagentür und stieg aus. Die Sonne lugte bereits über die Gipfel der Hügel, Vögel raschelten in den Bäumen, und vom Asphalt stieg bereits warme Luft empor. Der Volvofahrer kam auf sie zu und hielt entschuldigend die Hände hoch. Er trug ein Sakko, das für einen Tag wie diesen viel zu heiß war. Irgendetwas an der Art und Weise, wie er sich bewegte, kam ihr bekannt vor. Wie konnte das sein?

Nur schnell in den Wagen zurück, dachte sie. Steig ins Auto, sperr dich ein und ruf die 911. Doch sie tat nichts dergleichen. Nicht einmal, als ihr der Geruch seines Aftershaves in die Nase stieg und Erinnerungen in ihr wachrief, die sie jedoch nicht zuordnen konnte.

»Hey, tut mir echt leid. Ich habe gerade eine Nachricht geschrieben. Lassen Sie mal sehen, wie groß der Schaden ist, wir regeln das mit der Versicherung«, sagte er. Er war offenbar auf dem Weg zur Arbeit. Aber war das nicht tatsächlich derselbe Wagen, der vor ihrem Motel gestanden hatte?

Er war um die zwanzig, hatte kurze dunkle Haare, die er nach vorne zu einem Kamm gebürstet trug. Auf seinem blauen Hemd mit Kragen prangte ein kleines grünes Krokodil. Er nahm seine Sonnenbrille ab. Dann lächelte er, doch sein Blick huschte dabei die Straße entlang. Dann beugte er sich langsam hinab und begutachtete den Schaden, auch Delia näherte sich dem Heck ihres Wagens. Sie beugte sich vor und erhaschte dabei einen Blick auf seine Schuhe. Graue New Balance mit einem blauen N an der Seite. Und plötzlich erkannte sie ihn: Es war der Tischler aus dem Phoenix-Haus.

Genau in dem Moment packte er sie brutal am Hals. Er war schlank und drahtig.

»Delia, weißt du nicht, dass du nicht auf einsamen Landstraßen anhalten sollst?« Er schleuderte sie gegen den Kofferraum ihres Wagens und drückte sich auf sie. Sie spürte sein Herz an ihrem Hals schlagen.

Ihr Körper bäumte sich auf, sie trat und strampelte und zappelte mit jedem Körperteil, das er nicht in seinem Griff hatte. »Lass mich los, du Arschloch!« Falls es einen geeigneten Zeitpunkt für Schimpfwörter gab, dann war es dieser. Woher wusste er ihren Namen? Hatte Courtney mit ihm gesprochen? Der heftige Geruch seines Deos gemischt mit Schweiß stieg in ihre Nase. Dazu kam der süßlich dunkle, burgunderrote Duft seines Aftershave. Und jetzt waren all ihre Sinne wieder auf Spur.

»Wir wollen dich loswerden, ich habe grünes Licht, wie das gehen soll.« Er winkelte sein Knie an und stieß es ihr in den Rücken, so dass ihr fast die Luft wegblieb. »Du hättest niemals mit Courtney reden dürfen.« Delia spürte, dass er in seine Sakkotasche griff. Mit dem Ellenbogen drückte er mit voller Kraft ihren Kopf herunter.

Er hielt inne und presste seine Wange an ihren Hals. »Ich war früher nicht so«, flüsterte er. Konnte sie ihn irgendwie dazu bringen weiterzusprechen? Bestimmt käme irgendwann ein Auto vorbei.

Sein eiserner Griff lockerte sich von Minute zu Minute, und Delia schöpfte Hoffnung, dass er sie doch noch loslassen würde, sie in ihren Wagen springen könnte und ihn nie wiedersehen müsste. Ihr Leben in Portland war so nah. Sie hörte bereits die Möwen im Hafen entlang der Commercial Street und schmeckte die salzige Luft.

»Aber das war, bevor Ray sein hübsches Geschäft für uns alle aufgezogen hat. Kleine Jungs sollten nicht mit den großen Jungs spielen, und Ray war ein kleiner Junge«, sagte er. Er drückte seine Finger seitlich gegen ihren Kopf, bis ihre Halsvene zu pochen begann. »Das könnte dir gefallen. Es gefällt vielen.« Und dann zog er seine Hand aus der Sakkotasche, und sie sah im Augenwinkel, dass er eine Spritze in der Hand hielt. Sie begann erneut zu strampeln und zappelte wie eine Katze, die gegen ihren Willen gepackt wird, sie wand sich in alle Richtungen und hoffte, seinem Griff zu entkommen.

»Nein! Hilfe! Tu das nicht. Du darfst das nicht machen!«, schrie sie.

Er drückte sich fester gegen sie. »Du kannst das Business nicht aufhalten. Heroin beherrscht uns, und jetzt wird es auch dich beherrschen. Du wirst schon sehen«, sagte er, küsste ihren Nacken und fuhr mit seiner Zunge von ihrem Hals zum Schlüsselbein. Dann schob er die Nadel in ihren Hals.

Warmer Sirup durchströmte ihre Brust, ihre Knie wurden weich, die Muskeln an Armen und Kiefer entspannten sich. Der Sirup ergriff ihren Magen, sie fühlte sich seekrank und war kurz davor, sich zu übergeben.

Er lockerte seinen Griff. »Na komm schon! So schlimm wird es nicht sein. Ich verspreche es dir«, sagte er.

Seine klebrig süße Stimme hüllte sie ein. Fiel sie? Wenn ja, segelte sie, schwebte hinab wie ein Blatt. Eine unglaubliche Last fiel von ihrem Körper und wurde von ihrer Seele genommen. Die Erleichterung war mit nichts zu vergleichen, das sie jemals erlebt hatte. Sie war weit weg von der Belastung durch ihren Vater, durch J Bird und die Kinder, allen voran Hayley.

Er hielt sie fest, als ihre Knie nachgaben.

»Du bekommst nur ein einziges erstes Mal, ich beneide dich, Delia. Das war ein Megaschuss«, sagte er und ließ sie zu Boden gleiten. Er lehnte sie an den hinteren Reifen. Sie drehte ihren Kopf, der Geruch von Asphalt und feuchtem Gras vermischte sich. Er ging zu seinem Auto zurück, öffnete die Tür und griff hinein. Ihr Kopf sank rückwärts gegen den Autoreifen. Sie dachte an Baxter und daran, dass der Hund jeden erschnüffeln und erkennen konnte, welche Laune er hatte. Sie dachte an J Bird und an ihre Hippiefrisur, wenn sie buk. Hätte Mike ihren Eltern gefallen? Mit Sicherheit.

Er knallte die Autotür zu, kam zurück und pflanzte sich vor ihr auf, so dass er das Sonnenlicht verdeckte.

»Sieht aus, als bräuchtest du noch einen Schuss, also genieß den Augenblick«, sagte er. Er beugte sich über sie und zog sie vom Auto weg, packte sie unter den Achseln und schleppte sie vor ihren Wagen.

Ihr Kopf rollte auf seine Schulter. Was war so vertraut an ihm, die Art, wie er zögerte? Natürlich! »Du suchst auch nach deiner Familie, genau wie ich«, sagte sie. Ihre Worte hörten sich zäh, fast unverständlich an. Sie verlor ihre Schuhe, als er sie weiterzog.

Er blieb stehen. »Was hast du gesagt?«

Sie lächelte mühsam. »Deine Familie. Du willst sie finden. Das wollen wir alle«, lallte sie.

Er setzte sie auf den Fahrersitz. »Die will mich nicht«, sagte er.

Sie musste J Bird unbedingt sagen, was für ein Glück sie gehabt hatten, von ihren Eltern so geliebt worden zu sein.

Sie hörte, wie ein Wagen sich näherte, im selben Augenblick vernahm sie den wunderbaren Klingelton ihres Handys, das unter den Sitz gefallen war.

»Mist!« Er drückte ihren Kopf nach hinten an den Sitz und versetzte ihr einen weiteren Schuss. Er war jetzt so nah an ihrem Gesicht. Er hatte Angst, sie spürte förmlich, wie er sie ausstrahlte. Und dann fiel sie durch den Raum, begann Hals über Kopf zu schweben und stieß sanft gegen Wolken, bis sie verschwunden war.

44. KAPITEL

Delia lag vornübergebeugt auf dem Lenkrad, ihre Stirn drückte gegen das schwarze Plastik. War sie an den Straßenrand gefahren und eingeschlafen? Der Wagen steckte mit der Motorhaube in den Büschen. Sie drehte ihren Kopf seitlich zum Fenster und sah, dass sie mindestens zehn Meter von der Straße abgekommen war.

»Delia, wir haben dir gerade Naloxon verabreicht. Ich hoffe nur, dass in der Spritze neben dir Heroin war.«

Langsam konnte Delia wieder klar sehen und die Gesichter vor sich erkennen. Das von Pat aus Dalton und hinter ihr das eines Mannes, der ein Cop sein musste. Was war hier los?

»Hatte ich einen Unfall?« Delia setzte sich auf, und ein dumpfer Schmerz lief ihren Nacken entlang, als sie ihren Kopf nach links wandte. Warum konnte sie nicht klar denken? Sie hatte das Gefühl, als könnte sie nicht richtig wach werden. Hatte sie ein Wildtier angefahren und war von der Straße abgekommen? Sie fühlte ihren Nacken und hatte getrocknetes Blut an den Fingern ihrer Hand. Sie klappte die Sonnenblende herunter, öffnete den Spiegel und legte ihren Kopf zur Seite, um ihren Hals zu begutachten. Eine Einstichstelle und ein Bluterguss. Und noch etwas pulsierte durch ihren Körper, ein Verlangen, das in ihrem Hals hämmerte.

»Ein Mann hat mich von hinten angefahren. Ich bin ausgestiegen, um den Schaden zu begutachten, da hat er mich gepackt.« Delia senkte den Blick; sie trug keinen Sicherheitsgurt. Sie schnallte sich sonst immer an. Dann schwang sie ihre Beine aus dem Auto und spürte stechende Schmerzen in ihren Füßen. Wo waren ihre Schuhe? Sie griff nach unten zu einem Fuß. Er war blutig und zerkratzt; kleine Kieselsteinchen steckten in den offenen Wunden. Ihre Fußrücken waren zerschunden. War sie in einen Unfall verwickelt worden? Oft litten Leute nach einem Auffahrunfall unter Gedächtnisverlust. Ihr Herz schlug schneller, und ihre Hände begannen zu zittern.

»Ma'am, bitte bleiben Sie noch ein paar Minuten sitzen. Ein Krankenwagen ist schon unterwegs«, sagte der Polizist in Uniform. »Und bitte fassen Sie nichts in Ihrem Auto an.«

Delia versuchte, sich zu erinnern. Es war früh am Morgen, doch die Luft war bereits warm und feucht. Tennessee, sie war noch immer in Tennessee. Ein lauter Schrei erfüllte die Luft, der Ruf eines Raubvogels, eines Falken. Sie blickte nach oben und sah einen Falken auf einem Telefonmast. Er drehte seinen Kopf zur Seite und spähte mit einem Auge zu ihr herunter.

Der Cop trug blaue Plastikhandschuhe. Er zeigte auf den Beifahrersitz. »Das zum Beispiel«, sagte er. Auf dem Sitz lagen ihre Handtasche, eine Nadel und ein kleines Päckchen mit weißem Pulver.

Sie wollte ihren Verstand zurück, aber der war ihr offensichtlich abhandengekommen. Dann hörte sie ein Geräusch in ihrem Schädel, es rollte hindurch, hallte in ihrem Kopf wider. Was war das? Es wurde immer lauter und lauter. Eine Sirene. Polizei, Krankenwagen, Feuerwehr.

Pat legte ihre Hand auf Delias Schulter. »Liebes, ich war auf dem Weg zur Arbeit und habe diesen kleinen roten Wagen gesehen. Na ja, ich war mir nicht sicher, ob es dein Wagen war, aber ich bin stehen geblieben, als ich einen Kerl mit quietschenden Reifen davonfahren sah. Ich habe die 911 angerufen, die Jungs waren ganz in der Nähe. Hör mal, ich hab keine Ahnung, was passiert ist, aber wir hätten dich beinahe verloren. Die Polizei hat noch nicht lange Naloxon an Bord, vielleicht seit ein paar Monaten. Wir haben dich kurz vor knapp gerettet.«

Sie musste aufstehen, sich bewegen.

»Warte mal, ich nehme deinen Arm. Du wirkst ein wenig wacklig auf den Beinen«, sagte Pat. »Du brauchst Schuhe. Hier am Straßenrand liegt alles Mögliche herum, vor allem Glasscherben.«

»Entschuldige, Pat«, sagte der Beamte. »Die Schuhe sind Beweismaterial. Bitte fass sie nicht an.«

Beweismaterial? Was zum Teufel ging hier vor sich?

»Warte kurz, ich bringe dir meine Flip-Flops, die ich

mir für das Fitnessstudio gekauft habe, in das ich nie gehe«, sagte Pat.

Delia schlüpfte mit den Füßen in die Plastikschlappen, die ihr ein wenig zu klein waren, aber wenigstens konnte sie sich so nicht verletzen. Pat stützte sie weiter am Ellenbogen. Richtig, ein anderes Auto hatte sie gerammt. Ihr Gehirn fühlte sich an, als schwappe es hin und her, und sie lehnte sich mit ihrem ganzen Oberkörper an das Auto. Es fühlte sich an, als strahle der Wagen die Wärme der Sonne ab und hülle sie damit ein. Sie hätte so einschlafen können, mit dem Gesicht auf dem warmen Kofferraum des Mietautos. Dann fiel ihr der Kerl mit den New-Balance-Schuhen wieder ein, der Handwerker aus dem Phoenix-Haus. Bruchstückhaft kehrte die Erinnerung zurück. Jetzt musste sie es der Polizei sagen, es gab kein Zurück mehr. Was war, wenn sie versuchten, Courtney etwas anzutun? Oder wenn sie das schon getan hatten?

Pat legte ihre Hand auf Delias Arm. »Hier ist dein Handy. Als ich angehalten habe, hat es wie verrückt geklingelt. Ich habe zuerst die 911 angerufen und bin dann rangegangen. Dein Freund Mike Moretti scheint völlig außer sich zu sein. Ich mag Männer, die wissen, wie man flucht, und dein Typ ist ganz oben mit dabei. Wenn ich ihn richtig verstanden habe, wird er gewisse Körperteile jener Person, die dir das angetan hat, neu sortieren, wenn er sie zu fassen kriegt.«

Delia wünschte, Mike wäre jetzt bei ihr. Plötzlich war alles sonnenklar: Sie stand hier auf dem Highway in Tennessee und sehnte sich nur nach Mike. Mit Tyler dagegen würde sie ein schwieriges Gespräch führen müssen, in dem sie klarstellte, dass sie nicht mehr zusammenkommen würden.

Sie schien langsam wieder klarer denken zu können. Sie schob sich vom Wagen weg. »Officer, ich muss mit Ihnen über einen Fall in Maine sprechen. Aber zuerst gibt es da eine Frau in einer Entzugsklinik in Nashville, die möglicherweise in großer Gefahr ist. Die Klinik heißt Phoenix-Haus. Der Mann, der auf meinen Wagen aufgefahren ist und mich überfallen hat, arbeitet dort. Er gehört zu einem Drogendealerring.«

Und dann passierten vier Dinge gleichzeitig. Der junge Cop sah Pat fragend an, Delias Handy klingelte, Pat reichte Delia das Handy und schrie gleichzeitig den Cop an: »Hast du gehört, was die Frau gesagt hat? Ruf Nashville an und schick jemanden ins Phoenix-Haus!«

Er wandte sich ab, als habe ein Schuldirektor ihn zurechtgewiesen, und tat, was von ihm verlangt wurde. Ein Diplom und Mitgefühl waren nicht die einzigen Gründe, weshalb Pat eine Abteilung leitete. Mit ihrer Stimme hätte sie auch ein Boot Camp für Marines leiten können.

Delia sah auf das Display ihres Handys. Mike rief sie von seiner privaten Nummer an. »Es geht mir gut«, sagte sie. »Bitte sprich ein wenig mit mir, bevor du mich darüber belehrst, dass ich mich nicht in Dinge einmischen soll, die nur die Polizei etwas angehen. Erzähl mir was von Igor dem Hasen. Ich möchte deine Stimme hören.«

Die Stille, die folgte, dauerte so lang, dass sie schon

dachte, er habe sie nicht gehört. Die Luft, die sie angehalten hatte, verfing sich in ihrem Hals und fand nicht mehr heraus. »Komm nach Hause, Delia. Gib den Cops die Infos, die sie brauchen, und komm nach Hause.«

Sie atmete in einem einzigen Schwall aus. »Ich hätte dir gestern Abend alles erzählen sollen.« Pat hatte gesagt, Mike sei wütend gewesen. Sie wartete darauf, dass sie ihr Fett abbekam. Sie hatte es verdient. Was war, wenn der Mann, der ihr etwas angetan hatte, auch Courtney etwas antat? Oder wenn er jemanden zum Phoenix-Haus schickte, um das zu erledigen?

»Delia, komm nach Hause«, sagte er, doch diesmal sanfter. »Ist da ein Beamter? Ich würde gerne mit ihm sprechen.«

45. KAPITEL

In Southwick, Massachusetts, machte Shirley mit ihrem quirligen jungen Hund Chelsea einen Nachmittagsspaziergang. Bei einem ihrer wöchentlichen Telefonate hatte ihre Tochter erzählt, man könne im Internet nachlesen, dass heutzutage keiner mehr einem Mädchen den Namen Shirley gebe. »Der Name ist total out«, hatte ihre Tochter gesagt. »Du bist eine der Letzten, die so heißt.« Also war Shirley darauf bedacht gewesen, ihrem Labradormischling einen zeitgemäßen und dennoch klassischen Namen zu geben.

Sie wurde im Oktober siebenundfünfzig und litt an Arthritis. Bewegung war das Beste, dazu noch Yoga und alle paar Monate eine Cortisonspritze. Chelsea war besser als jede Physiotherapeutin und lockte sie zu Spaziergängen auf die Felder hinaus, steile Wege bergauf und Schotterstraßen entlang.

Chelsea war schon seit Tagen gereizt, kratzte an der Tür, wollte zu allen möglichen Tages- und Nachtzeiten hinaus und brachte Shirley immer wieder ihre Leine. Die normalen Spaziergänge in der Umgebung reichten ihr plötzlich nicht mehr. Am liebsten lief sie am Southwick Congamond Lake entlang, dort konnte sie baden und Stöckchen hinterherjagen, aber nicht diese Woche. Nach einem langen Spaziergang am See wollte Chelsea partout nicht mehr in den Wagen steigen. Was war bloß mit dem Hund los?

Um des lieben Friedens willen suchte Shirley für den Hund ein neues Ziel, sie entschied sich für die Huddleston Farm, die vor sechs Monaten den Besitzer gewechselt hatte. Sie wusste, dass die neuen Besitzer das Anwesen noch nicht bezogen hatten, denn sie arbeitete beim lokalen Bauamt und versuchte, über jede Person Buch zu führen, die nach Southwick zog. Sie hoffte nur, dass der neue Besitzer die Farm nicht abreißen und mehrere neue Häuser hinstellen wollte.

Das Farmland grenzte an ein Naturschutzgebiet, und sie konnte zwei Fliegen mit einer Klappe schlagen, wenn sie das Umfeld der alten Tabakfelder und des Schutzgebietes ablief. Vielleicht beruhigte das auch ihren hyperaktiven Hund.

Sie parkte am Rand der Schotterstraße, die an die Farm grenzte. Es wurde nicht gerne gesehen, wenn alte Farmen verkauft wurden. Aber was sollte man dagegen unternehmen?

Shirley öffnete Chelsea die hintere Wagentür, der Hund sprang an ihr vorbei und stieß sie dabei fast zu Boden. Sie hätte sich vermutlich doch einen kleineren Hund aussuchen sollen, einen Basset beispielsweise mit diesen absurd kurzen Beinchen. Die brauchten nicht so viel Auslauf.

Shirley wischte sich den Schmutz von der Hose. Sie

sah ihren cremefarbenen Hund wie eine Rakete über die Felder auf die alte Scheune zu jagen. Sie nahm die blaue Hundeleine vom Beifahrersitz und schwor sich, Chelsea wieder in die Hundeschule zu bringen.

Als sie den langgestreckten Tabakschuppen erreichte, lief Chelsea ihr entgegen, rannte dann jedoch gleich zurück zur Scheunentür, jaulte und kratzte am Tor. Sie bellte.

Shirley konnte das Bellen ihres Hundes inzwischen einordnen und merkte, dass Chelsea alarmiert war. Sie war noch nie in das Haus oder in die Scheune fremder Leute eingedrungen. Der Hund warf sich mit seinem ganzen Körpergewicht gegen das Scheunentor, kratzte und scharrte daran.

»Okay, mein Mädchen, wenn ich die Tür nicht öffne, wirst du sie vermutlich niederreißen.« Sie hob das lange Brett aus den an beiden Seiten des Tores angebrachten Eisenhaken und zog die Tür auf. Chelsea riss sie mit sich in die lange Scheune und bellte erneut laut auf.

Eine Tabak-Scheune war nicht besonders beeindruckend. Es waren breite, lange Rechtecke, in denen man früher einmal Tabakblätter getrocknet hatte. Hier in Southwick hatte man eine ganz besondere Sorte angebaut, die als Deckblätter für Zigarren diente. Jedenfalls zu der Zeit, als Zigarren noch Ausdruck von Prestige waren. Inzwischen war auch der Zigarrenmarkt eingebrochen. Die Seiten der Scheune waren verstellbar, sie ließen sich hochfahren, damit Luft hereinkam, wenn das Wetter trocken war. Shirley war in Southwick aufgewachsen und hatte im Laufe der Jahre viele solcher Scheunen gesehen. Ihr Mann hatte während seiner Zeit an der Highschool selbst Tabak gepflückt. Lichtstrahlen fielen auf den Boden, und Chelsea wirbelte Staub auf, als sie in den hinteren Teil der Scheune flitzte.

Shirley blinzelte, versuchte, ihre Augen an das Licht zu gewöhnen, und folge Chelsea. Jemand hatte direkt in der Scheune einen Schuppen errichtet. Das mussten die neuen Eigentümer gewesen sein, denn er bestand aus frischen Sperrholzplatten, die noch nach Pech rochen. Sie rümpfte die Nase. Dem Geruch nach zu schließen, hatten die neuen Besitzer ein Abwassersystem gebaut.

In dem Schuppen musste etwas Wertvolles lagern, denn die Tür war verriegelt. Und man hatte offenbar sogar ein Fundament aus Beton gegossen, auf welchem der Schuppen errichtet worden war. Das Fundament maß ungefähr drei mal vier Meter. Es war keine besonders gute Arbeit, sie wirkte schlampig ausgeführt.

Chelsea bellte weiter wie verrückt und kratzte an der Tür.

»Chelsea, die Tür ist verriegelt! Was immer da drinnen ist, es muss wohl auch dort bleiben. Komm jetzt! Bei Fuß!«

Die Hündin wirkte äußerst enttäuscht, folgte aber und trottete zu Shirleys linker Seite. Ihre Ohren bewegten sich jedoch so unruhig, wie Shirley es noch nie gesehen hatte, sie schien auf etwas zu lauschen, das aus dem Schuppen kam. Und dann hörte sie es auch. Ein kehliges Stöhnen und dann ein Scharren an der Wand. Hatte jemand ein Tier in den Schuppen gesperrt und es dann zurückgelassen? Dann hörte sie ein weiteres Krächzen, diesmal war es lauter und kam ganz offensichtlich von einem Menschen. Shirley drückte ihr Ohr an die Wand. Dann klopfte sie an die Sperrholzplatte. »Hallo, ist da jemand?«

»Hilfe, bitte helfen Sie mir«, flüsterte eine Stimme aus dem Schuppen. Sie klang rau und krächzend.

»O mein Gott!«, flüsterte Shirley und taumelte zurück. »Vor der Tür hängt ein Schloss«, rief sie. »Aber ich hole Hilfe.«

Sie zog ihr Handy aus der Tasche. Ihre Tochter bestand darauf, dass sie immer ein Telefon dabeihatte, wenn sie ihre täglichen Spaziergänge unternahm. Sie wählte 911. »Hier ist jemand in einer Tabakscheune der Huddlestons gefangen. Nein, ich weiß nicht, wie lange schon, wir brauchen dringend einen Krankenwagen.«

Sie würde auf die Polizei und den Krankenwagen warten. Southwick lag inmitten verstreuter alter Farmen, und bis zur Ankunft der Polizei konnten zwanzig Minuten vergehen. Shirley sah sich nach einem Werkzeug um, irgendetwas, mit dem sie das Schloss aufbrechen könnte. Ihr Handy hatte eine Taschenlampenfunktion, sie machte sie an und leuchtete damit in die hintersten Ecken der Scheune. Dort entdeckte sie einen Spalthammer, den vermutlich die Familie Huddleston zurückgelassen hatte, als sie noch Holz schlugen und es im Frühling verkauften. Die Klinge war verrostet, aber an einer Seite scharf wie eine Axt und auf der anderen dick wie ein Vorschlaghammer. Der lange Griff war aus Holz. Es sollte gehen.

Shirley lief schnurstracks zu dem Vorhängeschloss und schlug darauf ein. Nach etwa einem Dutzend Schlägen, die ihre Arme erschütterten und sie um ihre Knochen fürchten ließen, brach das Schloss auf. Sie ließ den Spalthammer fallen. »Ich komme jetzt rein, ich habe einen Hund dabei«, sagte sie, als habe man das Bellen und die Hammerschläge nicht mindestens eine Meile weit gehört.

Sie zog die Tür auf. »O Gott.« Auf Holzpaletten mit Kissen, die wohl zu irgendeiner Garteneinrichtung gehörten, lag eine Frau. Sie trug Handschellen und war damit an ein Rohr gefesselt, das in der Wand steckte. Neben ihr stand ein fünfundzwanzig Liter Eimer, ein Toiletteneimer dem Geruch nach zu urteilen, auf der anderen Seite stand eine Kiste mit ein paar Wasserflaschen, ein halbes Dutzend Power-Riegel lagen herum. Die Augen der Frau wirkten groß und dunkel, wie die von Kriegsgefangenen. Die Haut auf ihrem Gesicht spannte. Die Finger an beiden Händen waren blutverschmiert. Sie hatte versucht, sich frei zu graben, und am unbiegsamen Sperrholz gekratzt.

»Meine Tochter … helfen Sie mir«, krächzte sie. Sie war nicht einmal in der Lage, sich aufzurichten.

46. KAPITEL

Das Flugzeug setzte holpernd auf der Landebahn in Boston auf.

Obwohl Delia zunächst versucht hatte, Pat davon zu überzeugen, dass sie keine Begleitung nach Boston brauche, war sie letztlich erleichtert, dass sie alle ihre Argumente zurückgewiesen hatte. Ihre anfänglichen Proteste, dass Pat sie begleitete, waren allerdings recht kläglich ausgefallen. »Ich sitze einfach nur im Flugzeug, wenn ich in Boston ankomme, steige ich in mein Auto und fahre nach Hause.«

Doch Pat ließ sich nicht abwimmeln. »Ich könnte mich ja noch darauf einlassen, dir zu glauben, aber ich habe einem gewissen Detective Moretti versprochen, dich zu begleiten, dir aber nicht zu sagen, dass es seine Idee war. Aber für heute ist Schluss mit den Halbwahrheiten, davon hatten wir schon genug.«

Ihr Magen war immer noch aufgewühlt, nicht nur vom Heroin, auch vom Naloxon. Und das lag nicht nur an den chemischen Substanzen, sondern auch am Schock nach dem Angriff. Nach langjähriger Arbeit mit traumatisierten Kindern und Eltern wusste sie, dass die Auswirkungen nach einem Übergriff einen auch ohne Vorwarnung überkommen konnten, auch wenn sie das gegenüber Pat und Mike bestritt. Der Flughafen lag eine knappe Autostunde entfernt.

»Der Arzt hat gesagt, dass du es langsam angehen sollst. Es ist schwer vorherzusagen, welche Auswirkungen Heroin hat. Er hat gesagt, dass es in seltenen Fällen auch nach der Gabe von Naloxon zum Atemstillstand kommen kann«, sagte Pat entschlossen.

Delia fühlte sich hin und her gerissen zwischen Dankbarkeit für Pats Freundlichkeit und dem Bedürfnis, sich selbst wieder so zu sehen, wie sie vor dem Überfall gewesen war. Es verwirrte sie, mit welcher Mühelosigkeit der Mann ihr Leben umgekrempelt und sie zum Opfer eines Verbrechens gemacht hatte. Sie wehrte sich gegen das Gefühl, dass der Mann sie gedemütigt hatte.

Delia mochte es nicht, wenn sie diejenige war, die Hilfe benötigte. Es war ein unangenehmes Gefühl, als ziehe man ein Kleidungsstück an, das nicht richtig passte.

* * *

Als das Flugzeug aufgesetzt hatte, läutete Delias Handy, sie hatte eine Nachricht von Mike. »Halte nach mir Ausschau. Wir treffen uns hinter der Sicherheitsschleuse.«

Mike und Ira holten sie am Flughafen ab. Delia wollte selbst fahren, aber Pat meinte, sie sei durchaus in der Lage, ihr Auto zurück nach Portland zu fahren, und am Ende fügten sich die Frauen Mikes Vorschlägen, und irgendwie war jetzt auch Ira an der Sache beteiligt.

»Ich war noch nie so weit im Osten«, sagte Pat und schaute aus dem Flugzeugfenster, als sie zum Gebäude rollten. »Das würde man bei meiner weltoffenen Art gar nicht vermuten, aber viel gereist bin ich nicht.« Sie streckte ihren Arm über den freien Sitz zwischen ihnen und tätschelte Delias Hand. »Ich kann es kaum erwarten, deinen Mike kennenzulernen. Ich besitze die einzigartige Fähigkeit, auf den ersten Blick zu erkennen, ob einer zum Freund taugt oder nicht. Allerdings nicht für mich selbst, aber meine Freundinnen schwören auf meine Gabe.«

Delia hatte ihre Kleidung und den Koffer bei der Polizei in Tennessee lassen müssen. Und so lieh ihr Pat, die gut zehn Zentimeter kleiner war, eine schwarze Hose, Unterwäsche und eine viel zu große Tunika. Die Hose war zu kurz und sah unschön aus, also hatte Delia sie bis unter das Knie hochgekrempelt, was aber auch keine sonderliche Verbesserung brachte. Es war noch gar nicht lange her, da hatte J Bird ihr gesagt, dass Tuniken out seien. Aber das schien Pat offensichtlich nicht zu stören.

Sie stiegen aus dem Flieger und folgten den Schildern zum Ausgang. »Wenn Mike auf meinem Freunde-Radar erscheint, benutze ich ein Codewort«, sagte Pat, als sie der Schar von Passagieren folgten. »Hast du ein besonderes Wort, das Mike nicht kennt?«

»Frühlingslamm«, sagte Delia.

»So wie die, die man blutig isst, oder wie das von Disney?«, fragte Pat und zog ihren kleinen Rollkoffer hinter sich her.

»Das ist zu kompliziert. Sagen wir einfach, es hat mit meinem Vater zu tun, als er noch Kolumnist war«, sagte Delia, und Angst flackerte kurz in ihr auf.

Direkt vor dem Passagierausgang standen Mike und Ira wie Erdmännchen in höchster Alarmbereitschaft.

»Da sind sie«, flüsterte Delia und stieß Pat mit ihrem Ellenbogen an.

»Und welcher von beiden ist Mike?«

»Nicht der mit dem Schnauzbart; das ist mein Chef. Ich kann gar nicht glauben, dass Ira den ganzen Weg mit Mike gekommen ist.«

Als sie in dem Bereich ankamen, in dem Liebespaare und Familien warteten, um ihre Ankömmlinge zu begrüßen, schob Delia ihre Angst beiseite. Hier war sie sicher. Niemand würde sie hier mit einer Nadel stechen, und niemand würde absichtlich ihr Auto rammen.

Ira bahnte sich einen Weg durch eine Reihe von Kinderwagen und umarmte sie. »Was hast du dir nur dabei gedacht? Das ist nicht dein Job. So ein Wahnsinn! Wenn du nicht schon gekündigt hättest, würde ich dich auf der Stelle feuern!«

»Hallo Ira. Ich freue mich auch, dich zu sehen«, sagte Delia. Normalerweise umarmten sie einander nicht, also wand sie sich aus seinem besorgten Griff.

Delia drehte sich um und sah Mike an, während ein

Passagierstrom zwischen ihnen durchlief. Als sich eine Öffnung auftat, lief sie hindurch.

»Komm her«, sagte er sanft.

Während ihrer Abwesenheit hatten sie irgendwie eine Stufe übersprungen. Als sie Portland verlassen hatte, war Mike der gutaussehende, kinderfreundliche Detective mit Sinn für Humor. Aber eben nur das. Innerhalb von vierundzwanzig Stunden nach ihrem Abstecher nach Tennessee hatten sie eine Grenze überschritten, und das war beiden bewusst. Als er sie in seine Arme schloss, atmete er erleichtert aus, ein Zittern ergriff ihn, die Nachwirkung des Adrenalins. Sie hatte ihren Kopf unter sein Kinn gelegt und wollte nicht, dass er sie losließ.

»Verzeihung, Herrschaften, ich bin Pat Garvey, Anstandsdame und Leiterin der Familienhilfe in Dalton, Tennessee.«

Delia zuckte leicht zusammen. »Tut mir leid, Pat, das ist Detective Mike Moretti.«

Sie bewegten sich zu einer großen Betonsäule.

»Pat, schön, Sie kennenzulernen«, sagte Mike. Er reichte ihr die Hand.

»Und das ist Ira, mein Chef, wie du siehst, ist er ein wenig sauer auf mich«, sagte Delia.

Pat sah fragend in die Gesichter ihrer Begleiter. »Gut, wie ich sehe, haben wir hier vier Leute, zwei Autos, und alle fahren nach Portland.« Die Frau übernahm wie eine richtige Direktorin mal wieder die Führung. »Ich habe mir wegen eines Notfalls zwei Tage frei genommen und möchte das Beste daraus machen. Ira, wenn

Sie vorerst auf die Diskussion mit Delia verzichten können, würden Sie mir persönlich einen Gefallen tun, wenn ich mit Ihnen mitfahren dürfte. Ich war noch nie an der Ostküste, Sie könnten mir auf dem Weg nach Maine etwas darüber erzählen. Während ich hier bin, würde ich gerne Frühlingslamm essen«, sagte sie, sah Delia an und zwinkerte ihr zu. »Und Hummer natürlich. Wer nach Portland kommt, muss natürlich den berühmten Hummer essen.«

Iras Schnauzbart hüpfte nervös auf und ab. Delia wusste nicht, ob er es ertrug, seine Standpauke auf später zu verschieben, doch dann atmete er tief durch und sagte: »Ich freue mich, dass Sie mit mir mitfahren, Pat. Aber ein Gespräch mit dir sollte mir nicht verwehrt werden, Delia. Morgen früh in meinem Büro.« Er griff nach Pats Koffer. »Darf ich?«

»Danke, Ira.«

»Ira, du kannst meinen Wagen zurückfahren, er steht auf einem Langzeitparkplatz. Ich zeige dir, wo«, sagte Delia. Sie ging inzwischen davon aus, dass sie mit Mike zurückfahren würde. Sie sah ihn an, um sich zu vergewissern, und er lächelte ihr zu. »Wir treffen uns bei mir zu Hause. Pat übernachtet bei mir«, sagte sie.

Die Luft um den Flughafen Boston voller Abgase, Angst und feuchtem Meeresdunst roch auf einmal himmlisch.

47. KAPITEL

Mikes Wagen sah so aus, wie Delia sich das Innere einer Rakete vorstellte. Matte Beleuchtung zu ihren Füßen. »Deine Tochter liebt dieses Auto bestimmt. Wie alt ist sie noch mal?«

Mike wandte ihr kurz seinen Kopf zu, während sie langsam an einem Mauthäuschen vorbeifuhren und ein grünes Licht seinen elektronischen Pass einlas. »Sie ist alt genug, dass ich selbst mit diesem Wagen nicht mehr lange cool sein werde. Meine Tage sind gezählt, die Teenagerjahre zeichnen sich schon am Horizont ab. Sie ist zehn.«

Du hast es verdient, dich besser zu fühlen, flüsterte eine Stimme in ihrem Kopf. Nach der Hektik im Krankenhaus und der Flugreise mit Pat tat es gut, in Mikes sicherem Wagen zur Ruhe zu kommen.

»Der Kerl, der dich überfallen hat, konnte bisher nicht gefasst werden. Wir haben es hier mit einem sehr großen Drogenkartell zu tun, Delia, weit jenseits dessen, was Raymond Blanchard hätte aufbauen können. Deshalb lebt er nicht mehr. Deshalb lebt Emma Gilbert nicht mehr. Und deshalb hat man versucht, dich umzubringen, als du ihnen in Tennessee in die Quere gekommen bist. Und das dritte Opfer? War vermutlich ein Mittelsmann, der versucht hat, Raymond zurück auf Spur zu bringen, jemand, der entbehrlich war. Den großen Bossen gefiel Raymonds unternehmerischer Geist nicht. Darum fahren du und Pat auch nicht alleine nach Hause. Sie hätten leicht herausfinden können, dass ihr einen Flug nach Boston genommen habt«, sagte Mike.

Er klopfte mit einem Finger auf das Lenkrad. Er schien ihr gerne mehr erzählen zu wollen, zögerte aber.

»Was?«, fragte sie. »Was noch?«

»Die Drogenbekämpfungsbehörde, kurz DEA, in Maine hat beschlossen, Ericas Haus vierundzwanzig Stunden zu überwachen. Nach dem Überfall auf dich will man bei Hayley auf Nummer sicher gehen. Zuerst war Erica total schockiert, dann ist ihr aber klargeworden, dass alle Beteiligten mit einem Beamten im Haus sicherer wären. Ich bin heute Nachmittag vorbeigefahren, Hayley bringt ihm gerade bei, wie man mit Filzstiften malt.«

»Das Ganze wird noch weiter eskalieren. Bist du sicher, dass es ihr gutgeht?« Delia hatte Mühe, mit den sich rasant entwickelnden Ereignissen mitzuhalten. Sie sehnte sich danach, nach Hause zu kommen und in ihr Bett zu schlüpfen.

»Glaub mir, die Polizei von South Portland und die Drogenbekämpfungsbehörde wissen genau, wie hoch sie die Gefahr einzustufen haben. Und dank dir haben die Cops in Tennessee auch ihre Gangart verschärft«, sagte er. Er fuhr mit dem Wagen auf die linke Spur und gab Gas.

Sie vermieden es beide, die Nähe zwischen ihnen anzusprechen. Sie schienen sich unausgesprochen einig zu sein, dass sie mehr voneinander wollten.

»Da bin ich mir sicher«, sagte sie. »Ich will mich nie wieder so verwundbar fühlen. Ich hatte Todesangst.« Delia schlang die Arme um sich und beugte sich nach vorne.

Mike schaltete auf Tempomat und entspannte sein rechtes Bein. »Du musst in den kommenden Tagen ein wenig aufpassen, vielleicht sogar noch länger. So ein Überfall kann dich einholen. Als ich noch in Rhode Island gearbeitet habe, wurde ich eines Nachts vor einem Club von einer Bande Betrunkener aus heiterem Himmel angegriffen, bevor mein Kollege mir zu Hilfe kommen konnte. Man hat mir ein paar böse Schläge versetzt. Ich dachte, ich sei okay und es wäre keine große Sache, bis es mich zwei Wochen später in einem Kaufhaus massiv erwischt hat. Mein Herz fing wie wild zu schlagen an, und mir brach der Schweiß aus. Ich dachte, ich hätte einen Herzinfarkt. Oder würde verrückt.«

»Eine Panikattacke«, sagte Delia. Sie richtete sich wieder auf und betrachtete im dämmrigen Licht des Wagens sein Profil. Typische Panikattacke, auch wenn niemand gerne hörte, dass sie typisch waren. »Ist das noch einmal vorgekommen? Wenn sie einmal anfangen, können sie sich wie ein Lauffeuer ausbreiten.«

»Das hat man mir im Krankenhaus auch gesagt.

Man hatte eine gute und eine schlechte Nachricht für mich. Die gute war, dass ich für einen Herzinfarkt viel zu jung sei. Die schlechte war, dass diese betrunkenen Idioten so eine Wirkung auf mich haben konnten. Ich sage einfach nur, lass es langsam angehen. Die Panikattacke kam übrigens nie wieder.«

Auf der Interstate 95 rollten lauter dicke Laster und ein nicht enden wollender Strom von Autos. Auf einem Schild war die Ausfahrt nach Danvers angeschrieben. Danach wurde der Verkehr in Richtung Norden meistens flüssiger und führte sie nach Maine. Sie konnte J Birds Teegebäck schon förmlich riechen. Delia hatte inzwischen bestimmt zahlreiche Nachrichten von ihrer Schwester im Posteingang. Doch sie wollte lieber alles persönlich erzählen. J Bird bestand sowieso stets auf Einzelheiten.

»Wurde Courtney verhaftet? Hat jemand versucht, ihr was anzutun?«, fragte Delia.

»Sie wurde verhaftet. Und was ihren psychischen Zustand betrifft, hattest du recht. Die Polizei hat nur wenig aus ihr herausbekommen.«

Und plötzlich packte Delia die Angst. »Sie muss wegen Selbstmordgefährdung unter Beobachtung stehen!«

Mike legte ganz leicht seine rechte Hand auf ihren Oberschenkel. »Sie wissen schon, wie sie ihren Job machen müssen, Delia. John Blanchard war noch im Phoenix-Haus, als die Polizei kam, und er hat sich schützend wie ein Wachhund vor sie gestellt. Er war bereit, jegliche Schuld auf sich zu nehmen, seit Courtney in Nashville aufgetaucht ist.«

»Danke«, sagte sie.

Mike drehte seinen Kopf und sah sie erstaunt an. »Wofür?«

»Dass du mich abgeholt hast. Dass du dafür gesorgt hast, dass Pat mich im Flugzeug begleitet, obwohl ich so ein Theater gemacht habe. Ich bin es nicht gewöhnt, dass Menschen sich um mich kümmern, das ist alles. Na ja, bis auf unseren Familienfreund Ben, aber wir waren noch Kinder, als er uns unter seine Fittiche genommen hat. Es fühlt sich also komisch an. Aber schön.« Sie drückte seine Hand.

»Ist das etwa ein Date?«, fragte er. »Ich meine, irgendwie kommt es einem Date sehr nahe. Ich habe dich in meinem Auto abgeholt, vorher haben wir telefoniert. Wir könnten halten und etwas essen gehen. Dann wäre es ein perfektes Date.«

Ein Kichern arbeitete sich ihre Kehle empor. »Wir haben ein paar Stufen zu einem offiziellen Date übersprungen. Das hier ist eher ein Nottransport.«

Mikes Handy klingelte, er ging ran und hörte zu. »Wie bitte? Seid ihr sicher? Hat man sie identifiziert? In welchem Krankenhaus? Ich bin noch in Massachusetts. Ja, auf der 95 Richtung Norden. Ich könnte in knapp zwei Stunden da sein.«

Delias Haut fing zu kribbeln an. »Was ist los?«, fragte sie.

Mike schaltete den Tempomat aus und gab Gas. »Eine Frau wurde in einer alten Tabakscheune in Massachusetts in der Nähe von Hartford gefunden. Eine Spaziergängerin hat sie gefunden. Sie liegt in einem

Krankenhaus in Springfield.« Er überholte ein paar Laster. »Wir nehmen die erste Ausfahrt und fahren die Mautstraße zurück. Ruf Ira an und sag ihm, dass wir uns später mit ihm treffen.«

Mike richtete sich in seinem Fahrersitz auf, bog die Schultern zurück und drückte den Rücken gegen die Sitzlehne. »Sie ist nicht bei Bewusstsein, aber das Letzte, was sie gesagt hat, war: ›Meine Tochter.‹ Es könnte Claire sein. Wie viele Frauen werden in einer Tabakscheune festgehalten?«

Delia wagte nicht zu hoffen, dass sie Hayleys Mutter gefunden hatten. Und dabei wünschte sie sich nichts sehnlicher.

48. KAPITEL

Sobald sie wieder auf der Mautstraße waren, überholte Mike alle langsam fahrenden Wagen und fädelte sich in jede Lücke im Verkehr ein. Knapp zwei Stunden nach dem Anruf kamen sie beim Baystate Medical Center in Springfield an. Die Digitaluhr auf seinem Armaturenbrett zeigte zweiundzwanzig Uhr an.

Delia war sich nicht im Klaren, ob es die Folgen des Überfalls in Tennessee waren, die ihr das Gefühl vermittelten, die Zeit zerfalle in Bruchstücke, oder ob ihre Wahrnehmung der Zeit sich verändert hatte. Darüber grübelte Delia nach, während Mike seinen Wagen parkte und sie über den Parkplatz zu den großen elektronischen Türen des Krankenhauseingangs liefen.

Mike klappte am Empfangsschalter seine Polizeimarke auf. Sie fuhren mit dem Aufzug in den vierten Stock. Zimmer 417, Intensivstation. Zwei Leute stiegen im zweiten Stock aus, ein älterer Mann kam im dritten Stock dazu. »Wir fahren hoch«, sagte Mike.

»Das macht nichts«, sagte er.

Im vierten Stock folgten sie den Pfeilen Richtung 417

und ließen den verwirrt aussehenden Mann alleine im Aufzug zurück.

»Und was ist, wenn sie es doch nicht ist?«, fragte Delia. »Was ist, wenn es nicht Claire, sondern eine Obdachlose ist, die in der Tabakscheune Unterschlupf gesucht hat?«

Das Gefühl von Dringlichkeit war auf dem breiten Gang spürbar. Sie liefen an Zimmern vorbei, deren Türen offen standen. Delia trug immer noch Pat Garveys Flip-Flops, die ein saugendes Geräusch auf dem Boden verursachten. Sie liefen am Schwesternzimmer vorbei. Dort saß eine Frau, tippte etwas in ihren Laptop und sah kurz auf, als sie vorbeigingen. Sie liefen weiter.

Am Ende des Gangs stand ein uniformierter Beamter vor einer Tür. Polizei von Southwick. Delias Herz begann zu hämmern. Sie wäre am liebsten schnurstracks in das Zimmer gerannt und hätte der Ungewissheit ein Ende bereitet. Sie wollte eine Frau sehen, die aufrecht in ihrem Bett saß, ihren Drehtisch vor der Brust, und aus einem Plastikbecher Orangensaft schlürfte. »Claire! Wir haben dich gefunden. Wir haben Hayley, wir haben dein Mädchen!«, hätte sie geschrien.

Der Cop stellte sich in die Tür und füllte den ganzen Platz aus. Mike zeigte erneut seinen Ausweis: Detective, South Portland, Maine.

»Wie haben Sie es so schnell hergeschafft?«, fragte der Beamte. Er stellte sich mit Namen Rob vor. Officer Hernandez.

»Wir waren in der Nähe. Wie sieht es aus?«, fragte Mike.

Die beiden Männer machten einen Schritt nach rechts, und vor Delia tat sich eine kleine Lücke auf, schnell schlüpfte sie hinter Mikes Rücken in das Zimmer.

In dem Raum standen zwei Betten. Das am Fenster war leer. Im anderen lag eine Frau unter einer glattgezogenen Baumwolldecke, die sie von der Brust bis zu den Füßen einhüllte. Sie hatte die Augen geschlossen und hing an einem Tropf. Eine Frau in einem blauen Kittel musterte einen Bildschirm, der eine Reihe von Piepstönen und Blinkzeichen von sich gab, und legte dann ihre Hand auf die Stirn der Frau. Als Delia einen Schritt näher kam, drehte sie sich zu ihr um.

»Sind Sie eine Angehörige?«

Hatte sie erwartet, die Frau im Bett würde wie Hayley aussehen? Sie hatte schulterlanges Haar, dunkler als das des kleinen Mädchens, es war schmutzig.

»Nein, ich bin vom Pflegekinderdienst in Maine. Vermutlich ist das die Frau, die entführt wurde und nach der wir gesucht haben. Claire. Sie hat eine Tochter, die mit ihr zusammen entführt wurde. Wir kümmern uns um das Kind und sind auf der Suche nach der Mutter.«

Delia sprach schnell. Sie hörte die dunkleren Stimmen von Mike und dem Cop vor der Tür. Aufgrund der Richtlinien zur Schweigepflicht bezweifelte Delia, dass die Frau in dem blauen Kittel ihr irgendeine Auskunft geben würde.

Mike kam in das Zimmer. Er sprach leise zu Delia. »Man hat ein halbes Duzend Power-Riegel-Verpackungen und ein paar Wasserflaschen in einer Kiste gefunden. Wir haben die Bestätigung erhalten, dass Ray Blanchard der Eigentümer des Grundstücks ist, auf dem sie gefunden wurde. Er hatte wohl vor, nach ein paar Tagen zurückzukehren, seine Ware in Maine abzuliefern und auf dem Rückweg nach Claire zu sehen. Ich gehe also stark davon aus, dass das Claire ist.«

Er zeigte der Frau in dem blauen Kittel seinen Ausweis. Sie sah den Cop aus Southwick an, er nickte.

»Ich bin Julia, Schwester für Intensivpflege. Ich bin bei ihr, seit sie eingeliefert wurde. Wir versuchen gerade, abzuschätzen, wie groß der Schaden an ihren Nieren ist. Können wir bitte hinausgehen? Ich rede nicht gerne vor den Patienten.«

»Warum ist sie nicht bei Bewusstsein?«, fragte Delia. Die vier entfernten sich ein paar Schritte vom Zimmer und sprachen leise.

»Wir führen ihr Flüssigkeit zu, aber es braucht Zeit, bis die Wirkung einsetzt. Der menschliche Organismus kann ohne Essen länger überleben, als Sie vielleicht denken. In der kalifornischen Wildnis wurde eine vermisste Frau gefunden, die fünfundfünfzig Tage ohne Essen überlebt hat. Bei Wasser ist es kritischer.«

Die beiden Männer und Delia beugten sich zu Julia vor, um jedes Wort zu verstehen. »Aber warum ist sie nicht bei Bewusstsein?«, wiederholte Delia.

»Das wissen wir nicht genau. Der Stoffwechsel

musste herunterfahren, um den Hunger zu ertragen. Ihr Körper hat Muskeln und Organe abgebaut, besonders die Nieren betreffend, um Energie zu bekommen. Vielleicht hat sie aufgegeben. Aber das wollen wir nicht hoffen.«

»Gibt es noch irgendeinen Zweifel daran, dass das Claire sein könnte?«, fragte Delia.

Der Cop aus Southwick zog sein Handy aus der Tasche. »Im Bericht der Notaufnahme heißt es, dass sie lange genug bei Bewusstsein war, um zu sagen, dass ihre Tochter entführt wurde und dass sie Claire heiße, den Nachnamen hat niemand verstanden.«

Nun lösten sich auch die letzten Zweifel in Luft auf. »Ich muss ihr sagen, dass wir Hayley haben, bitte lassen Sie mich das tun«, sagte Delia. Ohne auf die Erlaubnis zu warten, drehte sie sich um, lief in das Zimmer zurück und stellte sich dicht neben Claire. Sie beugte sich zu ihrem Ohr hinab. Sie kniff die Augen gegen den strengen, säuerlichen Geruch zusammen.

Julia trat zu ihr. »Der saure Geruch kommt von der Ketose. Der Körper produziert giftige Nebenprodukte, während er Muskeln und Organe verzehrt, um zu überleben. Sie wird bald wieder besser riechen.«

Delia legte ihre Lippen dicht an das Ohr der schlafenden Frau. »Claire, Hayley ist in Sicherheit. Wir kümmern uns um sie. Du bist in einem Krankenhaus, hier wird man dafür sorgen, dass es dir bald wieder besser geht. Hayley wartet auf dich. Du musst aufwachen. Ich habe Hayley versprochen, dass ich dich finde.«

Nichts. Warum konnte Claire nicht einfach aufwachen und ihre Augen öffnen? Julia berührte Delias Arm. »Manchmal ist das Trauma zu groß. Wir tun, was wir können. Es gibt keinen physischen Grund, weshalb sie nicht aufwachen könnte.« Julia nahm Claires Hand und drückte sie leicht. »Viele von uns haben eine Ausbildung in therapeutischer Berührung oder Reiki. Wenn sie fast drei Wochen in diesem Schuppen verbracht hat, dann hat sie auch keine menschliche Berührung erlebt.« Sie streichelte Claires Hand.

Delia überlegte, ob es unstatthaft war, einen Menschen zu streicheln, den man nicht kannte. Doch der Wunsch, eine Mutter wieder mit ihrem Kind zu vereinen, war so groß, dass sie zu zittern begann. »Darf ich vielleicht ihre Füße berühren?«

Julia lächelte. »Ja, ich denke, das wäre in Ordnung. Waschen Sie sich bitte vorher die Hände.«

Delia schrubbte sich ihre Hände über dem Waschbecken im Bad ab, trocknete sie mit Papiertüchern und kehrte zum Bett zurück. Mike lehnte an der Wand des Zimmers und hatte die Hände vor sich gefaltet, wie Männer das gerne tun. Julia zog die Bettlaken von Claires Füßen. Claires Füße wirkten flüchtig gesäubert, doch die Haut war trocken und spröde. Delia rieb ihre Handflächen aneinander, um sie aufzuwärmen. Sie hatte keine Ahnung, was sie da machte, und dennoch fühlte sie sich veranlasst, diese Form der Berührung zu versuchen, wenn es helfen konnte. Sie sah Julia noch einmal fragend an, diese nickte ihr ermutigend zu.

Hände und Füße haben unzählige Nervenenden. Jeder Masseur, den sie kannte, sagte dasselbe. Sie schloss ihre Augen und stellte sich vor, wie die unzähligen Nervenenden zusammenliefen, als sie ihre Handballen in Claires Fußwölbung drückte und sich dabei einen warmen, schwellenden Brotteig vorstellte. Delia hoffte, dass ihre Berührung Claire vielleicht erreichen würde. Ihre Knie fühlten sich plötzlich wie Gummi an, und sie sank zur Seite.

»Delia!«, sagte Mike. Er packte sie und schloss sie fest in die Arme. »Claire ist in guten Händen, Delia. Rob hat versprochen, dass er sofort anruft, wenn sie aufwacht. Wir haben getan, was wir konnten.«

Sie ließ die Füße los. »Ich möchte ihr gerne eine Nachricht mit meiner Telefonnummer hinterlassen.« Unfassbare Erschöpfung ergriff sie und pochte in ihrem Kopf. Sie dachte wieder an die Art und Weise, wie der Mann ihren Hals abgeleckt hatte, das Naloxon, der Überfall, das Phoenix-Haus, Courtney und Hayleys verzweifelte Sehnsucht nach ihrer Mutter.

Mike griff in seine Hosentasche und zog den Notizblock heraus, den er immer dabeihatte. Sie schrieb: »Claire, Hayley ist in South Portland, Maine. Sie ist in Sicherheit. Ruf mich an, sobald du kannst.«

»Zeit zu gehen«, sagte Mike. »Ich verspreche dir, dass ich etwas langsamer fahren werde, aber ich bringe dich jetzt nach Hause.«

49. KAPITEL

Juniper

Juniper tat das Einzige, was sie tun konnte, um ihrer Schwester zu helfen. Nachdem Ira sie angerufen und ihr erzählt hatte, dass Delia erst gegen drei Uhr morgens nach Hause kommen würde, nahm sie Buttermilch aus dem Kühlschrank und ließ sie stehen, bis sie Zimmertemperatur erreicht hatte, dann gab sie Butterstückchen ins Mehl, fügte Salz, Zucker und Backpulver hinzu und vermischte die Zutaten zu einem Teig für Teegebäck. Sie ließ den Teig eine Viertelstunde ruhen. Erst als sie einen Moment innehielt, bemerkte sie den sauren Geschmack in ihrem Mund und dass ihre Hände zitterten, als stünde sie unter Strom. Sie hielt sich am Tresen fest und seufzte. Sie hätte wissen müssen, dass Ira von Delia niemals verlangt hätte, nach Denver zu fliegen, um ein Kind abzuholen. Selbst sie wusste, dass das nicht zu den Aufgaben des Pflegekinderdienstes gehörte. Aber wichtig war jetzt vor allem, dass sie sich um Delia kümmerte.

Sie hatte Delia noch nie zuvor völlig verstört gesehen, nicht einmal nach dem Feuer, nachdem Tyler verschwunden war. Doch nach Iras Stimme zu urteilen, war ihre Schwester fertig mit den Nerven. Er hatte sie vorgewarnt, dass etwas passiert sei. Man habe Delia unter Drogen gesetzt und ihr eine hohe Dosis Heroin gespritzt. Es sei eigentlich kein Unfall gewesen. Ihr Auto sei vorsätzlich gerammt worden.

»Warte mal. Hast du gerade Delia und Heroin in einem Satz erwähnt?« Juniper hing noch am ersten Teil der undenkbaren Neuigkeit. »Wo war sie? Ich dachte, sie sei mit einem Kind auf dem Rückweg von Denver.«

»Nicht ganz«, sagte er. Juniper kannte Ira, seit Delia für ihn arbeitete. »Sie ist nach Tennessee geflogen.«

Warum hatte Delia sie angelogen?

»Aber da ist noch etwas. Der Kerl, der ihr Auto gerammt hat, ist Mitglied eines großen Drogenkartells. Er hat ihr eine beinahe tödliche Dosis Heroin gespritzt. Sie hat nur durch Zufall überlebt.«

»Wie bitte?« Der Himmel über Juniper drohte einzustürzen. »Was ist hier los?«

Ira fuhr fort: »Der Detective vom Police Department in Southern Portland bringt sie nach Hause. Sie haben einen Umweg über Springfield genommen, weil sie vielleicht die Mutter des kleinen Mädchens gefunden haben. Mike hat mich gerade angerufen und mir die voraussichtliche Ankunftszeit durchgegeben. Ach, und die Leiterin der Familienhilfe in Tennessee hat Delia nach Boston zurückbegleitet und wird dann bei euch übernachten. Ich dachte, damit hättest du vielleicht alle Hände voll zu tun.«

J Bird konnte das alles immer noch nicht fassen. »Bist du sicher, dass du von unserer Delia sprichst?«

»Es wird alles wieder gut. Man hat sie im Krankenhaus in Tennessee untersucht. Die Polizei in Portland bearbeitet jetzt mit der Polizei in Tennessee den Fall. Delia ist einem Hinweis zu einer Entführung nachgegangen und hat dabei in ein Wespennest gestochen.«

J Bird hatte das Gefühl, sich gleich übergeben zu müssen.

»Ich habe sie am Flughafen in Boston gesehen. Sie sieht ein wenig mitgenommen aus, aber du weißt ja, dass sie hart im Nehmen ist. Bitte versuch, ein wenig zu schlafen. Ich kenne dich und Baxter, ihr werdet sonst so lange im Haus auf und ab gehen, bis deine Schwester zu Hause ist. Ich rufe dich morgen gegen Mittag an, sobald alle einigermaßen ausgeruht sind.«

Nun war es mitten in der Nacht, die schrecklichste Zeit der Nacht. Juniper wischte zum x-ten Mal den Küchentresen mit einem gelben Schwamm ab, trocknete ihn mit einem Geschirrtuch ab, konnte sich aber einfach nicht setzen. Baxter sprang auf, noch bevor sie selbst das Rascheln und Murmeln an der Tür hörte. Er lief zur Eingangstür und wedelte mit dem Schwanz, wie er das immer tat, wenn er Delia begrüßte.

Delia kam durch die Tür, gefolgt von Mike. Ein frischer Wind wehte mit ihnen herein. Obwohl Juniper nicht weinen und ihre Schwester beschützen wollte, umarmte sie sie ganz fest und fing zu schluchzen an. »Bitte sag, dass es dir gutgeht, Delia. Sag mir, dass alles okay ist.«

Delias Körper fühlte sich steif an. Der Schock und noch etwas anderes waren zu spüren. Sie versuchte, sich loszulösen, doch Juniper hielt ihre Schwester fest. »Du musst jetzt gar nichts sagen. Du bist zu Hause. Nein, du musst schon etwas sagen. Was zum Teufel hast du da gemacht? Warum hast du mich belogen?«

Juniper ließ Delia los und sah sie aufmerksam an. Sie trug Sachen, die ihr nicht passten. Sie trat noch einen Schritt zurück und hob fragend beide Hände.

Mike, der wie ein Pfeiler hinter Delia stand, sagte: »Sie musste sich Kleider leihen. Ihre sind als Beweismaterial bei der Polizei in Tennessee geblieben.« Er sprach leise und ruhig.

Baxter schob seine Nase zwischen die Schwestern und jaulte ängstlich. Obwohl er das eigentlich nicht durfte, erhob er sich jetzt auf die Hinterpfoten und fand ein wenig Haut an Delias Unterarm, die er zärtlich zu lecken begann.

Delia sank mit dem Hund zu Boden. »O Baxter«, sagte sie und drückte ihr Gesicht in das Fell an seinem Hals. »Ich hatte solche Angst.« Er blieb stehen und nahm alles Zittern auf, das sie erschütterte.

Juniper wischte sich Augen und Nase ab und sah Mike an, der mit dunklen Ringen unter den Augen wie versteinert in der Tür stand. Er versuchte, ein Zittern seiner Unterlippe zu verbergen, indem er mit einer Hand darüberfuhr. In diesem Moment, als ihre Schwester zusammengesunken auf dem Boden saß und in Baxters Fell weinte, sah J Bird die gemeinsame Zukunft vor sich. Das J Bird Café. Und Mike. Hier stand er endlich, der richtige Mann für Delia. Ihre Schwester musste wohl Tyler diese Neuigkeit überbringen.

Delia atmete tief ein und zitternd wieder aus. »Ich habe in meinem ganzen Leben noch nie etwas so Gutes gerochen wie unser Haus. Ingwergebäck, stimmt's? Es ist drei Uhr morgens, und du hast gebacken. Du bist unglaublich.«

Wusste Delia, dass Mike perfekt zu ihr passte? In Herzensfragen war sie außerordentlich schwer von Begriff. Aber sie würde es noch früh genug erfahren.

Juniper ging an den beiden vorbei und umarmte Mike. »Danke, dass du sie nach Hause gebracht hast.«

50. KAPITEL

Delia schreckte aus dem Schlaf hoch. Wo war sie? Sie kämpfte sich in die Wirklichkeit zurück, stützte sich auf die Ellenbogen. Sie war zu Hause in ihrem Schlafzimmer. Die Vorhänge waren zu, doch durch einen länglichen Spalt fiel strahlendes Licht auf das Kopfende ihrs Bettes und ihr Gesicht. Wie spät war es? Sie roch Kaffee und noch etwas anderes. Äpfel, Zimt und eine süße Mehlmischung. Warum buk J Bird so früh am Morgen? Sie rollte sich zur Seite und sah auf die roten Digitalzahlen ihres Weckers. Halb eins. Sie fluchte und suchte ihr Handy, fand es aber nicht.

Sobald ihre Füße den Boden berührten, hörte sie Baxter bellen, ein Klopfen an der Haustür und Stimmen. Sie griff nach einer Jeans auf dem Stuhl in der Ecke und zog sie über. Am Knauf ihrer Kommode hing ihr Tank Top, sie streifte es über.

Als sie oben auf der Treppe stand, wehte ihr durch die offene Tür die frische Luft entgegen. Normalerweise sprang sie leichtfüßig die Treppe hinunter, doch heute leistete ihr Körper auf ganzer Linie Widerstand: steifer Nacken, leichte Kopfschmerzen, und jeder Muskel tat weh. Sie hielt sich am Geländer fest, stieg unbeholfen die Treppe hinunter und tapste mit nackten Füßen in die Küche.

Um die Kücheninsel hatte sich ein Grüppchen, bestehend aus J Bird, Mike, Ira und Pat Garvey, gebildet. Als Baxter sie sah, polterte er über den Fußboden und wirbelte um ihre Beine. Alle vier drehten sich wie auf Kommando zu ihr um.

»Was ist los? Was ist jetzt schon wieder passiert?«, fragte Delia. Sie fuhr sich mit der Hand durch ihr ungekämmtes Haar.

Alle vier lächelten sie an. »Claire ist aufgewacht«, sagte Mike. »Sie ist schon seit den frühen Morgenstunden wach und will unbedingt aus dem Krankenhaus entlassen werden. Und wie geht es dir? Deine Schwester hat uns verboten, vor Mittag zu euch zu kommen, und mit ihr ist nicht gut Kirschen essen.«

Kein Wunder, dass sie alle über beide Ohren grinsten. Delia atmete erleichtert auf und schlug die Hände vors Gesicht. »Ich hatte solche Angst, dass wir sie nie finden würden. Und gestern Abend dachte ich, dass wir sie zu spät gefunden hätten. Warum hat sie mich nicht angerufen? Ich habe ihr meine Nummer gegeben.« Ihre Beine fühlten sich wie Gummi an. Mike schob ihr einen Stuhl hin, sie setzte sich darauf und stellte ihre Füße auf die oberste Sprosse.

J Bird nahm Muffins von einem robusten Backblech und legte sie auf eine blaue Servierplatte. »Meine Schuld. Sobald du eingeschlafen warst, habe ich dir das Telefon abgenommen. Zwangsschlaf. Ich habe mich auch zurückgehalten und nicht um meine normale Uhrzeit Kaffee gekocht und so lange wie möglich mit dem Backen der Muffins gewartet. Ich wusste, dass der Duft dich wecken würde.« Sie zeigte auf das Handy, das am Küchentresen lag.

Delia sah Mike und Ira an. »Weiß Hayley es schon?« Das letzte Mal hatte sie Hayley vor ein paar Tagen mit Baxter besucht, doch seitdem war so viel passiert.

Ira griff nach einem goldgelben Muffin. »Als Mike mich anrief, war Hayley schon in der Vorschule. Ich habe es Erica erzählt. Ich wusste gar nicht, dass Frauen so laut kreischen können.« Er zögerte, den Muffin in einer Hand. »Wir haben alle auf dich gewartet, Delia.« Er sah auf seine Uhr. »Hayley kommt in zwei Stunden nach Hause. Fühlst du dich dazu in der Lage? Ich dachte nämlich, du würdest es ihr gerne selbst sagen.«

»Willst du mich veräppeln? Natürlich will ich ihr sagen, dass wir ihre Mutter gefunden haben!«

Pat Garvey lehnte am Kühlschrank und hatte die Arme vor der Brust verschränkt. »Dann, Liebes, solltest du besser duschen, bevor du das kleine Mädchen verschreckst. Wir warten hier auf dich. Ich brauche ein paar Muffins.« Sie wandte sich Juniper zu. »Ich habe von Ira schon ein wenig von Ihren kulinarischen Künsten gehört. Ich heiße Pat Garvey. Schön, Sie kennenzulernen.« Sie streckte ihre Hand aus. »Ich stelle mich gerne als Testperson zur Verfügung.«

»Stell dich hinten an«, sagte Ira. Auf seinem Bart klebten Muffinkrümel.

»Nach mir«, sagte Mike.

Delia meinte, auf einer Wolke vom Zimtduft und Liebe dahinzuschweben. All das hätte sie an einem Straßenrand in Tennessee verlieren können. Doch das war nicht passiert. Sie schob den Stuhl weg und legte ihren Arm um Pat.

»J Bird, das ist die Frau, die mich gerettet hat, und ich habe keine Ahnung, warum sie ausgerechnet zur richtigen Zeit auf dem Highway entlangfuhr. Aber wenn Pat nicht gewesen wäre, dann wäre das für euch alle jetzt eine andere Art von Zusammenkunft.« Sie küsste Pat auf die Stirn.

Die hob abwehrend die Hände. »Okay, das reicht jetzt. Ich möchte nur das lebenslange Zutrittsrecht zu eurem Café. J Bird Café, nicht wahr? Portland könnte mein neues Ferienziel werden.«

* * *

Delia duschte und schrubbte von ihrer Haut jeden Hinweis auf den Angreifer ab. Das heiße Wasser wirkte wie eine Therapie und löste die verkrampfte Muskulatur. Sie schmierte Salbe auf die Wunden an ihren Fersen und überklebte sie mit Pflaster, griff nach einer frischen Jeans, zog eine himmelblaue Bluse aus dem Schrank und rollte die Ärmel auf. Sie zog ihre besten Sandalen an, die die Fersen frei ließen. Alles, woran sie denken konnte, war Hayley.

Das Grüppchen unten hatte sich durch ein Dutzend Muffins gearbeitet. Mike war wieder am Handy, genau wie Ira. Pat und J Bird hatten die Köpfe über dem Laptop zusammengesteckt und lasen Rezepte.

Sobald Mike sie sah, lächelte er. »Du hättest dir ruhig deine Haare fönen können. Wir haben noch Zeit, bevor Hayley nach Hause kommt.«

»Ich muss immerfort an sie denken. Ich bin viel zu aufgeregt, um mir die Haare zu fönen!« Sie schob sich nasse Haarsträhnen hinter die Ohren.

Ira schaltete sein Handy aus und sah Mike an. »Ihr beide könnt Hayley bei Erica die Nachricht überbringen. Bei mir im Büro geht das Leben weiter, meine Anwesenheit ist gefragt. Neue Fälle kommen gerade herein.« Er sah Pat an. »Meine Frau hat einen Tisch im besten Hummerrestaurant für uns reserviert. Wir gehen davon aus, dich mit unseren Krustentieren zu überwältigen.«

Pat musste lachen. »Wir haben auch Krustentiere. Nur dass sie in Flüssen leben. Flusskrebse.«

»Hättest du Lust, dir unser tolles Büro anzusehen?« Ira und Pat rissen Insiderwitze. Beide wussten, dass ihre Büros weit davon entfernt waren, schön zu sein.

Mike und Delia wollten gehen, Juniper blickte ernst drein und sagte dann zu ihrer Schwester: »Kann ich kurz mit dir sprechen?« Sie packte sie am Ellenbogen und zog sie ins Wohnzimmer. »Ich muss nachher mit dir über Ben reden.«

Delia runzelte die Stirn. »Ist alles in Ordnung?« Sie spürte, wie ihr die Luft wegblieb.

»Er ist krank. Oder genauer gesagt, er ist medikamentenabhängig. Tyler hat sich bereit erklärt, ihm zu helfen. Ich habe Ben angerufen und ihm gestern eine Nachricht hinterlassen, dass er zur Notaufnahme gehen und nach Tyler fragen soll. Ich hoffe, er hat es geschafft. Er braucht wirklich Hilfe.«

J Bird schien ihre Worte sehr sorgfältig zu wählen. Das war ungewöhnlich. »Da ist noch mehr. Aber das kann warten, bis du Hayley die gute Nachricht überbracht hast und wieder zurück bist. Aber ich muss unbedingt noch heute mit dir reden.« Sie ließ Delia wieder los und rief: »Hey Pat, was hältst du davon, wenn ich dir morgen das neue Café zeige?«

Irgendwas stimmte nicht. Delia war so damit beschäftigt gewesen, ihren Job beim Pflegekinderdienst zu beenden und Hayleys Mutter zu finden, dass sie nicht auf die Person geachtet hatte, die nach dem Tod ihrer Eltern die einzige Konstante in ihrem Leben geworden war. Ben.

51. KAPITEL

Juniper

Das Wichtigste zuerst. J Bird rief in der Tierklinik an und fragte, ob Ben da sei.

»Er ist gerade gekommen«, sagte Jill. »Seine Frau ist auch dabei. Keine Ahnung, was los ist, aber Michelle kommt nur noch selten vorbei, seit sie wieder unterrichtet.«

J Bird hörte die Sorge in der Stimme. »Sag ihm, ich bin auf dem Weg in die Klinik.«

Er hatte es seiner Frau wohl gesagt, aber sie musste auf Nummer sicher gehen. Ihr Hund saß erwartungsvoll an der Tür. »Baxter, tut mir leid, mein Junge, du musst zu Hause bleiben. Ich verspreche dir aber einen besonders langen Spaziergang später.«

* * *

Sie stieß die Tür zur Klinik auf. Jill sah von ihrem Tresen auf. »Sie sind gerade mit den beiden anderen Tierärzten in einem Meeting, müssten aber gleich rauskommen. Viele Patienten warten schon.«

J Bird blickte zu den beiden Wartezimmern neben

dem Empfangstresen, auf der einen Seite das für Hunde, auf der anderen das für Katzen. Überall saßen genervte Patienten und hielten Leinen oder Katzenkörbe.

Die beiden anderen Tierärzte tauchten aus dem Hinterzimmer auf, sie flüsterten Jill etwas zu, bevor sie sich in ihre Sprechzimmer zurückzogen, der eine mit einem Deutschen Schäferhund, der an seiner Leine zerrte, der andere mit einer jammernden Katze.

»Darf ich kurz in sein Büro?«, fragte Juniper.

Jill nickte und deutete mit dem Daumen zum hinteren Zimmer. Die Tür stand sperrangelweit offen, trotzdem klopfte sie höflich an. Ihr Magen rebellierte, sie hatte zu viel Kaffee getrunken und scheute sich bei aller Tapferkeit doch vor Konfrontationen. Ihre gut durchdachte Rede löste sich in ihrem trockenen Hals in Nichts auf.

»Komm rein, J Bird«, sagte Ben.

Er saß auf einem Stahlhocker. Michelle wirkte zu aufgebracht, um sich zu setzen. Ihre Augen waren gerötet und geschwollen. Sie wusste es also.

»Ich habe gestern Abend mit Michelle gesprochen und ihr alles erzählt«, sagte er. »Und für den Fall, dass du denkst, dass ich irgendwas ausgelassen habe, habe ich ihr auch erzählt, dass ich seit einigen Monaten von Schmerzmitteln abhängig bin, auf der Straße Oxycodon gekauft und die Kontrolle darüber verloren habe.«

Michelle kniff die Augen zusammen, presste die Lippen aufeinander und wandte ihr Gesicht ab. »Das ist alles, nicht wahr? Bitte sag mir, dass es da nicht mehr gibt«, sagte sie und wischte sich mit dem Handrücken über die Augen.

Die Luft in dem kleinen Raum vibrierte förmlich vor Schmerz. »Soweit ich weiß, ist das alles«, sagte Juniper.

Ben atmete heftig aus und erschauderte. »Ich habe meinen Kollegen soeben die Lage geschildert. Ich habe ihnen gesagt, dass ich mich in eine sechswöchige Entziehungskur begebe.«

Juniper lief durch das Zimmer und umarmte den erschöpften Mann. »Oh, danke! Ich hatte solche Angst, dass wir dich verlieren würden. Hat Tyler dir eine Entzugsklinik vermittelt?«

Ben und Michelle sagten kein Wort, und die Stille im Raum war fast greifbar. Sie fragte sich, ob noch irgendetwas anderes nicht stimmte.

»Sag du es ihr«, sagte Michelle. Sie legte Ben eine Hand auf die Schulter, nahm dann ihre Tasche und verließ das Zimmer.

»Was sollst du mir sagen? Du warst doch bei Tyler, oder?«

»Das war ich. Ich habe ihn in der Notaufnahme aufgesucht. Liebes, er hat mir nicht nur ein Rezept für noch mehr Schmerzmittel gegeben, sondern mir eine Dose mit Oxycoton in die Hand gedrückt. Weißt du, wie stark die sind? Jede Zelle meines Körpers wollte diese Tabletten schlucken. Er hat gesagt, dass ich jederzeit wiederkommen könne.«

»Bist du sicher, dass es Tyler war? Stand auf seinem Namensschild Dr. Greene?«

»Ich war mir noch nie so sicher. Glaube mir, ich bin

krank, die Entzugserscheinungen sind überwältigend, doch da haben bei mir alle Alarmglocken geschrillt, und falls Tyler irgendwas mit dir oder Delia zu tun haben sollte, musste ich das herausfinden. Ich habe mich bei ihm bedankt und bin gegangen. Jedenfalls dachte er, ich sei gegangen. Ich habe mich noch ein wenig herumgetrieben und gewartet, wer ihn noch so alles sprechen würde. Normalerweise fragt man in der Notaufnahme nicht nach einem speziellen Arzt. Man nimmt, wer gerade verfügbar ist. Aber ein beständiger Strom von Leuten kam in der folgenden Stunde vorbei und wollte Dr. Greene sprechen.«

»Mir hat er gesagt, er kenne sich mit Suchtproblemen aus«, sagte J Bird, lehnte sich an die Wand und stützte sich mit den Händen ab. Ihr Verstand raste und versuchte, zu verstehen, was Ben soeben gesagt hatte.

Er wippte mit einem Fuß. »Die versteht er hervorragend, das sage ich dir doch. Er sorgt sogar dafür, dass sie erhalten bleiben. Und dafür muss es einen Grund geben. Ich möchte ihn nicht in deiner oder Delias Nähe wissen.«

»Und was machst du jetzt?« Sie fühlte sich wie erstarrt, ihr Inneres hart wie ein Zementblock. Wo war Delia?

»Ich rufe die Drogenfahndung an. Sollen die sich darum kümmern.«

»Das muss ich Delia erzählen«, sagte sie, hielt dann aber inne. »Ben, wo ist die Dose mit den Oxycoton-Tabletten, die Tyler dir gegeben hat? Und das Rezept?«

Er lächelte. »Ich bin immer so stolz auf dich, J Bird.

Dir entgeht nichts.« Er zeigte auf einen Plastikbeutel am anderen Ende des Schreibtisches. »Das ist Beweismaterial. Michelle weiß, dass es hier ist, glaube mir.« Er stand auf. »Ich habe momentan nicht mehr viel Selbstachtung und muss hart daran arbeiten, das Vertrauen der Leute zurückzugewinnen, die ich liebe, aber ich möchte, dass du weißt, dass ich euch immer den Rücken freihalten werde. Ich würde deine Eltern niemals enttäuschen.«

Er öffnete die Tür. Michelle wartete auf dem Gang. »Bist du bereit?«, fragte sie.

Er nahm die Hand seiner Frau, so wie J Birds Vater die Hand ihrer Mutter genommen hatte, als verleihe sie ihm Bodenhaftung.

»Du gehst schon?«, fragte J Bird.

Ben schloss die Tür zu seinem Büro, als sperre er einen Teil seines Lebens weg, in das er vielleicht wieder zurückkehren konnte, vielleicht aber auch nicht. »Mein Arzt hat eine Klinik gefunden, in der noch ein Platz frei ist, und mir gesagt, ich solle nicht warten.«

Zum ersten Mal in ihrem Leben war es Ben, der all ihre Hilfe benötigte.

»Kommst du mit uns raus?«, fragte er. »Was meine Würde betrifft, an der mangelt es mir heute. Ich brauche euch beide als Unterstützung für meinen Weg durch diese Klinik.« Er legte ihr seinen Arm um die Schulter. »Ich verlasse mich auf einen Sonderrabatt im Café, wenn ich vom Entzug nach Hause komme.«

* * *

J Bird sah ihnen nach, als sie wegfuhren. Das ganze Klinikpersonal stand am Fenster. Jill weinte. Für J Bird war Ben immer noch ihr Held.

In Zeiten wie diesen sehnte sie sich danach, etwas zu backen. Wenn das Gas angeschlossen und der neue Ofen im Café stand, konnte sie einen Testlauf starten. Sie eilte nach Hause und holte Baxter ab, um ihn später an den Strand zu bringen.

J Bird stellte sich Tyler im Krankenhaus vor, wie er Schmerzmittel verteilte und Süchtige fütterte, als wären sie Enten im Teich. Was war nur mit ihm los? Sie wäre am liebsten mit ihm auf Konfrontation gegangen und hätte sich erklären lassen, was er sich dabei dachte. Sollte sie etwas zu ihm sagen? Sie wollte es von Tyler selbst hören, doch das ging nicht. Backen. Einfach tun, was sie am besten konnte. Sie wünschte sich nur, sie hätte niemals mit ihm über Delia gesprochen. Wenn Tyler labil war oder in Schwierigkeiten steckte, wer konnte dann schon sagen, wie er auf eine Zurückweisung von Delia reagieren würde?

Sie wollte ihrer Schwester den herrlichen Moment mit Hayley gönnen und ihr die Neuigkeiten erst später offenbaren.

52. KAPITEL

Erica ließ Delia und Mike im Haus zurück, während sie zur Vorschule fuhr, um Hayley abzuholen. Für sie als Pflegemutter hieß das auch, sich damit abzufinden, dass Hayley zu ihrer Mutter zurückgebracht würde. Delia hatte viele Pflegeeltern erlebt, die diesen Weg beschritten hatten, und verstand immer noch nicht ganz, wie sie den Mix aus Gefühlen zwischen Hoffnung und Schmerz ertrugen.

Dustin, der Beamte der DEA in Maine, fragte Mike, ob er eine halbe Stunde bleiben könne, weil er ein bestelltes Buch im Einkaufszentrum abholen wollte.

»Ich halte die Stellung«, sagte Mike.

Sie setzten sich ins Wohnzimmer an den Couchtisch, an dem Hayley zum ersten Mal den hässlichen Ort gemalt hatte, und Mike erzählte Delia alles, was er über den Fall wusste. Louie hüpfte auf das Sofa und setzte sich neben sie, als wollte auch er jede Einzelheit hören.

Mike streckte seine langen Beine aus, überlegte es sich dann aber anders und zog sie wieder ein. »Die Polizei hat Claire heute schon einmal befragt. Ihr

Name ist Claire Higgins, ihr Mann heißt Joshua und ist Apotheker in Nashville. Claire hat ausgesagt, dass sie nichts von den Aktivitäten ihres Mannes wisse, nur so viel, dass er plötzlich immer länger arbeiten musste. Sie hat den Beamten alles erzählt, was sie über ihren Mann wusste.

Sozialversicherungsnummer, Passwort für den Computer zu Hause, Anschrift des Arbeitsplatzes. Claire fällt es noch schwer, das alles zu begreifen und sich einzugestehen, dass ihr Mann in all das verwickelt sein soll. Er wurde vor drei Stunden verhaftet.«

Delia fand die ideale Stelle an Louies Kiefer und fuhr mit ihrer Hand daran entlang. »Glaubst du, sie ist das Opfer und wurde mit Hayley entführt, oder denkst du eher, dass auch sie zum Drogenring gehört?« Delia musste diese Frage stellten. Es war immer noch ihr Job, dafür zu sorgen, dass Hayley in Sicherheit war.

»Joshua wird gerade verhört. Wenn er noch ein wenig Anstand hat und Claire tatsächlich nichts vom Heroinhandel wusste, dann kann er ein letztes Mal etwas Gutes für seine Familie tun und die Wahrheit sagen. Ich gehe davon aus, dass die Jungs mich später anrufen.«

Delias Handy klingelte. Eine Nummer aus Connecticut. Sie ging sofort ran.

»Hier ist Claire Higgins, spreche ich mit Delia?«

Es fühlte sich seltsam an, plötzlich die Stimme von jemandem zu hören, der über Wochen das Ziel einer Suche gewesen war. »Hier ist Delia. Sie können sich gar nicht vorstellen, wie schön es ist, Ihre Stimme zu hören. Sie fühlen sich jetzt bestimmt schon viel besser als gestern Abend, als ich Sie besucht habe.«

»So gut wie seit drei Wochen nicht mehr, seit Ray mir Hayley weggenommen hat. Ist Hayley bei Ihnen? Ich wollte mich eigentlich nur von ganzem Herzen bedanken.« Ihre Stimme wirkte müde, als habe sie Mühe, die Worte zu formen.

»Sie kommt bald aus der Vorschule zurück. Haben Sie Skype? Haley muss Sie sehen. Wenn sie zu Hause ist, werden wir ihr sagen, dass wir Sie gefunden haben, aber glauben Sie mir, sie wird Sie sehen wollen.«

»Ich spreche über eine Freisprechanlage. Aber eine Krankenschwester hat mir gesagt, dass sie mir mit Skype später aushelfen kann. Geht es Hayley gut? Hat sie irgendwelche Verletzungen erlitten? Bisher habe ich von der Polizei nur ein paar Einzelheiten erfahren.«

»Ihr ist nichts zugestoßen. Das kann ich Ihnen versichern. Und sie hat nie aufgegeben, nach Ihnen zu suchen. Ruhen Sie sich ein wenig aus, bis wir eine Verbindung über Skype hergestellt haben.«

Dann legte sie auf. »Danke, dass ihr den Anruf mit Hayley ein wenig verzögert habt«, sagte Mike. »Das gibt den Beamten in Tennessee Zeit, ihre Aussagen zu überprüfen. Mir wird sehr viel wohler sein, sobald ich das weiß.«

Eine halbe Stunde später stand Louie auf, hüpfte vom Sofa und rannte zur Tür. Delia hörte den Motor eines Autos, dann zwei Autotüren zuschlagen und Erica, wie sie Schlüssel in die Haustür steckte.

Hayley kam herein, sie trug Shorts und ein T-Shirt

mit einer Schneeeule drauf, ließ ihren Schulranzen auf den Boden fallen und kniete sich neben Louie nieder. »Ich habe dir heute gefehlt, nicht wahr, Louie? Aber jetzt bin ich wieder zu Hause.«

Erica biss sich auf die Unterlippe und wandte den Blick ab. »Komm, wir laden unsere Gäste auf einen kleinen Imbiss ein«, sagte sie, doch ihre Stimme schwankte, denn alle hatten gehört, wie Hayley »zu Hause« gesagt hatte, und sahen, wie unbeschwert sie mit Louie kuschelte. Und jeder war sich darüber bewusst, was für eine große Lücke Hayley hinterlassen würde, wenn sie ging.

Mikes Handy klingelte. Er ging ran, lächelte und gab Delia dann ein Zeichen mit Daumen hoch. Claire war von der Polizei als unverdächtig eingestuft worden.

»Hallo Hayley. Wie ich sehe, kommt Louie noch vor uns«, sagte Delia, lächelte und sah zu, wie ihr Traum Wirklichkeit wurde. »Komm mit ins Wohnzimmer, Detective Mike und ich haben sehr gute Neuigkeiten für dich.« Alles, was sie sagte, hörte sich irgendwie banal an und wurde dem emotionalen Moment nicht gerecht. Delia stellte ihren Laptop auf den Couchtisch und klappte ihn auf. »Wir haben deine Mommy gefunden. Sie war in einer Bacca-Scheune, genau wie du gesagt hast. In der Scheune hatte sie nur wenig zu essen, deshalb musste sie ins Krankenhaus, damit der Doktor ihr viel zu essen und zu trinken geben kann. Heute fühlt sie sich aber schon viel besser, sie kann mit dir skypen. Bist du bereit?«

Fünfjährige können ihre Gefühle, ihre Hoffnungen

und Ängste nur schwer beherrschen. Egal welche Maske Hayley trug, um durch den Tag zu kommen, sie ließ sie fallen. »Mommy? Ihr habt meine Mommy gefunden?« Louie stand auf und wurde kurzerhand ignoriert.

Delia hörte Mike hinter ihrem Rücken schniefen und streckte, ohne sich umzudrehen, eine Hand nach ihm aus.

»Eine Frau war mit ihrem Hund spazieren und hat deine Mommy gefunden. Sie wird uns in ein paar Minuten über Skype anrufen, sobald eine Krankenschwester ihr einen Computer gebracht hat. Setz dich schon mal hier herüber, damit du deine Mommy sehen kannst.«

Mike stellte den Laptop auf den Couchtisch und schob diesen ein wenig vom Sofa weg, so dass Hayley sich, mit dem Rücken ans Sofa gelehnt, direkt davor auf den Boden setzen konnte. Louie hopste auf die Rückenlehne.

Dann hörten sie das typische Skype-Klingeln, welches den eingehenden Anruf anzeigte. Mike beugte sich vor und nahm den Anruf entgegen. Claire hatte den Laptop auf den Drehtisch an ihrem Bett gestellt. Ihr Haar war jetzt zurückgekämmt, und sie hatte sich das Gesicht gewaschen. Ihre Haut wirkte gespannt wie ein Tamburin, dennoch lächelte sie. Irgendwer hatte ihr Lippenstift geliehen.

Beide redeten gleichzeitig darauf los.

»Mommy!«

»Hayley, geht es dir gut?«

Das Kind legte seine Händchen an den Bildschirm, als wollte er Claires Gesicht umfassen. »Oh, Liebling«, sagte Claire und berührte mit den Fingerspitzen den Bildschirm. Dann lachte sie und sagte: »Wenn wir die Hände auf den Bildschirm legen, können wir uns gar nicht sehen.«

Erica stiegen die Tränen in die Augen, und sie musste das Zimmer verlassen. Wer hätte dieses entschlossene Kind nicht liebgewonnen, das mit seiner Pflegemutter eine Grenze überschritten und deren Herz erobert hatte? Delia hörte Wasser in der Küche plätschern und sah sie vor sich, wie sie sich das Gesicht wusch.

Hayley und ihre Mutter sprachen zärtlich miteinander, während Delia und Mike zum großen Fenster gingen, von dem aus man die Straße überblicken konnte. Sie standen nah genug, um der Unterhaltung zu folgen, aber weit genug weg, um Mutter und Tochter das Gefühl von ein wenig Privatsphäre zu gewähren.

»Mommy, siehst du den Kater Louie? Er schläft gerne auf meinem Bett«, sagte Hayley.

»Sie wird morgen in der Lage sein, nach Portland zu kommen. Die Polizei wird sie heute Nachmittag noch einmal befragen«, sagte Mike.

»Ist Delia da?«, hörten sie plötzlich Claire fragen.

Delia zwängte sich auf den Boden neben Hayley. »Hier bin ich, Claire. Hayley hat Ihnen so viel zu erzählen, ich wollte die Zeit nicht beanspruchen.« Sie saß so dicht neben Hayley, dass sich ihre Ohren berührten. Als sie die Wärme des Kindes spürte, ging ihr das Herz auf.

»Ich werde morgen entlassen. Die State Police bringt mich nach South Portland«, sagte Claire.

Bei diesen letzten Sätzen kam auch Erica wieder ins Wohnzimmer und hielt einen Teller mit geschnittenen Äpfeln in der Hand. Sie stellte ihn auf den Couchtisch und zwängte sich auf der anderen Seite neben Hayley. »Hallo Claire, ich bin Erica, Pflegemutter und großer Fan von Hayley. Es wäre schön, wenn Sie ein wenig bei uns blieben, wenn sie nach Portland kommen. Ich weiß nicht, was Sie für Pläne haben, aber mir erscheint die Vorstellung schrecklich, dass Sie und Hayley in ein Hotel gehen.«

Wer konnte die Qualitäten dieser Frau als Pflegemutter je in Frage stellen? So würde Hayley der Übergang erleichtert.

Claire wirkte zu erschöpft, um das abzulehnen. »Danke. Es wird eine ganze Weile dauern, bis wir unser Leben wieder im Griff haben, aber Ihnen persönlich dafür zu danken, dass Sie Hayley bei sich aufgenommen haben, ist für mich ein Anfang.«

Dann besprachen sie die Einzelheiten. Und als sie sich verabschiedeten, sagte Hayley noch: »Hast du unser Lied gehört?«

»Welches Lied, Liebling?«

Mikes Handy klingelte, er verließ das Zimmer.

Delia und Erica sahen einander erstaunt an. »Ach, du meinst das Lied«, sagte Delia und erinnerte sich wieder an das Mensch- und Hundegejaule auf der Veranda. »Äh, ich denke, das sollten wir wiederholen, wenn deine Mommy hier ist. Dann bringe ich Baxter, unseren Hund, mit.« Delia sah es schon kommen, wie Baxter ihnen die Show stahl, denn das tat er immer, wenn er einen Raum betrat. Sein Gejaule war ein Publikumsrenner.

Und so fühlte es sich also an, wenn alles rund lief, wenn ein Kind mit seinen Eltern zusammengeführt werden konnte. Das war das Ende, so würde sie ihre Tage beim Pflegekinderdienst beenden: noch ein paar Tage Papierkram, eine obligatorische Abschiedsparty mit Ira, der sie seltsam ansehen würde, weil sie ging, doch vor ihr tat sich wie nie zuvor eine Zukunft auf, und dieses Gefühl war wunderbar.

Zu Hause erwartete sie Brot, herrliches Brot. Und sobald das Café im richtigen Rhythmus lief, würde sie einmal in der Woche Zitronen-Pasta machen. Vielleicht lernte sie ja auch von J Bird so kunstvolle Dinge wie Schokoladen-Éclairs zu backen.

Sie blieben noch bei Erica, bis Dustin aus dem Buchladen zurückkam. Auf ihrem Weg nach draußen sagte Erica noch: »Ach, ich hätte beinahe vergessen, Ihnen zu erzählen, dass Ihr Freund, der Arzt, heute Morgen vorbeigekommen ist und gesagt hat, dass er uns gerne helfen wolle. Bisher hat uns noch nie ein Arzt zu Hause besucht, also noch einmal danke für die persönliche Note.«

»Welcher Freund?«, fragte Delia.

»Dr. Greene. Der so toll aussieht wie ein kalifornischer Surfer.«

Delia wurde übel. Sie hatte das Gefühl, ohne Fallschirm aus einem Flugzeug zu stürzen. Der Pflegekinderdienst würde niemals ohne Vorankündigung einen Arzt bei einer Familie vorbeischicken. »Diese Adresse ist streng vertraulich. Was hat er gesagt? Hatte er zu Hayley Kontakt?«

Erica fiel sogleich die veränderte Atmosphäre auf. »Stimmt etwas nicht? Er hat uns seinen Ausweis gezeigt und dem Beamten im Haus sogar seinen Krankenhausausweis vorgelegt.«

Delia hob die Hände, um das Gespräch zu unterbrechen. Sie tippte Iras Nummer ein. »Ira? Hast du einen Arzt bei Erica vorbeigeschickt? Okay, das dachte ich mir. Wir klären das vor Ort. Ja, Mike ist da. Auch der Beamte von der DEA Maine.«

Erica zuckte zusammen. Sie griff nach dem Türrahmen. »Was geht hier vor sich? Er kam vorbei, als wir gerade das Haus verlassen wollten. Er war richtig nett. Er hat mir gesagt, dass ich jederzeit mit Hayley ins Krankenhaus kommen kann, damit er ihre Impfungen auffrischt. Er hat auch gesagt, dass das ohne Termin gehe. Dass wir einfach in die Notaufnahme kommen und nach ihm fragen sollten.«

Mike hatte sich nicht von der Stelle gerührt und sah immer wieder von Delia zu Erica. »Delia, hast du ihm diese Adresse gegeben?«

»Nein! Aber vielleicht hat er eine Unterhaltung zwischen mir und Ira mitgehört, allerdings habe ich nie von der genauen Adresse gesprochen«, sagte sie. Sie dachte an den Tag zurück, als sie mit Tyler am Strand entlangspaziert war, an den Aufruhr ihrer Gefühle darüber, ihn wiederzusehen.

»Welchen Grund sollte er haben, herzukommen? Wer ist er überhaupt? Kennst du ihn?«

Delia legte ihre Hand auf Mikes Arm. »Komm, lass uns rausgehen«, sagte sie. Und zu Erica gewandt: »Außer dem Pflegekinderdienst und der Polizei hat niemand deine Adresse«, sagte sie. »Außerdem würden wir unser Kommen immer vorher ankündigen. Bring Hayley auf keinen Fall ins Krankenhaus, okay?«

Mike ging noch einmal ins Haus und sprach mit Dustin, der das Buch seiner Frau beiseitelegte und anfing, alle Türen zu überprüfen.

Delia und Mike öffneten die Türen zu Mikes Auto. »Bitte sag jetzt nicht, dass das dein Exfreund ist«, sagte er und ließ den Wagen an.

Sie schnallte sich an. »Ja, das war mal mein Freund, er heißt Tyler.«

»Warum habe ich dich das nicht schon vorher gefragt? Ich wollte nicht wie ein überheblicher Cop rüberkommen, der seine Nase in anderer Leute Angelegenheiten steckt. Aber jetzt brauche ich alle Informationen über ihn: Handynummer, Adresse, alles, was du hast.« Mike fuhr rückwärts aus der Einfahrt. »Ich bringe dich nach Hause und fahre dann ins Krankenhaus. Zeit für eine kleine Unterhaltung.«

Delia senkte ihren Kopf und rieb sich die Schläfen. Sie spürte, dass hämmernde Kopfschmerzen im Anmarsch waren. Die Ärzte in Tennessee hatten sie davor gewarnt. »Das ergibt für mich alles keinen Sinn. Warum sollte Tyler vertrauliche Informationen missbrauchen? Hat das etwas mit mir zu tun?«

Sie fuhren durch die Altstadt von South Portland. Als Mike ihr nicht gleich antwortete, fügte sie hinzu: »Was denkst du gerade? In deinem Gehirn brodelt es doch, das sehe ich.«

Er atmete tief ein und dann wieder aus. »Die Jungs von der Drogenfahndung haben mir gesagt, dass sie einem Hinweis nachgehen, der ins Krankenhaus führt, weil ein Informant etwas über einen Arzt gesagt hat, der offenbar bei jedem Wehwehchen großzügig Schmerzmittel verteilt. Wenn derjenige Tyler heißt, dann haben wir ein massives Problem.«

Delia sah auf die Uhr am Armaturenbrett. Halb fünf, Beginn der Stoßzeit.

53. KAPITEL

Mike und Delia fädelten sich in den Verkehr auf der Casco Bay Bridge ein, als ihnen Feuerwehrwagen mit Blaulicht und Sirene aus Portland entgegenkamen. Sie drehte sich um und sah ein Feuerwehrauto aus South Portland.

Die Haut in ihrem Nacken begann zu prickeln, eine Warnung für sie. Ihr Gehirn schaltete wortlos auf Alarm.

Mikes Handy klingelte, und er ging ran. »Was?« Er sah Delia an. »Du meine Güte, wie schlimm ist es? Bist du sicher? Hast du drinnen nachgesehen? Ja, ich bin auf der Brücke. Ich kehre um, sobald wir drüber sind.«

Delia packte seinen Arm. »Was ist los? Ist was mit Hayley?«

Mike gab Gas, drückte seinen Rücken in die Sitzlehne und vollzog eine Kehrtwendung, sobald sie auf der Seite von Portland waren.

»Das J Bird Café steht in Flammen.«

Delia fühlte sich, als würde sie aus schwindelerregender Höhe in die Tiefe stürzen, all ihre Sinne waren plötzlich aufs äußerste geschärft.

Die Zeit fühlte sich an wie zäher Vanillepudding, und als sie ihren Kopf nach links zu den Autos wandte, die South Portland verließen und im Stau standen, entdeckte sie plötzlich den Mann. Auf der anderen Seite der Mittellinie stand derjenige, der sie mit seinem Auto gerammt hatte, der mit einer Spritze voller Heroin auf sie eingestochen hatte und sie umbringen wollte.

Das war unmöglich.

Sie erinnerte sich, wie er seinen Körper an sie gedrückt, ihren Hals abgeleckt hatte. Sie hatte die Seife gerochen, die er verwendete, sein Aftershave.

Auch er hatte Delia bemerkt, mit seinen dunklen Augen hatte er zuerst sie und dann Mike angesehen. Er war in Southern Portland gewesen. Hayley!

»Mike«, sagte sie. Die Worte kamen schwer und rau aus ihrer Kehle, weil das J Bird Café in Flammen stand, Hayley und Erica in einem kleinen Farmhaus waren mit nur einem Beamten als Schutz, und plötzlich wollte sie nur noch wissen, wo ihre Schwester war. Sie zwang sich, die Worte herauszupressen.

»Das ist der Mann aus dem Phoenix-Haus, der mich überfallen hat. Da drüben.«

Mike starrte den Mann über die Straße hinweg an, griff in das Handschuhfach seines Autos und holte eine Waffe heraus. Sein Handy steckte auf der Konsole zwischen ihnen. Er wählte die Freisprechfunktion, ließ den Kerl nicht aus den Augen und sagte dann: »Ich brauche sofort Unterstützung. Ich bin auf der Brücke. Habe Sichtkontakt mit dem Verdächtigen aus Tennessee. Er fährt nach Portland, hohes Verkehrsaufkommen, kommt nicht voran. Ich gehe zu Fuß zu ihm.«

Unter großer Anstrengung wandte sie den Blick von dem Mann ab. Sie legte ihre Hand an den Türgriff.

»Was machst du da?«, fragte Mike. »Bleib im Auto und mach dich klein!«

Sie wusste genau, wohin sie gehen musste. Noch bevor Mike reagieren konnte, drückte sie die Tür auf und begann zu laufen. Zwei Meilen bis zum Café.

54. KAPITEL

Das war nicht ihr Körper, der rannte, so schnell er konnte. Dieser Körper war steif und fühlte sich fremd an. Ihr Nacken und ihr Rückgrat quälten sich schmerzlich, als sie die Brücke entlang an den im Stau stehenden Autos vorbeirannte. Feuerwehrautos aus Portland hupten und drängelten, um sich Platz zu schaffen. Sie drehte sich nur einmal um und sah Polizeiautos mit Blaulicht auf der Seite von Portland. Mike hatte die Kollegen angefordert, er hatte jetzt Hilfe.

Ihre Sandalen hinderten sie am Laufen, mit denen würde sie niemals den ganzen Weg schaffen. Sie zog sie aus, rannte schneller und bemühte sich, möglichst nicht auf die bandagierten Fersen zu treten. Der sanfte Hügel jenseits der Stadt erschien ihr wie ein steiler Berg. Sie rannte an Ladenfronten vorbei, an denen Schilder Strickkurse und antiquarische Bücher anboten. Sie rannte daran vorbei.

Als sie den Gipfel des Hügels erreichte, war alles, was sie riechen konnte, Rauch. Wo war J Bird? Wo war Baxter? Hätte die Straße weiter bergauf geführt, wären ihre Lungen geplatzt. Sie sah dicke, aggressive

Rauchschwaden aufsteigen. Das J Bird Café. Vier Feuerwehrautos blockierten die Straße, Feuerwehrmänner mit schwerer Ausrüstung standen um das Café herum, einige zogen Löschschläuche hinter sich her. Aus dem Badezimmerfenster schlugen Flammen, irgendwo explodierte Glas. Und vor dem Café stand J Birds Auto.

Delia blieb nicht stehen. Sie war wieder neunzehn und rannte nach hinten in den Hof. Sie konnte von dort das Café betreten und J Bird finden.

Starke Arme packten sie von hinten und hoben sie hoch. »Was zum Teufel machen Sie da? Kommen Sie weg. Niemand darf da rein.« Sie konnte nur einen Teil des Gesichts von dem Feuerwehrmann erkennen, rußverschmierte Wangen und zusammengepresste Lippen.

Er setzte sie hinter der Absperrung auf der anderen Straßenseite wieder ab.

»Das ist meine Bäckerei. Meine Schwester könnte da drin sein!«, schrie sie.

»Ihre Schwester? Da war nur eine Person drin, und die steht da drüben.« Er zeigte auf einen Krankenwagen, der einen halben Häuserblock entfernt mit offenen Türen dastand. J Bird lehnte daran, ein Rettungssanitäter presste ihr eine Sauerstoffmaske auf das Gesicht. Baxter lag zu ihren Füßen. Neben ihr stand Greg und sah Delia entgegen, als sie völlig außer Atem auf sie zu rannte.

J Bird nahm ihre Maske ab. »Delia, es geht mir gut.« Sobald sie sich näherte, stand auch Baxter auf. »Und

Baxter geht es auch gut. Aber ich weiß nicht, was passiert wäre, wenn Baxter nicht gewesen wäre. Ich war gerade dabei, die Regale im Vorratsschrank einzuräumen, als er zu bellen anfing. Ich hatte etwas Teig angesetzt und ihn beiseitegestellt. Außerdem wusste ich, dass Greg bald vorbeikommen würde, und konnte mir nicht erklären, weshalb er ihn anbellen sollte. Dann wurde mir allerdings klar, dass irgendwas nicht stimmte. Es war die Art und Weise, wie er bellte.«

Die Frau in der dunkelblauen Uniform mit dem Sanitäterabzeichen auf der Brust, deren muskulöse Schenkel sich unter der Hose abzeichneten, sagte zu J Bird: »Legen Sie das wieder an.« Und das meinte sie ernst. Sie hielt die Sauerstoffmaske vor J Birds Gesicht und schob ihr ein Gummiband über den Kopf.

»Tu, was die Dame sagt«, sagte Greg, dann wandte er sich an Delia. »Auf der Fahrt hierher habe ich Rauch aus dem Badezimmerfenster und hinten aus dem Café quellen sehen, komischerweise auch aus dem Schuppen.« Er rieb sich die Augen. Der Rauch war schwarz und dick. »Das war Brandstiftung.«

Was hatte der Brandmeister vor vielen Jahren über das Feuer in ihrem Elternhaus gesagt? *Jemand hat das Feuer gelegt, und zwar an mehreren Stellen im ganzen Haus.* Delia roch nichts als Rauch. Eine längst verrostete Tür öffnet sich in ihrem Kopf.

Sirenen heulten und kündigten noch mehr Feuerwehrautos an, die allerdings nicht über die Brücke kamen. Nachbarn bahnten sich einen Weg zu den Absperrungen.

Delia wehrte sich gegen die alten Erinnerungen. Sie würde ihre Eltern niemals retten können, und J Bird war in Sicherheit. Jetzt musste sie herausfinden, wer das Feuer gelegt hatte.

Sie sah wieder ihre Schwester an. »Er ist hier. Ich weiß es. Er schaut zu, weil er nicht anders kann.«

J Bird machte große Augen und riss die Sauerstoffmaske herunter. Ein Augenblick verstrich, sie reisten in die Vergangenheit und wieder zurück in die Gegenwart. Würde Delia sich jemals jemandem so nahe fühlen wie J Bird?

»Ich weiß, an wen du denkst. Tyler. Er verteilt Schmerzmittel im Krankenhaus an jeden, der danach fragt. Das hat mir Ben erzählt«, sagte J Bird.

»Ben? Woher weiß er das denn?«

»Weil er krank ist und Tyler versucht hat, ihm welche zu geben.«

J Bird drückte der Rettungshelferin die Sauerstoffmaske in die Hand.

»Ich weiß, was du vorhast, aber nicht ohne mich«, sagte J Bird.

Greg stand am hinteren Ende des Krankenwagens, sein graues Haar stand ihm wirr vom Kopf ab. »Das ist Sache der Polizei. Ihr beide geht nirgendwohin. Wenn ihr wisst, wer das Feuer gelegt hat, sagt ihr das der Polizei …«

»Du sagst es der Polizei, Greg. Sein Name ist Tyler Greene. Dr. Tyler Greene. Wir haben eine gemeinsame Vergangenheit. Sag der Polizei, dass sie nach einem Auto mit kalifornischem Kennzeichen Ausschau halten soll. Davon sollte es hier nicht allzu viele geben.«

Die Schwestern bahnten sich einen Weg an den Nachbarn vorbei, die nun in dritter Reihe vor der Absperrung standen, und hielten nach Tyler Ausschau. Baxter trottete, dicht an J Birds linke Seite gedrängt, neben ihr her. Tyler hätte überall sein können, doch Delia wusste, dass er ganz in der Nähe war, so wie er schon einmal ganz in der Nähe gewesen war, so nah, dass er mit angesehen hatte, wie sie ins Haus rannte, um ihre Eltern zu retten.

»Hey, Ihre Füße bluten ja«, sagte ein Halbwüchsiger mit einer Baseballkappe zu ihr. Sie konnte nicht auf ihre Füße schauen, konnte an nichts anderes denken als daran, wo er war, welchen Aussichtspunkt er gewählt hatte. Sie waren nun einen Block von dem Feuer entfernt und bewegten sich Richtung Strand.

Delia packte J Bird am Arm. »Wir sind alle Gewohnheitstiere. Vermutlich hat er am Willard Beach geparkt. Dann kann er jetzt nicht weg, die Straßen sind blockiert.«

Zwei kleine Häuserblocks trennten die Schwestern vom Parkplatz am Strand. Sie liefen zur Einfahrt, Baxter wies den Weg. In einer Ecke nahe des Strandzugangs stand ein Auto mit kalifornischem Kennzeichen.

Eine Explosion ließ beide zusammenzucken. »Die Gasleitung zu den Öfen! In den Leitungen war offensichtlich noch Gas«, sagte Delia. »Einer von uns beiden muss zurückgehen. J Bird, bitte sieh nach, ob irgendwer verletzt ist. Ich behalte Baxter bei mir.«

Und da war er wieder, der Blick zwischen ihnen, der alle Gefühle umfasste. Sie würden nie wieder an den Ort zurückkehren, an dem J Bird die kleine Schwester war und Delia der Elternersatz. Sie waren dabei, Tyler aufzuspüren, und wussten beide, warum.

»Ich bin gleich wieder da. Ich werde sagen, dass Tylers Wagen dort steht. Er kann nirgends hinfahren«, sagte J Bird.

»Und er kann uns nicht alles nehmen, nicht unser Zuhause, nicht unsere Eltern und nicht unsere Lebensgrundlage«, sagte Delia. »Ich bleibe hier stehen, damit ich sein Auto sehen kann. Geh jetzt!«

Sobald J Bird außer Sichtweite war, lief Delia schnurstracks zu Tylers Wagen. »Bei Fuß«, sagte sie zu Baxter. J Bird hatte keine Zeit gehabt, nach der Leine des Hundes zu suchen, als sie vor dem Feuer geflohen war.

Das Auto war leer und abgesperrt.

Delia wusste, wo er war, wo er hingehen würde, wenn er glaubte, keinen Ausweg zu haben. Sie bezweifelte nicht, dass die Polizei ihn finden würde. Was sie brauchte, war Zeit.

»Komm, Baxter. Wir gehen zum Strand.«

Der Weg zum Strand war zuerst asphaltiert und später sandig, zu beiden Seiten wuchs dichtes Gestrüpp. Der salzige Sand brannte schon bald in ihren offenen Wunden. Der Strand war nicht sehr breit. Sie lief an den Spielplätzen vorbei und sah immer wieder nach links und rechts.

»Hallo Delia, bist du alleine?«

Sie drehte sich um und sah ihn an, ihre Jugendliebe und den Zerstörer ihrer Träume.

»Ich bin alleine. Aber nicht einsam, so wie du. Habe ich recht? Du warst sehr lange alleine.« Endlich begriff Delia, mit wem sie es zu tun hatte.

Die Maske, die Tyler bisher getragen hatte, fiel von seinem Gesicht ab, nun wirkte er nicht mehr so gutaussehend wie sonst. »Du weißt, dass ich schon einmal versucht habe, dir zu helfen. Ich wollte etwas für dich tun, dich von deinem Vater befreien. Weißt du noch, wie oft du geweint und mir erzählt hast, wie verkorkst deine Familie sei und dass dein Vater euch das Leben aussauge?«

Unbändige Wut schoss in ihr hoch. »Mein Vater war genial, er war einfach krank! Und meine Mutter hat sich aus Liebe dazu entschieden, sich um ihn zu kümmern, das hätte sie für jeden von uns getan.«

Wind kam auf, wie so oft am späten Nachmittag. Er machte einen Schritt auf sie zu.

»Bleib, wo du bist. Baxter ist ein sehr folgsamer Hund. Hast du mich verstanden?«

Tyler blieb stehen. »Aber Liebes, ich weiß doch noch, dass du sagtest, sie solle sich scheiden lassen, weil er euch alle herunterziehe.«

Die Art und Weise, wie er »Liebes« sagte, ließ sie erschaudern. »Meine Mutter hielt immer zu ihm. Es gab Zeiten, da dachte ich, ein Leben ohne Dads Krankheit wäre viel unbeschwerter, ich wusste aber auch, dass sie ihn niemals verlassen hätte. Und wir hätten ihn immer geliebt.«

Baxter stellte sich schützend vor sie, hielt den Kopf leicht gesenkt, starrte Tyler an und wirkte angriffslustig.

»Euer Haus war nicht mein erstes Feuer, aber es war das einzige, bei dem Menschen ums Leben kamen. Deine Mutter hat gesehen, dass ich hinter dir ins Haus lief. Ich hätte sie vielleicht retten können, aber sie hat mich angefleht, dich rauszubringen«, sagte er.

Delia fröstelte. »Meine Mutter lebte noch, als du mich aus dem Haus gezogen hast?«

»Oh, Delia, Feuer sind wunderschöne, kraftvolle Ungeheuer, die sich durchsetzen. Als ich dich auf den Rasen zog, hatte das Feuer sie schon erfasst«, sagte er, neigte seinen Kopf leicht zur Seite und lächelte.

Sie hätte ihn am liebsten umgebracht, er hatte ihr so viel genommen. Doch die Erinnerung an ihre sanften Eltern erstickte die Wut, die in ihrer Brust aufstieg. Ihre Mutter war gestorben, weil sie sie beschützen wollte.

Jetzt musste sie nur dafür sorgen, dass Tyler so lange redete, bis die Polizei kam.

»Aber warum das J Bird Café?«

Er machte einen weiteren Schritt auf sie zu. Baxter stellte die Rückenhaare auf. Tyler atmete laut hörbar aus, dabei zuckten seine Lippen, diese Bagatelle schien ihn zu verärgern. »Ich hatte so eine gute Möglichkeit, an das ganz große Geld zu kommen. Das Potential habe ich in der Klinik in San José entdeckt. Niemand brauchte mich mehr als die Jungs, die mit Heroin dealen, wenn ich den Leuten ständig Opioide verschaffe und sie dann von der Lieferung abschneide. Ich habe dafür gesorgt, dass die Leute abhängig wurden. Das Geld war berauschend.«

Delias Gesichtsausdruck zeigte ihr Entsetzen, doch er fuhr einfach fort. Als erkläre er einem Patienten den Sachverhalt. »Ärzte verdienen nicht sonderlich viel Geld, nicht so viel, wie sie nach dem College, der medizinischen Fakultät und dem lächerlichen klösterlichen Leben eines Medizinstudenten verdienen müssten. Für mich hätte viel mehr dabei herausspringen müssen.«

Das war nicht der Moment, eine Diagnose zu stellen, doch dieser Mann zeigte ernsthafte Störungen.

Tyler sah sich am Strand um. »Aber diese Leute sind wirklich sehr böse, nicht so wie ich. Und weil ich nicht tun konnte, was sie von mir verlangten, werden sie mich wohl holen.«

»Was haben sie denn von dir verlangt? Du hast das J Bird Café in Brand gesteckt, den Traum meiner Schwester zerstört. Meinen Traum!«

»Ich sollte dich töten, weil du denen unglaublich viele Schwierigkeiten bereitet und ihre Kreise in Tennessee gestört hast, indem du ihnen die Drogenfahndung auf die Fersen gehetzt hast. Aber das konnte ich nicht. Das könnte ich dir niemals antun.«

Wie viel Zeit war vergangen, seit J Bird zurück zur Brandstelle gelaufen war? Wenn Tyler keinen Ausweg mehr sah, konnte auch der letzte Funken Menschlichkeit in ihm erlöschen. Sie drehte sich um. Am anderen Ende des Strandes hatte sich eine Familie niedergelassen, ein Vater ließ sein Baby auf den Schultern hopsen, eine Mutter zog mit ihrem Kind Treibholz aus dem Meer. Aus ihrer Perspektive waren Delia und Tyler nur ein Mann und eine Frau, die mit ihrem Hund am anderen Ende des Strandes standen.

»J Bird hätte sich verletzen können. Sie war im Café, als du es in Brand gesteckt hast.«

Tyler zuckte so minimal die Schultern, dass es einer außenstehenden Person vielleicht nicht einmal aufgefallen wäre. »Aber dir hätte ich nichts angetan, Delia.«

Er hätte J Birds Tod in Kauf genommen. Es hätte ihm nichts bedeutet. Delia war egal, ob er krank war. Wenn sie einen Stock zur Hand gehabt hätte, hätte sie ihn niedergeprügelt. Er öffnete seinen Mund, um etwas zu sagen, doch es kam kein Laut heraus, stattdessen sickerte Blut aus seinem Mund. Plötzlich fiel er seitwärts in den Sand.

Delia sank neben ihm nieder und drückte ihre Hände an seinen Hals. Einen Augenblick lang sah er wieder wie der Junge von damals aus. Er hielt ihrem Blick stand, als das Blut aus seinem Nacken strömte, bis seine Muskeln erschlafften.

Sie hörte J Bird nach ihr rufen. »Ich bin hier«, rief sie, so laut sie konnte, brachte jedoch nur ein Flüstern zustande. Baxter bellte. »Du bist so ein guter Hund«, sagte Delia.

Mike lief schwer atmend auf sie zu, gefolgt von J Bird und Greg. Mike hockte sich neben sie hin. »Du bist verdammt schlecht im Zuhören«, sagte er und begutachtete sie schnell von Kopf bis Fuß. »Bist du verletzt?«

Delia zeigte mit dem Finger auf Tyler und sagte nur: »Hast du auf ihn geschossen?«

Mike zog sie hoch. »Nein, aber ich habe gesehen, aus welcher Richtung der Schuss abgegeben wurde.« Er zeigte auf die Erhöhung, auf der der Leuchtturm stand.

Sie blickte auf ihre Hände hinab, die mit Tylers Blut beschmiert waren. J Bird stieß einen spitzen Schrei aus, der schnell vom zunehmenden Wind fortgetragen wurde. Mike zog sein Hemd aus und reichte es Delia, so dass sie sich die Hände abwischen konnte.

»Wir haben den Kerl aus Tennessee gefasst. Er ist geständig und hat ausgesagt, er habe gewusst, dass sie Tyler im Visier hatten.«

»Und Hayley?«

Mike lächelte. »Die ist bei Erica und schaut sich mit Louie einen Zeichentrickfilm an.«

55. KAPITEL

Mai

Der Mai ist in Maine ein sehr wechselhafter Monat, Schneeregen und Graupelschauer im Wechsel mit blühenden Frühlingsblumen, meistens kam beides vor. Delia und Juniper hatten sich den Muttertag für die große Eröffnungsfeier des Cafés ausgesucht, und das Wetter spielte mit. Sie waren bereits seit vier Uhr morgens auf den Beinen und hatten alles für die Eröffnung um acht Uhr abends vorbereitet. Sie wurden von einem Sonnenaufgang in strahlenden Pfirsichfarben und stimmungsvollen Nebelschwaden begrüßt. Jetzt war der Himmel blau, eine sanfte Brise wiegte die Narzissen in den Blumenkästen vor den Fenstern. Nächstes Jahr würden sie die Blumen in ein Beet pflanzen, aber dieses Jahr konnten sie nicht alles erledigen.

Nach dem Brand waren nur noch die Fundamente stehen geblieben, und ein paar widerstandsfähige Wurzeln des Fliederbusches hatten das Feuer überlebt. Sie hatten alles von Grund auf wieder aufgebaut, noch bevor sie das Geld von der Versicherung erhalten hatten. »Ich wollte immer schon gerne stiller Teilhaber sein. IBM hat mir eine großzügige Abfindung gegeben.

Was nützt mir das Geld in Anlagefonds, wenn ich dafür Guthaben in Muffins bei euch anhäufen kann? Ich verspreche auch, dass ich mich nicht einmischen werde. Wir sollten das Café bis Dezember aufbauen, damit wir den Winter dazu nutzen können, um innen alles fertigzustellen«, sagte Greg. Heute trug er eine weiße Schürze, räumte das Geschirr von den Tischen ab und bediente die Spülmaschine. Er war zudem der Hundehüter des Tages. Baxter lag auf der Terrasse, Greg sah ständig nach ihm.

Das neue J Bird Café war äußerlich genau wie das alte, nur die Fenster hatten Dreifachverglasung, und auf dem Dach Richtung Süden standen Solarkollektoren. Das Gebäude war nach hinten hinaus sechs Meter länger, und die neue Terrasse hatte eine Markise, unter der auch Hartgesottene im Regen sitzen konnten.

Ben wartete bereits auf den Stufen vor dem Café, sobald es öffnete. Er arbeitete inzwischen wieder halbtags. »Du weißt, dass ich heute erst gar nicht arbeiten darf, wenn ich ohne Pappschachteln mit Teegebäck aus dem J Bird Café aufkreuze«, sagte er. »Mein Team verzeiht mir meine einstige Abhängigkeit, aber nicht, wenn ich ohne Teegebäck komme.«

Sie hatten Ben nicht verloren, und Delia war immer wieder dankbar dafür, wenn sie ihn sah.

Es war um die Mittagszeit, und in den Glasvitrinen, die bis vor kurzem noch mit Broten, Muffins, Teegebäck und Croissants gefüllt gewesen waren, lag nun kaum noch etwas.

»Vielleicht kommen sie ja nicht«, sagte Delia.

»Erica hat gesagt, dass sie zuerst bei ihr halten müssten. Vielleicht hat das länger gedauert als erwartet. Du weißt außerdem, wie der Verkehr auf der Schnellstraße sein kann«, sagte J Bird. Sie hatte ihr Haar mit ihrem blauen Lieblingsschal hochgebunden, der sehr im Kontrast zu den fuchsiafarbenen Wänden stand.

* * *

Das Café hatte zehn Tische, an jedem saßen Stammkunden. »Kommst du für ein paar Minuten alleine am Tresen zurecht?«, fragte Delia. Sie ging ins Bad, schloss die Tür und lehnte sich an die Wand. Die neu verlegten Installationsarbeiten waren ein Segen: Nun funktionierte alles besser; die Toiletten verstopften nicht mehr, in den Waschbecken lief das Wasser ab, und das Cafè war genau ihren Bedürfnissen angepasst.

Tylers Vater hatte mit aller Macht versucht, die Sucht seines Sohnes nach dem Feuer zu verheimlichen. Der Umzug der Familie an die Westküste war der letzte verzweifelte Versuch gewesen, ihn zu retten. Delia würde nun nie mehr erfahren, wie viele Brände Tyler gelegt hatte und wie viel ihn sein Doppelleben als Arzt und Brandstifter gekostet hatte. Er war bereits tot, als der Notarzt den Strand erreichte. Er hatte ihr fast alle genommen, die sie geliebt hatte.

Es klopfte, jemand wollte offenbar auf die Toilette. »Einen Moment«, sagte Delia. Es gab Augenblicke, in denen sie das Gefühl hatte, als sei das alles nur ein Traum, als seien das Teigkneten und Ingwerschneiden nicht real, und sie würde jeden Moment wieder neben Tyler aufwachen, der in seinem Blut am Strand lag, das langsam im Sand versickerte.

Delia atmete tief ein und wieder aus. Sie öffnete die Tür. Mike stand vor ihr. Er lächelte, drängte sich in den kleinen Raum, schloss die Tür hinter sich und küsste sie. Das war etwas, was sie sehr an ihm liebte: Er war ein Meister im Küssen.

»Tut mir leid, dass ich es nicht früher geschafft habe, aber ich war auf Shopping-Mission.«

Delia hakte ihre Finger in seine Gürtelschnalle und zog ihn näher zu sich. »Mich hat einen Moment die Angst überkommen«, sagte sie. »Ist das jetzt wirklich mein neues Leben? J Bird kennt sich auf dem Gebiet aus, für mich ist die Welt der Bäckerei etwas ganz Neues. Ich fühle mich, als gehörte ich nicht dazu.«

Mike nahm ihre Hände, faltete und küsste sie. »Sieh einfach ein, dass sie momentan noch der Leitwolf ist. Du hast lange genug die Richtung vorgegeben.«

Es klopfte wieder. »Sie sind hier!«

Delia zog ihre Hände weg. »Und ich dachte schon, sie würden nicht kommen!« Sie machte die Tür auf und schaute an den Gästen vorbei zu den robusten Fenstern, die einem Orkan standgehalten hätten, wie Greg sagte. Ira und Pat Garvey gingen den Weg zur Bäckerei hinauf. Ira hatte sich zwei Monate darum bemüht, Pat davon zu überzeugen, Delias Job zu übernehmen. Er hatte ihr fürs erste Jahr sogar jede Woche Hummerrolle versprochen. Irgendwann hatte sie eingewilligt und in Dalton gekündigt. »Die Hummerrollen sind es absolut wert«, hatte Pat gesagt. Hinter ihnen lief Erica, gefolgt von einer Frau mit einem kleinen Mädchen. Claire und Hayley.

J Bird gab einem Kunden das Wechselgeld raus. »Geh ruhig, ich kümmere mich um die Geschäfte.«

Delia ging ihnen vor dem Lokal entgegen. Sie hätte Claire nicht wiedererkannt. Ihr Gesicht wirkte nun weicher. Sie trug einen blauen Rock, Leggings und Stiefeletten.

Delia ging in die Hocke. »Hallo Hayley, wie schön, dich zu sehen.« Ihr Herz hing an jedem Wort, das sie sagte, und sie hatte einen Kloß im Hals. Halyey sah älter aus, wie das bei Kindern oft so war. Sie trug eine Stretchhose, dazu einen Kapuzenpulli. Ihr Haar war länger geworden und wehte im Wind.

Auch Mike beugte sich herab. »Hallo. Ich habe da jemanden in meiner Tasche, der gerne mit dir reden würde. Igor hat ihn geschickt.« Er zog einen Plüschhasen mit langen rosarot gefütterten Ohren und silbergrauem Fell heraus. Er wackelte mit den Hasenohren. »Was? Du willst bei Hayley wohnen. Ich frag sie mal.«

Hayley sah zu ihrer Mutter auf. »Mom, ich habe dir doch von Igor erzählt.«

Mike setzte den Hasen auf seine Schulter. »Er möchte gerne wissen, ob er bei dir wohnen darf.«

Hayley streckte ihre Hand aus und streichelte dem Hasen über das Gesicht. »Wie heißt er denn?«

Mike sah ratlos aus. Er war so wunderbar und hatte dem Hasen keinen Namen gegeben. »Igor hat gesagt, dass du ihm einen Namen geben sollst.«

Hayley nahm den Hasen in ihre Arme. »Ich nenne ihn Louie.«

Delia sah Erica an. »Wir haben Louie mitgebracht, er liebt Autofahren.« Sie hatten auf der anderen Straßenseite geparkt, und Louie stand auf dem Sitz und drückte seine Pfoten an die Fensterscheibe.

»Ich habe nie wirklich die Gelegenheit gehabt, mich bei dir zu bedanken«, sagte Claire. »Ira hat mir erzählt, was du für uns getan hast.« Delia stand auf. »Hayley und ich haben dir etwas für das Café mitgebracht.« Sie griff in eine Einkaufstüte von Whole Foods und zog ein Sechserpack Setzlinge heraus. »Das sind Gurken. Hayley meint, ihr könntet sie einpflanzen und dann für das Café ernten.« Sie machte einen Schritt auf Delia zu und umarmte sie. Dann flüsterte sie: »Danke, dass du dich um meine Tochter gekümmert hast. Danke für alles.«

* * *

Das Café schloss um zwei. Eine Stunde später war selbst Greg gegangen, der Boden war geschrubbt, und sie hatten den Teig für den kommenden Tag angesetzt. J Bird hatte eine lange Liste an Vorräten, die sie bestellen musste, das Schild *Geschlossen* hing vor der Tür, und Delia sank auf einen Stuhl. »Das ist also das Leben in einer Bäckerei. Wann bekomme ich meinen ersten freien Tag?«

J Bird lachte. »Willkommen in meiner Welt.« Baxter lag in der Tür, halb auf der Terrasse, halb drinnen, er schlummerte und hatte einen zufriedenen Ausdruck auf dem Gesicht. Hayley hatte gefragt, ob sie ihn sehen dürfe, und hatte immer wieder seinen klebrigen Tennisball von der Terrasse geworfen. Das Kind fühlte sich in der Gesellschaft von Tieren immer noch am wohlsten. Jetzt setzte J Bird sich neben ihn und kraulte seinen Bauch, als es an der Eingangstür klopfte.

»Oh, nein, noch ein Kunde«, sagte J Bird. »Sag ihm, dass wir keinen Krümel mehr übrig haben.«

Eine ältere Frau mit einem Hund an der Leine drückte ihr Gesicht an die Scheibe. Delia stand auf und wollte sie gerade über die Schließzeiten informieren, doch irgendwas an dem champagnerfarbenen Hund und seinem Überschwang faszinierte sie.

»Ich bin stundenlang gefahren«, rief die Frau. »Ich habe gelesen, dass heute Eröffnung ist. Sind schon alle weg?«

J Bird und Baxter stellten sich neben Delia. Sie sperrte die Tür auf. »Von wem sprechen Sie?«, fragte Delia.

Die Frau hielt die blaue Leine fest, doch sobald die Tür aufging, trabte Baxter voran, streckte seine Brust heraus und hob seine Rute, so dass die Hündin der Frau erstaunt stehen blieb, als habe sie etwas so Aufregendes noch nie zuvor gesehen. Dann wirbelte sie euphorisch um ihr Frauchen herum. In der Aufregung ließ diese die Leine fallen, die Hunde wirbelten umeinander.

»Das ist schon in Ordnung«, sagte J Bird. »Sie scheinen sich zu mögen.«

»Mein Name ist Shirley, ich habe gehofft, die Frau zu sehen, die ich letztes Jahr in dem Schuppen gefunden habe. Wie hieß sie noch, Claire? Ich wollte nicht stören, aber als ich las, dass die Eröffnung des Cafés heute sei, wollte ich die Gelegenheit ergreifen …«

Delia streckte ihren Arm aus und nahm Shirleys Hand. »Sie waren hier, Claire und ihre Tochter Hayley. Tut mir sehr leid, Sie haben sie verpasst. Wollen Sie ihr eine Nachricht hinterlassen? Ich bin mir sicher, dass ich sie übermitteln kann.«

Shirley hatte kurze Haare, die unter ihrer Baseballkappe hervorlugten. »Ich wollte nur wissen, ob es ihnen gutgeht. Ich musste einfach erfahren, wie die Geschichte ausgegangen ist. Lächerlich, nicht wahr? Man weiß ja nie wirklich, wie eine Geschichte ausgeht.«

Baxter rollte sich auf den Rücken, die Hündin sprang auf ihn.

»Wie ich sehe, ist Ihr Hund nicht kastriert«, sagte Shirley.

J Bird hob verteidigend die Hände. »Ich habe nächste Woche einen Termin.«

Shirley lächelte. »Wusste ich doch, dass es noch einen anderen Grund für uns gibt, den ganzen Weg auf uns zu nehmen. Chelsea ist eine Heldin. Es gibt vermutlich keinen zweiten Hund, der so viel Herz, Ausdauer und Mut hat wie sie. Wenn sie Claire nicht gefunden hätte, dann würden wir jetzt ein anderes Gespräch führen. Sie war schon läufig und wird es bald wieder. Würden Sie Nachwuchs in Erwägung ziehen? Ich meine, bevor er der Legion kastrierter Hunde angehört?«

Delia und J Bird sahen einander an. »Wir lieben die Eigenschaften Ihrer Hündin«, sagte Delia.

Als Shirley und Chelsea wieder gegangen waren, hatten die Schwestern sich bereit erklärt, Baxter nach Massachusetts zu bringen, sobald Shirley sie anrief. Ob Claire damit einverstanden war, wenn Hayley einen Welpen bekäme?

* * *

Sie schlossen das Café ab und spazierten zum Willard Beach.

Inzwischen konnten sie über alles reden. Delia hatte unzählige Fragen, die sich nach dem Tod ihrer Eltern aufgestaut hatten. »Ich habe mir die ganze Zeit Sorgen gemacht, dass du genau wie Dad krank werden könntest«, sagte Delia, blieb stehen und setzte sich auf einen dicken Baumstamm, den das Meer angespült hatte.

J Bird streckte ihre Beine aus. »Ich habe mich nie für verrückt gehalten, aber bei dir hatte ich große Zweifel.« Sie rollte ihren Kopf von einer Seite auf die andere und dehnte ihre Muskeln. Sie löste den Schal und ließ ihr langes Haar offen fallen.

»Was ist, wenn Dad uns doch etwas vererbt hat, das verrückt ist?«, fragte Delia.

»Nichts an uns ist verrückt. Wir sind nur in manchen Punkten nicht ganz normal. Aber wer will das schon?«

»Da hast du recht«, sagte Delia und fühlte sich unbeschwerter als jemals zuvor. »Ich mag, wie wir sind.« Und sie war sich sicher, dass ihre Eltern das auch so gesehen hätten.

DANKSAGUNG

Mein innigster Dank gilt:

Meiner Agentin Jenny Bent und ihrem Team bei The Bent Agency.

Meiner Verlegerin Michaela Hamilton, Pressesprecherin Lulu Martinez und dem großartigen Team bei Kensington Books. Es ist mir eine Freude, euch gefunden zu haben.

Danke an meine beiden Schreibgruppen, die mich stets unterstützen. Den Mitgliedern Marianne Banks, Jennifer Borfitz, Kris Holloway, Jennifer Jacobson, Celia Jeffries, Lisa Darnec Kerr, Patricia Lee Lewis, Alan und Edie Lipp, Brenda Marisan, Ellen Meeropol, Lydia Nettler, Patricia Riggs, Morgan Sheehan-Bubla und Marion VanArsdell.

Dank gilt auch den Frauen, die mir Einblicke in die komplexe Welt von Gefühlen und Essen gewährt haben: Julie Copoulos und Amanda Milazzo vom *Small Oven* und Unmi Abkin von *Coco's* und Anna Fessenden von *AnnaBread*.

Dank den besten Sozialarbeiterinnen im Pflegekinderdienst: Mia Alves, Linda Dugas (Linnie) und Pat Riggs.

Ich bedanke mich auch bei Detective Sergeant Steven Webster vom South Portland Police Department, der mich bei meinen umfangreichen Ermittlungsarbeiten unterstützt hat.

Danke, Tom Foley, für dein großes mutiges Herz.

Danke an meine medizinischen Bezugsquellen Kim Connly und Bryna Greespan, die mir alles über Suchtkrankheiten erklärt haben.

Danke an Tom Clark, Freund, Nachbar und Brandmeister des Northampton Fire Department.

Und schließlich danke ich meinen Freunden und meiner Familie, die immer noch da waren, als ich nach dem Schreiben meines Romans wieder aus der Versenkung aufgetaucht bin. Ihr werdet wohl nie erfahren, wie gut es war, euch alle wiederzusehen.